Jan Mårtenson

DÖDLIGT SVEK

Detektivroman

WAHLSTRÖM & WIDSTRAND

© 2003 Jan Mårtenson
Tryckt hos Nørhaven Paperback A/S,
Danmark 2006
ISBN 91-46-21276-0

Prolog

Det var då han insåg att han blivit gammal, det var då han accepterade det han förträngt. Och det var då han förstod att hon måste dö.

Länge satt han med telefonluren i handen, lyssnade utan att höra den entoniga signalen i den röda kobran. Det hade varit hennes idé som så mycket annat, den där telefonen i röd plast eller om det var bakelit. Telefonen med den egendomliga, modernistiska formgivningen, nyskapande för sin tid och något av en antikvitet idag. "Du måste föryngra dig", hade hon sagt. "Fräscha upp dig. Släng ut dina gamla, tunga möbler. Jag ska hjälpa dig."

Och det hade hon gjort. Han log ironiskt. Hjälpt honom. Föryngrat till den grad att han knappt kände igen sig. Mot vardagsrummets numera off-white väggar stod Jonas Bohlins slottsskåp i ek och stål, liknade mera ett redskapsskåp i en mekanisk verkstad, men prislappen från Bukowskis hade sex siffror. På var sin sida fanns betongstolar, lika brutalt hypade, och resten av rummet gick i art déco. Avsett att betraktas, mera som estetisk upplevelse men inte att leva i.

Hon hade varit mycket nöjd, men inte han. Fast han hade inte visat det, inte vågat. I resten av den stora våningen hade hon farit varsammare fram. Den lilla salongen innanför biblioteket var fortfarande genomgående gustaviansk, men hon hade bytt ut 1700-talstavlorna mot modern konst. Bærtlings geometriska figurer, några litografier av Miró och Chagall. Där hade gränsen gått. "Mitt hem är min borg", hade han skämtat. "Det gäller åtminstone för mitt sovrum."

Misslynt hade hon accepterat, men han hade stått på sig och det var nästan det enda rum som inte bar spår av hennes hand. Inte för att det funnits stora möjligheter till förändring av sängkammaren in mot den tysta gården, där sängen, nästan två gånger två meter, dominerade. En nersutten fåtölj vid ett runt glasbord, en bokhylla med skräplitteratur, "insomningsböcker" som han kallade det. Några kapitel i sängen hade bättre effekt än sömnmedel. Ett stort klädskåp med spegelfält i dörrarna. Ibland kunde det ge intressanta effekter när de låg i den breda sängen. Det hade stimulerat henne, han hade tydligt märkt det.

Det kanske var en av anledningarna till att han inte låtit henne härja i sovrummets möblemang. Han log för sig själv men blev snabbt allvarlig igen. Ofta hade han funderat över vad som låg bakom hennes förändringar i hans våning. Var det kontrollbehov eller en önskan att rensa ut det gamla, som kunde påminna om hans tidigare liv? Eller drevs hon av ett genuint, estetiskt intresse och ville gå in i ett nytt projekt med fria händer? Kanske en kombination av båda faktorerna?

Naturligtvis hade han kunnat motsätta sig hennes idéer, sätta ner foten, säga enough is enough. Men han gjorde det inte. För han älskade henne och hon hade faktiskt gett hans hem ett nytt ansikte, en ny identitet, föryngrat det. Och det hade passat honom. Han kände ett behov av att komma ikapp henne, minska åldersskillnaden. Inte den fysiska, det var ju en omöjlighet, men den mentala.

Medvetet hade han börjat klä sig annorlunda. Lämnade allt oftare kostymer och slipsar i skåpet, började med chinos och skjortor, öppna i halsen med en T-shirt under och en lätt kavaj. Ibland en tröja. Han försökte balansera det, fick inte verka patetisk i någon sorts ungdomssträvan och han tröstade sig med Hemingway. Viril, rynkig, skäggig och åldrad med patina var han sexig och tilldragande på kvinnor ända till sin död. Och han mindes Mannerheims ord om att varje rynka i hans ansikte representerade en romans.

Egentligen var det orättvist. Kosmetik- och modeindustrin hade dekreterat att en kvinna, med viss överdrift, skulle se ut som en tjugoåring, annars var det kört. Men det var ett fel som kunde avhjälpas med deras produkter. En miljardindustri grundad på en tillskapad mindervärdeskänsla. Så orättvist betraktat var kvinnans bäst före-ålder avsevärt lägre än mannens, om man skulle vara cynisk. Man hade kommit långt från stenåldersidealet – Venus från Willendorf, den voluminösa statyetten med enorma bröst och svällande midja.

Den enerverande tonen i luren upphörde, han ställde den rödblänkande telefonen på bordet. Han såg ner på den kaukasiska mattan, mindes när han köpt den. I en lumpbod i Tbilisi, i Georgien på en affärsresa. Det var före oroligheterna. Han hade alltid tyckt om orientaliska mattor och det geometriska mönstret i kraftiga, dova färger – rött, grönt, svart och gult – hade fått nåd för hennes ögon. Den fick ligga kvar, eftersom formspråket harmonierade med hennes trettiotalsstuk. Och färgerna kontrasterade effektivt mot inredningens svala kyskhet med svart, vitt och grått som huvudkomponenter.

Men han borde ha insett det tidigare, tänkte han trött. Att det inte räckte med yttre attribut. Inredning, kläder, krampaktiga försök att anpassa sig till hennes värderingar när det gällde kultur och livsstil. Han var för fast rotad i det gamla. De rörde sig i skilda världar där han inte hunnit med, inte varit intresserad. Att hänga på barer till tre på morgonen tråkade ut honom. Den nya konsten hade han aldrig tyckt om, effektsökeri och kejsarens nya kläder, och den nya musiken ryckte han på axlarna åt. Obegåvat oväsen, brukade han säga. Syntar och akustiska effekter, egendomliga kläder och destruktiva texter. Brist på talang doldes och smetades över på teknisk väg där volym fick ersätta kvalitet och där decibelnivån kunde ge tinnitus.

Visserligen hade han köpt sin cabriolet innan han träffade henne, så den hade inte ingått i hans föryngringsarsenal. Nej, det var enklare än så. Han hade alltid drömt om en exklusiv sportbil men inte haft råd. Och när ekonomin tillät hade han inte haft tid. Men nu stod den i garaget under huset.

Njutningsfullt hade han kört sommartorra motorvägar, långt över vad hastighetsbegränsningarna tillät. Känt friheten, vinden runt sig, solen. Bara en gång hade han åkt fast i en kontroll, men tack och lov precis under gränsen där körkortet skulle rykt. Och hon hade tyckt om bilen. Älskat den faktiskt. Körde

7

ofta långsamt längs Strandvägen, upp Birger Jarlsgatan och Sturegatan för att sen ta sig tillbaka längs Karlavägen och ner över Narvavägen. Det var ett vackert ekipage. Folk hade stannat och tittat. Vinden i hennes hår, glädjen i ansiktet när hon vinkade åt någon hon kände.

Fylld av stolthet hade han suttit bredvid henne. Det är klart att man kunde tala om gubbracer, hade han tänkt. Han hade inga illusioner om vad hans vänner och kolleger tyckte innerst inne. Fast i så fall hade han väl skaffat en jättelik Harley-Davidson? Där kunde man tala om potens. Men i hans fall gällde någonting annat. Frihet. Kontroll. Livet var helt enkelt för kort för att avstå.

Det var ironiskt nog med bilen det började. Länge hade han misstänkt något. Först skjutit det åt sidan, sagt sig att han inbillade sig, övertolkade. Men gradvis hade hennes attityd ändrats, svalnat. Pliktskyldigast hade hon tagit emot honom, fast glöden var på något sätt borta. Han hade inte några konkreta bevis. Inga telefonsamtal som hastigt avslutades när han kom in i rummet där hon satt, ingen som lade på när han tog upp luren eller mumlade något om felringning. Inga brev, inga antydningar från vänner och andra.

Men det var just bilen som konkretiserade hans vaga olustkänslor. I handskfacket låg en tidning som hon glömt kvar. En notorisk skvallertidning som han normalt aldrig läste. På måfå bläddrade han igenom kavalkaden av prinsessbröllop och skilsmässor, rykten och skvaller. Filmpremiärer med "kändisar" som var kända för att de var kända. Med blanka ansikten och glas i händerna såg de förtjust in i kameralinserna.

Han kände inte igen någon i den udda samlingen av såpaskådisar, boutiqueägarinnor och TV-personer från kanalernas utmarker. Inte direkt Bukowskiköret, tänkte han, men idén var densamma. Och läsare fanns uppenbarligen. Personintresset var stort i ensamhetens Sverige.

Han skulle just lägga tillbaka tidningen när han såg henne. Längst ner till höger på sidan. Hon log in i kameran och bredvid stod en man med armen om hennes axlar. "Den nya konstellationen på kändishimlen" stod det under bilden. Han hade

8

ett vagt minne av att ha träffat mannen vid hennes sida. En slirig affärsman eller mäklare med lönsamma aktiviteter i gränstrakterna för finansinspektionens tillslagsområde. Hon hade naturligtvis förnekat, pratat om en gammal vän som ingenting betydde, frågat om han verkligen trodde på vad ansvarslösa skvallertidningar publicerade. Sagt att det var en gammal bild. Talat om löjlig svartsjuka. Det var så det började, eller snarare slutade. Sent hade hon kommit in i hans liv och för tidigt hade hon lämnat det, alldeles för tidigt.

Han reste sig ur stolen, gick fram till barskåpet av Josef Frank, vem annars tänkte han ironiskt, och slog upp ett halvt glas whisky, tömde det nästan i ett svep. Det brände i halsen, whiskyn var från. Egentligen tyckte han inte om whisky, fann den besk, men den gjorde nytta och snabbt.

Han satte sig igen och såg ut genom fönstret. Husfasaden mitt emot höjde sig över det mörkgröna lövverket. Trafiken flöt fram som i en trång canyon långt där nere. Från kyrkan en bit bort kom tung, manande klockklang. Begravning?

Nej, det var lika bra att inse att det var kört. Till alldeles nyligen hade han intalat sig att ålder inte hade med biologiska klockor att göra. Att man var så gammal som man kände sig. Brukade skämta om att den minsta gemensamma nämnaren för Dostojevskij och Clint Eastwood var att de var tjugofem år äldre än sina fruar. Och fysiskt hade han alltid varit i trim – två gånger i veckan på Sturebadet och han gick hellre än tog bilen inne i stan.

Åldersmässigt var han heller inte lastgammal. Medellivslängden ökade, solbrända pensionärer spelade golf i Spanien i en ålder då deras föräldrar var längesen döda. En ny seniorindustri hade vuxit fram som siktade in sig på välbeställda, mentalt och fysiskt utåtriktade och aktiva äldre människor som klädde sig som tonåringar och dök i Röda havet eller fotvandrade i Nepal. Och till den kategorin hade han inte hunnit än. Att han dragit ner på takten berodde enbart på att han ville få mer tid för det som intresserade honom, slippa administrativa och andra rutiner. Börja ett nytt liv med henne när hans skilsmässa var formaliserad. Sen länge levde han och hans fru isär.

Hon hade tagit över huset utanför Marbella och var sällan i Sverige. Inga barn, tyvärr, fanns med i bilden.

Testerna på Sturebadet visade värden som hos en fyrtioåring, han vägde lika mycket nu som för tio år sen och höll fortfarande på med ganska omfattande affärer. Så egentligen var det ju löjligt att sitta här och bestämma sig för att bli gammal. Om man nu tänkte efter. Han borde vara tacksam istället att han var så väl bibehållen.

Och det här med att hon måste dö var naturligtvis bullshit. Det hela var ju egentligen ganska banalt. En yngre kvinna lämnar en äldre man. Inte första och heller inte sista gången i världshistorien. Han borde vara glad för vad som varit och än var det inte kört. Han såg bra ut, hade en mer än hygglig ekonomi och kunde se fram mot många goda år. I hans krets fanns kvinnor som var påtagligt öppna för propåer. Så varför deppa?

Han slog upp mer av den beska, rökiga whiskyn. Gick fram till fönstret och såg ut över hustaken. Men det gick inte att intala sig, det funkade inte med falsk optimism och konstlad eufori. Whiskyn värmde inte längre. Och vissheten fanns där. Om vad han måste göra, om det oundvikliga. Livet som obevekligt rann mellan hans fingrar, mörkret som långsamt växte inom honom. Som slutgiltigt skulle ta över, som kvällen omärkligt försvinner in i natten, en natt utan gryning och morgon.

Kapitel I

Så var det dags igen, tänkte jag där jag satt inne på mitt kontor med fötterna på skrivbordet och läste Dagens Nyheter. På första sidan förkunnades att vitaminpiller var verkningslösa mot hjärt- och kärlsjukdomar liksom mot cancer. Trösterikt nog var de inte skadliga heller. Nyligen informerade en annan tidning om att det här med kostfibrer kunde man glömma. Och dundermedlet östrogen, som varit ett måste för kvinnor i klimakteriet, ökade numera risken för stroke, infarkt och cancer.

Det är precis som aktiemarknaden. Åsiktskurserna går upp och ner. Den ena dagens sanning är nästa dags lögn. Det senaste tillskottet i åsiktsfloran var att man dog av att äta potatischips. Nästan, i alla fall.

Inte för att jag är någon hälsofreak som smäller i mig en massa vitaminer, men det roar mig att följa svängningarna mellan svart och vitt på det medicinska fältet. Nej, jag fick hålla mig till mina säkra kort. Promenader, grönsaker, Dry Martini och rödvin som skummade av antioxidanter och flavonoider som brottade ner alla ondsinta, fria radikaler. Lustigt namn, tänkte jag som så ofta. "Fria radikaler." Det låter som en utbrytargrupp inom folkpartiet.

Stora internationella undersökningar redovisade inte minst rödvinets hälsobringande effekter, något som nogsamt förtegs av myndighetspersoner med självpåtagen plikt att kontrollera och hålla oss i schack, skydda oss från vad vi kunde ta oss till om vi följde våra låga begär. Det senaste bisarra inslaget var den dolda högtalare på restaurangtoaletterna som varnade för alkoholens vådor. Storebror tog över mer och mer, följde till och med in på muggen. Inte ens vid de mest personliga förrättningar undgick man överhetens vakande öga, alltid medvetet om sin plikt. Skulle RFSU följa i spåren?

Plikt förresten. Jag såg häromdagen att Värnpliktsverket bytt namn till Pliktverket. Tungt, hotfullt och manande. Vore det inte mer passande som namn för Svenska kyrkan? Man kunde skapa ett vapen med ordet "Plikt" överst och under Martin Luthers ansikte över två korsande pekpinnar och någon lämplig text till som påminde om vad som väntade den som avvek från dygdens smala stig. Eller var helvetet i den politiska korrekthetens namn bortrensat ur de kyrkliga lärorna? Jämlikheten krävde att alla kom till himlen. Annars fick väl JämO gripa in.

Ja, det är så där jag tänker när jag låter associationerna fara som vilsna fåglar i mitt huvud. Tur att ingen i närheten kan läsa tankar. I så fall skulle jag ligga illa till, politiskt inkorrekt som jag är. Fast i sällskap med andra försöker jag lägga band på mig. Oftast lyckas jag, men inte alltid.

Jag väcktes ur mina funderingar av Cléo. Cléo de Merode alltså, min siamesiska sambo. Mycket sofistikerad, mycket vacker med violblå ögon, crèmefärgad, silkeslen kropp och blå svans. Mjukt hoppade hon upp på mitt skrivbord, landade med perfekt precision mellan den blommiga kaffemuggen och vattenglaset. Jag såg på klockan. Lunchdags. Det hade jag alldeles glömt, men inte Cléo. Förebrående såg hon på mig, jamade uppfordrande. Hon hade rätt, jag hade försummat henne.

Jag skulle kanske tillägga att Cléo inte enbart är en katt, ett sällskapsdjur, nej, hon är mycket mer än så. Ofta har hon bistått mig när jag hamnat fel på mina ofrivilliga utflykter i brottets värld. Med en lätt knuff på tassen har hon fått mig på rätt köl igen. Inte medvetet kanske, men hon har fört in mig på nya tankebanor som lett till mysteriets lösning.

– Okej, var inte orolig.

Jag reste mig ovigt ur den djupa fåtöljen, gick fram till det lilla kylskåpet och tog fram en burk kattmat. När hon hörde pysandet från locköppningen hoppade hon ner på golvet, strök sig mot mina ben och spann som en kaffekvarn. Finns de kvar förresten? De där små, fyrkantiga burkarna av trä med en vev högst upp och ett uttag för hela kaffebönor, som kom ut malda i ett litet fack längst ner, då veven drogs runt. Man kunde skapa sina egna smaker genom att blanda olika slags bönor, som affärerna sålde i lösvikt. Och så gott det luktade. När jag känner doften från ett nyöppnat kaffepaket är jag tillbaka i det stora köket på Viby prostgård i Närke, där jag växte upp. Mammas kanelbullar vid köksbordet, ljummen färsk mjölk som jag hämtade från ladugården varje kväll och sen doften av nymalet kaffe.

Jag tog fram ett sprucket Meissenfat ur skåpet, skedade upp halva burken med en blank silversked och ställde ner det på golvet. Med huvudet på sned och ögonen vällustigt slutna satte Cléo i sig anrättningen som faktiskt luktade riktigt gott. Om jag inte vetat att det var kattmat skulle jag kunnat ha det som smörgåspålägg. Men dit hade jag inte kommit än. Min antikaffär på Köpmangatan var väl inte någon guldgruva, men den gick hyggligt runt och ibland gjorde till och med jag klipp.

Jag strök Cléo över ryggen och fyllde på hennes vattenskål när den tibetanska kamelklockan pinglade till ute i affären. Den sitter över dörren från gatan och talar om när en kund kommer in, oftast för att "bara titta", men ibland i mer konkreta ärenden.

Jag drog undan den långa kashmirsjalen som legat på flygeln i mitt barndomshem. Nu hänger den istället för dörr mellan kontoret och affären, ett provisorium när jag flyttat in i avvaktan på en ny dörr, men som alla provisorier hade arrangemanget blivit bestående.

En man stod framme vid glasdisken med ordnar och medaljer, en av mina specialiteter. Hade jag tur? Var han här för att komplettera sin samling, eller ville han sälja någonting? Det är en del av charmen med att driva en antikaffär. Man vet aldrig vad som kan hända. Men det var varken ordnar eller medaljer som gällde.

– Hej, Johan. Han log.

– Hej, sa jag och såg på honom. Kostym och slips i sommarvärmen. Propert, diskret. Bank eller försäkringar? Raggade han kunder som ville placera pengar? I så fall hade han definitivt kommit till fel adress.

I min ålder ungefär, något äldre kanske, och samma längd fast kraftigare runt midjan. Hårfästet hade dragit sig tillbaka och det tunna, blonda håret gick fram i en flik mot pannan, omgiven av två vikar. Han var brunbränd, men de plufsiga kinderna, påsarna under ögonen och det trötta draget över munnen förtog intrycket av sommar och sol. Och hans leende nådde inte upp till de mörka ögonen. Vagt kände jag igen honom men kunde inte placera hans ansikte.

– Du känner inte igen mig?

– Nja, drog jag på det. Det ringer en klocka nånstans, men jag vet inte riktigt var.

– Försök med Sörmland-Nerikes nation i Uppsala. Jag fanns i klubbmästeriet när du var teateranförare. Vi hade aldrig så mycket glaskross på gaskerna som på min tid. Han skrattade.

Då kom jag ihåg, då föll bitarna på plats. Jonas Eriksson. En glad, bullrig kille som läste juridik och aldrig försummade en fest på nationen. Han var ett stående inslag i våra spex och andra glamorösa aktiviteter, till exempel Hornboskapens spelningar. Skandinaviens äldsta mässingsorkester alltså, med anor från 1840-talet, där jag själv med viss framgång spelat trummor. Inte minst aktiva var vi när Bastiljen stormades den 14 juli varje år, det ökända fängelset i Paris där franska revolutionen började. I Uppsala kreerades rollen av potatiskällaren inne på gården till nationshuset. Efter lyckat anfall tågade vi med Hornboskapen och nationens fana i täten till Flustret, där segern firades med Marseljäsen och andra begivenheter.

– Det var inte igår.

– Inte i förrgår heller. Du blev tydligen antikhandlare?

– Det ser inte bättre ut. Och du är jurist?

– Ja och nej. Jur. kand., men jag praktiserar inte, jobbar med en mäklarfirma.

– Och nu kommer du för att placera dina vinster i säkrare kort än aktier? Gustavianska byråar och antikt silver?

– Om det vore så väl. Han log ett blekt leende som försvann lika snabbt som det kommit. *The good old days* är borta, för alltid, verkar det som. Du läser väl börsnoteringarna?

Jag nickade.

– Det är faktiskt första gången jag är glad att jag inte är miljonär. Då hade livet varit ganska dystert. Om jag nu haft mina pengar i aktier förstås. Goda rödviner är roligare. Det är dit mina besparingar går.

– Du har alldeles rätt. Nej, jag kom för att bjuda på lunch.

– Lunch?

Förvånat såg jag på honom. Här har vi inte setts på så länge att jag först inte känt igen honom, och så ville han äta lunch med mig.

– Du ser förvånad ut. Men det var en ren slump faktiskt. Jag råkade gå förbi, jag gillar att strosa omkring i Gamla stan. Och så såg jag ditt namn på skylten och tänkte att det måste vara du. Johan Homan är ju inte nåt vanligt namn och du läste konsthistoria om jag kommer ihåg rätt.

– Det gör du.

– Och då tänkte jag att det vore kul att sitta ner en stund och prata gamla minnen. Vid min ålder blir man nostalgisk ibland.

Han lät forcerad och jag gissade att det var annat än Uppsalaminnen han hade på hjärtat. Men varför inte?

– Gärna, sa jag. Det skulle vara trevligt. När hade du tänkt dig?

– Idag, sa han snabbt. Klockan ett. Jag vet att det är kort varsel och du har säkert annat för dig.

– Nej. Men jag utgår från att du bjuder på annat än lättfil med müsli och inlagd sill med två kokta ägg. Det är min standardlunch.

Jonas Eriksson skrattade.

– Det slår jag. Med hästlängder! Och jag föreslår Pontus. Gamla Eriks alltså. Alldeles här nere vid Sankt Göran och draken.

– Jag vet. Jag går dit nån gång när jag har råd, så det blir inte så ofta.

– Då ses vi om en stund. Han log och gick.

Jag såg efter honom där han försvann ut på Köpmangatan. Nu är det dags igen, tänkte jag. Johan Kristian Homan på nya äventyr. För det där med nostalgi och gamla minnen från en försvunnen ungdom i Uppsala trodde jag inte på. Och vi hade visserligen känt varandra, men inte umgåtts närmare. Han rörde sig i coolare kretsar än jag.

Eller var jag för misstänksam? Varför kunde det inte vara som han sagt? Han hade sett skylten och fått ett infall, mindes mig, kom ihåg sitt Uppsala och ville prata. Han kanske bara var spontan och hjärtlig. Impulsiv. Jag måste inte alltid måla fan på väggen.

En stund senare satt vi på Pontus in the Green House, uppe i den elegantare avdelningen på andra våningen. I de smala båsen häckar börslejon och IT-konsulter från de företag som överlevt. Andra också ur etablerade kretsar med sponsrade kreditkort på fickan. Det framgick klart när man såg menyn. Enstaka par fanns också. Längst bort i hörnet skymtade en framgångsrik konstnär och en välkänd PR-kvinna. Hon helt i svart trots sommaren, den uniform som verkade höra till yrket. Han mer bohemisk, utan slips. Diskuterade de marknadsföring av hans tavlor, eller fanns intressantare ämnen på dagordningen? Hennes hand rörde förstulet vid hans. Elaka tungor talade om "Pontus en trappa upp" som vattenhål för den som sökte avskildhet före, under eller mellan skilsmässor och andra aktiviteter som fordrade ett visst mått av diskretion.

Jag såg mig om där vi satt längst in i en rundad hörnsoffa, elegant randig i rött och vitt. Den svarta mattan var täckt av rosa och röda rosor och den originella golvklockan kunde ha dansk proveniens. Bornholm?

På de milt gula väggarna hängde tavlor med matmotiv som sig borde, och till vänster om soffan ledde en låg trappa upp till ett inre rum. Ett *chambre séparée* för den som ville vara ostörd? Kärleksaffärer eller mera handfasta business deals?

Genom de vita, tunna gardinerna skymtade jag Köpmangatans sträckning på samma höjdnivå som matsalen. En uppstoppad sjöfågel i svart och vitt av obestämd härkomst såg på mig med svårmodiga porslinsögon från en hylla bakom soffan. Det var uppenbart att den inte trivdes i miljön. Men det gjorde lika uppenbart Jonas Eriksson som hälsats av den förbindlige hovmästaren med den sortens respektfulla förtrolighet som visas stamgäster på bättre krogar.

Vi hade börjat med var sin Dry Martini. För min del var det ett undantag. En av de få regler som styr mitt liv är "aldrig sprit till lunch". Inte av moraliska eller andra skäl, men jag blir sömnig. Fast här blev jag övertalad. Och det var inte svårt, för den "lunchmartini" som serverades var en minivariant, hälften så stor som normalt. Ett lyckat psykologiskt grepp i en luthersk vardag. För beteckningen "en liten lunchmartini" i menyn ledde tankarna bort från Socialstyrelsens pekfinger, antydde en oskyldig, lätt och behaglig öppning på en avspänd lunch.

När vi studerat matsedeln och fastnat för en vichyssoise på kronärtskocka med tryffelmarinerad pilgrimsmussla, hälleflundra och en flaska sancerre, såg Jonas Eriksson allvarligt på mig.

– Du undrar förstås? Skål, förresten. Han höjde sitt höga glas mot mig. Jag smuttade. Klart godkänt.

– Du ville ju tala Uppsala?

– Inte bara det. Uppsala tar vi till kaffet. Han log ett snabbt leende. Nej, jag har ett problem.

Jonas såg sig snabbt om, som ville han förvissa sig om att inga långa öron fanns i närheten. Men det var inte någon större risk. Ett par finansklippare vid bordet snett över var helt försjunkna i allvarliga diskussioner, om framtida kupper förmodligen. Några dystra politiker framme vid det runda fönsterbordet var helt absorberade av sina budgetsiffror, visade varandra tabeller och kurvor. Bidrog deras representationsnotor till det stora underskottet? Men jag unnade dem allt gott. Deras beslut kunde bara bli bättre efter luncher på Pontus.

Här har vi inte setts på en massa år, tänkte jag och såg på Jonas. Och nu helt plötsligt vill han tala problem med mig. Behövde han pengar och ville sälja något arvegods? Han kanske inte ville göra det på något av de stora auktionshusen där han säkert kände många? Och misstrodde han antikhandlare i allmänhet, trodde att han skulle bli uppkörd om han gick den vägen?

Då var kanske jag en kompromiss? Vi kände varandra, hade ett gemensamt förflutet och han borde kunna lita på mig. Men som så ofta höll inte mina luftiga spekulationer.

– Jag har ett problem alltså. Han tystnade, tog resten av sin

Dry Martini, såg ut genom fönstret upp mot Sankt Göran och draken. Så vände han sig mot mig.

– Känner du till Augsburgspokalen?

– Det beror på. Det finns väl flera?

Han nickade.

– Ja, men den här är mycket speciell. En av min frus gamla släktingar fick den av Gustav II Adolf under trettioåriga kriget. Han hade ridit bredvid kungen i ett av slagen, när kungens häst blev skjuten och störtade. Då gav han Gustav Adolf sin egen häst och stod kvar på marken med värjan i handen och lyckades försvara sig tills han blev undsatt. Till tack fick han alltså den här ryttarpokalen, som kungen själv fått vid intåget i Augsburg. Experterna anser att det är ett konstverk av högsta klass och ett av dom finaste exemplen på tyskt silversmide från barocken.

– Jag har ett vagt minne av att jag läst om den nånstans. I ett uppslagsverk om barocksilver, nåt tyskt verk. Är det samma pokal?

– Förmodligen. Det kan inte finnas särskilt många kvar efter snart fyra hundra år.

Servitören kom med en korg bröd, fyllde på våra vattenglas, tog bort tallrikarna efter den läckra, kalla soppan och förkunnade att hälleflundran var på väg. Jonas lade till en dessert för sin del, crème caramel. Jag avstod. Det borde han också göra, tänkte jag och såg på hans plussiga ansikte. Höll han på så där fick det bli nya hål i livremmen.

Så hällde han upp av den ljusgula sancerren från Loiredalen. Hoppas den kommer från Francines mamma, tänkte jag. Francine är alltså min, ja, vad ska jag säga? Sambo kanske är mest rätt, fast vi bor inte tillsammans. Men det låter bättre än särbo och delsbo. Flickvän är töntigt och vi är inte förlovade. Dessutom tycker jag alltid att "fästmö" associerar till gamla filmlustspel med Sickan Carlsson. "Hela Sveriges lilla fästmö" eller vad de nu kunde heta. Spårvagnar slamrade fram över Gustav Adolfs torg, bilarna körde till vänster och poliskonstaplar med sabel dirigerade trafiken med vita handskar. Egentligen älskar jag den sortens filmer.

Francine är chef för Säpos personskyddsavdelning och ansvarar för skyddet av kungahus, statsminister och andra höjdare. Och hennes fransyska mamma är delägare i ett litet vinslott i Sancerre.

– Vet du att det egentligen heter helgeflundra?

Undrande såg Jonas på mig.

– Menar du fisken?

– I menyn står det hälleflundra, men från början var det just helgeflundra efter helig. Det indikerade att fisken var tillåten föda under den katolska fastan. Ursäkta avvikelsen från din pokal, men jag är road av sånt här totalt värdelöst informationsgodis. Du har alltså bjudit mig på en fin lunch på en dyr krog för att tala om en dyrbar silverpokal från 1600-talet?

– Precis.

– Och den är ditt problem?

– Exakt. Och jag ska berätta varför. Jag hade den hemma hos mig, i min våning. Den stod ovanpå öppna spisen.

– Är det inte riskabelt? Att ha den stående framme så där.

– Jag borde ha förstått det, men jag har både larm och säkerhetsdörrar. Och till vardags ligger den i Handelsbankens valv vid Kungsträdgården. Men nu hade jag tagit ut den eftersom det ska bli bröllop i släkten. Och det finns en gammal tradition att när nån i familjen gifter sig så ska pokalen stå på altaret, fylld med blommor. Annars betyder det otur.

– Jag förstår, sa jag, men det gjorde jag inte. Inte egentligen. Vart ville han komma?

– Men nu är det jag som har otur, för den är borta. Försvunnen.

– Har du haft inbrott?

– Ja och nej. Han log ett glädjelöst leende.

– Du vet väl om du haft tjuvar i våningen? Har du polisanmält det och talat med försäkringsbolaget?

Jonas skakade på huvudet.

– Innan jag drar igång polisen och hela köret ville jag prata med dig. Fråga om du kan hjälpa mig.

– Hurdå?

– Du är antikhandlare. Känd och respekterad, har jag förstått. Du känner dina kolleger, du vet vad som rör sig i branschen. Hur det snackas. Kan du inte höra dig för och se vad du kan hitta? Kolla om den kommer ut på marknaden.

– Det är väl svårt med en så pass känd och speciell sak.

– Det är det som är problemet, sa Jonas allvarligt. Ingen kan sälja den på Bukowskis eller Auktionsverket. Och ingen antikhandlare kan ställa ut den på en mässa eller i sitt skyltfönster. Nej, jag är rädd för att den diskret kan komma ut på den internationella marknaden och då är den borta för alltid. Tyska samlare betalar skjortan och den har ju inte synts till på flera århundraden. Och det kanske gjordes flera likadana. Då är det svårt att bevisa att pokalen är identisk med vår.

Servitören kom tillbaka med våra tallrikar med vackert presenterad hälleflundra. Var den lika läcker som uppläggningen lovade skulle det bli fest. Och det blev det. Det mjälla, fasta fiskköttet smälte i munnen. Fast fiskbestick gavs inte. Hade de blivit omoderna?

– Sen är det en sak till.

– Vad skulle det vara? Jag lade ner kniv och gaffel och såg på honom.

– Visserligen har vi inte träffats på många år, men jag har läst om dig ibland. Och hört talas om dig bland gemensamma vänner.

– Tro inte allt du hör.

– I det här fallet gör jag det. Jag menar det här med kriminalitet och annat. Att du har varit inblandad i en del mordfall med lycklig utgång. Du måste ju ha nära personkontakter med polisen. Och du lär ha en flickvän som är nånting på Säpo.

– Det kan jag inte neka till. Och jag tänkte på Francine och på Calle Asplund, chefen för mordkommissionen.

– Men det handlade inte om stulna barockpokaler. Det har tyvärr varit fråga om brutala mord.

– Kommer pokalen inte tillbaka så kan vi riskera nya mord. Jag överdriver, men om min familj, ja, min fru, får veta att jag har slarvat bort pokalen så tar fan mig, det kan jag försäkra. En familjeklenod med rötter i svensk historia, konstnärligt unik och värd miljoner. Dystert såg han på mig, hade inte ens börjat äta sin fisk.

– Slarvat och slarvat? Inbrott och stölder inträffar ju dagligen. Så det kan väl inte vara slarv? Om du nu inte har lämnat dörren öppen förstås.

– Det var inte något inbrott, sa han lågt och tittade ner i tallriken. Det var nånting helt annat. Och därför kan jag inte gå till polisen. Du måste hjälpa mig! Hans blick var närmast desperat. Jag har bara en dryg vecka på mig.

Kapitel II

– Jag förstår inte riktigt vad du menar. Din pokal är borta, men det var inte inbrott. Den kan väl inte ha flugit ut genom fönstret?

– Jag önskar nästan att den hade gjort det.

– Om du vill att jag ska försöka hjälpa dig måste du tala klartext. Vad var det som hände?

Jonas såg länge på mig, som om han funderade på vad han skulle säga, hur mycket han kunde berätta. Så verkade han ha bestämt sig, lutade sig fram över bordet.

– Det är djävligt genant. Han tystnade, drack av vinet. Djävligt genant helt enkelt. Pinsamt. Jag var på Centralen häromkvällen för att köpa en biljett ner till Skåne, hade varit på bio och hade ingen brådska hem och jag hatar att stå i dom där långa biljettköerna och se hur klockan tickar mot avgång. Hursomhelst så kom en tjej fram till mig när jag gick mot nergången till tunnelbanan. Hade just hunnit till det där runda järnräcket du vet, mitt på Centralen, där man kan titta ner på folk som kommer i våningsplanet under.

Jag nickade, jag visste vad han menade.

– Och då kom hon fram till mig alltså.

Tystnad igen.

– Och?

– Hon grät. Sa att hon hade blivit bestulen av nån ficktjuv. Pengar, pass och nycklar. Och hon undrade om jag kunde hjälpa henne.

– Stockholms central har varit en guldgruva för bondfångare sen järnvägen byggdes, konstaterade jag torrt.

– Jag vet. Jonas såg skuldmedvetet på mig. Trodde först att hon var en knarkare som försökte tigga pengar. Men hon verkade inte den typen. Ung, fräsch och skitsnygg. Tjugo kanske. Och när jag frågade om hon inte kunde ringa nån kompis och bo där över natten, så sa hon att hon inte kände nån. Att hon kom från Örebro och skulle flyga från Arlanda nästa dag och att hon fått låna nycklar till sin fasters våning, men hon var utomlands på semester. Och hon hade inga andra släktingar i stan. Kunde jag hjälpa henne med ett hotellrum?

– Vad gjorde du då? Jag frågade fast jag visste svaret.

– Det ena gav det andra och hon följde med mig hem. Jag bor på Söder. Mariatorget. Ska jag vara ärlig så hade jag tagit en drink i baren på Centralen. Och min fru och jag står inte varann så där jättenära längre. Hon har varit hos sina föräldrar i Skåne sen slutet av maj. Så jag tänkte att vafan, jag menar livet tickar och går och man blir inte yngre. Sen när jag vaknade nästa morgon var hon borta. Pokalen också.

Sancta simplicitas, tänkte jag. Heliga enfald! Och då förstod jag honom bättre när han sagt att det inte varit något inbrott. Jonas hade själv tagit med sig tjuven hem, legat med henne och hon hade tackat för sig genom att ta med sig hans historiska barockpokal. Hur skulle han kunna förklara det?

– Nu sitter jag alltså i en djävla knipa, sa Jonas, som om han förstått vad jag tänkt. Vad ska jag säga till min fru och till resten av släkten när det blir bröllop utan kungens pokal? Ska jag säga som det är? Jo, det var så här att häromkvällen så plockade jag upp en tjej på Centralen och lät henne sova över eftersom nån ficktjuv hade tagit hennes pengar. Och när hon gått nästa morgon så var pokalen borta. Men vi kan väl sätta blommorna i en annan vas? Han skrattade glädjelöst.

Jag såg på honom. Så banalt, tänkte jag. Så jäkla banalt. Uttråkad gräsänkling tar några järn för mycket och plockar upp en tjej, på Centralen av alla ställen! Om det åtminstone varit på en bar eller klubb nånstans. Och så blåser hon honom på familjeklenoden. Hur dum får man vara? Hade han aldrig hört talas om aids, knark och prostitution? Hon kunde ju ha ringt sin hallick, släppt in ett gäng i våningen sen Jonas somnat och plockat med sig mycket mer än silverpjäsen. Och själv hade han kunnat bli nerslagen, om inte värre.

– Det var en jäkla soppa du har rört ihop. Och nu blir det mycket svårare att spåra pokalen.

– Hurså?

– Om det varit ett vanligt inbrott så hade polisen kunnat slå i sina register, tittat i datorerna efter hälare som specialiserat sig på antikviteter, leta tjuvar som gjorde specialjobb. För en vanlig inbrottstjuv hade ju inte nöjt sig med bara pokalen. Han eller dom hade tagit en massa annat också. Och eftersom det hände när du sov, så skulle det krävts mycket kunskap och teknik för att gå in med dyrkar och röra sig ljudlöst i våningen. Då måste det röra sig om ett beställningsarbete.

– Hurdå, menar du?

– Nån måste ha vetat att pokalen fanns hemma hos dig, nån visste till vem den kunde säljas. Kanske en handlare eller samlare låg bakom? Och då hade polisen kunnat ringa in fältet, börjat med personalen på banken kanske, som visste att du hämtat den ur valvet. Eller pratat med din städtant om du har nån.

– Svart, sa han. Då hade jag åkt dit på det också. Estniska, en snäll och hygglig tjej.

– Där kunde dom haft en öppning. Du har väl hört talas om alla skurkar som kommer hit i organiserade ligor och snor vad dom kan? Men den vägen är ju körd.

– Nu förstår jag inte?

– Eftersom tjuven inte var professionell utan en prostituerad och förmodligen knarkare, så finns det inte mycket att gå på annat än signalementet du kan ge polisen. Men din pokal kan inte spåras på samma sätt. Den kan ha sålts på Sergels torg för några tusenlappar. Hon har naturligtvis ingen aning om värdet och för henne är det snabba pengar till en fix som gäller. Hon tog bara det som var närmast till hands. En stor och blank silvergrej som såg dyr ut. Berättade du om den för henne?

Skuldmedvetet såg Jonas på mig.

– Jag kanske gjorde det. Ville väl skryta lite. Impa. Sa att det var min gamla släkting som fått den av kungen. Ja, vi satt där och tog några drinkar och det ena gav det andra.

– Jag lägger mig inte i ditt privatliv. Och jag vet inte hur du ska klara upp det här. Men mitt råd är att du kollar pantbankerna och går till polisen. Dom patrullerar ju Centralen och det är möjligt att hon finns i deras register. Och hennes *modus operandi*.

– Vad är det?

– Arbetsmetod. Hon kan ha specialiserat sig på att plocka upp såna som du för att muddra dom. Medelålders, kåta gräsänklingar, sa jag lite elakt, men det förtjänade han. Såna som inte gärna går till polisen efteråt.

Och jag ska se vad jag kan göra, fortsatte jag, men det blir nog inte till mycket hjälp. Jag kan ju inte gå omkring till alla Stockholms antikhandlare och fråga om dom har köpt en unik barockgrej från Augsburg av nån knarkhora från Plattan och om dom i så fall vill vara snälla och diskret lämna tillbaka den till dig.

Jag log, men det gjorde inte Jonas. Och jag förstod honom, ville definitivt inte vara i hans kläder vid sanningens minut. När han kom tomhänt ner till sitt skånska bröllop. Aldrig i livet!

När jag efter lunchen gick uppför Köpmanbrinkens branta stigning på väg till min affär tänkte jag på vad Jonas Eriksson berättat. Var han verkligen så omdömeslös eller låg det mera bakom än han velat säga? Var det inte troligare att han raggat upp henne på någon av barerna eller krogarna i Stockholms nattliv, åkt hem med henne och sen försöker maskera det som någon sorts hjälpsamhet och medlidande med en ung flicka utan nycklar och pengar? Illa skulle hans ädelmod lönas. Otack är världens lön, kunde det också formuleras.

Inte för att det spelade någon roll. Faktum kvarstod. Hon var hemma hos Jonas på natten och försvann med familjens stolta silvertrofé. Varför hade han inte gått till polisen direkt? Eller hoppades han att jag med mina kontakter litet diskret kunde få den tillbaka? För kopplades polisen in blev hela affären offentlig på ett helt annat sätt. Och läcktes den till kvällstidningarna var katastrofen ett faktum. "Prostituerad stjäl historisk dyrgrip hos känd mäklare" var bara en rubrikvariant bland många.

Stackars sate, tänkte jag där jag gick förbi Sankt Göran och draken. Den oskyldiga prinsessan knäppte sina händer i tacksamhet mot den ädle riddaren som förgjorde ondskans drake. Var det så Jonas såg mig? Som den som skulle frälsa honom ur hans penibla belägenhet? Men när allt kom omkring fick han faktiskt skylla sig själv. Han hade kanske tur om det nattliga besöket bara resulterade i en försvunnen silverpokal.

Och varför hade Jonas Eriksson kontaktat just mig? Visserligen hade vi känt varandra i Uppsala, men inte närmare. Och så kommer han in i min affär många år senare för att hals över huvud dra iväg med mig till Pontus och servera mig en riktig rövarhistoria. Kände han inte någon annan antikhandlare eller var han fullkomligt desperat? Och vad kunde jag göra mer än hålla ögon och öron öppna?

Jag kunde ju inte hemsöka alla mina kolleger, och bland dem jag kände fanns inga kriminella element. Men om så vore skulle ändå ingen bekänna färg och säga visst, jag fixade ett beställningsjobb för en tysk samlare av barocksilver och just nu åker pokalen över Öresundsbron i bakluckan på en Mercedes. Och dessutom: hur kunde han vara säker på min diskretion? Jag kunde ju berätta för vem som helst om hans nattliga eskapader.

När jag kom förbi Eric Gustafsons antikaffär såg jag Eric där inne. Jag kunde ju alltid börja här, tänkte jag. Då skulle jag hålla vad jag nyss oförsiktigt lovat. Eric är en av mina närmaste vänner, både inom och utom branschen och vi håller ett öga på varandras butiker när någon av oss är bortrest.

Jag kallar honom "Vem är det" efter det tjocka biografiska uppslagsverket över tio tusen svenskar i ledande positioner inom samhällets olika sektorer – från politik och affärer till teater och konst. För Eric kan allt om alla, nästan i alla fall, och han har taxeringskalendern och adelskalendern på nattduksbordet. Dessutom vet han mycket om sådant som inte står i personuppgifterna.

Det hade varit till nytta många gånger. Inte för att jag trodde på mirakel, inte ens Eric skulle kunna skaka fram Jonas Erikssons pokal ur sin hatt, men det kostade ingenting att fråga.

Och det var alltid trevligt att träffa Eric. Han ser ut som om han kom från rollfacket *Mr Nice Guy* i amerikanska filmer. Mörkt hår utan ett grått strå (plockar han bort dem framför spegeln?). Misstänkt vita tänder, ett öppet ansikte med ett stort leende och alltid brunbränd, också mitt i vintern. Förmodligen solariefusk.

Eric log förtjust när jag kom in i affären, höll ut båda armarna för att välkomna mig. Elegant som alltid i gula manchesterbyxor, vinröd kavaj och starkt blå skjorta. I halsen en scarf som tog upp det röda i kavajen.

– Du ser mer och mer ut som en färgkatalog, sa jag. "Köp våra nya, moderiktiga inredningsfärger. Föryngra ert kök."

– Smickrare där. Det behövs ju en och annan trana för att ni sparvar ska känna er hemma. Han log förtjust.

Det hör till att vi tråkar varandra när vi ses, i största vänskaplighet, men Eric Gustafson var verkligen klädsnobb, ibland litet över gränsen till vad många av hans kunder, mest äldre damer, tyckte var riktigt passande. Men de förlät honom. Eric var Eric och ett stort original med en lika stor konstnärssjäl, sprakande av social kompetens och snabba repliker, ofta med en udd.

"Köpmangatans svar på Oscar Wilde", brukade jag säga när jag var på det humöret, liksom att han givit ordet "snobb" ett ansikte. Fast i ärlighetens namn var det inte en tillkämpad och konstlad attityd. Han klädde sig som han kände för och försökte aldrig dölja att hans IQ toppade de flestas. Sen kan man ju alltid diskutera tycke och smak, men jag har vant mig.

– Vill du ha en kopp te?

– Nej tack. Jag har just ätit lunch. På Pontus in the Green House.

– Jo, jag tackar jag. Inte dåligt av en enkel antikhandlare. Det var väl bottenvåningen förstås. Entréplanet, där man trängs och äter "dagens".

– Faktiskt inte. En trappa upp. Men jag kan trösta dig med att jag blev bjuden.

– Det förklarar saken. Han log maliciöst.

– Och nu undrar jag en sak.

– Som vadå?

– Killen som bjöd mig träffade jag för en herrans massa år

sen i Uppsala, han läste juridik, och nu ramlar han hux flux in i min affär och bjuder på lunch rakt upp och ner.

– Det var ädelt. Han kanske efter alla dessa år har haft en brinnande längtan efter att återse sin ungdomsvän. Eric himlade med ögonen, men jag låtsades inte om hans sarkasmer.

– Känner du en mäklare som heter Jonas Eriksson?

– Skulle jag det?

– Tänk efter.

– Jonas Eriksson, Jonas Eriksson, sa han högt för sig själv och såg fundersamt ut på gatan. Ett vanligt namn förstås. Och mäklare?

– Han har en Augsburgspokal, lade jag till. En historisk grej som var en gåva från Gustav II Adolf.

– Jaså, den Eriksson. Eric sken upp. Då pinglar det klockor. En hel klase. Jag kommer ihåg pokalen från en föreläsning om barocksilver som Nationalmuseum hade en gång för längesen. Dom hade plockat fram den och ställt den i en monter. En fantastisk pjäs. Fast själv tycker jag nog att barocken är för överlastad. Och den hade gått i arv i alla generationer i familjen Stålsvärd.

– Hur har den hamnat hos Jonas Eriksson då?

– Det har den inte alls. Det vill säga han är gift med dottern i huset. Dom har ett ställe nere i Skåne nånstans. Ja, inte nåt av dom "stora". Han log ursäktande. Jag träffade faktiskt den här Eriksson och hans fru vid utställningen. Jag minns det för att hon höll ett föredrag, berättade om hur pokalen kommit i familjens ägo. Sen har jag inte sett henne som jag kan komma ihåg. Det är väl Malmö och Köpenhamn som gäller där nere. Och Falsterbo. Jägersro.

– Jag trodde dom bodde i Stockholm. Jonas talade om sin våning nånstans vid Mariatorget.

– Mycket vet jag, men inte allt. Fast det sägs att det finns många skäl till att hustru Eriksson trivs bättre på andra håll än i Stockholm.

Vad kunde han mena? Med Eric visste man aldrig säkert mer än att hans halvkvädna visor ofta hade sitt ursprung i lite speciella förhållanden bakom olika kulisser.

– Han har stor aptit på kvinnor, fortsatte Eric, som förstått att jag var intresserad. Och det finns gott om frustrerade, halv-gamla saker som har gått sina bästa matcher. I dom kretsarna lär han kallas "budoaratleten" och han besväras inte av några intellektuella bördor, men det är väl inte det dom är ute efter.

Han skrockade förtjust.

– Som en fjäril landar han här och där och inte alltid särskilt diskret, fortsatte han. Skvallertidningarna älskar honom. En svajig typ, alltså. Verkar inte riktigt seriös, ser ut som om han har handsvett. Jag skulle aldrig köpa aktier av honom. Och det lär inte gå särskilt bra för hans firma.

– Vad säger hans fru då?

– Ingen aning, men i hennes kretsar gäller väl den gamla san-ningen att det man inte ser finns inte. Fasaden är det viktiga, skiten sopar man under mattan. Fast den här Eriksson måste nog hålla sig i skinnet, eftersom det är hon som står för fiolerna. Och det sägs att din vän Eriksson har fler pokaler än en på gång.

– Nu förstår jag inte riktigt.

– Inga ord efter mig, men det finns en mycket vacker och mycket företagsam ung dam, som specialiserar sig på något äldre och förmögna gentlemän. Såna som tycker att gräset är grönare på andra sidan det äktenskapliga staketet, om jag får uttrycka mig diplomatiskt. Erics leende var fyllt av tillfreds-ställelse.

– Du menar att han har nån affär på gång?

– Efter vad det sägs, men folk pratar så mycket strunt och vad du läser i damtidningarna ska du aldrig tro på. Nästan i alla fall. Fast ingen rök utan eld. Och här lär det brinna ordentligt.

Det måste vara en ordentlig brasa tänkte jag, eftersom Jonas behövde bränsle också från Stockholms central.

– Inget nytt under solen. Eller kanske "kjolen" i det här fal-let. Men du talade om flera pokaler. Vad har det med den här kvinnan att göra?

– Elaka tungor och avundsjuka kvinnor kallar henne "Vand-ringspokalen", om du förstår vad jag menar.

Kapitel III

Jag hade knappt hunnit tillbaka till affären förrän han kom. Först trodde jag det var en kund, vad skulle det annars vara? Han var ganska ung. Lång, kraftig. Verkade litet kroppsbyggare där han stod i chinos och sportjacka med ljusblå skjorta utan slips. I skjortans bröstficka skymtade en rund silhuett. Snusdosa? Yngre än jag, sommarblekt hår och solbränd, men han gav ändå ett officiellt intryck. En förklädd momsspion från skattemyndigheten på spaningsuppdrag?

– Kristian Homan?

Frågande såg jag på honom, nickade sen till bekräftelse.

– Jag heter Björn Gren. Kriminalinspektör.

Hoppsan, tänkte jag och adrenalinet rusade till, ungefär som när man på avstånd skymtar en blåvit poliskontroll efter vägen. Vad hade jag gjort nu då? En naturlig, genetiskt betingad reaktion hos en medborgare som sen Gustav Vasa lydigt fogat sig efter överhetens maktutövning.

– Vad gäller det? Slå dig ner förresten. Man pratar bättre då.

Jag gjorde en inbjudande gest mot den gustavianska soffan som stod mitt i rummet, omgiven av två karmstolar. Borde jag be honom visa legitimation? I amerikanska deckarfilmer kör ju alltid poliserna upp sin bricka under näsan på folk innan de knappt ens börjat tala, men det verkade inte vara läge för det nu.

Han satte sig i den ena stolen, jag mitt emot i den andra. Letade han tjuvgods, trodde han jag var en hälare? Eller gällde det Jonas Erikssons försvunna silverpokal? Men det var ju bara en halvtimme sen vi hade pratat om den och jag hade ingenting med den att göra. Dessutom hade Jonas inte verkat särskilt angelägen om att dra in polisen.

– Det gäller antikviteter, sa kriminalinspektören. Smuggelgods.

– Jaha? Och jag förstod ännu mindre. Trodde han jag smugglade antikviteter? Var hade han fått det ifrån?

– Vi håller på med en utredning, tillade han förklarande. Du känner naturligtvis till att många av dom bättre grejerna som säljs på auktion har exportförbud? Det finns lagar och förordningar om kulturminnen. EU har också regler om export av kulturföremål. Hos oss är Nationalmuseum, KB, Nordiska museet, Riksarkivet och Riksantikvarieämbetet tillståndsmyndighet. Vem du ska vända dig till beror på föremålet. Och det gäller inte bara vid försäljning. Det som går ut ur Sverige genom exempelvis arv eller flyttning omfattas också. Det finns en lång lista på prylar, allt från svenska inkunabler, böcker tryckta före 1500 alltså, till svenska kakelugnar.

Jag nickade, jag visste. Det var en del av min professionella vardag.

– På auktionsvisningarna har ju en del möbler och annat små vita lappar som talar om att Nordiska museet har granskat och beslutat att inte ge tillstånd till utförsel, sa jag. Ibland förstår jag inte varför en hel del vardagliga saker lappas, men intendenterna har väl sina skäl. Dom säger att man måste se till att ha kvar också enklare, tidstypiska grejer i Sverige för att kunna ge en allsidig bild av vår kultur. För den består ju inte bara av Haupt och Precht på den här kanten.

– Det har dom rätt i. Björn Gren nickade instämmande.

– För objekt som är mer än hundra år gamla måste man söka tillstånd, fortsatte jag. Dom som inte är lappade alltså. Jag har blanketter liggande här. Du ska skicka med foto på föremålet du ansöker om.

– Problemet är bara att det här förbudet inte respekteras, sa Gren. Det finns risk för att en hel del av det svenska kulturarvet håller på att dräneras, sipprar ut ur Sverige. Vi har ju undgått krig och annat elände, och vi har torrt klimat och har varit sparsamma, så det finns mycket att hämta här. Sen har vi haft fideikommissen till ganska nyligen. Det gjorde att stora samlingar fanns intakta och kom ut på marknaden.

– Och kronkursen, sköt jag in. När dollarn står högt så är det rena rean på svenska föremål.

– Precis. Och nu håller vi på med en utredning. Det visar sig nämligen att den här trafiken har ökat och förekommer i organiserad skala. Tullen har nästan inga resurser, mycket tas ut som flyttgods. Sen finns det andra knep. Om du exempelvis tar loss dörrarna från ett målat allmogeskåp och skickar dom för sig, så kan du skeppa underdelen separat. Då har delarna inte alls samma värde som hela möbeln och kan till och med få exporttillstånd. Och du kan gömma pärlor bland en massa mindre värdefulla grejer i en container med "begagnade möbler". Därför vill jag prata lite med dig.

– Menar du att jag på nåt sätt skulle vara inblandad?

– Absolut inte, han höjde händerna i en avvärjande gest. Men du känner kommissarie Asplund, chefen för våldsroteln, eller hur?

Jag nickade.

– Jag har förstått att du har hjälpt honom flera gånger. Och jag ville bara höra hur du som yrkesman ser på problemet, du har ju daglig kontakt med antikviteter och den världen. Jag läser bara tidningarna och ser Antikrundan, men min fru är road. Han log.

– Jag vet inte om jag har så mycket att komma med. Men det måste vara jättesvårt att få nån rätsida på det. Visserligen kan du belägga prylarna med exportförbud och det är ju bra för oss antikhandlare. Det håller nere priset på auktionerna, eftersom utlänningar inte får köpa. Fast det slår ju åt andra hållet också. Vi får inte ut vad vi skulle kunna få av utländska kunder. Men vad som händer sen köparna kånkat iväg med föremålet går ju knappast att kolla.

– Det är riktigt. Och det är ju ingenting ni handlare eller auktionsfirmorna kan ta på er.

– Precis. Sen kan det ju finnas väl så högklassiga föremål som säljs av privatpersoner utan nåt påklistrat exportförbud. Visserligen ska du söka tillstånd, men det är säkert inte många som vet bland allmänheten. Jag hörde häromdan av en av intendenterna på Nordiska museet att antalet ansökningar har sjunkit. För dryga tio år sen låg dom på cirkus sju tusen per år, nu är det nere i omkring sex till sju hundra. Och hon berättade att en brakteat från folkvandringstiden, som stulits från ett museum, skulle säljas av en svensk på auktion i Schweiz. Men det upptäcktes. Utropet låg på mellan femtio och hundra tusen.

– Brakteat? Frågande såg Björn Gren på mig.

– En sorts mynt i tunn metallplåt, i det här fallet guld, med motivet präglat på bara ena sidan, ofta med en ögla upptill så att det kunde bäras som ett smycke.

– Du ser, sa han entusiastiskt. Det är ett utmärkt exempel på vad jag talar om. Sen hjälps dom där farbröderna av EU.

– Hurdå?

– Tullen får ju bara öppna dina väskor om det finns "synnerliga skäl". Och Öresundsbron och färjorna är fulla med lastbilar och man kan ju bara göra stickprov. "Det är inga jävla problem, det är bara att köra över bron", sa en handlare i en intervju häromdan. "Man måste ju leva också."

– Allmoge lär vara särskilt i ropet just nu, sa jag. Inte minst amerikaner kommer ofta in till mig och frågar efter sånt. Du vet dom där möblerna som fanns ute i stugorna förr. Vackra, bemålade skåp. Golvur och mycket annat. Är det originalmålningar och en bra proveniens så finns det mycket pengar att hämta, särskilt i Amerika. Jag läste häromdan att bara på en dag hade det gått tre containrar med allmogesaker dit. Dom kom från tre antikhandlare i Hälsingland. Sen kan man hitta dom på Internet med helt andra prislappar.

– I Norge är den här sortens affärer också mycket populära, sa Gren, och dom har ju oljepengar. Och dom är sluga.

– Norrmännen?

Han skrattade.

– Nej, men smugglarna. När du kör ett gammalt allmogeskåp över gränsen på nån smal väg där uppe i norr nånstans så används tre bilar. Först kör en för att kolla om kusten är klar vid gränspasseringen. Sen kommer bilen med skåpet och efter kör en tredje bil som har koll bakåt. Och det finns förfalskningar också.

– Du är ju expert. Du lät så blygsam nyss.

– Jag var tvungen att läsa på en del inför det här uppdraget. Björn Gren log. Det är ju en hel vetenskap.

– Ett tag var det ju modernt att luta av allmogemöbler, sköt jag in, och det var ju rena helgerånet. En katastrof både kulturellt och ekonomiskt.

– Absolut.

– Vet du nåt om omfattningen? frågade jag.

– Experterna räknar med att ungefär hälften av dom värdefullaste allmogegrejerna försvinner ur Sverige. Stor efterfrågan, låg moral hos handlarna och höga priser utomlands är en farlig kombination. Svenskamerikaner i Minnesota, exempelvis, är en köpstark grupp.

– Sen har du ju stöldgods också.

– Just det. Och tjuvarna lär inte be om exporttillstånd. Han log. Ett tag var vi ju djävligt naiva, inte minst i kyrkorna ute på landet. Där stod ovärderliga skulpturer och annat framme och det var bara att gå in och plocka för sig. Dom grejerna kan man verkligen säga tillhörde det genuina svenska kulturarvet.

– Det är naturligtvis ett problem. Men du talade om att det förekommer i organiserad form nu?

– Just det. Och det gör det faktiskt lättare. För kan vi komma åt spindlarna i dom stora näten, hälarna och smugglarna, så är mycket vunnet.

– Intressant, sa jag. Fast egentligen är det lite ironiskt.

– Hurså?

– Under stormaktstiden for vi fram som mordänglar över Europa och stal och plundrade allt vi kunde lägga vantarna på. Kejsarens skattkammare i Prag var ju ett välfyllt skafferi. Titta bara på Skokloster och andra samlingar. Mycket är rent stöldgods. Men skulle såna saker komma ut på marknaden så beläggs dom med exportförbud, eftersom dom tillhör det svenska kulturarvet. Egentligen är det häleri. Fast det är väl preskriberat.

– Det har du rätt i. Björn Gren log. Men det är faktiskt lite mer komplicerat än så.

– Hurdå?

– Det här är ju en gammal diskussion. Om krigsbyte och annat, alltså. Inte minst gäller det etnografiska föremål från Söderhavet och andra regioner där folken känner sig berövade

34

gamla kultföremål och annat som samlar damm i europeiska museer. Titta på lagret hos Etnografiska museet i Stockholm. Och nu senast kräver Peru tillbaka inkaskatter från USA.

– Tänk bara på *Elgin marbles*, sa jag. Frisen på Parthenontemplet i Aten som lord Elgin tog hem till London och British Museum. Men hade han inte gjort det hade den förmodligen varit borta nu, för lokalbefolkningen använde marmorn för gipstillverkning.

– Just det. Och många åberopar Grotius.

– Rättsfilosofen?

– Precis. Han var ju en av dom första folkrättsjuristerna på 1600-talet, holländare men också svensk ambassadör i Paris ett tag. Han konstaterade att man har rätt att ta krigsbyte. Och i fredsdokumenten efter trettioåriga kriget slogs det fast att man inte skulle lämna tillbaka krigsbyte.

– Men det kan väl inte gälla fortfarande?

– Nej, nu finns det andra regler och det började i princip efter Napoleonkrigen. Och nu klassas den här sortens stölder som krigsförbrytelse och en FN-resolution talar om återförande av stulna kulturskatter.

– Det visste jag inte. Men då skulle väl våra godsaker vara preskriberade?

– Det kan man säga. Nu har det ju också förekommit återlämnande av en del föremål, men resultatet är inte alltid lyckat. Vi har exempelvis skickat tillbaka objekt som sen blivit förstörda därför att man inte haft tillräckligt hög standard på museerna. Luftfuktighet och annat har gjort sitt. Och nu har Louvren, Eremitaget och andra museer deklarerat att det skulle vara oetiskt att lämna tillbaka kulturföremål, eftersom det är viktigare att samlingarna hålls ihop än att enskilda objekt återlämnas.

– Egentligen är det väl en tvåvägstrafik, sa jag. Vi får in kinesiska Tanghästar och buddor från Asien. Precolumbiansk keramik från Sydamerika är ju också populärt. För dom är det väl lika mycket kulturskatter som gamla allmogeskåp är för oss?

– Huvet på spiken. Det är ett jätteproblem internationellt. Hela Egypten är ju ett enda stort skafferi för konst- och antiktjuvar. Bara du sätter ner spaden i jorden så hittar du nåt.

För att inte tala om Italien och länder i Asien. Hela tempel kan brytas sönder som i Kambodja och fraktas i bitar till samlare och dom stora antikhusen.

– Jag har sett det i dom internationella katalogerna.

– Och vid Svarta havet plundras gravar på löpande band, fortsatte han. Skyterna fanns ju där med fantastiska guldskatter. Det finns ligor på Krim som systematiskt plundrar sig igenom gravarna och titta bara nu på Irak. Men det värsta med den här trafiken är inte enbart att föremål försvinner utan att också den vetenskapliga dokumentationen förhindras. För när gravar plundras och grävs upp så förstörs möjligheterna för arkeologerna att göra undersökningar. Och nu har den organiserade brottsligheten insett potentialen.

– Hurdå?

– Högklassiga antikviteter används för att tvätta pengar i knarkbranschen. En kinesisk grej gick exempelvis för närmare tio miljoner för ett tag sen på en auktion i New York. Antikvitetshandeln omsätter mest i världen efter just narkotikan. Den är en jättebusiness.

– Jag vet. Jag var själv med när nån sorts arabiskt jakthorn i elfenben klubbades här i Stockholm för sjutton miljoner. Fast den gick tillbaka till regionen, till ett museum, och var inte något tjuvgods. Men vad kan vi göra för att stoppa det?

– Hittills inte mycket, tyvärr. Nu håller ju lagarna på att ändras, men när det gäller äldre föremål kunde man alltid åberopa godtrosförvärv. Man hade "ingen aning om" att det gällde rövade prylar. En hel del har ju också tagits hit på 1700- och 1800-talen. Men på vår kant är åklagarna tyvärr jätteslöa.

– Varför det?

– Brist på intresse kanske. För mycket att göra, men straffsatsen kan gå upp till sex år vid grovt brott. Vi har flera exempel på att vi har kunnat hitta föremål som tagits ut utan tillstånd. Nordiska museet hade exempelvis identifierat ett tiotal föremål med exportförbud, som sålts till en tysk köpare på en auktion i Stockholm. Dom återfanns i katalogen till en annan auktion i Köpenhamn. Museet anmälde det till tullen som kontaktade dansk polis. Men ingenting hände.

Och bara häromdan såg jag på Internet en fransk firma som

hade flera sidor med svenska antikviteter, fortsatte han. Ett par gustavianska speglar, till exempel, som hade tillhört Carl Jonas Love Almqvist. Dom besvärades säkert inte av nån prövning på Nordiska museet. Så där behövs det skärpning. Likadant med importen hit.

– Gäller samma regler där?

– Vi har en Unescokonvention med förbud mot införsel av olagligt exporterade föremål. Såna finns det en hel del av i svenska samlingar och på museer. Och för svenska tullare är det ju omöjligt att veta om en pryl är stulen eller uppgrävd nånstans. Man borde kräva nån form av ursprungsintyg.

– Och nu vill du att jag ska hjälpa till att stoppa det här?

Björn Gren log.

– Det är väl lite mycket begärt, men jag vore tacksam för dina synpunkter. Du rör dig ju i dom där kretsarna, är välkänd och smälter in i mängden, lyssnar på snacket. Skulle jag och kollegerna klampa in i auktionssalongerna så märks det genast att vi inte hör dit.

– Jag vet inte vad jag ska säga, drog jag på det. En möjlighet är ju att via auktionsfirmorna spåra inköparna och se om det finns ett mönster. Om någon exempelvis köper på sig mer än normalt. En privatperson har trots allt begränsat utrymme i våningen och en handlares inköp kan ju jämföras med omsättningen i stort. Det måste finnas sätt att identifiera den som skiljer sig från mängden. Om dom nu inte har bulvaner förstås. Sen kan man väl alltid begära upplysningar om till vem föremålet har sålts vidare.

Björn Gren nickade bekräftande.

– Jag har faktiskt tänkt i såna banor. Och vi har inlett ett samarbete med kollegerna utomlands. Det är lättare nu med samordningen inom EU. Det gäller alltså att hitta ett mönster. Får du besök av utländska uppköpare som letar efter den här sortens objekt?

– Jag önskar att det var så. Jag log. Mina grejer har tyvärr alldeles för sällan exportförbud. Dom är inte tillräckligt avancerade. Men tala med min granne tvärs över gatan, Eric Gustafson. Han kan säkert ge bättre tips än jag.

– Tack för rådet. Ja, jag är ledsen om jag besvärade, men det

37

vore hyggligt om du var lite på din vakt. Och jag kanske kommer tillbaka när jag har nånting mer konkret som vi behöver hjälp med.

– Jag ska lägga örat vid rälsen.

– Rälsen? Oförstående såg han på mig.

– I indianböckerna la sig alltid indianerna ner för att lyssna på rälsen när tåget som skulle anfallas var på ingång.

– Passa dig så att du inte blir överkörd bara.

– Passa dig själv, sa jag. Den som går omkring med plånboken i bakfickan som du är snart av med den.

Vi skrattade båda, han sa adjö med ett fast handslag. Då kom jag plötsligt att tänka på Jonas.

– Innan du försvinner undrar jag en sak.

– Ja? Han såg frågande på mig.

– En kompis till mig har blivit bestulen på en barockpokal från 1600-talet. Gjord i Augsburg och i mångmiljonklassen. Du rör dig ju bland hälare och tjuvar i jobbet, så att säga. Jag log. Vet du om nån sån grej har kommit ut på marknaden nyligen?

– Barockpokal, sa du? Fundersamt såg Björn Gren på mig. Nånstans ringer det en klocka. Jag hörde talas om en sån grej häromdan. Det var nån som kontaktade en kollega och snackade lite vagt om försäkringsvillkor, vad som krävdes för att få ut pengar om en värdefull antikvitet stals.

– Vem var det?

– Ingen aning. Är det viktigt?

– Det är det minsta man kan säga. Och bråttom.

Jag såg efter honom där han gick Köpmangatan fram. Jag tänkte på vad han berättat. Stora pengar fanns med i bilden, organiserad brottslighet på internationell nivå. Det var nog säkrast att ligga lågt.

Kapitel IV

Intressant, tänkte jag när jag gick tillbaka in på kontoret. Hade Jonas trots vad han sagt kontaktat ett försäkringsbolag och diskret hört sig för? Det vore väl inte orealistiskt i så fall. Det brann i knutarna och ett arrangerat inbrott skulle kanske lösa hans problem. Jag förstod bara inte varför han talat med mig i så fall? Men det lättade mitt samvete att jag dragit in Björn Gren. Det behövdes. Vi hade bara en dryg vecka på oss, innan pokalen skulle stå på altaret. Han skulle hålla öron och ögon öppna och hade tydligen ett brett kontaktnät. Och jag skulle gärna hjälpa honom på min kant, för jag har alltid retat mig på russinplockningen på den svenska marknaden av utländska uppköpare med feta plånböcker. Och än värre hade det blivit sen vi fått Internet, där auktionshusen lade ut bilder på de bättre objekten. Man behövde inte resa till Stockholm längre för att leta fynd.

Jag tänkte på alla gustavianska möbler som köptes upp av utländska handlare och såldes som franska, eller karljohanmöbler som gick till Tyskland och bytte nationalitet i handeln och "förtyskades" till biedermeier. En klassiker i sammanhanget var tyvärr det utsökta skrivbord som Lars Nordin, en av periodens ledande ebenister, gjorde för Lovisa Ulrika. Ett fantastiskt arbete som såldes på auktion för en del år sen, naturligtvis belagt med exportförbud. Men det skulle inte dröja länge förrän det dök upp i London. Det bästa vore naturligtvis om svenskarna blev mer intresserade av sina skatter. Då skulle priserna stiga och mycket stanna kvar här hemma.

Och jag tänkte på Jonas Erikssons Augsburgspokal. Men

den skulle knappast läggas ut på Internet. Inte hamna i någon auktionskatalog heller. Den kanske redan var bortom svenskt territorium, om den nu inte fanns i garderoben hos någon hälare som inte hade en aning om det verkliga värdet, vare sig det ekonomiska eller det kulturhistoriska. Stackars Jonas, men det var faktiskt självförvållat. Och så satte jag på kaffevatten. Jag behövde en stunds lugn och ro för att smälta dagens alla intryck.

Motvilligt makade sig Cléo undan ur min fåtölj när jag satte mig. Och jag funderade över vad den där kriminalinspektören sagt. Det fanns faktiskt en kollega, om han nu var det, men en person som alltid dök upp på de stora auktionerna. Han verkade lite främmande fågel i den sofistikerade publiken. Sjavig, orakad fast inte på det där trendiga TV-presentatörssättet. Säckiga kläder och långt, flottigt hår. Gav ett osunt intryck. Verkade övervintrad begravningsentreprenör från 1800-talet.

Han tog aldrig av sig sin stora, svarta borsalinohatt, samma modell som Al Capone och hans kolleger favoriserade under förbudstidens och gangsterkrigens dagar i USA. Och han kom alltid tillsammans med en kvinna i obestämbar ålder med för trånga kläder. De stora brösten spände under den åtsittande jackan, och högt, blonderat hår svartnade ner mot rötterna. Hennes kraftfulla makeup var mer krigsmålning än skönhetsförhöjare. Men pengar hade han och bjöd friskt på många bättre föremål, där buden kunde gå upp mot miljonen och mer.

Ett litet sybord av Haupt mindes jag särskilt. Jag hade undrat om han var bulvan för någon fallskärmsdirektör som ville vara diskret när han möblerade upp sin sociala bakgrund, eller om det var en handlare. Jag hade aldrig mött honom utanför de stora auktionerna. Och jag hade inte heller sett honom i någon av de större affärerna. Där kände jag nästan alla innehavare.

Då hade jag inte tänkt så mycket på det, bara undrat över hans inköpskapacitet, men nu började jag fundera. Kunde han ha något samband med vad jag just hört om organiserat fusk med exportförbudet? Skulle jag tipsa Björn Gren? Fast i ärlighetens namn hade jag inte mycket att komma med, visste inte ens vad han hette. Men jag kanske skulle hålla ögonen på honom nästa gång.

På kvällen satt jag och slötittade på TV efter middagen, bläddrade genom kanalerna där olika kockar glammade bland grytor och kastruller. Jag tänkte på vad den gamla tanten sa när hon hörde att Wiener Sängerknaben skulle uppträda: "Tar dom aldrig slut?"

Ingenting fräscht, ingenting intressant i TV mer än nyhetsinslaget om kvinnan som haft inbrott i sitt fritidshus. Två tjuvar med två hundar hade installerat sig, vandaliserat och tagit hennes saker. Polisen, som ryckt ut med fyra man, tog det hela mycket lugnt, sa till henne att gå hem och dricka kaffe och gav tjuvarna ett par dagar på sig att plocka ihop sitt pick och pack och ge sig av. Man ingrep inte, fast förövarna var kända av polisen och en tidigare var dömd för mord, eftersom huset låg två hundra meter in på ett annat polisdistrikts område.

Det påminde mig om när en stolle en sommar tagit sig in i Drottningholms slott och gick bärsärkagång med en yxa. Den militära vaktposten utanför fönstren ingrep inte, eftersom ansvaret för slottets inre bars av polisen, inte av försvaret. Lagar och förordningar var till för att följas. Hur skulle världen annars se ut om sunda förnuftet fick råda?

Sommarreprisernas ändlösa godståg dunkade fram genom kvällen. Jag gäspade och stängde av, tänkte på min lunch, på Jonas Eriksson och hans Augsburgspokal. Det fanns inte mycket jag kunde hjälpa till med, men min jaktinstinkt hade vaknat, piggat upp mina händelselösa dagar som annars gick sin jämna lunk genom Gamla stans gränder och prång. Turisterna föredrog badstränder och andra begivenheter, åtminstone kom de bara sällan in till mig, och Francine var i Frankrike med sin mamma. TV:n var det enda avbrottet i tristessen.

Jag plockade upp en kvällstidning som hamnat på golvet. Och där fanns faktiskt en höjdare. Ett statsråd hoppade på Evert Taube för att hans visor inte var könsneutrala. Det gladde mig att våra välavlönade folkvalda hade tid och kraft att ägna sig åt viktiga frågor. Borde inte staten ingripa här också i sitt detaljstyrande av svenska folkets liv och tillsätta en utredning för politisk korrekthet i viskonsten? Stalin skulle ha gillat idén. "Gossen i Havanna" kunde bli resultatet, liksom "Mors lilla Lisa". När man ändå var i farten kunde man redigera om

Bellman också. Det här med Ulla Winblad och hennes aktiviteter passade sig verkligen inte.

Men de stort uppslagna artiklarna om icke-händelserna bland de udda figurer som befolkade Farmen och Robinson orkade jag bara inte med. Bisarrt nog trängde de konstruerade "nyheterna" ut det mesta på löpsedlar och mittsidor. Som förträngde man medvetet det verkliga livets skeenden och dramatik för en pseudovärld. Och vad "Farmen-Svea" och "Robinson-Göte" hade för sig i sina privatliv var jag totalt ointresserad av.

Jag borde kanske gå ut ett tag. Det var inte nyttigt att sitta stilla hela dagen nere i min mörka affär, dit solen sällan letade sig mellan Köpmangatans trånga husväggar. Och sommarkvällen stod ljus utanför min våning högst upp vid Köpmantorget. Altanen har en magnifik utsikt över inloppet till Stockholm. Man ser ut över Djurgården och Skeppsholmen där af Chapmans vita svan rider på det mörka vattnet under Fredrik Bloms gula empirekyrka. Granne med fartyget ligger Nationalmuseum med Strandvägen och Nordiska museet som effektfull bakgrund och alldeles intill höjer sig Grand Hôtels förmögna fasad, Fersenska palatset och Kungsträdgårdens trädkronor.

Ofta sitter jag där ute vackra sommarmorgnar med min frukost eller i solnedgången med en Dry Martini. Men det lockade inte ikväll. Jag måste röra på benen. Då avbröts min tankegång av telefonens pockande signaler. Francine, tänkte jag. Men det var en mansröst i andra änden.

– Johan?

– Ja, det är jag.

– Jonas. Hej.

– Hej själv. Och tack för en härlig lunch. Det var lika kärt som oväntat att bli bjuden på Pontus och att se dig igen efter alla år.

– Detsamma. Jo, jag undrar bara om du har tänkt på vad jag berättade.

– Pokalen, menar du?

– Precis. Jag skulle vara tacksam om du kunde behålla det för dig själv. Som du förstår är det djävligt känsligt. Har du kommit på nånting?

– Inte mer än vad jag sa. Att du ska kontakta polisen. Sen kopplas väl försäkringsbolaget in, gissar jag. För den var väl försäkrad?

– Det är klart. Problemet är bara att det förutsätter att den förvaras betryggande, som det står i villkoren. Och har man den hemma vet jag inte om det funkar. Sen tar det för lång tid med polisköret. Om dom alls hittar den. Bröllopet är snart och står den inte på altaret då, kan jag lika gärna hoppa i sjön.

– Du tänker på släkten?

– Precis. Om du träffat mina svärföräldrar så hade du förstått vad som väntar. Det är faktiskt dom som äger pokalen. Dom bor inte i Stockholm så det var därför den fanns i bankfack här.

– Varför tog du ut den så långt före bröllopet?

– Jag skulle kört ner till Skåne som idag. Men jag skyllde på jobbet nu. Det gör att jag inte har lång tid på mig. Jonas lät desperat.

– Jag ska se vad jag kan göra, sa jag vagt. Men jag vet ju inte ens hur den ser ut.

– Jag har nåra foton här. Kan du inte komma över och hämta dom? Du ska få en drink för besväret. Han skrattade ansträngt.

– Okej, sa jag. Jag kan titta upp en stund. Jag hade ändå tänkt röra på benen. Var det Mariatorget du sa?

– Du har gott komihåg. Nummer 12. Och portkoden är löjligt nog 1632. Tala om sammanträffanden.

– Nu förstår jag inte riktigt.

– Läste du inte historia i skolan? Gustav II Adolfs dödsår. Det kunde ju inte passa bättre, eller hur? Samma år han gav bort sin djävla silverbuckla.

Det hade han rätt i, tänkte jag och lade på luren. Det kunde inte passa bättre. Fast skulle jag engagera mig i den här sorglustiga historien?

Centralen förresten. Jonas berättade ju att han gått dit för att köpa en tågbiljett. Men nu skulle han kört bil ner till Skåne. Varför skulle han då köpa biljett? Ändrade planer eller fanns något annat bakom? Vågade han resa utan pokalen?

Jag tänkte på vad Eric berättat om honom. Att Jonas och hans fru levde mer eller mindre separerade, men inte skilda. I

43

hennes kretsar med strängt konservativ, högadlig bakgrund på föräldrarnas sida tog man inte lätt på skilsmässor. Fasaden var viktig.

Så Jonas tyngdes tydligen inte av några äktenskapliga bojor i praktiken. Han fladdrade omkring som en fjäril bland blommorna i lätt bedagade rabatter, hade Eric sagt, och villiga damer med intressant förflutet ställde mer än gärna upp och avlöste varandra. Nej, något medlidande kände jag inte med Jonas Eriksson, den inte alltför framgångsrike mäklaren.

Fast Jonas kunde vara glad att han inte levde på 1500-talet. Jag mindes domen i ett otrohetsmål, som jag sett citerad någonstans. "Horkarlens" båda armar skulle slås av, liksom låren, innan han halshöggs och hans kvinnliga motpart skulle bli levande begraven. Hårda bud. Om de tillämpades idag skulle bödlarna få jobba på övertid.

Men någonstans ringde en liten klocka där jag skramlade fram på tunnelbanan mot Mariatorget. Var det så klokt det här? Varför hade Jonas Eriksson hört av sig efter alla år och dragit in mig i sina sliriga affärer?

Jag tänkte på det veka, karaktärslösa draget kring hans mun, de flackande ögonen som alldeles för ofta undvek att möta min blick. Den forcerade entusiasmen över gamla studentminnen och episoder jag knappt mindes, allt för att skapa atmosfär och intimitet kring vårt möte.

Inte förrän efteråt, när allt var över, insåg jag att jag skulle lyssnat mera på silverklockan nere i tunneln under Södra bergens granitmassiv, inte låtit min nyfikenhet ta överhanden. Men då var det så dags.

Uppe i dagsljuset ur tunnelbanans mörka katakomber gick jag fram mot Mariatorget, förbi den stora fontänen där en fornnordisk, testosteronstinn Tor i övernaturlig storlek just skulle dräpa ett urtidsmonster i grön brons med sin hammare. Ett gäng sparvar svirrade förbi över grusplanen, ett gäng äldre herrar spelade boule med blanka klot. Svalor pilade fram högt där uppe på den blekblå kvällshimlen, ett flygplans vita kondensslinga pekade mot Arlanda. Höga träd paraderade längs torget i dubbla rader, bilar trängdes på Hornsgatan mot fonden av ett rosavitt hus i art déco. Konsum fanns i bottenplanet och jag tänkte på avgångsvederlag jag läst om, långt från kooperationens grundläggande, ursprungliga ideal som vittrat med tiden.

Förbi bysten av Swedenborg gick jag, vetenskapsmannen och andeskådaren. Den såg på mig med döda bronsögon och en stor schäfer vanhelgade hans minne med ett lyft ben mot sockeln. Den leddes i ett långt koppel av en kraftig man i jeans, T-shirt och hästsvans. Förstod den inte risken med att skymfa en man som talade med änglarna?

Huset med ingång nummer 12 låg alldeles på hörnet mot Hornsgatan, en stor, nästan palatsliknande krokan i vitt med burspråk och tornhuv. Jag gissade att de flesta av Jonas kolleger bodde på Östermalm, om inte Danderyd, Lidingö eller Djursholm var adressen. Fast Söder hade blivit mer och mer inne, chickt också i etablerade och snobbiga kretsar.

Jag gillar Söder. Livligt, en snabb rytm, ett pulserande liv. Restauranger och udda affärer, människomyller jämfört med Östermalms spikraka, trädlösa gator med tysta, stumma husfasader där blanka fönsterrader likgiltigt betraktar varandra. För att inte tala om Gamla stan där historiens tyngd ibland tar överhanden, särskilt på kvällarna när det är tyst och turistfloden sjunkit undan.

Framför det vita huset stannade jag upp, tryckte in Gustav II Adolfs dödsår som portkod, gick in genom den höga porten och tog hissen upp. Vad hade jag gett mig in på egentligen, tänkte jag när hisskorgen långsamt och ovilligt knakade uppåt. Skulle jag utnyttjas, användas som bricka i ett okänt spel?

Kapitel V

– Det här med skivor är intressantare än man tror, sa den tjocke skåningen till några damer framför en mullig rokokobyrå.

Jag tjuvlyssnade intresserat, alltid snappar man upp något, och min årliga utflykt till antikmässan i Helsingborg var ett utmärkt tillfälle att lära mera. För jag har med åren uppnått den smärtsamma insikten att jag vet tillräckligt mycket om antikviteter för att förstå att jag inte vet tillräckligt mycket. En plågsam kunskap som jag inte delar med mig av, allra minst till Eric Gustafson. *What else is new*, skulle han säga med sitt maliciösa småleende. "Det var längesen jag insåg dina begränsningar."

Jag hade flugit ner på morgonen, vädret var strålande. Som ett blått svärdshugg skilde Kattegatt Danmark från Sverige långt där nere och solen glittrade i havet genom kabinfönstret. Vattnet förenade, tänkte jag, och det var ju naturligt att Danmark brett ut sig på båda sidor om den uråldriga farleden in i Östersjön. Men brutalt hade svenskarna med blod och våld tillskansat sig Skåne och de andra sydliga provinserna och vägrat lämna dem ifrån sig. Minnet av förlusten fanns säkert kvar långt ner i den danska folksjälen, och nu hade man ju också börjat kräva tillbaka en del krigsbyte som svenskarna stulit, till exempel drottning Margaretas medeltida bröllopsklänning och de Vries magnifika statyer i Drottningholmsparken, för att inte tala om Fredrik II:s tronhimmel. Fast jag tänkte på vad kriminalinspektören sagt, att det i princip var kört för danskarna att få tillbaka det svenska krigsbytet. Men förhoppningsvis skulle den långa Öresundsbron, som slog sitt spann över vattnet nere till vänster, bidra till ökad förståelse och integration. Danskt gemyt, smörrebröd och Gammeldansk skulle hjälpa till att dra upp de svenska, stela mungiporna, nedpressade av överheten alltsedan Gustav Vasa.

Embarras de richesse, rikedomens överdåd, tänkte jag där jag strosade omkring bland de mer än två hundra montrarna i Idrottens hus och Olympiahallen i Helsingborg. Som alltid var det varierande kvalitet i det stora utbudet, från en elegant Hauptbyrå till *bric-à-brac*, det som i semestertider salufördes under beteckningen "Antikt och kuriosa" längs de svenska sommarvägarna. "Gammalt och nytt" är en annan skyltvariant i gröngräset.

Priserna pendlade också. Oftast låg de långt över mina begränsade, ekonomiska utrymmen och möjligheter. I begrundan stannade jag inför fyra silverljusstakar av Petter Eneroth från 1785 för sjuhundra tusen. En ostindisk servis som tillhört August den starke gick för trehundrafemtio tusen och jag tänkte på Snoilskys dikt där kungen bytte bort ett kompani mot porslinsurnor. Galen, sa samtiden, men han visste vad han gjorde. Hans gardessoldater hade längesen förmultnat på något glömt slagfält, men det kinesiska porslinet skimrade fortfarande med hemlighetsfull lyster.

Jag hade inte planerat några större inköp, men mässan var ett "måste" i min bransch. Jag måste hålla koll på utbud, trender, priser och inte minst mina konkurrenter. Var kunde man knyta intressanta kontakter till gemensam glädje? Fanns det tips på bra tapetserare och renoverare av gamla möbler? Kunde man stöta på någon amerikansk eller annan internationell uppköpare för lönsamma affärskontakter? Sen var naturligtvis Helsingborg också ett välkommet avbrott i vardagslunken, ett slags minisemester över några dagar.

Inte minst viktigt var det att träffa inredare. De var alltid på jakt efter det udda och originella, det som kunde sätta pricken över i:et i någon exklusiv Östermalmsvåning som stod redo att ta emot sin nya härskare – eller snarare härskarinna – och där de ekonomiska resurserna inte sällan översteg smaken och kulturen.

Jag kom ihåg när jag en gång sålde en stor, vackert bemålad trähäst från karusellen på ett gammalt tivoli. Jag trodde aldrig jag skulle bli av med den och hade nästan förlorat hoppet, var beredd att köra den till skroten. Men den hade blivit blickfång och centralgestalt i en hypermodern salong, där den kontrasterade mot en svart, vit och grön Bærtlings geometriskt abstrakta mönster. Mycket chickt och originellt!

Med händerna på ryggen strosade jag runt bland montrarna, stannade upp här, stannade upp där, bytte några ord med vänner och kolleger. Jag gjorde min första runda för att få en allmän överblick. Sen skulle jag återkomma till de montrar som var särskilt intressanta. Jag hade exempelvis sett en hel del svart porslin av Percy från Gefle porslinsfabrik. Där hade jag flera samlare bland mina kunder. Annat intressant fanns också, men jag bidade min tid.

Dessutom hade jag ett specialuppdrag som tyngde mitt samvete. Jonas pokal. Ärligt talat hade jag inte varit särskilt aktiv, och bröllopet närmade sig. Hade jag tur kunde jag kanske få upp ett spår bland de tusentals föremål som översvämmade mässan eller bland handlare och kolleger som samlats.

Framför ett mycket vackert rokokoskåp som kunde vara danskt stod en lång svartklädd man, som jag vagt kände igen, trots att han vände ryggen mot mig. Bredvid honom stod en udda figur. Sandaler, keps av den sorten man får i lokala bilverkstäder, små shorts och en grotesk, naken mage som vällde ut över byxlinningen. Rödbrunt fjun täckte den väldiga buken och skönhetsintrycket förhöjdes av stora blå tatueringar som likt kartverk spände över rygg och överarmar. Den svenska semestermunderingen i sin prydno.

Mannen i svart vände sig mot honom, pekade på skåpets överdel. Och då kände jag igen honom. Han som ofta bjöd på de dyraste objekten, den jag kommit att tänka på när jag diskuterade exportförbjudna föremål med Björn Gren.

Då fick han syn på mig, våra ögon möttes. Han log igenkännande, blottade stora, gulaktiga tänder. Jag nickade avmätt och gick vidare. Vi hade bara setts i förbifarten i Stockholms auktionsvärld och jag kände inte för att gå fram och prata med honom. Inte heller med hans fete kumpan.

Så hade jag kommit till en av de "bättre" montrarna, där jag stannat upp inför innehavarens entusiastiska svada. Några medelålders damer, klädda som tonåringar i takt med tidens ungdomsterror, stod framför hans rokokobyrå. Själv var han inte dålig han heller, i sin brokiga hawaiiskjorta. Han hade tagit loss stenskivan och lagt den upp och ner, demonstrerade med stora gester och på bred skånska.

Mustasch hade han, tunn och smal, en sådan som förr kallades tangorabatt. Den var helt malplacerad i det frodiga, tjocka ansiktet, hörde inte dit. De små ögonen, inbäddade i fettvalkar, lyste av glad upphetsning och i mungiporna samlades saliv. På pannan blänkte svettdroppar. Viktväktarna skulle vara till hjälp. Men det verkade min kollega inte ha någon tanke på. God mat, mycket mat och mat i rättan tid kunde vara hans skånska fältrop. Och fick man tro vetenskapens senaste rön från andra sidan Atlanten var det inte så farligt att bli tjock som man tidigare alltid predikat.

– Skivorna är minst lika intressanta som själva byråarna, förkunnade han. Och när ni ska köpa en antik byrå så finns det mycket att tänka på, inte bara intarsian, arbetet och elegansen. Skivan är ju en integrerad del av själva möbeln. Det fanns många sorter. Kolmårdsmarmor var exempelvis mycket populärt. Det var åldermannen i snickarämbetet, Olof Martin, som började med den sortens marmor på mitten av 1700-talet. Han var förresten pappa till Elias Martin, konstnären alltså. Det fanns många marmorbruk där såna skivor höggs och sågades till.

Och på originalskivorna ser man tydligt, precis som här, spåren efter huggjärn och sågar. På 1800-talet kom sågen in i bilden, och maskinslipningen, så då blir skivorna slätare och jämnare.

– Vad betyder det där namnet på skivan? frågade en av kvinnorna, hon i knallröd T-shirt med "Saint-Tropez" på ryggen.

– En bra fråga. Han log. Jo, det var ofta möbelhandlaren som hade beställt skivorna hos marmorbruken. Då skrevs beställarens namn dit med rödkrita före leveransen. Sen kan det finnas ett namn till. Och det är möbelsnickaren, ebenisten, som gjort byrån. Men det är ibland lite komplicerat. För det fanns ebenister som också handlade med beslag och stenskivor och som levererade till sina kolleger. Och då kan två snickares namn finnas på samma skiva, en som gjort beställningen och en som fått leveransen. Eller också kan det stå en snickarmästares namn på skivan till en byrå, som är gjord av en annan. Det är en hel vetenskap. Och det vi ser som signaturer var bara praktisk varubeteckning på den tiden. Så man får vara noggrann och se sig för innan man köper. Men var inte oroliga, damerna. Kontakta mig så löser jag alla problem.

"Jag klarar alla släckta fyrar, på erotikens ocean", sjöng han högt och ljudligt efter en gammal Harry Brandelius-visa och skrattade så att den tjocka magen hoppade under den storblommiga hawaiiskjortan.

– Men det var inte bara den här grågröna kolmårdsmarmorn som var populär, fortsatte han. Det kom kalksten från andra håll också, i andra färgskiftningar, både från Östergötland och Västergötland, liksom strimmig kalksten från Uppland och vit från Sörmland. Och gotländsk kalksten var uppskattad. Italiensk marmor var också mycket i ropet och där var Burchardt Precht importör och försäljare till kollegerna. Han var ju barockens stora bildhuggare.

– Just det, sa en dam i kanariegult. Predikstolen i Storkyrkan och många andra verk.

– Roligt med en bildad publik. Han log uppskattande. Men variationerna i marmorn gjorde att ebenisterna kunde variera sig och anpassa möbeln efter skivans färg. Det hände säkert att man först köpte en vacker skiva och sen formade byrån efter den. Och där varierade skivornas form naturligtvis efter dagens mode. Rundad rokoko eller stramt gustavianska, där skivorna ofta var i olika gråskiftande toner.

– Det var intressant, sa kanariefågeln.

– Välkomna åter. Det behövs säkert nån liten rokokobyrå som komplettering till era slott och herresäten. Jag ska göra specialpris för er.

– Tack, tack, sorlade de och fortsatte vidare till nästa monter. Då stannade en av dem upp, såg forskande på mig. En gammal kund? Någon som brukade "titta in" i min affär? Mässan var ju inte bara öppen för skåningar och andra sydlänningar.

– Är det inte Johan Homan?

– Det kan jag inte neka till.

Hon log, ett öppet och varmt leende. Kunde hon vara plus, minus fyrtio? Dagens mode gjorde det inte lättare att bestämma kvinnors ålder. Mörkt, nästan svart hår, kortklippt som en pojke. Stora, mandelformade bruna ögon som gav henne ett exotiskt uttryck. Fanns det någon vacker filippinska eller thailändska någonstans bakåt bland generna?

– Vi har träffats förut. I din affär på Köpmangatan. Monica Eriksson. Jag köpte ett litet brickbord av dig. Fast det var några år sen.

– Visst, sa jag utan att minnas.

– Och min man och du kände tydligen varandra från Uppsala. Han sa det när jag kom hem med bordet. Jonas Eriksson.

Hoppsan, tänkte jag. Jonas fru av alla människor!

– Det stämmer. Sörmland-Nerikes nation. Men det var ju ett tag sen.

– Är du här för att handla eller sälja? Har du egen monter?

– Tyvärr inte. Nej, jag har mera kommit för att kolla läget.

– Hittat nånting intressant?

– Det gör man ju alltid på den här sortens spektakel. Men kemin stämmer inte.

– Kemin?

– Mellan priset och mina tillgångar. Det är svårt att fynda, speciellt på mässor som kryllar av handlare och experter. Men man måste ju följa med, knyta kontakter, känna marknaden på pulsen.

– Det förstår jag. Jag är själv lite i samma bransch som du, fast modernare. Modern design, morgondagens antikviteter. Hon log. Jag har en affär vid Odenplan. Den heter just *Modern Design*. Får jag fråga en sak?

– Nema problema.

– Jag har en del gamla objekt hemma som jag skulle vilja veta lite mera om. Det vore intressant att höra en experts uppfattning. Skulle du ha lust att komma över och ge lite råd?

– Nja, drog jag på det. Jag hade tänkte flyga tillbaka i morgon.

– Har du nånting för dig ikväll då? Vi ska ha en tillställning hemma, mycket informellt, buffé med gående bord. Om du har tid och lust är du välkommen. Det är bara en halvtimme med bil härifrån.

Jag såg på henne och undrade vad som drev Jonas Eriksson att plocka upp fnask när han hade en sådan hustru. Självdestruktion, undergångsönskan? Eller bara vanlig, hederlig, dålig karaktär?

– Varför inte, sa jag. Om jag bara får adressen.

Hon öppnade en liten väska, tog fram ett visitkort och räckte det till mig.

– Monica Eriksson, läste jag. Töreberga säteri, Helsingborg.

– Taxin hittar. Ska vi säga klockan sju?

– Okej. Det ser jag fram emot.

– Välkommen. Hon log och försvann i mängden med sina väninnor.

Slumpens skördar, tänkte jag och såg efter henne. Livet är egendomligt. Ena kvällen satt jag hemma hos en otrogen man och nästa dag är jag bjuden till hans bedragna fru. Visste hon att pokalen var försvunnen? Att den förmodligen inte skulle dyka upp i tid till bröllopet? Och jag tänkte på kvällen i Jonas våning där högt uppe över Mariatorget.

Vi hade suttit på hans balkong med utsikt över torget och Katarinakyrkan där den nya kupolen efter branden blänkte i solnedgången. På kyrkogården hade Kristian Tyrann låtit bränna kropparna efter offren vid Stockholms blodbad. Över åttio personer ur den svenska makteliten hade brutalt mördats på Stortorget i den danske kungens försök att kväsa Sverige, men istället hade han banat väg för sitt eget nederlag och för Gustav Vasa.

Jonas Eriksson huserade onekligen i ett historiskt grannskap, där Bellman bott bara några kvarter bort på Urvädersgränd.

Våningen var stor och spatiös, tråkigt och stelbent möblerad på typiskt Östermalmsvis, fast han bodde på Söder. Konventionellt och formellt utan personliga infallsvinklar. Charmlöst. Stora, orientaliska mattor på parkettgolven, på väggarna rödkindade, glosögda 1700-talsporträtt, Liljeforsrävar, Grünewaldbuketter och annat ur fauna och flora ovanför gustavianska soffgrupper och bukiga rokokobyråar. Jag hade sett tillräckligt av den sorten för att bli imponerad. Var det hans frus förtjänst eller hade Jonas själv bidragit?

På en stor öppen spis paraderade en rad familjefoton i silverramar på marmorfrisen. Var det här Augsburgspokalen stått? Var det bakom någon av de stängda dörrarna han tillbringat en natt med sin lika fatala som tillfälliga väninna?

Vi satt i bekväma korgstolar med chintzdynor i grönt och rött. Två höga glas med gin och tonic fanns på bordet mellan oss och Jonas hade tagit fram ett kuvert med foton av sin pokal. Jag höll dem i handen, såg och begrundade. Augsburgspokalen var en hög pjäs, blank och rikt utsmyckad i silver och guld. Den var en så kallad ryttarkanna i form av en häst som reste sig på bakbenen. En ryttare med dragen sabel satt på hästen beredd till strid. Att ryttaren var Gustav II Adolf gick inte att ta miste på. Och jag tänkte på Gustav Adolfs-bakelserna som bakas i Göteborg på hans dödsdag den 6 november. Pokalen var ett tungt, magnifikt och tidstypiskt barockarbete från tidigt 1600-tal. Högsta kvalitet både konstnärligt och hantverksmässigt, dessutom tyngt av historia. En verklig raritet som hörde hemma på ett museum.

– Tar du bort hästens och kungens huvuden, kan pokalen fyllas med vin, förklarade Jonas. Det är där blombuketten placeras.

– Om du istället för att ta hit den där tjejen hade sålt pokalen på Christie's eller Sotheby's, hade du kunnat dra dig tillbaka ett tag utan att göra ett handtag, sa jag.

– Då hade hela tjocka släkten knuffat ut mig från balkongen. Jonas Eriksson log ironiskt där han satt mitt emot mig.

– Det kanske dom gör ändå och då dör du fattigare än du behövt. Jag skämtade, men han uppskattade det inte.

– Behåll fotona, sa han. Du kanske kan visa dom lite diskret för dina vänner i branschen. Nämn inte mitt namn bara, eller omständigheterna kring stölden.

– Jag lovar, men jag måste bekänna att jag inte är särskilt optimistisk. Kan du inte beskriva den där tjejen istället? Jag har ju en del informella kontakter med polisen och det kan hända att hon är känd där. För du kan ju inte vara den enda losern hon har lurat.

Jonas satt tyst, såg ut över torget. Vinden gick i trädkronorna där nere. Någon ropade, en telefon ringde från balkongen under oss.

– Lite kortare än jag, sa han sen, motvilligt. Tjugo drygt, kanske. Mörk, kraftig näsa, stora ögon. Lite som på en blunddocka. Smal och stora bröst. Han rodnade, tog en djup klunk ur sitt höga glas.

Jag såg på hans ögon. Pupillerna var onormalt stora och han verkade rastlös, forcerad. Var det spriten eller någonting annat?

– Vackra tänder och en stor mun, fortsatte han. Mycket sexig, på ett tillbakadraget sätt.

– Hur kan man vara det?

– Inte påträngande alltså, men det fanns där. En stark utstrålning. Karisma.

– Om det stämmer så förstår jag inte vad hon har på Centralen att göra. Hon borde kunna göra karriär på ett enklare sätt än att lura gräsänklingar på pengar.

– Man kan tycka det, men hon kanske knarkar och behöver snabba pengar.

– Är det inte bättre att du tar tjuren vid hornen och kontaktar ditt försäkringsbolag?

– Jag har kollat, men det funkar inte. Pokalen är så högt försäkrad att det gäller särskilda villkor. Du måste i princip bryta upp en dörr och slå ut ett larm. Tjejer från Centralen räknas inte. Om jag gjorde en formell anmälan skulle dom dessutom kontaktat ägaren. Min svärfar alltså. Då hade det varit kört. Fast det finns en genväg.

– Hur menar du?

– Du kan försöka hitta en likadan pokal, sa han. Och låna den för några dar.

– Nu förstår jag inte. Det här måste vara den enda. Gustav II Adolf fick den ju av Augsburg?

– Det stämmer, men han blev så förtjust att han beordrade borgarna att göra en kopia som gåva till rikskanslern, Axel Oxenstierna. Och en liknande finns på Nationalmuseum.

– Var finns Oxenstiernas kanna nu? frågade jag.

– Ingen aning. Förmodligen i en samling nånstans. Men med dina kontakter kanske du kan spåra den eller nånting åt det hållet? Det gäller ett lån, mycket kortvarigt. Jag betalar hög hyra. Och det ger oss andrum. Förra gången den togs fram ur valvet för ett bröllop var för sju år sen.

"Oss", tänkte jag och var inte särskilt road. Det här var Jonas business och jag ville inte bli indragen mer än nödvändigt.

– Tala om nålar i höstackar, sa jag.

– Fast lite lättare. Pokalen är åtminstone större.

– Jag vet inte. Det verkar lite för komplicerat för mina enkla vanor.

– Dom gjorde ju silverpokaler där nere i många, många år, och det här är ett klassiskt mönster.

– Det är väl inte omöjligt att det kan finnas andra varianter på temat. Men att hitta nån med Gustav II Adolf på locket är nog inte särskilt lätt.

– Femtio tusen.

– Vadå femtio tusen?

– Din hittelön. Jonas log och såg faktiskt riktigt trevlig ut. Det plussiga draget över ansiktet och vekheten kring munnen hade mildrats. Men det är bråttom. Djävligt bråttom, lade han till.

Kapitel VI

Jag blev faktiskt besviken när taxin svängde in på gårdsplanen. Är man bjuden till ett säteri i Skåne väntar man sig kanske inte direkt ett slott med torn och vallgravar, men det här verkade mer grosshandlarvilla på Djursholm än skånskt herresäte.

Jag klev ut på grusplanen, såg det tegelröda trevåningshuset framför mig. Stramt och rent i linjerna och nästan övertäckt av blankmörk murgröna som stod vackert mot det varmröda teglet. Svalor pilade in och ut under takfoten.

Från flaggstängen vid ena gaveln vajade en egendomlig flagga i kvällsbrisen. Röd med gult kors. Den skånska flaggan, Skånelands flagga. Antingen skämtade värdfolket med sina gäster eller också var de skånska nationalister.

– Det är våran flagga, sa chauffören och log när jag betalade. Han hade noterat min förvåning. Vi är ju ockuperade av svenskarna och jag har läst att färgerna kommer från biskopen i Lund, fortsatte han. Hanses baner från 1100-talet. Vi firar till och med skånska flaggans dag, tredje söndan i juli. I början kallades den "bonnaflaggan". Den har samma mått som den danska. Flaggan alltså.

– Intressant, sa jag neutralt. Jag ville inte bli inblandad i en politisk diskussion om den svenska erövringspolitiken under stormaktstiden och den lokala gerillans krav på frigörelse. Den glade chauffören var visserligen trevlig, men man visste aldrig vad som rörde sig under den vänliga ytan. Kanske han var en av motståndsrörelsens ledare som smidde dolska planer mot ockupationsmakten. Fast han verkade ligga mer åt tårtkastningshållet än åt sprängdegsvarianten.

Och man hade ju tagit tillbaka makten bakvägen. En lång period i svensk politisk historia hade regeringen dominerats av starka och viljekraftiga skåningar som Sköld och Wigforss. Och Erlander hade läst i Lund. Dessutom hade man tagit gisslan. Landets statsminister hade ju bott i Malmö. Så faran för statskupp var nog inte överhängande.

Jag log för mig själv när jag stoppade ner taxikvittot i plånboken. Det är ett av de få tillfällen till lagliga, avdragsgilla utgifter jag har i min rörelse. Inte för att det betyder så mycket ekonomiskt, men många bäckar små ska man inte förakta. Som egenföretagare åker man ju inte i makthavarnas gräddfil och är så hårt trängd av fogdar och byråkrater att inga möjligheter får missas. Och jag tänkte på hur älskade av regeringen vi var, vart fjärde år, vi småföretagare. Synd bara att de vackra orden i valrörelserna aldrig övergick i handling.

Det var alltså här Jonas Erikssons svärföräldrar bodde, det var hit hans hustru flydde ibland från larmet i Stockholm och sina äktenskapliga problem, om jag förstått Jonas antydningar rätt liksom Eric Gustafsons indiskretioner. Och, kanske viktigast i mitt fall, det var hit den Augsburgska pokalen var tänkt att komma för att pryda sin traditionella plats på altaret i kyrkan. Hur nu det skulle gå till. Mina efterforskningar på mässan hade varit resultatlösa. Oförstående miner, huvudskakningar.

Efter min kväll på balkongen vid Mariatorget hade jag talat med Eric Gustafson om Jonas idéer, visat fotografierna, och han hade lyssnat intresserat.

– Jag har faktiskt hört talas om det nu när du säger det, sa han fundersamt. Att det skulle kunna finnas en till. Men att den tillhört Axel Oxenstierna hade jag ingen aning om. Jag ska kolla med en god vän som är expert på silveravdelningen på Buckan. Vad hon inte vet om gammalt svenskt silver är inte värt att veta. Men om den nu finns i sinnevärlden så är det nog hos nån tysk samlare eller på nåt museum där nere. För det är ju en fantastisk pjäs.

– Du har ingen aning om det kan finnas nånting liknande?

– Du käre, käre. Eric himlade med ögonen. Om nu den här pjäsen har funnits i familjens ägo i snart fyra hundra år så lär

57

du inte kunna lura dom med nånting i nysilver från Hallbergs.

– Det tror jag inte heller, sa jag litet förargad. Det är klart att jag inte gör. Men Jonas berättade att det var många år sen den användes sist. Hans svärföräldrar måste vara gamla och skumögda och står det bara en stor, pampig häst med blommor i på altaret, så tror jag inte dom rusar fram och vänder på den för att titta efter stämplar. Och både kungens och hästens huvuden är ju avskruvade.

– Tanken är god, höll Eric med, men sån tur lär du inte ha. Fast man ska aldrig säga aldrig. Jag ska fråga min expert. Och hör jag nånting så får du veta.

Eric hade nog rätt, tänkte jag där jag gick uppför den breda stentrappan och ringde på klockan vid sidan av den massiva ekdörren. Jag var försenad. Skam till sägandes hade jag faktiskt försovit mig. Mässan tog på krafterna och jag hade besökt nästan alla montrar. Det kändes i benen och den kvart jag tänkt vila ovanpå min säng på Hotell Mollberg hade omärkligt gått över i sömn. Jag hade vaknat med ett ryck. Men det var inte någon panik, hade jag tänkt. Det var trots allt buffé, gående bord, och inte smokingmiddag med placering. Dessutom var jag bjuden om inte med armbågen så mera av en slump. Men jag måste ju ändå äta middag och utflykter till gamla skånska herresäten gjorde jag inte varje dag.

Steg hördes där inne och en flicka i svart med vitt förkläde såg frågande på mig när hon öppnade.

– Jag heter Johan Homan och jag är bjuden hit på middag klockan sju. Jag ber om ursäkt att jag är lite sen.

– Det gör ingenting. Hon log. Vi håller just på och sätter fram i matsalen. Dom andra gästerna är i salongen. Jag ska visa.

Hon gick före mig och jag såg mig om. Skenet bedrog. Huset kanske liknade en grosshandlarvilla på utsidan, men innanmätet var 1600-tal, om inte ännu äldre. I hallen låg ett stengolv, i taket fanns kryssvalv och en stor murad öppen spis täckte nästan ena långväggen. Hade någon tidigare slottsherre tröttnat på den gamla stilen och moderniserat fasaden? Ingreppet kanske inte hade varit så stort? Väggytorna hade ju nästan täckts av frodig murgröna.

Bakom höga dörrar hördes sorl och skratt. Flickan i svart och vitt öppnade och jag kom in i en stor salong. En kristallkrona hängde ner från taket, på väggarna 1700-talsporträtt. En gustaviansk soffgrupp längs ena långväggen, några rokokobyråar och en sittgrupp i empire. Mörkbrun mahogny och grön klädsel med de små kejserliga, napoleonska bina. Precis som det skulle vara på ett sådant här gammalt ställe. Konventionellt och opersonligt, nästan möblerat efter mall. Kunde vara vilken herrgårdssalong som helst.

Ett tjugotal människor stod där inne med glas i händerna. Jag såg mig om. Inget bekant ansikte, men vad hade jag väntat mig? Skånsk adel ingick inte i mitt vardagsumgänge.

Då upptäckte jag värdinnan, kvinnan i rött från mässan. Monica Eriksson. Nu var T-shirten borta, nu var det svart som gällde. En välskuren svart kostym i tunn chiffong, djupt urringad också i ryggen. Runt halsen ett sofistikerat, enkelt halsband. I det mörka håret satt ett spänne i empire i guld och pärlor. Och jag förstod ännu mindre nu varför Jonas måste gå över ån efter vatten när det gällde kvinnor.

– Vad trevligt att du kunde komma. Monica log när hon kom fram, såg på mig med sina bruna, mandelformade ögon. Jag var rädd för att du hade missuppfattat eller att du hade rest tillbaka till Stockholm. Du blev ju verkligen bjuden i sista minuten, men jag tyckte det skulle passa så bra.

– Jag blev fördröjd i ett affärssamtal, ljög jag.

– Jag förstår. Du är ju i Helsingborg inte bara för nöjes skull. Och du hann precis. Vi ska just börja. Låt mig bara presentera dig för mina föräldrar först.

Hon tog mig under armen och vi gick fram till ett äldre par som stod vid ett av de höga fönstren. Mannen var rak i ryggen, brunbränd, vithårig. Smal och verkade gammal officer, i åttioårsåldern kanske. Ögonen var klara och runt ytterkanterna hade iris bleknat i en tunn ring som antydde hans ålder. Han log, sträckte fram sin hand i ett fast handslag.

–Trevligt att råkas. Jag heter alltså Leonard Stålsvärd. Jordbrukare, kan man säga, fast avhoppad officer. Han skrockade förtjust. Gården här har faktiskt gått i släkten i ett par hundra år. Men numera har jag överlåtit skötseln åt en son. Jordbruk

59

är inte roligt längre. Man får till och med pengar av EU för att inte odla och det är ju rent åt helvete.

Jag nickade, jag höll med. En stor del av EU:s budget gick åt till att hålla en numerärt mycket liten grupp militanta europeiska bönder under armarna med höga matpriser och exportsvårigheter för u-länderna som följd. Varför skulle vi betala för det via våra skattsedlar? Det hade jag aldrig förstått. Men jag ville inte lufta mina åsikter. Jag hade en känsla av att jag i så fall blivit sittande hela middagen med den gamle farbrorn.

– Och ikväll har jag överlåtit värdskapet också. Monica är mer road än jag och hon sköter det som en hel karl. Han blinkade till sin dotter, som gav honom en kärleksfull klapp på kinden.

Hans hustru var en bastant kvinna, också hon vithårig och i samma ålder som sin man, något yngre kanske. Om Monica var sofistikerad och sparsmakad i sin klädsel var mamman tvärtom. Storblommig klänning och en ring på nästan varje finger. Nu överdriver jag väl, men det låg nog inte mycket kvar i juvelskrinet, när Elisabeth Stålsvärd seglade ut i de skånska salongerna.

– Så trevligt, sa hon med djup röst och log mot mig. Monicas vänner är våra vänner.

Hennes skånska var lika bred som taxichaufförens och skilde sig klart från Leonard Stålsvärds distinkta skorrande. Det framgick klart att hon var fastare förankrad i den skånska myllan än hennes eleganta man. Var hon en bygdens dotter som fått bidra med livskraftiga gener till det gamla släktträdet? Ett blodfullt ympskott.

– Och nu ska vi snart ha bröllop, sa hon belåtet. Vårt äldsta barnbarn ska gifta sig. Hon vill ha bröllopet här på Töreberga och det ska bli så roligt, för här finns så många gamla traditioner. Vår kyrka är från 1100-talet och så förtjusande.

Kanske inte lika förtjusande den här gången, tänkte jag och såg på hennes vänliga ansikte som sken av glad förväntan inför den stora dagen. En av de gamla traditionernas beståndsdelar skulle kanske lysa med sin frånvaro för den som visste vad som brukade stå på altaret vid bröllop i familjen.

Monica satte ifrån sig sitt glas på ett bord och klappade i händerna, såg sig om.

– Välkomna en gång till, sa hon. Ikväll ska vi vara riktigt informella och bara ha trevligt. Inga tal, ingen placering. Vi går bara in i matsalen och tar vad vi vill ha från buffén. Så hämtar vi vin, rött eller vitt, från bordet bredvid och sen går vi ut i salongerna och sätter oss precis var vi behagar. Det är väldigt praktiskt. Hon log. För om ni hamnar bredvid nån torrboll, så säg bara att ni ska gå och hämta mera vin så kan ni diskret försvinna.

Alla skrattade. Var det en sund reaktion mot gammaldags, stel formalitet med dukade bord och vita dukar. Eller bidrog bristen på tjänstefolk? Oavsett anledningen välkomnade jag resultatet.

– Jag ska bara lägga till att vi har fått en senkommen gäst. Johan Homan från Stockholm. Han är antikhandlare och ska hjälpa mig med en del värderingar. Vi stötte ihop på mässan. Välkommen, Johan.

– Tack, sa jag och följde henne in i matsalen.

Då kände jag att någon stod bakom mig.

– Vafan gör du här? kom en låg röst.

Jag vände mig om. Jonas Eriksson. Jag hade inte sett honom i salongen. Han var väl skymd bland alla gästerna.

– Vad i helvete gör du här?

– Det var värst vad du tar i. Både fan och helvetet. Lugn bara, sa jag och vi drog oss undan i ett hörn. Du behöver inte vara orolig. Det är som din fru sa. Vi träffades av en slump på mässan och hon ville att jag skulle komma för att titta på en del saker. Och jag har inte ens andats om din djävla pokal.

Då lugnade han sig, log ett snabbt leende.

– Förlåt, men som du förstår är jag lite nervig just nu. Klockan tickar. Hur har det gått?

– Jag har talat med en kollega som känner en expert på äldre svenskt silver. Jag har inte hört från honom än. Och jag har kollat med en del kolleger och andra i Stockholm. Här på mässan också. Men undrar inte dina svärföräldrar varför du kommer utan pokalen? Bröllopet är ju snart.

– Jag är bara nere över dan. Och jag sa att det var bäst att ha ryttarkannan i bankfacket så länge som möjligt. Jonas log ett ironiskt leende.

– Ni kände ju varann. Det var väl en överraskning för dig att Johan kom. Monica hade kommit fram till oss.

– Vi läste i Uppsala samtidigt, sa Jonas snabbt, som för att förekomma mig. Vad trodde han jag skulle säga? Att han bett mig hjälpa till att få tillbaka Augsburgspokalen som stulits av ett fnask från Centralen? Att deras familjeklenod hade flugit bort.

– Vi har mycket gemensamt, sa jag istället. Många gamla minnen från Uppsala. Nya också. Men det sa jag inte.

Lättad såg Jonas på mig.

– Det är riktigt, sa han forcerat. Och nu gör vi affärer ihop. Jag anlitar Johan som nån sorts konsult. Han log mot mig, ett tvunget leende.

Det kan man säga, tänkte jag. "En sorts konsult." Det stämde.

Kapitel VII

Med min fyllda tallrik drog jag mig tillbaka till ett hörn av den stora salongen utanför matsalen. På det blåvita kompaniporslinet med det stålsvärdska vapnet, pedagogiskt nog en bepansrad hand med ett draget svärd, hade jag plockat för mig av vad huset förmådde och det var inte litet som dukats fram på buffébordet. Rökt lax, gravad lax och kokt lax paraderade bredvid fat med ål, sill, löjrom. Dessutom fanns små köttbullar, parmaskinka, murkelomelett och kycklingbröst stekta med oliver. Annat också, som ostar i olika format och sorter – den skånska gästfriheten förnekade sig inte. Men min vana trogen hade jag koncentrerat mig på den mjälla, rosa laxen med *sauce verte* och små, gula färskpotatisar.

Jag slog mig ner vid en av de stora kakelugnarna. Det kunde vara Marieberg, tänkte jag och såg på det eleganta mönstret. Varje fajansplatta i glänsande vitt var dekorerad med en liten rosenbukett i blått. Var Rehn mästaren?

Visserligen var Mariebergskakelugnar mycket sällsynta. Fabriken hade varit i drift bara ett trettiotal år innan den såldes till Rörstrand under senare delen av 1700-talet och produktionen var inriktad på serviser och prydnadsgods i fajans. Jag hade både signerade fat och annat i min affär, fast godbitarna, som den stora kaninvasen, fanns uppe i våningen.

Kakelugnarna hade ju revolutionerat uppvärmningen som skedde med öppna spisar och ugnar, innan Cronstedt och andra fick fram en installation som genom sinnrika, inbyggda kanaler fick varmluften att bevaras, cirkulera och spridas ut i rummen. Det bidrog också i viss mån till en förändring av arkitekturen. Fönstren kunde göras större med bättre ljusinsläpp och medellivslängden höjdes förmodligen också i gamla och utkylda hus.

Fast jag kunde ha fel, tänkte jag där jag satt och drack av min ljusgula chardonnay till löjrommen. Det kunde vara Rörstrand också. Deras kakelugnstillverkning var avsevärt större och Mariebergsexemplaren var rariteter. De kännetecknades av att glasyren, som här, var glänsande vit och rosenbuketterna hade en levande friskhet. Det hade att göra med bränning och andra led i processen, förutom att man använde samma gula lera som i fajanserna. Men kakelugnar av det slaget var ingenting för vanliga dödliga. Priset i nutida mynt låg på trehundra till fyrahundra tusen kronor.

– Här sitter du alldeles ensam?

Jag såg upp. Monica Eriksson stod framför mig med ett glas i ena handen och en tallrik i den andra.

– Jag sitter här och filosoferar, sa jag och reste mig.

– Sitt, för all del. Det låter intressant. Får jag slå mig ner? Hon satte sig bredvid mig.

– Törs jag fråga om vad? Ditt filosoferande alltså.

– Jag tänkte på kakelugnar, sa jag sanningsenligt och hon skrattade.

– Det var originellt. Varför det, om jag får fråga?

– Jag satt och tänkte på om den här kakelugnen var Marieberg eller Rörstrand.

– Och vad kom du fram till?

– Jag gissade på Marieberg.

– Då gissade du rätt. När Gustav III kom hit en gång blev han så förtjust i den att han beställde en likadan till Stockholms slott. Det är därför vi vet att den är Marieberg. Det krävs en expert annars för att se skillnaden mot Rörstrand. Grattis.

– Tack. Men det var mer tur än skicklighet. Berätta istället för mig vilka alla dom här människorna är. Jag har hälsat på dina föräldrar och Jonas känner jag ju, men dom andra är främmande fåglar. Flyger i vilket fall inte omkring i Stockholm.

– Inte så ofta kanske. Men det finns faktiskt flera stockholmare här. Dom har kommit för mässan. Där borta till exempel, framme vid spegeln, står ett par.

Jag såg bort mot den höga, gustavianska spegeln på kortväggen. Åkerblad? Framme vid spegeln, med sitt vinglas på konsolbordets marmorskiva, stod en lång, nästan vithårig man. En djup solbränna gjorde sig bra mot hans ljusblå skjorta, säkert inte en tillfällighet, och hans vita linnekavaj.

Han pratade ivrigt med en man i svart. Svart jacka, svarta byxor och svart skjorta. Mörka ögon och svart, glänsande hår. Hårgel? Trendigt hängde det bakåt över skjortkragen. Men i motsats till den andre var han blek. Hade han inte haft semester eller var han rädd för malignt melanom?

– Dom där två borde du känna, sa Monica. Mannen i svart och mannen i vitt. Det kan löna sig. Hon log.

– Varför det?

– Dom är båda i din bransch.

– Antikhandlare?

– Ja och nej, faktiskt. Samlare, aktiva samlare.

– Hurdå menar du?

– Dom köper för sina samlingar, men säljer också. Inte i nån sorts etablerad affärsrörelse, du behöver inte vara rädd för konkurrens, men som jag förstår det så kan dom tänka sig att sälja olika objekt om dom hittar nånting bättre. Och om dom tjänar på det.

– Jag förstår.

– Och dom har resurser. Den vite, Sten Bergner, är redare. Ja, har varit. Hade en massa båtar som var utflaggade till Liberia med filippinska besättningar. Sen sålde han med stor förtjänst, efter vad jag hört, och nu njuter han av livet med pengar parkerade på olika håll i världen.

– Den som hade det så bra. Att leva livet och gå omkring och köpa vackra saker. Kunna få allt man pekar på.

– Jag är inte så säker på det, sa Monica allvarligt.

– På vad?

– Att han kan få allt han pekar på. Hon tystnade och jag ville inte fråga.

– Den andre då? Han i svart. Dom är som i en gammal vilda västern-film.

– Nu förstår jag inte.

– Det minns du väl? Redan i början kunde man se vem som var hjälte och vem som var skurk. Hjälten hade alltid vit hatt och skurken svart.

Monica skrattade.

– Det stämmer inte i det här fallet. Jag har en känsla av att båda är av samma skrot och korn. Kan dom göra ett klipp så tvekar dom inte, och dom lär inte alltid vara så noga med metoder och formaliteter.

– Det är ju en gammal sanning att bakom alla stora förmögenheter ligger det ett brott. Eller flera.

– Det är väl en definitionsfråga. Hon log. Jo, den svarte heter alltså Hans Lindberg. Han gör affär med allting som ger pengar. Ett tag importerade han begagnade lyxbilar från England. Rolls Royce, Bentley, Aston Martin och hela köret. Det var innan det inte var politiskt korrekt att åka omkring i såna bilar. Sen måste man ju profilera ner sig och inte visa för öppet vad man hade på banken. Och det var på yuppietiden, före börsfallet när folk hade gott om pengar. Han investerade också i konst under den där perioden. Köpte fläskiga Zornkullor och gulliga Carl Larsson-barn med lånade pengar, låste in dom i kassavalv och sålde vidare på nästa auktion. Nu sysslar han visst med annat, men jag känner honom inte närmare. Det var Jonas som tog med honom. Bergner också.

– Är deras fruar här?

Monica skakade på huvudet.

– Deras äktenskap lär gå på sparlåga och gifta är dom väl bara på papperet. Säger Jonas, i vilket fall. Jag är inte tillräckligt intresserad för att forska i det.

– Damen där borta då, hon som står under ljuskronan?

Jag såg på kvinnan mitt i rummet. Långt, blont hår, vit klänning med bara axlar. Hon skrattade mot någon som stod bredvid henne. Gestikulerade med långa, smala händer. Turistbroschyrernas fantombild av den svenska sommaren. Sju sorters blommor, midsommarnatt, Pepsodent och Arla lättmjölk, allt i ett.

Monica log.

– Jag undrade just när du skulle fråga om henne. Jo, det är en annan av Jonas udda bekanta, sa hon syrligt. Hon är nån sorts sambo med en kompis till honom. Georg Kylmann. Han står där borta i hörnet i mörkblå klubbjacka och alldeles för blanka knappar. Ser ut som en flygkaptén på SAS. Han är nån sorts direktör. Halvgammal och rik och det är ju inte svårt att förstå.

– Hurdå, menar du?

– Blondinen alltså. Monica lät hånfull. Hon ska vi säga "lierar" sig med äldre, förmögna gentlemän som behöver pigga upp sina liv och synas med nya, fräscha erövringar. Det ger henne guldkant på tillvaron, platinakant skulle jag väl säga. I Stockholm lär hon hitta bara till NK, Grand och Operakällaren. Nu har hon slagit till igen. Så länge det varar. Se upp så att du inte åker dit. Du vet vad dom kallar henne?

– Ingen aning.

– "Vandringspokalen." Det säger väl vad det är frågan om. Annars heter hon Charlotte Bergman och är faktisk äldre än hon ser ut. Nej, nu får du ursäkta. Jag hjälper mamma som värdinna och jag måste se till att alla trivs, inte bara du. Hon log och gick.

Vandringspokal. Var hade jag hört det förut? Så kom jag ihåg. Eric Gustafson. När jag berättat om Jonas och hans försvunna silverpokal hade han antytt någonting om honom och en kvinna som han kallade "vandringspokal". Och att Jonas Eriksson inte höll på de äktenskapliga formaliteterna utan ofta klev över olika stängsel.

Kunde det vara samma kvinna? Var det därför Monica varit så negativ? Men hon var ju där med sin sambo och Jonas kunde väl inte vara så hänsynslös att han tog hem sin älskarinna? Fast vad visste jag om hur turerna gick i Jonas kretsar? På Köpmangatan var jag långt från livsstilen i Stockholms jet-set. Och Eric Gustafson fick man alltid ta med en nypa salt. Han älskade skvaller och trodde att allt som stod i Svensk Damtidning var sant.

Jag såg efter Monica där hon blandade sig med de andra gästerna. Smal, rank med elegant hållning. Vacker på ett mycket personligt sätt. Attraktiv. Fast jag kände förstås inte Monica. Det var första gången jag träffade henne och kanske fanns det sidor bakom den vackra fasaden som jag inte hade en aning om.

Nu visste jag i alla fall litet mer om några av gästerna. En hade haft Rolls Royce och Bentley som specialitet. En annan var före detta skeppsredare. Båtar och bilar, vitt skilda territorier. En minsta gemensam nämnare fanns i alla fall. Konst och antikviteter. Och sämre intressen kunde man ha. Jag borde prata med dem ikväll, se om vi kunde göra intressanta affärer. Pengar fanns tydligen, bara objekten var rätt. Jag måste trots allt tänka på mitt dagliga bröd och min dagliga Dry Martini. För att inte tala om Cléos strömming och kattmat på burk.

Sen fanns det tydligen också en *femme fatale* med i samlingen. Jag som trott att de tog slut med Kameliadamen, passade inte in i det jämställda, feministiska Sverige där styrelseledamotskap, professurer och generaldirektörsposter krönte den kvinnliga önskekarriären. Dynamik, kvalitet och action. Framgång och karriär på lika villkor var budorden under skylten "Kvinnor kan".

Fick jag tro Monica hade Charlotte Bergman en annan *approach*, för att tala nysvenska. Hon kunde hon också. Men det reserverade hon för den som ville betala. Det fanns ett annat ord för det, fast idén var densamma.

Fula gamla häxan avundsjuka, tänkte jag och såg på henne där hon stod omsvärmad under den gustavianska kristallkronans glittrande vattenfall av slipade prismor.

Då vände hon plötsligt huvudet mot mig, som om hon känt att jag tittade på henne, såg mig rakt i ögonen tvärs över det stora rummet och log. Jag log tillbaka.

Så vred hon lika snabbt bort huvudet igen och den laddade spänningen bröts. Men jag kände att någonting hänt. Fast det var väl önsketänkande. Jag platsade inte i hennes laguppställning. Dessutom spelade jag på Francines planhalva. Hon skulle aldrig tillåta någon transfer. Sen hon hade kommit in i mitt liv hade det tagit slut med utflykter åt olika håll. Man blev inte yngre och någon gång måste jag ju stadga mig. Ellen Andersson i elvan, Köpmangatan 11 alltså, min allt i allo när det gällde städning, strykning och allt annat jag behöver hjälp med, hade tjatat länge på mig. Menat att det inte kunde vara normalt att sitta ensam hemma framför TV:n med sin katt. Jag borde gifta mig, ju förr desto bättre. Med Francine var hon nöjd, men det var bara första steget. Kyrkbröllop höll längre, menade hon. Det blev litet ordentligare då.

Fast det var ju inte aktuellt än. Jag fick rätta mig efter Francine. Om hon nu ville gifta sig över huvud taget, jag var inte alldeles säker. Hon hade haft en *fling* med någon liten fransman hon träffat i Wien för något år sen när hon tjänstgjorde på FN:s narkotikabyrå.[*] Och själv var jag väl inte direkt någon svärmorsdröm. Halvgammal, lönnfet, ensam antikhandlare med ett bankkonto som balanserade på gränsen till det passande.

Någon större framgång som antikhandlare var jag inte heller. Sålde inte tjusiga objekt i miljonklassen i flotta lokaler med stora utrymmen. Och kom jag någon gång över en pangsak kunde jag inte förmå mig att sälja. Därför är min våning vid Köpmantorget i det närmaste knökfull av vackra ting.

Som tur är besväras jag inte av några ambitioner när det gäller framgång och stora pengar. Har tagit skeden i vacker hand. Jag kanske är lat, åtminstone lättjefull, där jag flanerar genom livet med Cléo på axeln. God mat, goda viner, vaktparaden och Dry Martini fullkomnar mitt enkla vardagsliv. Och min svaghet för vaktparaden är jag inte ensam om. Den har till och med en *fan club* med rötter i "Sotarpojkarna", entusiasterna som förr marscherade efter vaktparaden, mest småpojkar men också män i mogen ålder.

Ibland känner jag mig som en blandning mellan Nalle Puh och Walter Mitty, den där snubblande dagdrömmaren som inbillar sig de mest fantastiska saker och då och då dras in i egendomliga händelseförlopp. Danny Kaye gjorde honom i en underbart rolig film för längesen.

Så på det hela taget är jag en lycklig person som lever ett förhållandevis lugnt liv. För det mesta åtminstone. Och jag tänkte på Blandarens visdomsord: "Man fick tacka Gud för att det var som det var för hur skulle det annars vara?"

Med dessa uppbyggliga tankar tog jag min tallrik och mitt tomma glas och gick tillbaka till det stora buffébordet i matsalen.

---

[*] Mårtenson: *Ikaros flykt.*

Kapitel VIII

Jag slog upp Svenska Dagbladet och bläddrade förstrött igenom de prasslande sidorna där jag satt i den trånga flygplansfåtöljen nästa morgon. Vi var i vilket fall inte försenade och det är ju alltid något att vara tacksam för. Fick jag bara sitta ifred utan att någon tog den tomma platsen bredvid skulle det vara ännu bättre.

Så stannade jag upp inför en understreckare om såoperor. Ologiskt nog rubricerades artikeln fortfarande som "understreckare", ett arv från tidningens tidigare format, fast den upptog hela sidan. Men problemet var löst genom att "strecket" hade placerats högst upp.

Det här måste jag riva ur och visa Francine, tänkte jag. Jag får alltid bassning för att jag ser för mycket på TV. Förslöande, själsdödande, fördummande, passiviserande. Jag borde utveckla mina andliga intressen och min personlighet, tycker Francine. Gå på teater och konserter. Läsa "riktig" litteratur.

Men jag håller inte med. Efter en lång arbetsdag tycker jag om att koppla av framför min TV, skölja hjärnan, som jag brukar säga. Och här fick jag medhåll. Ett antal akademiska studier och avhandlingar visade att man inte längre behövde skämmas för att konsumera det ofta kitschiga utbudet av såoperor och annat utan intellektuellt tuggmotstånd. Kände man inte till innehållet och kunde relatera till det i sina sociala kontakter, minskade man sin kompetens, stod utanför, behärskade inte de nödvändiga koderna. Att sakna "populärkulturella intressen" var ett karriärhinder. Nu kunde man utan att skämmas titta på både Allsång på Skansen och Robinson. Slutsatsen i artikeln var att den som inte tog del av populärkulturen kunde komma att befinna sig utanför samhället.

Det kanske var att ta i, tänkte jag, men nästa gång Francine ville hindra mig från att se Simpsons skulle jag plocka fram min understreckare, säga att jag måste vara på samma kunskapsnivå som mina kunder och vänner och bekanta. Inte för att jag trodde att Eric Gustafson tittade på Robinson, men Ellen Andersson älskade Allsång på Skansen. Och Jeopardy var faktiskt bildande. Jag kunde nästan svara på allt utom sport och popmusik, så jag skulle aldrig kunna ställa upp. Dessutom kom jag alltid på svaren för sent. Det tog ett tag innan hjärnans datorer kopplade rätt.

Fast jag hade faktiskt försökt att leva upp till hennes krav på att höja ribban på den intellektuella och kulturella sidan. Höja mig över Simpson och annat lättviktigt. Jag hade stått och vägt mellan Marcel Proust och Dostojevskij. Tagit ner "Bröderna Karamazov" ur bokhyllan. Men jag hann inte längre än till inledningen där de viktigaste personerna presenterades. Det var närmare femtio människor, alla med namn som Márja Kondrátjevna, Adelaída Ivánovna Karamazov, född Miúsova, och Pjotr Aleksandrovitj Miúsov, kusin till Adelaída för att ta några i högen. Prästmunkar, polischefer, borgmästare, godsägare, tulltjänstemän, tjänsteflickor och munkar, undersökningsdomare och andra stod som spön i den litterära backen.

Deras blotta numerär bröt ner mina goda intentioner, lättjan tog överhand, de goda föresatserna sköts på en obestämd framtid och jag valde en deckare av P.D. James istället, min klara favorit på den kanten. Begåvad och framstående stilist, säker miljöskildrare både av själens mörka sidor och ett vardagligt Londons sensationer och trivialiteter. En fixstjärna bland mindre klart lysande himlakroppar på deckarnas dunkla natthimmel.

Annars läser jag nästan aldrig deckare, klarar aldrig ut vem som är mördaren, och det krassa underhållningsvåldets blodiga koreografi runt pedofili, incest, våldtäkt, tortyr och annat, hämtat från det mänskliga psykets katakomber och kryptor, roar mig inte. Spekulativt och enkelspårigt och ofta pretentiöst presenterat med litterära och samhällsförbättrande anspråk. Egentligen en ganska bisarr genre, tänkte jag. Till sin kärna går den ut på att A dödar B och C tar reda på vem som är mördaren och varför, allt marinerat i blod och våld under ett lager av villospår.

Jag vek ihop tidningen och lade den i facket på stolsryggen framför mig och jag tänkte på gårdagskvällen. Efter det att Monica berättat för mig om en del av gästerna, hade jag gått tillbaka till det stora bufébordet i matsalen. Jag tog just för mig av ostbrickan, både grönkrämig gorgonzola och min favorit, en salt, vällagrad västerbotten, när någon sträckte sig mot korgen med uppskuret bröd.

– Står jag i vägen?

Jag vände mig mot mannen vid min sida. Korrekt i mörk kostym, vit skjorta och diskret slips. Hade han missat att det var sommar och semestertider? För han var blek, hade ett smalt ansikte med tättsittande, bruna ögon. Gråsprängt hår och glasögon med tunna guldbågar. Såg ut som en kamrer på middag hos chefen.

– Inte alls. Han log. Jag heter Peter Lund och är god vän till Jonas. I samma bransch alltså. Pengar. Han log igen.

– Homan, sa jag på svenskt manér. Johan Kristian. Jag är antikhandlare och är här för mässan.

– Jag förstår det. Ja, Monica sa ju det när du kom.

– Jag skulle väl ha gått runt och hälsat, men jag var försenad och sen blev det inte av. Jag ska bättra mig nu. Har du också kommit för antikmässan?

– Ja och nej. Jag har slagit två flugor i en smäll. Vi har en klient i Helsingborg som jag har en del business med och då passade jag på att titta in.

Peter Lund var alltså i samma bransch som Jonas. Det kunde kanske vara intressant att fiska lite i de vatten där han seglade. Om jag fattade tidningarnas börssidor rätt så var det en seglats i dåligt väder över stormiga hav, fyllda av grynnor och grund.

– Ge mig lite tips, öppnade jag och drack av min chardonnay. Den hade hunnit bli ljummen nu och mist sin friska kylighet. När Ericsson kostar mindre än en varm korv, kanske det är läge att köpa, eller ska man vänta tills dom kommer i frimärksklassen? Det verkar inte långt dit.

– En sak har jag lärt mig och det är att aldrig ge goda råd om jag inte behöver, sa han.

– Om du inte får betalt, menar du?

Han skrattade.

– Precis. Nej, men skämt åsido så är det en sån turbulens på marknaden att jag föredrar att ligga lågt. Vi följer den allmänna strömmen. Is i magen och sälj inte på nergång om du inte absolut måste. För kursfall har mycket med psykologi att göra. Stora, världsledande företag av den här typen kan ju inte bara försvinna från marknaden och många gör stora vinster även om dom ligger under förväntningarna. Så börsfallet är mycket grupptryck och följa John. Tack och lov hamnade min firma rätt när vi viktade över i räntebärande papper och obligationer, drog ner på aktiesidan även om det sved.

– Var Jonas firma lika förutseende?

– Inte riktigt. Jag avslöjar inga affärshemligheter. Du kan läsa om det i Dagens Industri och på andra håll. Men dom ligger lite risigt till. Gick in för stort i Ericsson, till exempel. Och vid fel tidpunkt, när alla kurvor pekade uppåt. Och där tror jag Jonas hängde med. Privat alltså. Ett tag låg ju kursen på långt över två hundra. Sen har firman en del interna problem.

Försiktigt försökte jag lirka fram mer information om Jonas och företaget han arbetade på, men Peter Lund var diskret. Och jag förstod honom. Jonas var en vän och han kunde knappast stå här som hans gäst och avslöja hemligheter. Inte för att det kanske fanns några större skelett i garderoben, men jag hade ändå fått en liten inblick i Jonas värld. Hans problem var tydligen inte begränsade till flickan från Centralen och den historiska Augsburgspokalen.

– Jag blir bara så arg. Ge mig ett glas vin!

Förvånat såg jag på kvinnan som trängde sig fram mellan oss. I ena handen höll hon ett tomt glas som hon demonstrativt sträckte mot Peter. Leende fyllde han det med rödvin.

– Vad är det nu som du blir upphetsad för?

– Den där djävla tjockisen. Hon nickade mot mannen i den blå klubblazern med de blanka knapparna. Den avsuttne direktören, enligt Monica. Georg Kylmann som var sambo med den blonda vandringspokalen.

– Han är inte bara mörkblå. Han är ta mig fan svart.

Hon såg på mig med stora, mörka ögon. Det svarta håret föll mjukt över axlarna, den sensuella munnen med de breda läpparna var trotsigt sammanbiten. Var hon tjugofem? Hade hon italiensk anknytning, eller spansk?

Hon påminde mig om någon. Men vem? Så kom jag på det. Jasmine. Den långbenta, vackra Jasmine som rörde sig som vinden i gräset. Den sensuella, vackra Jasmine som jag träffade en gång uppe i Lappland, en flugfiskeresa som höll på att sluta i katastrof.[*]

– Förlåt. Hon log mot mig, lade ena handen avledande på min arm. Jag blir så lätt förbannad bara.

– Jag vet, sa Peter. Ditt exotiska temperament. Vi är tillsammans, sa han förklarande till mig, så jag är van. Men ta inte ut det på Johan Homan. Han är antikhandlare och van vid lite elegantare sammanhang. Det här är alltså Amanda Cardoso. Grävande stjärnreporter på Dagens Affärer. Fast hon får passa sig. Den som gräver en grop åt andra, ramlar ofta själv däri.

– Ha, ha, sa hon med långa, utdragna vokaler. Tänk vad du kan. Nej, men jag pratade med den där tjockisen, Kylmann heter han, och han var rena Sjöbosvennen.

– Det var ett nytt uttryck, sa jag. Är han nån sorts rasist?

– Om! Hon tog en djup klunk av sitt vin. Det här var alldeles för ljummet och mjäkigt. Ge mig ett glas vitt istället. Vi kom att diskutera invandring. Varför vet jag inte, det är väl inte det aktuellaste i dom här salongerna. Hon log.

– Men jag har synpunkter, dels som människa alltså, medmänniska, men också för att jag själv är invandrare. Vi kommer från Brasilien, Rio de Janeiro. Pappa var advokat och engagerade sig för dom jordlösa lantarbetarna och indianerna i Amazonas, i regnskogarna. Det finns stora jordägare med egna privata säkerhetsstyrkor som slår ner lantarbetarnas krav och det finns företag som exploaterar regnskogarna och andra som letar guld. Indianerna trängs undan eller dödas. Deras kultur förstörs och dom dör i sjukdomar dom inte är immuna mot.

– Jag har läst att regeringen är på offensiven mot allt det där,

---

[*] Mårtenson: *Det svarta guldet.*

sköt jag in. Arbetar med att förbättra situationen. Det har ju varit mycket internationell kritik också.

– Det är riktigt och dom gör vad dom kan, men jag talar om en del privata intressen. Brasilien är ett av världens största länder och du kan inte hålla koll på varenda kvadratmil. Pappa mördades och mamma vågade inte bo kvar, så hon flydde till Sverige, som hon läst så mycket om. Palme och allt det där. Och vi hade släktingar här. Så när den där tönten stod där och predikade om invandrare och svartskallar så tände jag direkt.

– Vad sa han? Peter såg frågande på henne.

– Det gamla vanliga köret. Biståndsberoende, utnyttjande av samhället, dom vill inte arbeta, skattebetalarna, alltså hederliga knegare, får stå för fiolerna. Att dom kan få mer i bidrag på en månad än dom har i årsinkomst hemma. Och när dom inte sysslar med gruppvåldtäkter så roar dom sig med hedersmord. Att dom köper sig färdiga paket med falska handlingar och uppdiktade historier och utskrivna frågor och svar som dom ska dupera invandrarmyndigheterna med. Så där höll han på.

– Och då tände du? Road såg Peter på henne.

– Om! På alla cylindrarna. Och Amanda skrattade. Jag skällde ut den djäveln. Sa till honom att Sverige hade byggts av invandrare sen medeltiden. Berättade om min mamma, sa att om man tittade på svenskarnas fusk med allt från sjukskrivning till bostadsbidrag och alla andra bidrag som hela samhället har blivit beroende av, så var det nog ingen skillnad på invandrare och svennar. Jag sa att tre av fyra arbetslösa och sjukskrivna bara förlorar en hundralapp netto om dan på att börja arbeta igen, så varför skulle dom bry sig? Och allthihop var regeringens fel.

– Hur menar du? frågade jag.

– Myndigheterna gör inte tillräckligt för att integrera invandrarna. Dom segregeras i invandrargetton, dom kommer inte ut på arbetsmarknaden i meningsfulla jobb, dom hålls tillbaka i ett bidragsberoende. Mamma är ingenjör. Dom första tre åren var hon städerska på Karolinska. Dom inser inte att dom har skapat en tickande bomb som kan smälla om nån generation.

– Du har rätt, sa jag. Kan vi inte integrera dom som kommer hit på ett meningsfullt sätt i det svenska samhället, så kommer vi att få stora problem. Dom finns där redan, men växer om vi inte agerar. Det går inte att sopa det här under mattan längre.

– Precis, sa Amanda ivrigt. Titta bara på alla dom här ungdomsgängen i förorterna! Dom känner sig inte hemma i sin egen kultur, föräldrarna sitter framför TV-apparaterna och tar in sina hemländer och bryr sig inte om att lära sig svenska ordentligt. Och dom här ungdomarna riskerar att inte bli delaktiga av den svenska kulturen heller. Ett dubbelt utanförskap där föräldrarnas moralattityder och kulturmönster skär sig mot det svenska samhällets normer eller snarare brist på normer. Det kan skapa frustration, aggression och våld. Och där skär nydemokrater och andra rasister pipor i vassen.

– Vad sa Kylmann då?

– Han blev alldeles paff. Och den där blonda saken han hade med sig såg iskallt på mig och sa att dom hade kommit till ett civiliserat hem för att umgås och ha trevligt, inte för att bli påhoppade av nån liten frustrerad, kommunistisk invandrartjej.

Amanda Cardoso skrattade och fyllde på sitt vinglas.

– Det ska jag komma ihåg, sa Peter. Frustrerad kommunisttjej.

Efter en stund ursäktade jag mig och frågade diskret en av flickorna, som gick omkring och serverade vin, om jag kunde tvätta händerna någonstans. Först såg hon förvånat på mig, sen förstod hon och nickade mot dörren ut till hallen.

Jag gick ut i den stora hallen, över stengolvet under det höga kryssvalvstaket och bort mot en korridor på andra sidan. Förbi några dörrar som jag öppnade utan resultat och stannade till sist upp inför en halvöppen dörr längst bort. Kunde det vara toaletten?

Innan jag hann öppna helt hörde jag röster där inne. Höga röster, som i affekt. Och jag kände igen Jonas svärfar på den karaktäristiska, ädelskånska skorrningen.

– Aldrig i livet! Du har fått mer än nog! Vi kan inte hjälpa dig mer och Monicas pengar ska du ge fan i. Det här får du reda ut själv.

Snabbt drog jag mig tillbaka. Det hade varit pinsamt om någon hade kommit på mig med att tjuvlyssna. Men jag förstod vem Leonard Stålsvärd talade med. Jonas hade fler problem än jag känt till. Och bättre skulle det inte bli om Augsburgspokalen inte stod fylld av blommor vid bröllopet.

– Men där är du ju. Jag letade just efter dig. Monica hade kommit ut i korridoren.

– Jag tittade efter toaletten, sa jag snabbt, sen gick jag lite fel.

– Det är lätt gjort i det här gamla huset. Kom med nu istället och examinera min gamla byrå. Du lovade ute på mässan.

– Visst. Var har du den?

– Här.

Monica öppnade en dörr och vi kom in i ett litet rum med ett stort skrivbord och hyllor fyllda med räkenskaper. En dator stod på en hurts bredvid bordet.

– Kontoret, sa Monica förklarande. Och här har dom ställt undan en byrå som inte fick plats. Jag funderar på att sälja den. Ja, den är min faktiskt.

– Vill du inte ha den i Stockholm då?

– Nej, den passar inte in. Jag tycker den är för klumpig. Titta själv.

Jag såg på möbeln borta vid kortväggen. Monica hade rätt. En stor och klumpig snedklaffsekretär, förmodligen från Tyskland. Faneringen verkade valnöt, åtminstone på håll.

– Det är faktiskt ingen byrå, sa jag. En sekretär från början av 1700-talet. Barock. Vacker i sig, men kanske svårplacerad. Om du vill sälja den kan jag ta hand om det.

– Vad tror du den är värd?

– Det beror på vad kunden vill betala. Vi jobbar ju inte med listpriser i min bransch, men du kan säkert få ut uppåt tjugo tusen med lite tur. Kommer det en tysk kan det bli mer. Om han får utförseltillstånd förstås. Det kan kärva ibland.

– Jag har hört att det är en ren formalitet. Att det finns många sätt att kringgå det. Jag tror inte att dina filmhjältar har några problem.

– Filmhjältar?

– Det var du som sa det. Monica log. Han i vitt var ju hjälte och den i svart skurk i västernfilmerna.

77

– Jaså dom. Jag skrattade. Bergner och Lindberg. Nu förstår jag.

– Synd att du inte är här om en vecka förresten. På tal om vackra saker.

– Hurså?

– Då plockar vi fram en fantastisk silverpokal ur bankfacket. 1600-tal. En gammal släkting fick den av Gustav II Adolf. Vi ska ha bröllop i familjen och då står den alltid på altaret, fylld med blommor. Får man tro gammalt skrock blir det jämmer och elände den dag pokalen går ur våra händer. Men den förbannelsen slår aldrig in för vi kommer aldrig att sälja den.

– Det förstår jag, sa jag. Inom mig undrade jag vad som skulle hända om den försvann på annat sätt. Verkade förbannelsen då också? Hittills hade jag sett både jämmer och elände.

Då hördes snabba steg i korridoren och en upphetsad röst bakom dörren.

– Gubbdjävel. Förbannade gubbdjävel.

Vi såg på varandra. Det var ingen tvekan, det var Jonas Eriksson som rusade förbi där ute. Och det var inte svårt att gissa vem "gubbdjäveln" var.

– Jonas är lite nervös bara, konstaterade Monica lugnt. Det har varit mycket för honom nu på sista tiden. Börsen och annat.

"Annat." Jag såg på Monica. Visste hon om att pokalen stulits? Kände hon till Jonas nattliga besökare?

Det var inte svårt att förstå att Jonas var nervös. Min skuldkänsla kom tillbaka. Tomhänt stod jag här. Fast det var ju ologiskt. Jag hade ju ingenting med stölden att göra. Och hans relation till Monicas pappa skulle inte göra det lättare att förklara varför familjetrofén inte stod på altaret under bröllopet. Om det nu inte inträffade ett mirakel. Men sådana hörde mera hemma i en fantasy-värld. Åtminstone i våra dagar.

Flygvärdinnan hade börjat informera om säkerheten ombord, om säkerhetsbälten, flytvästar och andra väsentligheter, när han kom. I det längsta hade jag hoppats att få sitta ifred. Jag suckade inombords och drog mig närmare fönstret.

Ovigt satte han sig bredvid mig, en sur doft av tobak och

svett blev klart märkbar. Dessutom var han stor och kraftig, fyllde ut sin stol och mer därtill. Jag kände en armbåge i min sida och vände mig mot honom.

Det var mannen i svart, mannen i borsalinohatten, han som alltid bjöd högt på kvalitetsauktionerna. Han såg på mig med uttryckslösa, mörka ögon. På nära håll kunde jag se de grova porerna i det köttiga, nästan uppsvällda ansiktet. Det flottiga håret växte ut i nacken. Korvade sig över skjortkragen och jag kände hans andedräkt komma mot mig, en sumpmarksdunst av gammal sprit och halstabletter.

Så kände han igen mig, log med stora, gula tänder.

– Vi har setts förr, konstaterade han. Kolleger kan jag tro? Homan, va? Du har en låda i Gamla stan. Och jag heter Blonsky. Harry Blonsky. Man möts i auktionssalongerna, eller hur?

Han skrockade, ett lågt, obehagligt skratt. Förtroligt lade han sin hand på mitt knä. Grova, knotiga fingrar med gula, ovårdade naglar. På långfingret satt en stor klackring med otydliga initialer i mörkröd onyx. Jag drog undan handen, men han reagerade inte, tog inte illa upp.

– Hittade du nåt intressant på mässan?

– Så där, sa jag avmätt.

Jag tyckte han var obehaglig och påträngande och vi skulle sitta tätt tillsammans hela vägen till Stockholm. Men jag fick göra det bästa av situationen. Kanske kunde han ge mig några tips om Jonas försvunna pokal? Han verkade vara den sorten. Som om han kunde ha kontakt med mindre nogräknade säljare. Och köpare.

Inte för att jag hade någon anledning att misstänka honom för häleri och annat och man ska aldrig döma hunden efter håren, det hade jag hårdhänt fått lära mig, men jag kunde inte förneka att mina tankar gick åt det hållet.

– Jag träffade Monica Eriksson igår, sa jag. Det är ett vackert ställe dom har. Töreberga säteri.

– Jag känner till det. Fullproppat med fina objekt. Hoppas dom har ordentligt försäkrat. För där finns mycket att hämta. Han log förtroligt.

– Dom lär ha en fantastisk silverpokal i ett bankfack också. Augsburgspokalen. Har du hört talas om den?

Han nickade.

– Det är inga dåliga grejer. Men det är synd att den ligger på banken. Den borde stå i en egen monter på Nationalmuseum.

– Det håller jag med om. Vet du förresten om det finns nånting liknande på marknaden? Det lär ha funnits åtminstone två från början. Kungen fick ju den ena och Axel Oxenstierna den andra. Och Nationalmuseum har något åt det hållet.

Han satt tyst, såg på mig som om han försökte lista ut vad jag ville, vad jag menade med min fråga.

– Det kan hända, sa han sen. Långsamt, nästan släpigt. Det kan hända. Om man har rätt sorts pengar.

– Som till exempel.

Han skrattade.

– X antal miljoner. Allting är till salu för rätt pris. Är du intresserad?

– Kanske. Jag har en klient som är inne på barocksilver. Säljer du mycket på utlandet förresten? Jag bytte spår, tänkte på kriminalinspektören med exportförbudet.

– Hurså? Misstänksamt såg han på mig.

– Jag bara undrade. Nu med den höga dollarkursen så har ju utlänningarna blivit mer intresserade. Och Internet hjälper till med marknadsföringen. Fast dom bästa grejerna måste vi ju behålla.

– Varför det?

– Det vet du väl. Exportförbudet.

– Vem kan kontrollera det? Och som jag sa. Rätt sorts pengar fixar allt. Han log överseende, som över min naivitet.

Kapitel IX

Det var mitt dåliga samvete som hade fört mig till min gamle vän Calle Asplunds stora tjänsterum samma dag som jag kommit tillbaka från Helsingborg och antikmässan. Hittills hade jag inte sett något ljus i änden på Jonas Erikssons tunnel. Jag hade berättat för Calle vad som hänt utan att gå in på några detaljer. Inte talat om den historiska Augsburgspokalen utan i mera allmänna ordalag om värdefullt silver som försvunnit. Och om flickan som stulit det. Allt i hopp om att han skulle kunna hjälpa mig. För det brådskade. Jag hade inte många dagar på mig om jag skulle hinna göra en insats.

Allvarligt hade han lyssnat på mig. Inte rört en min i ansiktet där rynkorna i pannan under det grå, kortklippta håret hade djupnat sen jag såg honom sist. De grå, genomträngande ögonen hade mött mina. Hans markerade ansiktsdrag påminde mer och mer om Döderhultarns kraftfulla och kärva skulpturteknik. Men det skulle jag aldrig våga ens antyda till honom.

– Jag vet att det här inte är din grej, hade jag sagt. Det gäller ju stöld och inte mord, men jag känner ingen på den sidan hos er och jag tänkte att du möjligen kunde haft kontakt med den här sortens *modus operandi* eller kan rekommendera nån kollega som vet mer.

– Du menar om jag bjuder hem småtjejer från Centralen och dom sen sticker med matsilvret?

Calle hade skrattat sitt i poliskretsar berömda skratt. Det som startar lugnt och sävligt i magregionen för att sen arbeta sig uppåt och avslutas i ett crescendo med långa hostningar som grandios final. Jag tänkte på något jag läst, om att vindstyrkan i en nysning om den översattes i meteorologiska termer motsvarade kraften i en orkan. Och där låg Calle inte i lä. Tropiska stormar allra minst.

– Det är inget att skratta åt. Tänk dig själv om du skulle behöva förklara dig för din fru.

– Han får fan ta mig skylla sig själv, sa Calle korthugget, allvarlig nu. Nej, jag kan inte påminna mig den här varianten med tappade nycklar, plånböcker och pass på Centralen. Men folk är uppfinningsrika. Och är du säker på att han inte ljög? Att han bara plockade upp en tjej nånstans och sen försöker förädla sin story när det gick snett? Hur såg tjejen ut förresten?

Jag återgav vad Jonas berättat och Calle lyssnade med rynkad panna, såg uppmärksamt på mig.

– Vi har just fått in en grej, sa han fundersamt och tog fram en brun mapp ur sin in-korg. En ung tjej som hittats död i ett buskage vid Tantolunden. Överdos, heroin. Nåt orent skit. Men mina killar är lite misstänksamma. Anar ugglor i mossen av alla möjliga skäl.

– Som till exempel?

– Som till exempel att just där hon låg är ett bögtillhåll, välkänt för alla på den kanten. Fel plats för henne liksom. Hon hade dessutom inga sprutmärken mer än ett på högra höften. Var inte nerknarkad alltså. Sen fanns det sömnmedel med i bilden.

– Kunde det inte varit en jungfrusil? Hon tog den första gången och fick i sig nån skit som kroppen reagerade mot?

– Det är möjligt och vi får kanske lägga det till handlingarna. Skriva av det som så mycket annat. Personalbrist. Han suckade. Inte blir det bättre av att det är semester. Och din kille lär ju inte vara nån mördare direkt.

Inte direkt, tänkte jag, men vad visste man? Hade Jonas fått tag på henne och hon hade hotat med skandal? Adjö till Töreberga och den skånska slottsmiljön, adjö till Monica, som trots att han tydligen inte älskade henne ändå var en dekorativ hållpunkt i hans liv. Och adjö till ett välbetalt statusjobb på en av de större mäklarfirmorna. Låg det i ena vågskålen, och en prostituerads liv i den andra? Men jag slog bort tankarna. Inte för att jag kände Jonas särskilt väl, men jag höll med Calle. Jonas var knappast någon mördare.

– Jag kan visa dig en bild av henne.

Calle Asplund öppnade mappen som låg framför honom på skrivbordet, tog ut ett foto och räckte över det till mig.

Jag såg på bilden. Ett ansikte. Ett vackert ansikte. En ung kvinna med slutna ögon, fylliga läppar, höga kindknotor. Det långa, mörka håret låg draperat över axlarna.

– Du kan inte ta en kopia?

Calle såg frågande på mig.

– Som en chansning bara. Jag tänker visa det för honom. Eriksson alltså. För tidpunkten kan stämma.

– Statistiskt sett har du lika stor chans som en snöboll i helvetet att det är samma tjej. Jag skulle inte ha visat det för dig förresten, det var bara ett infall. Och jag fattar inte varför du ska lägga dig i det här? Killen får väl reda ut sitt privatprassel själv. Det du inte lägger dig i behöver du inte ta dig ur.

Calle grep efter sin slitna briarpipa som låg i ett stort, grönt askfat av glas. Han såg min blick och log.

– Var inte rädd. Jag ska inte tända den förrän du har gått.

Calle kände till min fobi mot hans pipa. Vargult steg ett moln av illaluktande, tjock rök ur det slitna piphuvudets svartbrända krater och lukten satt kvar i mina kläder länge. Jag brukade fråga om den långtrådiga tobaken kom från något vattenskadat beredskapslager. Från första världskriget. Och han rökte bara när jag skulle bestraffas, när jag huggit i sten och trampat i olika klaver. Det hände inte ofta, men ibland. Själv hävdar han alltid att hans pipa är avstressande. Skapar lugn och eftertanke i motsats till det nervösa cigarettrökandet.

Calle såg på mig där han satt på andra sidan det stora skrivbordet, begrundade.

– Jag ska göra ett undantag, sa han sen. För att det är du. Att ge dig en kopia från en förundersökning av ett eventuellt brottsfall är tjänstefel och jag blir avsatt om det kommer fram. Men du har en djävla förmåga att ramla på konstiga saker och vända på stenar där det finns gråsuggor och annan skit under. Du får en kopia, men bara på ett villkor. På två förresten.

– Okej. Vadå?

– För det första att du inte ens antyder bakgrunden till fotot. Visa det bara och fråga om det är samma person. Och det andra är att du förstör det efteråt. Bränner upp det. Lovar du?

– Självklart. Jag har alldeles för mycket glädje av dig för att vilja se dig avsatt.

Då förstod jag att jag hade gått för långt, tagit ut svängarna ett snäpp för mycket, för Calle sträckte ut en stor hand mot den gula plastpåsen med piptobak, tog pipan i den andra och log sitt vargleende mot mig.

– Tack för senast, sa jag när jag ringde Jonas Eriksson sen jag kommit tillbaka från Calle Asplund.

– För all del. Tacka mina svärföräldrar. Man jag måste erkänna att jag hoppade till när jag såg dig igår kväll. Vafan gör Johan här, tänkte jag. Har han hittat pokalen och lämnat den till Monicas pappa? Har han berättat hur den försvann? Ville han ha hittelön?

Jag skrattade.

– Ingen risk och tyvärr har jag inga spår än. Men du kan ju alltid försöka med en rövare. Uppehållande försvar.

– Hurdå?

– Res till bröllopet och konstatera sen i sista sekunden att du glömt kvar pokalen i Stockholm.

– Och det tror du dom skulle gå på? Det är ju nästan enda anledningen till att jag kommer ner. Och det skulle bara förlänga pinan. Monica kommer upp till Stockholm om ett par dar förresten. Det var inte planerat. Vi ska åka ner tillsammans med pokalen i bakluckan. Så det brinner i buskarna. Jag känner redan röklukten.

Han skrattade ansträngt.

– Kan du inte säga att den ligger i valvet? Hon har knappast nån anledning att gå dit och kolla om den finns kvar.

– Kanske inte, men det är ju bara en tidsfråga innan det smäller. Jonas lät missmodig och jag förstod honom.

– Fast jag har en grej jag ville visa för dig.

– Vadå? Han lät plötsligt hoppfull.

– Jag vill inte ta det på telefon. Ska vi äta lunch? Det är min tur.

– Okej. Kan vi ta det nära mitt kontor och snabbt? Det har kört ihop sig med en del prylar.

– Gärna för mig, men jag trodde det var stiltje på börsen.

– Det är det aldrig.

– Vad säger du om Solsångaren?

– Det har jag aldrig hört talas om. Är det ett nytt ställe?

– Sorry, jag menar den där serveringen vid Strömmen nedanför slottet och Riksdagshuset. Man sitter utomhus och det är glest mellan borden så ingen hör vad vi säger. Och det är självservering, så det går snabbt.

– Bra. Ses vi tolv?

Jag lade på. Det var välbetänkt det där med att vi inte skulle sitta för nära andra bord. För det vi skulle tala om lämpade sig inte för andras öron, knappt ens för våra egna. Och jag tänkte på vad Calle sagt. Det man inte lägger sig i behöver man inte ta sig ur.

– Det var trevligt sist, sa jag som inledning när vi landat våra brickor med stekt strömming, pösigt potatismos toppat med grön persilja och lättöl. Solen glittrade i det snabba vattnet nedanför vårt vita bord, vinden gick i pilträden och på avstånd hördes vaktparaden. Sommaridyll och ingen av våra medgäster kunde ana att det vi skulle tala om var stulna silverpokaler och heroindöda prostituerade.

– Du sa att du ville visa nånting för mig, sa Jonas halvvägs i strömmingen.

Jag nickade, tog fram mitt bruna kuvert ur innerfickan, vecklade ut den hopvikta fotostatkopian av fotot med den döda.

– Det är en ren chansning, men har du sett den här flickan förr?

Askgrå i ansiktet såg Jonas på bilden. Så nickade han.

– Det är hon. Var har du fått det här ifrån?

– Du är säker?

Han nickade på nytt, som om han inte ville tala, satt tyst.

– Jag har träffat henne igen, sa han sen, så lågt att jag knappast uppfattade det. Jag lutade mig fram över bordet för att höra bättre.

– Jag såg henne på Centralen, jag tog en chansning och gick dit. Och där stod hon med sin hallick. Jag gissar det åtminstone. En biffig kille i skinnjacka och med en stor, lurvig schäfer.

– Pratade du med henne?

Han nickade igen.

– Hon bad killen sticka när jag sa att vi måste prata. Jag frågade henne var pokalen fanns. Han tystnade.

– Nå?

– Hon sa att hon aldrig hade sett nån silvergrej och hotade mig. Sa att hon skulle anmäla mig för våldtäkt, om jag inte la av. Att hon skulle ringa till min fru och berätta alltihop. Sen gick hon, skrattade åt mig. Så kom hon tillbaka. Om jag betalade så kunde hon berätta var den fanns.

– Hur mycket ville hon ha?

– Det sa hon inte. Hon skulle ringa. Men det gjorde hon aldrig.

– Det kommer hon inte att göra heller.

– Varför inte? Förvånat såg han på mig.

– För att hon är död.

Nu låg Jonas pyrt till, tänkte jag där jag satt inne på mitt kontor med fötterna på skrivbordet efter vår strömmingslunch. Borde jag inte ringa Calle Asplund och berätta vad jag fått veta? Visserligen hade jag inte hållit mitt löfte, men nästan. Jag hade bara sagt att hon var död. Och fotot hade jag inte förstört, inte än. Men jag hade fått resultat, och det är ju det som räknas i livet. Min chansning hade gått hem.

Om Jonas var inblandad i flickans död var den stulna Augsburgspokalen en västanfläkt i jämförelse med stormen som i så fall skulle följa. Kanske Monicas tal om förbannelsen inte bara var gammalt skrock? Men ironiskt nog var dödsfallet ett alibi. Flickan var hans enda chans att få pokalen tillbaka. Nu när hon var död, kunde hon ingenting berätta. Så jag kanske skulle avvakta.

Den enda ledtråden var hallicken i skinnjackan, den biffige som hade en stor schäfer. Nog för att jag gått in i olika problem med öppna ögon utan att ha mycket på fötterna, men vid hallickar och schäfrar gick en klar gräns. Det spåret fick Jonas följa själv. Det hade jag föreslagit honom. Om bara priset var rätt kanske han kunde ordna ett återköp.

Synd att Francine inte var hemma. Då hade jag kunnat dissekera problemet med henne. Man jag visste vad resultatet skulle bli. "Lägg dig inte i. Man ska inte ge sig i lag med hallickar, horor och heroin om man inte är professionell. Håll dig till dina antikviteter och lämna det här till polisen."

Det skulle hon ha sagt, eller någonting liknande. Jag borde låta Jonas reda ut sitt eget trassliga liv och lämna den döda flickan åt Calles poliser. Men någonstans långt inne visste jag att det var ett spel för gallerierna, att jag inte skulle kunna hålla mig borta.

Fast jag hade bara fem dagar på mig.

Kapitel X

– Nå? sa han.

Eric Gustafson såg uppfordrande på mig där vi satt dagen efter min lunch med Jonas med var sin kopp rökigt Earl Greyte i hans båda rokokobergèrer längst in i affären.

– Vadå nå? sa jag.

– Mässan förstås, sa han otåligt. Helsingborg.

– Jaså den. Jodå, det var väl som vanligt. För många montrar, för mycket skräp och trängsel. Och jag var ju där mest för att kolla läget. Känna på prisnivån och se om det börjar komma några nya trender. Det har ju gått mode i antikviteter. Fast det är klart att det fanns fina grejer också, men det är ju inte ett ställe där man kan fynda som handlare. Alla vet vad allting är värt och folk står nästan på kö för att köpa.

– Jag vet. Eric nickade bekräftande. Jag hade faktiskt en monter där ett år. Kommer du ihåg? Du var ju själv nere då och hade visst med en byrå om jag minns rätt. Men det lönade sig inte. Hyror och transporter och övernattning åt upp marginalerna. Träffade du några kolleger förresten?

– En del faktiskt. Och det var en som jag har sett några få gånger men inte känner. En ganska udda typ som alltid hänger med i buden på bättre prylar. Fast han ser ganska sjavig ut. Stor och kraftig med stripigt flottigt hår. Blek, går alltid i svart och obehagliga ögon. Verkar osund. Blonsky heter han.

Eric log.

– Dirty Harry. Harry Blonsky. Jag tror han kommer från Polen ursprungligen och han har fortfarande goda kontakter åt det hållet. Och det är ju praktiskt nu när folk i dom gamla kommunistländerna börjar bygga upp sin sociala identitet. Dom som har råd förstås. Och det lär bli fler och fler.

– Jag hugger kanske alldeles i sten, men han verkar inte särskilt sympatisk och jag skulle räkna fingrarna sen jag tagit honom i hand.

Eric skrattade.

– Det gör du rätt i. Jag vet naturligtvis inte om det är sant, men han lär operera lite i utkanten av vår bransch om jag så får säga. Eric log sitt maliciösa leende. Är inte så noga med vad han köper och från vem.

– Häleri, menar du?

– Vad vet jag gamla fnask, som prostinnan sa. Det antyds åtminstone bland några jag känner. Gott om pengar har han i alla fall. Kan betala när det gäller. Fast hans affär är liten och skruttig. Ligger på Söder nånstans.

– Jag vet. Jag fick hans kort.

– Grattis. Ni kan säkert göra lysande affärer ihop. Sen jobbar han internationellt också. Ikoner och annat med exportförbud från öster, etnografika från Sydamerika med samma stämpel, gravgods från Kina och så vidare. Och han lär heller inte vara så noga med vad han säljer utomlands.

– Du tänker på exportförbjudna grejer?

– Precis.

– Det kom faktiskt en polis till mig häromdan. Och han frågade vad jag visste om den här trafiken. Dom håller visst på med en utredning om det. Utförsel av exportförbjudna antikviteter alltså. Stöldgods också.

– Det förstår jag. Dig håller dom säkert extra koll på.

– Och jag sa som det var. Att jag visste att det förekom, men att jag inte kände till några detaljer. Jag kanske skulle tipsa honom om Blonsky nu när jag vet vad han heter. Dirty Harry! Vilket festligt namn. Som Clint Eastwood.

– Var det bara honom du träffade? Fanns det inga trevliga människor i år?

– Visst. Många. Och jag var faktiskt hemma på middag hos Jonas svärföräldrar.

– Jonas?

– Det kommer du väl ihåg? Killen med tjejen från Centralen.

– Javisst ja. Augsburgspokalen. En annan av dina udda bekanta. Ett syrligt leende följde.

– Exakt. Jo, hans svärföräldrar bor alltså där nere. Alldeles utanför Helsingborg. Töreberga heter stället. Ett läckert gammalt hus på 1500-talsgrund och späckat med fina saker. Som en chokladask med praliner från NK. Man dreglade nästan.

– Det förstår jag. Hoppas du hade näsduk med dig. Jo, jag känner till det där stället som jag ju berättade om. Leonard och Elisabeth Stålsvärd. Ett stiligt par. Och ett fint exempel på det där gamla talesättet om börs och börd.

– Hurdå menar du?

– Han står i adelskalendern och hon i taxeringskalendern. En välmatad bagardotter från Eslöv som sanerade hans ekonomi, la nytt tak på slottet och kompletterade möblemanget. Mycket av det bästa hade han fått sälja under sina magra år, innan dom sju feta kom. Jag var själv med på ett hörn. Både köpte och sålde i olika etapper. Han log belåtet och rättade till sin gula sidenscarf.

Eric gör skäl för sitt epitet, och med råge, tänkte jag. "Vem är det" visste allt om alla. Åtminstone de "rätta" alla. Kände han till mina medgäster också?

– Det var en ganska udda samling den där kvällen, sa jag. Allt från skeppsredare till affärsjournalister.

– Verkligen? Intresserat såg han på mig. Vad var det för några?

– Jag kände dom inte, men en hette Bergner och var före detta redare och en annan hette Lindberg och sålde Rolls Royce. Men båda var roade av antikviteter. Samlare faktiskt.

– Du menar Sten Bergner och Hans Lindberg?

– Det kanske dom hette. Jag har glömt förnamnen. Jag borde ha träffat dom och pratat business, men jag kom aldrig till skott. Det var så mycket människor där. Och det var Monica, Jonas fru alltså, som berättade om dom.

– Dom är faktiskt kunder hos mig. Båda två. Tittar in här ibland. Men dom är mycket sparsmakade, särskilt Bergner. Bara det bästa duger. Han är mycket kunnig och specialist på den gustavianska biten.

– Är Lindberg det också?

– Där är det mera militära prylar som gäller. Gamla vapen och annat. Just nu är han på jakt efter en autentisk riddarrustning, du vet dom där konservburkarna som alltid stod i slottsmiljöer i gamla svenska filmer. Fast dom kostar skjortan och det är svårt att hitta original.

– Det förstår jag. Dom har väl rostat sönder eller står på museer.

– Precis. Och dom är ganska intressanta dom där två förresten, intressanta som sociologiska fenomen. Illustrationer till Darwins teser.

– Darwin?

– Precis. Han med utvecklingsläran. Från lägre till högre arter.

– Dom är väl inga apor heller?

– Nej, men dom klättrar på den sociala karriärstegen. Förr var golf inne för såna gentlemän, men nu har det ju blivit en folksport så det är högre stegpinnar som gäller. Gård på landet, ripor i Skottland och Lappland, fasaner i Skåne. Exklusiva antikviteter. Ju exklusivare desto bättre. Det är bara hästpolo som fattas. Men det vågar dom sig väl inte på för dom skulle säkert ramla av.

– Du har inte legat av dig. Elakare än vanligt.

– Tack för komplimangen. Eric log smickrat. Jag är bara en enkel iakttagare av samhället. Som Balzac ungefär. Eller Zola. Dom beskrev ju vällustigt rika uppkomlingar och deras metoder.

– Du ska inte bita den hand som föder dig. Det fanns en intressant dam också. Intressant på mer än ett sätt.

– Verkligen? Eric såg förväntansfullt på mig. Har du nån ny historia på gång igen? Vad säger din polis om det? Nu blir det vatten och bröd i isoleringscell.

– Tyvärr inte. Nej, hon var inte bara jättesnygg. Hade sin egen affärsidé också. Monica är mycket kritisk.

– Förmodligen bara avundsjuka, sa Eric torrt. Mera te?

– Ja tack. Jo, hon lär specialisera sig på rika gentlemän som hon suger det gottaste ur för att sen lämna för nåt annat byte. Det är säkert en överdrift, men hon lär inte ankra länge i varje hamn. Efter ett tag blir vattnet blåare längre ut till havs.

– Du får det att låta poetiskt. Det verkar som en roman av

Maupassant eller nån annan av fransmännen från den tiden. Den vackra hålldamen som byter upp sig till rikare och rikare älskare. Hoppas att inte feministerna slår klorna i henne. En parasiterande lyxhustru utan arbete och karriärambitioner som ligger på en divan och äter praliner, medan hon planerar vilka kläder hon ska ha på sig, är nånting härligt för dom att hugga tänderna i.

Jag skrattade.

– Nu tar du väl i. Och Monica överdrev säkert.

– Det gjorde hon nog. Avundsjuka förstås. Svartsjuka också kanske? För din vän Jonas lär ju inte spotta i glaset när det gäller lätta damer. Vad heter hon förresten?

– Charlotte Bergman. Den här gången kom jag ihåg förnamnet.

– Oj då. Förvånat såg Eric på mig. Menar du det?

– Ja. Hur så?

– Det är ju faktiskt en annan av mina kunder. Mycket vacker och mycket sexig. Det håller jag med om. Och hon tar för sig, precis som vi män gjort i alla år. Jag berättade ju om henne sist vi sågs. Jonas Erikssons skalp lär hon också ha i sitt bälte. Jag undrar om hans fru vet om det? Det är kanske därför hon var så kritisk.

– Hon hade med sig nån den där kvällen. En otrevlig typ. Bufflig. Verkade vara rasist. Reaktionär och hatisk mot invandrare. Du känner till den där sorten.

Han nickade.

– Tyvärr. Men det måste vara Georg Kylmann. En ganska kraftig karl, eller hur? Överviktig och dryg.

– Precis.

– Det lär vara hennes nuvarande. Han gör pengar på olja, som Sten Bergner. Är delägare i nåt företag som exploaterar fyndigheter nånstans i u-världen. Förstör miljön och underbetalar arbetskraften. Sen sysslar han med att slå ihop företag. Fusioner. Det gamla vanliga kapitalistköret. Eric skrattade.

– Finns det pengar i det?

– Om! Jag läste nyligen om en fusion mellan två telefonbolag. Går den igenom får cheferna på ena kanten dela på sjuttiofem miljoner och på motsidan delas det ut trettio. Och mäklarfirman som sköter ruljangsen tar hundra miljoner för besväret. När dom tillfrågas finns det ingen som riktigt kan förklara varför.

– Och Kylmann är med och delar på tårtan?

– Precis. Så där finns det multum. Men han är snål, vill inte gärna betala för sig. Och mycket vill alltid ha mer. Så hans affärsmetoder lär vara mycket direkta. Pang på rödbetan. På tal om det så skulle hon titta in idag förresten. Charlotte Bergman alltså. Hon letar efter en champagnekylare och jag har faktiskt en, men jag tror den är lite för enkel för hennes smak.

– Hand i handske, sa jag. Vad ska en *femme fatale* leta efter om inte en champagnekylare? Jag råkar faktiskt ha en. I pläter. Sheffield, nån gång kring förra sekelskiftet. Priset är hyggligt. Om du inte får sälja din, så kan du väl skicka över henne till mig. Det skulle vara intressant att titta lite närmare på henne.

– Det förstår jag nog, din gamle *ravaillac*. Men det är inte något lammkött precis. Mera åt gethållet. Åren tar ut sin rätt. Och det maliciösa leendet var tillbaka.

Där bedrog han sig, tänkte jag. Jag var inte intresserad av Charlotte Bergman som kvinna. Men hon kände tydligen Jonas Eriksson. Inte för att jag trodde att hon hade någonting med Augsburgspokalen att göra, fast hon kanske satt på någon pusselbit som skulle göra bilden klarare. Jonas levde tydligen ett eget liv litet vid sidan av vanliga äktenskapliga rutiner. Och hans ekonomi kunde uppenbarligen vara bättre.

Jag tänkte på vad hans svärfar sagt, det jag hört genom den halvöppna dörren. Kunde det vara pengar som låg bakom stölden? Försäkringspengar, eller skulle han sälja pokalen? Men varför hade han i så fall kopplat in mig? Det skulle ju bara komplicera ytterligare.

– Nu har du besök, avbröt Eric mina tankar. Snabba på. Du behöver dina pengar. Men du. Se upp med Charlotte. Hon är livsfarlig för äldre herrar.

– Jag är varken äldre eller herre, höll jag på att säga. Förresten är mitt bankkonto alldeles för ointressant för henne. Nästan för mig också. Men jag ser fram emot att träffa henne. För jag håller med Oscar Wilde.

– Vad menar du?

– Han skrev nån gång att han föredrog kvinnor med ett för-flutet, eftersom dom var så underhållande att tala med.

– Sitter du här länge till så missar du tanterna.

Jag såg ut genom det stora skyltfönstret. Utanför dörren till min affär stod två damer, tittade på "Kommer strax"-skylten som jag alldeles för ofta sätter upp. De verkade vara på väg att gå, när jag kom ut på gatan.

– En sekund bara så öppnar jag. Välkomna!

Jag tog fram min stora nyckelknippa och låste upp.

– Det var vänligt, sa en av dem, en rundnätt kvinna i femtio-årsåldern.

– Inget besvär för vår skull, sa den andra med ett lika stort leende hon.

– Det är mitt levebröd och min hobby. Hoppas jag har nån-ting som kan intressera.

– Ja, vi ska bara titta, sa tant Rundnätt. Vi är från Hallsberg och nu gör vi Gamla stan. Och då hör ju antikaffärerna till. Hon log ursäktande.

– Det går så bra. Se er omkring. Och jag satte mig på stolen bakom glasdisken med ordnar och medaljer.

"Bara titta" är säkert den vanligaste frasen i min bransch, tänkte jag och såg på dem. Ungefär som i amerikanska deckar-filmer där motsvarigheten var *let's get out of here*. Tur att det inte var tvärtom i mitt fall. För ibland hände det faktiskt att tittandet övergick i mer konkret handling och jag blev av med någonting som samlat damm alldeles för länge. Och det är ett annat problem i min bransch. Man vet aldrig hur länge man måste dras med ett inköp. Ibland kunde ett objekt man köpt på förmiddagen försvinna efter lunch samma dag, men inte sällan dröjde det månader och år, som med mitt holländska barock-skåp. Den enda som hade glädje av det gamla skrället var Cléo, som ofta drog sig tillbaka dit för att få sova ifred. Med ett gra-ciöst språng hoppade hon upp på skåpets krön där hon var onåbar för omvärlden.

– Jag tror faktiskt jag tar den här.

En av damerna hade kommit fram till disken. I handen höll hon ett litet inramat kopparstick från 1800-talet, som föreställ-de Stjernsunds slott.

– Askersund ligger nära Hallsberg, sa hon. Och Stjärnsund alldeles utanför. Där bodde ju Sångarprinsen. Gustaf hette han väl? Han med studentsången. Vad kostar den?

Jag vände på den lilla tavlan, såg på min priskod. Den är mycket praktisk. Jag ser mitt kalkylerade pris, men kan alltid justera det, uppåt eller neråt, litet beroende på köparen. Bedömer jag att han eller hon är förhållandevis prisokänslig eller en dollarturist med oförtjänt kursvinst, tar jag betalt på högkant, men i det här fallet kunde jag justera neråt. Fast smärtgränsen, inköpspriset, går jag sällan under om det inte är alldeles tomt i kassan.

– Fem hundra riksdaler.

– Oj då. Det var mycket.

– Tänk på att den är inramad. Inte ens i Hallsberg får ni en billigare ram.

– Jag har läst att man ska pruta i antikhandeln.

– Man läser så mycket. Det gäller bara i orientaliska basarer. Och inte får jag pruta på systemet eller i snabbköpet. Men för den goda sakens skull kan vi gå ner några tior.

Hon sken upp.

– Greta, ropade hon till sin väninna längst bort i rummet. Jag fick den billigare. Vad var det jag sa!

Dagens goda gärning, tänkte jag när de försvann ut genom dörren. Nu har jag glatt två personer och deras dag är räddad. Gamla stan, antikhandel och prutning. Allt enligt turistguiden som den ena haft i handen.

Det var just före stängningsdags hon kom. Jag höll på att plocka i ordning inne i mitt lilla kontorsutrymme, diskade av kaffekoppen och filmjölkstallriken från lunchen, torkade och ställde dem i skåpet ovanför den lilla elplattan. Filmjölk tillhör baslivsmedlen i min diet, lättfil med bara en halv procent fett. Och så lättmjölk med en tiondels procent. Några bitar sill på grovt rågbröd utan smör hör också till. Enkelt, billigt och bekvämt. Ibland slår jag på stort och då blir det lagad mat. Det vill säga ett ägg eller två. Socker tar jag heller aldrig i kaffet, men ändå för jag en ojämn kamp mot bälte och byxlinning. Där är hålen i skärpet en effektiv regulator. När jag måste släppa upp ett snäpp vet jag att det är dags att skära ner på det mesta.

Ett par getingar surrade runt ett halvfullt saftglas på bordskanten. Fläderns söta nektar hade lockat in dem genom det öppna fönstret mot gården. Två hade redan blivit offer för sina begär och låg drunknade i saften. Jag tog en tidning och schasade bort dem. Getingstick kunde jag vara utan.

Jag hade precis hunnit avsluta mina modesta köksbestyr, när den tibetanska kamelklockan pinglade ovanför dörren. Jag gick ut i affären och där stod hon. "Vandringspokalen", enligt Monica och Eric. Och hon var vackrare än jag mindes. Lång, rank, med det blonda håret uppsatt i en knut. En rättfram blick i de mörkblå ögonen. Lätt solbränna och den tunna toppen lämnade ingenting åt fantasin. Men den riktiga ungdomen hade hon lämnat bakom sig. Tunna rynkor fanns kring ögonen och över halsen, och huden spände över kinderna. Var hon lyft? Blodröda naglar och på ett finger blänkte en stor diamant, men ringfingret var slätt och bart. Varken gift eller förlovad.

– Men har inte vi setts? sa hon med en lätt rynka mellan ögonbrynen, som om hon tänkte efter.

– Det stämmer. Hemma hos Stålsvärds på Töreberga. Fast det var bara som hastigast. Vi hann tyvärr inte prata så mycket. Inte alls faktiskt. Jag menar jag hade gärna velat … Så tystnade jag, hade trasslat in mig tillräckligt.

Hon log. Ett vackert, varmt leende som fick hennes ansikte att lysa upp.

– Visst. Nu kommer jag ihåg. Så trevligt det var. Du var förstås i Helsingborg för mässan?

– Precis. Du också?

– Ja, jag var där med min sambo. Jag är visserligen road av antikviteter och inredning, men Jojje är fanatisk. Hon log igen.

"Jojje" måste vara hennes smeknamn på den där bufflige karln, tänkte jag. Georg Kylmann.

– Jag var inne hos Eric nyss. Jojje och jag går dit ibland. Och nu ska jag köpa en födelsedagspresent till honom. Och jag har funderat på en champagnekylare. Men den som Eric hade var inte särskilt snygg, tycker jag. Och han sa att du hade nånting som kanske kunde passa.

– Det stämmer. En mycket tidstypisk, viktoriansk historia i

Sheffieldpläter från början av 1800-talet nån gång.

– Kan jag få se på den?

Vackert, tänkte jag när jag gick ut på kontoret och öppnade skåpdörren för att hämta min undanställda klenod. Nu blir jag äntligen av med åbäket. Krusidulliga champagnekylare var inte inne, åtminstone inte hos mitt klientel.

Då hörde jag plötsligt ett skrik ute i affären. Jag drog undan sjalen i dörren och tittade ut. Charlotte Bergman stod som förstenad mitt i rummet.

– Vad hände?

– En geting, sa hon med halvkvävd röst. Ta bort den, skynda dig.

Framme vid ytterdörrens glasruta studsade en stor, gulsvartrandig geting förgäves mot glaset. Jag tog en tidning från bordet, vek ihop den och fällde mitt byte med ett välriktat slag.

Charlotte log lättad mot mig.

– Jag är ledsen om jag skrämde dig, men jag är livrädd för getingar.

– Dom är inte roliga, höll jag med.

– Nej, men för mig är det mycket värre. Jag är jätteallergisk och måste till sjukhus på stört om jag blir stucken.

– Det var tråkigt att höra. Då får du nästan hålla dig inomhus när dom har säsong.

– Så farligt är det inte. Man både hör och ser dom och alla mina vänner vet om det. Så dom hjälper mig att hålla bestarna borta.

Jag gick tillbaka in på kontoret och stängde fönstret. Fler ovälkomna besök måste stoppas. Så tog jag champagnekylaren och gick ut till henne.

– Här är den.

Jag satte den höga pjäsen på diskens glasskiva.

– Det ser ut som silver, men är pläter.

– Vad är det för skillnad?

– Man använder kopparplåt och på den lägger man sen silver. Egentligen är det svårare att framställa såna här pjäser än om dom var av genuint silver, som ju är en mjuk metall. I Sheffield är dom specialister på den här processen sen länge och det lär vara hugenotter som fördrevs från Frankrike som initierade tillverkningen. Sen slogs metoden ut av det billigare nysilvret. Men håll med om att den är pampig.

– Perfekt. Den är exakt vad jag ville ha. Dom här moderna är så stereotypa, verkar massproducerade.

– Det är dom också, men det här är ett utsökt hantverk.

– Vad kostar den?

Jag tvekade en sekund, visserligen hade jag sett min prisnotering i botten på pjäsen, men jag förstod att det var ”Jojje” som fick betala i slutänden, och med honom hade jag inga betänkligheter.

– Sjuochfem, sa jag utan att blinka.

– Okej. Då säger vi det. Jag ska gå ett ärende nu, men tror du att du kan skicka hem den?

– Självklart. När passar det att jag kommer?

– Går det bra ikväll eller har du annat för dig? Munnen log, de klarblå ögonen också.

Sju sorters blommor, svensk sommar och midsommarnatt. Precis som första gången jag såg henne i den stora salongen på Töreberga.

– Klockan åtta? Går det bra?

– Jättebra. Norr Mälarstrand 7.

– Har du nån portkod?

– Karl XII.

– Förlåt?

– 1718 alltså. För då small det för Karl XII. Hon log sitt omslutande leende igen och jag förstod vad Eric menade med att hon var livsfarlig. Det var ju då han stupade vid Fredrikshald. Du har väl hört talas om kulknappen?

– Ja. Dom tror att han mördades av nån på svensk sida och sen hittades kulan i ett grustag i Halland. Jag trodde aldrig på den storyn förrän nyligen. Det hade ju varit ett alldeles för fantastiskt sammanträffande annars.

– Precis. Men nu har dom ju gjort ett DNA-prov och kommit fram till att det kan ha varit ”rätt” kula.

– Vetenskapen går framåt. DNA är ännu bättre än fingeravtryck för polisen. Det räcker med en cigarettfimp eller nånting ännu mycket mindre för att dom ska kunna peka ut rätt bov. Är du historiskt intresserad?

– Hurså? Förvånat såg hon på mig.

– Eftersom du har Karl XII:s dödsår som portkod.

– Egentligen inte, men jag hade en pojkvän som hade Gustav II Adolfs dödsår som sin kod, 1632. Och då tyckte han att det kunde vara en kul grej om jag hade Karl XII. Sen har den fått sitta kvar. Jag är för lat för att byta. Dessutom vet jag inte hur man gör.

1632. Var hade jag sett det förut? Så kom jag på det. Vid Mariatorget. Hemma hos Jonas Eriksson. Kungen som gett Augsburgspokalen till en tidig Stålsvärd. En monark jag fått mer att göra med än jag hade önskat.

Fanns det något samband mellan den blonda "vandringspokalen" och den gamla barockpjäsen? Men jag slog bort tanken lika snabbt som den kommit. Den enda kvinna som varit inblandad var död. En överdos heroin hade släckt hennes liv.

Kapitel XI

Utsikten mot Södra bergen över Riddarfjärden var magnifik. Kvällssolen förgyllde hustaken, Ivar Tengboms mäktiga Högalidskyrka reste sina höga tvillingtorn och längre till vänster från det stora perspektivfönstret där jag stod glänste Katarinakyrkans välvda kupol.

Jag tänkte på slottsarkitekten Tengbom och hans kyrka. Ivar Tengbom var en av det inledande 1900-talets stora arkitekter med verk som Konserthuset, S-E-Banken vid Kungsträdgården och Handelshögskolan. Jag mindes den gamla skrönan om de båda kyrktornen, den som visste berätta att två gamla systrar donerade pengar till bygget och den ena skulle ha stuckit till arkitekten en extra dusör för att "hennes" torn skulle bli något högre än systerns. Tyvärr var historien bara fria fantasier, men jag hade gillat om den varit sann.

Mitt emellan kyrkorna bröts horisontlinjen av Laurinska husets mäktiga renässansborg. Arkitekten, Valfrid Karlson, vann flera av dåtidens stora prestigetävlingar, som bygget av Riksdagshuset, Operan och Nordiska museet. Senare dribblades han bort av samtida äldre avundsmän, som reserverade godbitarna för sig själva.

Men inredningen i rummet bakom mig var inte lika magnifik. Litet kitschig, med snudd på det vulgära. Mjuka, pösande vita skinnmöbler, glasbord på förgyllda, spinkiga ben. Men också det senaste i svensk formgivning. Mattor i kubistiska Picassomönster, kanske i litet för kraftfulla färger. Det enda föremål som bröt av var en utsökt, förgylld buddabild i en glasmonter med indirekt belysning. Jag är inte specialist på den sortens antikviteter, men jag förstod att den måste vara mycket värdefull. Utförandet var utsökt och patinan över det visa ansiktet med de tunga, asiatiska dragen vittnade om ansenlig ålder. Den gamla gudabilden verkade malplacerad i det övriga möblemanget, föll helt utanför ramen.

Nåja, smak ska man inte diskutera, tänkte jag. Charlotte Bergman har sin uppfattning och jag min. Ett hem representerar ju sin ägare, återspeglar värderingar och uppfattningar. Den här lite utmanande stilen visade väl vad hon stod för, hurdan hon var.

Så där enkelt kvasifilosoferande är jag ibland. Jag hade ju ingen aning om vad som låg bakom inredningen. Kanske hyrde hon möblerat? Kanske hade hon lånat våningen av någon väninna? Eller så ägdes den av hennes sambo, Georg Kylmann, han som skulle få en champagnekylare i födelsedagspresent. Alldeles för många hundar hade jag dömt efter håren för att inse att jag inte borde dra förhastade slutsatser. Dessutom hade det inte stått Bergman på dörrskylten. Det stod faktiskt ingenting. Ville hon vara anonym?

Så kom hon tillbaka, nu med en liten silverbricka med två höga Martiniglas, nästan till brädden fyllda. I botten fanns en stor, mörkgrön oliv.

– Det där ser riskabelt ut.

– Oroa dig inte, log hon. Jag är van. Försiktigt balanserade hon ner brickan på glasbordet framför den vita soffan. Jojje älskar Dry Martini. Om jag inte höll efter honom skulle han ta en till frukost. Men jordnötter får du inte. Det blir man bara fet av.

Jag kanske har avfärdat honom för snabbt, tänkte jag och satte mig i en av de stora fåtöljerna, sjönk ner i en mjuk omfamning. En man som älskar Dry Martini kan inte vara alltigenom dålig.

– Det var snällt av dig att komma hit med min champagnekylare. Ja, min och min. Det är ju en födelsedagspresent. Jojje fyller femtiosex nu på lördag, i morgon alltså, och den ska bli en liten överraskning. För han älskar champagne också. Vi ska ha en mottagning här för en massa vänner. Kan du inte komma förresten?

– Det skulle vara trevligt, men jag känner ju inte Jojje. Säkert ingen annan av dom som kommer heller.

– Du känner ju mig? Hon log, höjde det höga glaset mot mig.

– Perfekt, sa jag. Jag gillar Martini och är rätt kräsen när det gäller blandningar och proportioner, men den här var toppen.

– Tack. Nånting har jag väl lärt mig genom åren.

Förmodligen inte bara att blanda perfekta Dry Martini. Jag såg på henne. Hon hade bytt om, satt i en vit, tunn byxdress. Håret hon burit uppsatt vid besöket i min affär låg nu utslaget över skuldrorna och jag förstod Georg Kylmann. Eric och andra fick gärna kalla henne vandringspokal – vackra, begåvade och framgångsrika människor hade alltid avundsmän och belackare – men jag måste erkänna där jag satt att jag själv inte skulle ha någonting emot att få en inteckning. Det enda jag åstadkommit i den vägen var vandringspokalen i skytte när jag gick på Karro, det gamla läroverket i Örebro med anor från 1300-talet. Fast den pokalen var ju inte mycket att komma med i det här sammanhanget.

Men smakade det så kostade det säkert. Om hon nu underhölls av Kylmann. Levde hon på honom tills det var dags att dra upp tältpinnarna och försvinna mot nya mål? Bara den här våningen måste kosta skjortan. Jag skulle inte ens ha råd att ställa upp med ett inackorderingsrum. Jag log för mig själv åt mina manschauvinistiska tankar.

– Vad ler du åt? Tänker du på nånting trevligt?

– Om du bara visste.

Charlotte såg på mig. De stora ögonen mörknade. Hon sträckte sig mot mig, rörde lätt min ena kind med sin hand. Fingertopparnas sekundsnabba beröring.

– Du är söt. Vet du det?

Jag rodnade, det gjorde jag faktiskt. Det kom så oväntat.

– Det har ingen sagt sen jag konfirmerades.

– Då är det på tiden att nån gör det, sa hon, allvarlig nu.

Jag skulle just säga någonting, någonting avvärjande för att bryta den elektriska spänningen som plötsligt byggts upp mellan oss. Trots allt fanns Francine med i bilden, även om hon just då hade trängts in ett hörn.

Då rasslade det plötsligt av nycklar i dörren.

– Hallå, finns det nån hemma?

– Jojje, sa Charlotte lågt. Vad ska jag säga? Han skulle ju komma senare.

– Vadå säga?

– Förklara varför du är här? Jag kan ju inte berätta att du har kommit med hans födelsedagspresent. Då förstör jag överraskningen.

Steg hördes ute i hallen och så stod han där i dörren. Lika kraftig som jag mindes honom, samma klubbjacka med stora, förgyllda knappar som nere i Skåne. Och nu såg jag att hans bröstficka pryddes av ett stort, blaffigt emblem i en sorts heraldisk utformning. Förmodligen en golfklubb, tänkte jag litet elakt.

Förvånat såg han på oss. Den stora näsan dominerade hans kraftfulla ansikte, litet åt romerskt centurionhåll. De kalla, grå ögonen tog in mig, mätte och vägde. Registrerade de båda Martiniglasen.

– Jaså, här sitter ni och har det bra, grymtade han misslynt. Jag kommer inte ihåg att vi skulle ha gäster ikväll.

Charlotte reste sig, gick fram till honom och kysste honom på kinden.

– Det här är Johan Homan. Honom minns du väl? Vi träffades ju hos Stålsvärds. Och nu har han lovat hjälpa mig.

– Det var väl snällt. Rösten hade en spydig klang. Vad är det du behöver hjälp med så plötsligt? Är det att dricka Dry Martini? Det brukar du klara på egen hand.

– Som du vet är Johan antikhandlare. Och jag har bett honom komma hit för en värdering.

– Av vadå om jag får fråga?

– Den där gamla rokokobyrån jag fick efter mormor. Den som står ute i hallen. Jag har aldrig gillat den, den är för bullig och klumpig och passar inte in i den här moderna miljön. Jag vill ha nånting fräschare, nånting av dom nya svenska möbelformgivarna.

Då lyste han upp, nickade fryntligt mot mig.

– Jag förstår. Och då ska Johan här lura särken av dig? Med antikhandlare får man se upp. Jag vet, jag vet. Fråga mig!

Och han skrattade ett stort, bullrigt skratt, kom fram mot

mig och tog i hand. Ett fast och bestämt handslag. Så satte han sig i fåtöljen mitt emot.

– Du som är en sån expert på Martinis kanske kan utsträcka din godhet till mig också, sa han till Charlotte. Eller är det konster du enbart reserverar för gamla antikhandlare? Så kom det bullriga skrattet tillbaka.

Gamla och gamla, tänkte jag. Tala för dig själv du. Men det sa jag inte. Det var liksom inte läge för någon argumentation med den fete mannen i den vita skinnfåtöljen. Med sin snabba nödlögn hade Charlotte räddat oss ur något som kunde blivit en pinsam situation. För alldeles uppenbart var Georg Kylmann både svartsjuk och impulsiv, snar till handling, och med den styrkan och kroppsvolymen kunde man inte veta vad som skulle hända.

– Du är alltså antikhandlare, sa han när Charlotte försvunnit i någon bakre region.

– Just det. Jag har en affär i Gamla stan. Mitt emot Eric Gustafsons, om du känner till honom.

Jag visste ju att han gjorde det, men jag ville få en öppning. Leda bort honom från minerad mark.

– Eric, ja. Vi är mycket goda vänner. Jag har faktiskt köpt en hel del av honom. Inte minst barockobjekt. Jag är förtjust i den epoken. Det kanske syns på mig. Han log självironiskt. Lite överdådiga, storslagna former, fortsatte han. Prakt och volym. Men skämt åsido så gillar jag formspråket och den historiska laddningen. Barocken var en härlig epok. Sverige var en stormakt, kyrkan med alla palats och katedraler stod i zenit och furstar över hela Europa skulle överträffa varandras arkitektur.

– Jag håller med. Men allting har sina trender. Det sparsmakade gustavianska ligger bäst till just nu. Och det är väl bra för dig i så fall, för det blir ju andra priser då på barockföremålen.

– Åja, det räcker till och blir över. Jag känner faktiskt flera i din bransch. Jag samlar alltså. Det ska fan hålla på med aktier och annan skit. Högklassig konst och antikviteter förlorar du aldrig på. Och det bästa är att du inte betalar nån förmögenhetsskatt. Annars beskattas dina pengar en gång om året. Sen betalar dina barn arvskatt och förmögenhetsskatt i evighet amen. Han skrattade.

– Du vet väl att vi har världens högsta skatter, men vet du att vi till och med betalar skatt när vi går på dass eller tumlar om i sänghalmen?

– Är det skatt på det? Det hade jag ingen aning om.

– Jo du. Han blinkade knipslugt mot mig. Det är moms på dasspapper och på kondomer. Mycket finns i min våning eller i bankfack. Antikviteterna alltså, inte dasspappret. Han skrattade. Kommer fram vid högtidliga tillfällen. Mycket modernt också, av dom nya. Jonas Bohlin och det köret. Fast det är Charlottes fel, eller förtjänst kanske. Du måste komma hem till mig nån gång.

– Gärna.

– Och jag samlar allmoge också. Fast nu för tiden ska det kallas folkkonst. Skit samma, jag tycker mycket om det. Formspråket, det ursprungligt naiva. Färgerna. Och jag har specialiserat mig på Jämtland. Det fanns ju en fin tradition i Hälsingland också och Ångermanland. Tänk bara på Ångermanlandsbrudarna, dom där golvuren du vet. Sen har vi Dalarna med sina väggmålningar och bonader, för att inte tala om vävnaderna från Skåne.

– Varför har du specialiserat dig på just Jämtland?

– Därför att mycket av dom bästa grejerna kommer därifrån, dom började exempelvis tidigt med rokokon. Och kyrkorna betydde ju mycket för folkkonsten. Dom inreddes efter tidens smak och snickarna och hantverkarna fick både utbildning och inspiration genom sina kyrkliga uppdrag. Det omsatte dom sen i sina verkstäder. Slottsbygget i Stockholm var också viktigt som inspirationskälla.

– Hurdå?

– Inredningen där blev ju högsta mode, och slott och herrgårdar ute i landet tog efter. Inte för att det fanns så många herrgårdar i Jämtland, men officersboställen, prästhem, storbönder och andra ståndspersoner fick ju impulser utifrån, liksom kyrkobyggena.

– När började den här tillverkningen?

– Det finns enstaka föremål från 1500-talet men fler är bevarade från 1600-talet och framåt. Det mesta är förvaringsmöbler, skåp och kistor. Välståndet hade stigit ute i bygderna och i Norrland fanns det gott om skog, så husen blev ofta stora, med stora rum som krävde möbler. Och väggarna var också ofta praktfullt målade och dekorerade.

– Du talade om rokokon.

– Precis. Georg lutade sig fram där han satt, påtagligt upplivad av sitt ämne. Som jag sa kom den tidigt till Jämtland och det var en officer, Carl Hofverberg, som var introduktören kan man säga. Han hade tjänstgjort i Stockholm och arbetat som konstnär hos bland andra familjen De Geer, en av Sveriges rikaste och med stora krav. I Jämtland blev han stilbildare, inte minst när det gällde inredningen i kyrkor. Det finns ett berömt altare i Rödö gamla kyrka från 1750 som han var mästare till, och det anses vara det första arbetet i rokoko i Jämtland. Sen gjorde han viktiga insatser på ett annat område.

– Vilket?

– Hofverberg var talangscout med ett modernt ord. Georg Kylmann log. Han hittade unga begåvningar som han inspirerade och lärde upp. Den främste var kanske Johan Edler, målare och bildhuggare. Han har gett namn åt "den edlerska rokokon". Hans son Jonas blev specialist på predikstolar. Andra fanns naturligtvis också, som Anders Berglin. Näs kyrka är hans mästerverk. Hans specialitet var blommor och hela kyrkan är fylld av hans målade blommotiv – rosor, nejlikor och bladverk. Sen var Berglin en mästare också på marmorering och har lämnat många vackra skåp efter sig. Jag har faktiskt hittat ett av honom som står härute. Du måste titta på det så förstår du vilken konstnär han var.

Då kom Charlotte tillbaka med ett nytt glas och en cocktailshaker i metallblank art déco. Hon satte ner glaset framför Georg och sträckte shakern mot mig.

– Lite påfyllning?

– Egentligen inte, men frestelser har jag aldrig kunnat stå emot.

– Tacka fan för det, sa Georg och såg kärleksfullt på henne. Särskilt inte om dom kommer i den här förpackningen. Vi pratar allmoge, folkkonst, sa han förklarande till Charlotte. Jag vet att du tycker det är tjatigt, men vi är strax klara.

– Jag tycker inte alls det är tråkigt. Och Johan är säkert intresserad.

– Jag ska inte hålla nån konsthistorisk föreläsning. Det finns böcker du kan skaffa, Maj Nodermanns är viktig, men nu ska jag visa dig hur ett riktigt jämtskåp ska se ut. Charlotte har ordnat ett litet krypin här åt mig.

Georg Kylmann reste sig ovigt ur den djupa fåtöljen och vi gick bort till en stängd dörr. Han öppnade in mot ett litet bibliotek med bokhyllor och ett skrivbord framme vid fönstret. På ena kortväggen stod ett högt skåp i grovhuggen rokoko. Bottenfärgen var grön med blomsterrankor i typiskt rokoko-mönster längs sidorna och mittpartiet, skåpdörren, var översållat med blommor ur ett ymnighetshorn, rosor mest, under bulliga moln.

– Fantastiskt, sa jag. Och jag menade det.

– Det är det minsta man kan säga. Det är en av mina bättre allmogegrejer. Det är från 1793 men inte signerat. Experterna tror att det är gjort av Anders Berglin, han med rosorna. Dom är typiskt jämtländska. Och man följde ju med modet, för efter rokokon kom det gustavianska som slog igenom också hos allmogekonstnärerna, liksom senare empiren.

– Jag är imponerad av jämtarna.

– Det borde du vara. Georg Kylmann log. Och andra landskap hade sina specialiteter. Du hittar exempelvis tulpaner i Norrbotten och Uppland, det var ju barockens blomma. Rankorna kom från renässansen och rosorna från rokokon. Före mitten på 1700-talet var dekorationer ovanliga.

– Jag är imponerad av dig också, sa jag när vi gick tillbaka till soffgruppen. Du har tydligen satt dig in i det här med allmoge och folkkonst.

– Det är alltid roligt att veta mera om prylarna man har. Och jag är lite i samma bransch som du, fast bara som enkel amatör. Han skrattade och tömde sitt Martiniglas, sträckte det mot Charlotte för påfyllning. Jo, som sagt. Jag är lite inne i den här branschen. Är med ibland på efterauktionerna också.

– Efterauktioner? Frågande såg Charlotte på honom.

– När det är stora auktioner med fina och dyra föremål, så finns det en del antikhandlare som bildar en ring som det heter. Ett slags kartell alltså där bara en ropar och dom andra sitter tysta för att inte trissa upp priserna. Sen möts dom efteråt och håller en egen auktion.

– Är inte det olagligt? Det verkar så i alla fall.

– Olagligt och olagligt. Det står ingenting om det i lagboken. Om du har köpt en Hauptbyrå och sen säljer den vidare till nån av dina kompisar, så är väl inte det fel? Det är ju det antikhandeln går ut på, eller hur?

– Som all annan affärsverksamhet, fortsatte han. Köpa billigt och sälja dyrt. Och där får jag sitta med ibland. Som ett bättre pokerparti. Georg skrattade. Tung cigarrök, nerdragna gardiner och flaskor på bordet. Han såg förtjust ut. Man måste ha lite spänning och upplevelser i livet. Annars blir det för djävla tråkigt.

Intressant, tänkte jag. Jag trodde inte ringarna släppte in nån utomstående. Han måste vara storkund.

– Jodå, jag känner nog dom flesta i branschen, sa han belåtet och drack av sin Martini. Den här har du gjort djävligt bra. Han såg uppskattande på Charlotte. Det här är du lika bra på som så mycket annat som sätter guldkant på en fattig affärsmans torftiga liv.

– Vilken sorts affärer sysslar du med? frågade jag. Enbart antikviteter?

– Inte alls. Det är bara en hobby och en penningplacering. Ingenting annat. Nej, jag är konsult kan man väl säga. Det är ju modernt nu för tiden. Har kontoret på fickan alltså. Men allvarligt talat så håller jag mest på med fusioner. Du kanske har läst om dom här affärerna när två stora bolag går ihop. Det är en jättekomplicerad historia innan alla bitar har fallit på plats och EU har sagt sitt. Ofta rör det sig om miljarder. Det krävs mycket lobbying, mycket kunskap. Det gäller att veta vilka trådar man ska dra i. Och där hjälper jag till med råd och dåd. Fast inte gratis förstås.

Han log belåtet, som en katt inför ett gräddfat. En stor, kraftig och listig bondkatt som visste var råttorna fanns och hur man fångade dem.

– Intressant, sa jag och insåg att pengar inte var Kylmanns största problem. Med den sortens inkomster hade han säkert resurser att köpa på sig vad han ville ha, till och med i rökfyllda rum med smarta handlare. Där var han kanske den största hajen i stimmet. *Money talks* var ett begrepp som passade in i de flesta sammanhang. Olja fanns ju också i hans bakgrund.

– Du har många sorters kolleger, sa Georg och sträckte sig efter cocktailshakern, fyllde sitt glas igen. Det finns den fina sorten som Eric Gustafson och andra. Fina grejer, höga priser och belevat uppträdande. Slips och kostymköret. Ja, du får väl räknas in där också. Han log. Att komma in i dom affärerna känns nästan som att tränga sig på. Att gå in i ett privathem. Sen finns det hela skalan, men dom flesta är ju hederliga och rejäla. Annars håller det inte i längden. Men det finns andra.

– Som till exempel?

– Det vet du nog. Men ta bara min gamla polare, Dirty Harry. Honom känner du väl?

– Känner och känner. Jag vet vem det är.

– Jag förstod att du skulle svara så, för han spelar väl inte på din planhalva direkt. Men han är duktig. Gör mycket utlands-affärer också och kan få fram högklassiga grejer när han vill. Titta bara på den här lilla buddan i guld, som jag har parkerat hos Charlotte. Nånting måste ju lysa upp hennes vardag, när jag inte är här.

Den är alltså en av dom bättre i sitt slag. Jag har låtit en gubbe på Östasiatiska museet titta på den, och han höll på att göra i brallorna och ville absolut att jag skulle donera den till dom. ”Vi får väl se”, sa jag. ”Håll er i närheten bland dom andra gamarna när mitt testamente öppnas.” Och så var det bullrande skrattet tillbaka. Så Dirty Harry gillar jag, lade han till.

Jag tänkte på den där obehagliga figuren jag tvingats sitta tillsammans med på flyget från Helsingborg. Den bakfulle, som slagit runt i undanskymda glädjekvarter med litet udda utbud. Det var det intryck han gett mig, Dirty Harry, som alltid bjöd högt på bättre saker. Var Jojje hans finansiär? Agerade han diskret bulvan åt Georg Kylmann?

– Han vet att jag gillar barocksilver också, inte bara allmoge, och nu har han en verklig godbit åt mig. Nånting som jag letat efter länge.

Kapitel XII

Det första jag såg var en gigantisk penis av blänkande vit elfenben. I ena hörnet stod en japansk riddarrustning bredvid en glasmonter med Tanghästar och gravfigurer från Kina. Ovanför hängde som osannolik kontrast en väggbonad från Dalarna, där Jesus på en vit häst intågade i Jerusalem i en uniform som kunde ha tillhört Karl XIV Johan. På håll gick det inte att läsa den snirkliga texten ovanför. Han omgavs av en folkmassa med stiliserade palmblad i händerna som på avstånd mera liknade glesa granruskor.

Bredvid fanns en tapet med en gammal ålderstrappa där en knubbig baby i nästan falurött kröp fram till nedersta steget och ett rosenkindat par, en mas och en kulla, vinkade från det översta. På nervägen kröktes ryggarna alltmer och vid det sista trappsteget väntade döden med sin lie. Från taket dånade klassisk musik ut i det trånga utrymmet, nästan dränkte mig i ljudkaskader.

Jag såg på tapetstycket. Var fanns jag själv? På väg uppför eller var det definitivt på nedåtgående? Med den livslängd som rådde när motivet målades, hade jag säkert passerat mitt zenit. Ibland kändes det så, särskilt mörka morgnar i januari.

Vid andra kortväggen stod en vackert målad klocka, ett golvur i högklassig allmoge, omgivet av två gustavianska, högbenta sekretärer. I taket hängde en stor ljuskrona i rokoko med blänk i de slipade prismorna.

En stor kinesisk matta i honungsgult och blått med två pekingeserhundar på mitten täckte golvet, och framme vid fönstret stod en gustaviansk byrå som på håll kunde vara Ditzinger,

Haupts lärjunge som efter mästarens död tog över hans verkstad. Och inte bara det. Hans unga änka Sara också.

Inte dåligt, tänkte jag, och inte riktigt vad jag väntat i den lilla affären vid en bakgata på Söder. Likt en skrovlig, oansenlig mussla hade den visat upp sina pärlor först när jag öppnat dörren.

Jag hade gått uppför den branta backen i Blecktornsgränd och vikit av vid den gula Ebeneserkyrkan, där ett kalendarium under en glasruta på väggen upplyste om datum för fotboll, hemförsamling och gudstjänst på portugisiska, dock inte på samma gång.

Så hade jag tagit av till höger, in på Brännkyrkagatans runda kullerstensbeläggning och jag var nästan tillbaka i Gamla stan. Låga 1700-talshus i rött, gult, ockra och grått. Höga, svarta skorstenar i plåt med vindflöjlar, brutna tak. En tyst idyll alldeles bakom Hornsgatans vibrerande trafikpuls.

Gatan höjde sig i en backe som delade sig i två halvor, en högre och en lägre. Den övre hade ett räcke på ena sidan, medan den andra halvan löpte flera meter nedanför, ett originellt arrangemang. Där gick också skrovliga berghällar i dagen.

En bit bortom stenhuggaråldermannen Bloms gula hus låg Harry Blonskys affär. Gatan sluttade nu brant nerför och i fonden blänkte blått vatten fram. Långt där borta brådskade en vit Djurgårdsfärja förbi.

En idyll, tänkte jag igen när jag stod utanför affären som var så oansenlig att jag lätt kunnat gå förbi den. En idyll, men knappast ett kommersiellt gångbart affärsläge.

Gatan låg tom och tyst, bara någon enstaka bil gled förbi i låg hastighet, som om den respekterat den stilla 1700-talsfriden och nästan kände det opassande att tränga sig fram över kullerstenarna. Här kunde man väl bara etablera sig om man hade en fast kundkrets där läget inte betydde något. Eller också med ett exklusivt och lönsamt sortiment. Blonsky kanske hade bådadera?

Georg Kylmann hade talat om honom i Charlottes våning på Norr Mälarstrand kvällen innan. Han hade ju berättat att han ofta gjorde affärer med Blonsky. Den magnifika buddabil-

111

den i solitt guld var ett exempel. Låg de andra transaktionerna i samma klass så var Harry Blonskys affär väl värd ett besök. Jag tänkte på den gamla Michelinguiden där speciellt bra restauranger kunde få beteckningen "värd en omväg".

Harry hade gett mig sitt visitkort på flyget upp från Helsingborg och bett mig titta in. Som god kollega var det inget anmärkningsvärt om jag gjorde det. Han kunde inte misstänka några dolda avsikter. Men det hade jag – Blonskys "godbit" i barocksilver, någonting Kylmann letat efter länge.

När jag kommit in i affären och såg mig om, överväldigad av musiken, öppnades en dörr i bortre änden av rummet. Och där stod han, begravningsentreprenören. Missförstå mig rätt. Det är ett hedervärt skrå av förtjänstfulla män och kvinnor som väl ryktar sitt sorgliga värv. Oundgängligen närvarande i slutet av vår livscykel, den som börjar med barnmorskan och som alltid slutar med dem. Barnmorska, kock och begravningsentreprenör. Yrken värda att satsa på i branscher med konstant efterfrågan. Man föddes, man åt och sen dog man. Så enkelt kunde livets cykel summeras.

Nej, när jag tänker på begravningsentreprenörer i samband med Harry Blonsky så är det enbart dysterheten i hans yttre jag refererar till. Den svarta kostymen och den svarta borsalinon. De bleka dragen med de mörka ögonen. Sorg och smärta fanns i hans ansikte, som vid en nära anförvants bår. Men det lättades upp, om man kan använda det uttrycket i sammanhanget, av hans skeva leende som gav honom ett bakslugt och nästan illvilligt drag. Jag var naturligtvis orättvis igen. Harry var kanske en god morfar och farfar, hjälpte sin fru med disk och städning, gick i kyrkan om söndagarna och var innerst inne en hjärtegod person. Om jag nu tog till, men jag var inte övertygad om att jag hade rätt.

Innan han drog igen dörren bakom sig såg jag en kvinna i en fåtölj där inne. Och jag kände igen henne. Den bedagade blondinen med de svarta hårrötterna och den överdrivna makeupen, hon som brukade följa med honom på auktionerna. Våra ögon möttes för några sekunder. Likgiltigt såg hon på mig innan dörren stängdes.

– Nejmensegoddag, käre kollega. Vad förskaffar mig den äran? Harry Blonsky log, visade en samling oregelbundna tänder.

– Du tyckte jag skulle titta in när jag hade vägarna förbi. Men det var faktiskt en ren slump. Jag hade ett ärende i dom här krokarna och så fick jag syn på din skylt. Du har verkligen exklusiva saker.

– Tackar. Man försöker, man försöker och det finaste vågar jag väl inte låta stå framme. Läget är ju inte det bästa, men kunderna hittar hit. Och hyran är därefter, så prisnivån här är lite annorlunda än på Arsenalsgatan och i Gamla stan. Är det nånting särskilt du letar efter?

– Det är det faktiskt. Jag försökte låta oskyldig. Barocksilver. Jag har en känsla av att det är nånting som kommer och dessutom är det ju ett sånt fantastiskt hantverk.

– Det kan man verkligen säga.

En telefonsignal bakom den stängda dörren avbröt oss. Långa, utdragna signaler. Varför svarade inte blondinen?

– En sekund bara.

– Inga problem.

Han försvann, och jag hörde utan att vilja lyssna vad som avhandlades. Dörren var tunn och Blonsky talade högt. Var förbindelsen dålig eller gjorde han alltid det? Tilltrodde han inte telefonledningarna att på egen hand klara av hans budskap utan förstärkning? Blonsky talade engelska med stark brytning och det gällde tydligen någon leverans som var på väg.

– *You will be surprised. A lot of goodies as always.* Så skrattade han och sa adjö.

– Ursäkta mig, sa han när han var tillbaka. Men det var en klient i London. Jag gör ju en och annan utlandsaffär. Och igen kom det obehagliga leendet. Fast jag undrade varför han sagt *good morning*. Klockan var ju tre på eftermiddagen. Hans kund i London kanske hade sena vanor. Eller hade han fått telefon från New York?

– Barocksilver, sa du. Harry Blonsky såg fundersamt på mig. Nånting speciellt som du letar efter? Ryskt, tyskt eller svenskt till exempel? Sakralt eller profant? Kunglig anknytning? Det finns många varianter.

– Jag har väl inga direkta preferenser, bara det är vackert.

Och överkomligt. Prismässigt alltså. Jag träffade Georg Kylmann häromdan förresten. Han sa att du hade en riktig godbit på lut åt honom.

Ett beräknande drag gick över det bleka ansiktet.

– Det kanske jag har, men Jojje har första tjing.

– Det förstår jag. Man ska vårda sina kunder. Men om han backar ut, kan du alltid tänka på mig.

– Det ska jag göra, men risken eller chansen är inte så stor. En unik grej helt enkelt och en unik prisklass. Harry skrattade, ett strävt skratt, som när en gisten gammal dörr öppnas nere i en mörk källare där ingen varit på länge.

– På tal om unika objekt. När vi sågs på planet från Helsingborg pratade vi ju om den där Augsburgspokalen som Jonas Erikssons familj har. Den du tyckte skulle ha egen monter på Nationalmuseum. Jag sa att det visst fanns en till. En som Axel Oxenstierna fick. Och du menade att den kanske kunde dyka upp på marknaden om man hade rätt sorts pengar.

Han stelnade till. Ögonen uttryckte vaksamhet, som inför en fara.

– Man snackar och man snackar, men visst finns det en teoretisk möjlighet att hitta nånting liknande. Från Augsburg kom många fina saker. Praktpokaler, silverfat, kabinettsskåp. Och i det område som är vårt nuvarande Tyskland låg man i topp när det gällde silversmide. Den svenska stormaktstiden var viktig också konsthistoriskt. Plundring och krigsskadestånd från Tyskland gjorde ju att mängder av högklassiga föremål, också i silver, kom till Sverige. En del kunde du se på utställningen häromåret på Läckö slott. Och den framväxande kungamakten under Vasarna och senare ställde krav på furstliga inredningar.

Så när katolska kyrkan efter reformationen slutade med sina beställningar ersattes den av kungamakten när det gällde beställningar av den här sortens föremål. Tänk bara på regalierna som Erik XIV lät göra till sin kröning. Vasarna behövde legitimera sig. Det var inte alla som uppskattade att Gustav Eriksson tagit makten i Sverige och dessutom gjort landet till arvrike inom familjen. Harry Blonsky log. Egentligen var ju Gustav Vasa en hänsynslös maffiaboss.

– Typisk renässansfurste, höll jag med. Samtida med Machiavelli. Mord, lögn, svek och skoningslöshet var hans grundtips för framgång.

– Precis. Han hade kanske ett och annat att lära av den gode Gustav. Sen hade man också behov av kungliga gåvor, inte minst till Rysslands tsarer. Det var prestigeprylar, praktpjäser som bordsuppsatser och annat som ställdes fram i gemak och vid banketter. Praktsilver som smörjmedel vid förhandlingar, olja i maskineriet om du vill. Gåvor gavs också till släkt och vänner. Och det var inte ankskit om jag får tala svenska. Sen hade silvret fördelen att lätt kunna omsättas i pengar, smältas ner helt enkelt. Aktier och bankkonton som idag fanns ju inte. Eller kreditkort. Dirty Harry log, men nu var det ett glatt och öppet leende.

– Hamburg var också ett centrum för silverkonsten under stormaktstiden, fortsatte han, men nummer ett var faktiskt Nürnberg, Augsburg får ursäkta.

– Så det fanns medtävlare?

– Om! I Nürnberg hade konstnärer som Dürer stor betydelse för mönster och komposition. Dürer var ju son till en guldsmed och hade också den utbildningen. Många av epokens stora guldsmeder arbetade där och gjorde grejer som finns på olika museer, inte minst furstliga gåvor som drottning Kristinas till tsaren. Flera fanns med på en utställning på Livrustkammaren för några år sen. Och när Gustav II Adolf tågade in i Augsburg under trettioåriga kriget fick han praktfulla pjäser i gåva.

– Hur gick det för Augsburg i konkurrensen med Nürnberg?

– Mycket bra. Augsburg var ju en av dom största och viktigaste handelsstäderna och ett politiskt centrum. När Gustav II Adolf tog staden i april 1632, samma år han stupade, lät man slå mynt och medaljer till hans ära och han fick fantastiska gåvor, bland annat ett magnifikt skrivbord i silver, det Augsburgska konstskåpet. En del av gåvorna gavs sen vidare till tsaren.

– Vad var det för sorts objekt?

– Allt från en byst av kungen i brons till bordsuppsatser, stora presenterfat och pokaler. Några hade en bild av kungen på locket, alltså som en knopp. En fetknopp. Han skrattade.

Som på Jonas Erikssons pokal, tänkte jag. På fotot han visat hade den magnifika pokalen krönts av en ryttare som föreställde kungen.

– Den konstnärliga skickligheten var nästan oöverträffad, fortsatte Blonsky entusiastiskt. Och dom olika mästarna specialiserade sig. Det var några som exempelvis gjorde silvermöbler.

– Kom inte drottning Kristinas silvertron därifrån?

– Precis. Den står ju nu i rikssalen på slottet och var en gåva av Magnus Gabriel De la Gardie till hennes kröning. Han var en av hennes favoriter och gift med Karl X Gustavs syster. Han gjorde stora insatser också när det gällde konst och kultur, för han köpte in mycket från Tyskland till sina samlingar. Det var samtidigt en investering, som kunde säljas eller pantsättas, om det knep.

Många av rikets främsta familjer importerade ju också tyskt silver, men det unika med De la Gardie var att han engagerade sig personligen, gjorde ritningar till grejerna han beställde. Att De la Gardie var med när kejsarens skattkammare plundrades i Prag 1648 gjorde ju inte saken sämre. Många av hans föremål kom just från Augsburg, bland annat en stor silverservis, den Augsburgska servisen, som den kallas i konsthistorien.

– Synd att det skulle sluta illa bara.

– Hur menar du?

– Att hans rikedomar försvann i reduktionen, när dom stora förläningarna drogs tillbaka till kronan.

– Det kan man tycka. Men på tal om silvertronen så finns det i Livrustkammaren ett spelbord i silver. Föremålen var inte av massiv metall, utan man täckte en trästomme med silverbleck. Och lantmarskalkstolen på Riddarhuset är också från Augsburg. En gåva till Kristina.

– Det gjordes ju silverobjekt i Sverige också, eller hur? Inte bara import.

– Självklart, sa han. Och det finns många stora namn bland dom svenska silversmederna. Johan Nützel, Johan Ståhle och Arvid Falck till exempel. Men det tyska silvret fick stor betydelse för den konstnärliga utvecklingen här, inte bara genom importen och det som togs under trettioåriga kriget, utan också genom dom gesällvandringar som svenskar gjorde till Tyskland för att lära sig yrket. Sen fanns det silversmeder som invandrade till Sverige. Ett intressant exempel är Grill.

– Som i Grillska huset och Ostindiska kompaniet?

– Just det. Anthony Grill kom från en guldsmedsfamilj i Augsburg och slog sig ner i Stockholm och familjen blev genom sina affärer en av dom rikaste i landet. Dom styrde och ställde i Ostindiska kompaniet och med en hel del annat som gav stora pengar. Och mycket om dom svenska silversmederna fick vi förresten veta av en slump.

– Hurdå?

– Kommer du ihåg Loheskatten? Den hittades på fyrtiotalet när man byggde om ett hus i Gamla stan. Den hade gömts två hundra år tidigare. Där fanns kilovis med silver i fint skick. En hel del kom också fram när man började undersöka samlingarna i Kreml, dom svenska furstegåvorna alltså, där många svenska silversmeder finns representerade.

Harry Blonskys ansikte hade fått liv och lyster. Han var gripen av sitt ämne och för första gången såg jag glädje och entusiasm i hans ögon. Hade jag missbedömt honom som jag så ofta gjorde när jag träffade nya människor? Var hans nästan frånstötande yttre en mask som dolde en konstälskande och kulturellt medveten person? Drev han sin rörelse mera av lidelsefullt intresse för gamla, vackra ting med ett historiskt förflutet än av ekonomiska skäl? Men innan han fortsatte sin exposé, tog jag tillbaka initiativet. Trots allt var mitt ärende till honom betydligt mer konkret än att lyssna till hans konsthistoriska föreläsning.

– För att återkomma till Oxenstiernas pokal. Tror du att den eller nånting liknande kan dyka upp?

Han såg på mig. Satt tyst, som om han begrundade, måste tänka innan han svarade.

– Det är inte omöjligt, sa han efter en stund. Efter ryska revolutionen måste man ha pengar. Då såldes det ut konst och andra föremål ur dom stora statliga samlingarna i Kreml och från andra håll. En representant för Bukowskis kom dit och plockade ut föremål med svensk anknytning. En del av sakerna ville Nationalmuseum ha, men när det blev auktion så såldes nästan ingenting. Ingen ville ropa eftersom man trodde att museet ville ha allting. Det blev fiasko.

– Bara återrop?

– Nästan. Sen gjorde ryssarna samma sak i Berlin, innan dom insåg att deras kulturella arv höll på att förskingras och försäljningen stoppades. Så det finns en teoretisk möjlighet att Oxenstiernas pokal kan ha figurerat i det sammanhanget. Förmodligen finns den väl nu hos nån samlare eller på nåt museum.

– Det låter troligt, men man vet ju aldrig. Historien är full av storsamlare som gått på pumpen. Laurin, Thiel, Lamm och många andra. Björkegren. Sen skingras deras skatter och kan dyka upp lite var som helst.

Harry Blonsky nickade bekräftande.

– Om jag nu skulle vilja komma över en sån där pokal eller nånting liknande, vem kan jag vända mig till då?

– Du kan ju försöka med mig. Han log ett slugt leende. Jag kan ingenting garantera och det är som att leta nålar i höstackar. Den där sortens objekt är ju i museiklass. Dyker dom upp i Sverige så går dom utomlands där pengarna och samlarna finns, dom stora samlarna alltså.

– Är det inte exportförbud på såna föremål?

– Om man tolkar lagens bokstav är det förmodligen det, men lagar är till för att kringgås, eller hur? Och har en sån där kungapokal kommit från Tyskland, är det väl inte moraliskt fel om den kommer tillbaka hem? EU har ju fri rörlighet för kapital, varor och tjänster. Personer också.

– Det är inte för mig personligen. Men jag har en kund som är på marknaden efter den här sortens objekt. Och han betalar bra, kanske lika bra som dina tyskar. Och det är bråttom, för han reser utomlands om ett par dar och är borta länge, ljög jag. Fast inte alldeles. För Jonas var det mer än bråttom.

– Jag ska se vad jag kan göra, men vänta dig inte för mycket. En sån där pokal ser du en gång i livet om ens det. Sen krävs ju diskretion till max. Ingen vill tala om att han behöver pengar och säljer familjesilvret och skattmasen ska heller inte få veta nåt av naturliga skäl.

Det sluga leendet var tillbaka nu, och han såg belåtet på mig. Som en snok som just fångat en vattensork.

– Största möjliga tystnad. Jag känner igen det. Du har mitt telefonnummer om du hittar nånting intressant. Jag räckte honom mitt kort. På tal om silver förresten. Känner du den här tjejen?

Jag vet inte vad som fick mig att ta fram plånboken och veckla upp bilden av den mördade flickan. Stundens ingivelse kanske, för jag hade inte planerat att göra det och Harry Blonsky kunde ju rimligtvis inte haft med henne att göra.

Jag räckte fotokopian till honom. Han tog papperet, höll det i båda händerna. Såg noga på det med orörligt ansikte, som om han nollställt sig. Ögonen var döda likt två mörka skogstjärnar.

Så skakade han på huvudet.

– Nej, sa han efter en stund. Ingen aning. Har aldrig sett henne förr. Aldrig. Hurså?

– Hon kom in i min affär för ett tag sen, ljög jag. Och hon knyckte ett par silverstakar av Zethelius.

– Det var illa. Har du försäkrat?

– Ja, men med stor självrisk.

– Var fick du det här ifrån då? Han nickade mot bilden, räckte den till mig.

– Från polisen. När jag gjorde en anmälan och beskrev henne så tog dom fram den. Jag fick den för att kunna visa den för mina kolleger, varna dom.

– Så ung och så fördärvad. Det obehagliga leendet igen. Nej, hit har hon i alla fall inte vågat sig, men jag har ett gott råd till dig.

– Vadå?

– Ligg lågt. Du får ju försäkringspengarna. Det är säkert en organiserad liga som är i farten. Jag tycker hon ser utländsk ut och det kommer ju många skummisar från Baltikum och Ryssland nu för tiden. Och dom ska man akta sig för. Annars kan det gå illa för den som lägger sig i. Djävligt illa. Ett människoliv är inte mycket värt i dom kretsarna.

Det skeva leendet var tillbaka i hans bleka ansikte, men de mörka ögonen log inte.

Kapitel XIII

Samma dag träffade jag henne i NK:s bokhandel. Jag var där
för att försöka få tag i en bok om barocksilver, ville lära mig
mera om konsthantverket från Augsburg. Igen hade jag ringt
runt till mina närmaste vänner bland antikhandlarna, jag hade
talat med mina kontakter på de större auktionshusen i Stock-
holm och ute i landet, men resultatet var fortsatt negativt. Ing-
enting nytt hade dykt upp. Eric Gustafsons trevare med den
expert han kände på Bukowskis var lika resultatlösa. Trots att
det var Jonas huvudvärk och inte min, började jag bli nervös.
Inga spår efter kungens pokal och bröllopet närmade sig obe-
vekligt, kastade en växande slagskugga över min vardag. Och
Jonas "hittelön" på femtio tusen fanns med i spelet som en inte
alldeles oväsentlig faktor.

Först kände jag inte igen henne och det var kanske inte så
konstigt. Vi hade ju bara setts som hastigast på kvällen efter an-
tikmässan hemma hos Jonas Erikssons svärföräldrar. Amanda
Cardoso, hon med den mördade pappan i Brasilien, han som
slogs för mänskliga rättigheter och jordlösa lantarbetare.
Amanda som skällt ut Georg Kylmann för hans reaktionära at-
tityd mot invandrare.

– Är du fortfarande lika arg?

Frågande såg hon på mig med de stora, nötbruna ögonen.
Drog undan det svarta håret som fallit ner över pannan. Så log
hon.

– Du kommer ihåg det? Men han är faktiskt en djävla typ.
Förlåt att jag svär, men jag kommer inte på nån bättre beteck-
ning.

– Jag förstod att du tyckte det.

– Och den där blonda bimbon han hade med sig kallade mig för frustrerad kommunistisk invandrartjej. Om det inte passade kunde jag åka hem igen.

– Då tände du på alla cylindrar? Jag kommer ihåg att du sa det.

– Precis. Det är mitt problem. Jag är lite för snabb i vissa lägen och jag försöker ligga lågt, men då bara gick det inte.

– Du har inte träffat honom sen dess?

– Nej, men Peter, min kille alltså, är bjuden på nåt party hos honom ikväll. Så jag tänkte hänga med för att kolla lite.

– Det var djärvt. Han kanske slänger ut dig?

– Tror jag inte. Peter berättade för honom senare att jag var journalist. Då blev han skitskraj och sa att han skojat med mig. Skämtat för att se hur jag reagerade. Att det han sa om invandrare och annat inte fick tas bokstavligt. Så han håller sig nog i skinnet. Dessutom har jag en grej på gång.

– Det låter intressant.

– Om! Vänta får du se.

– Grävande journalistik?

– Rena grävskopan. Jag har en story som kommer att ge en del finansgubbar gelé i knäna.

– Vad säger du om en kopp kaffe? Det finns en servering alldeles utanför bokhandeln.

Jag tog tillfället i akt, för det hon sagt intresserade mig. Kanske visste hon mera om mina "vänner", Jonas Eriksson till exempel. Och Georg Kylmann, den mörkblå, som hade nånting stort på gång hos Dirty Harry. Det kostade ingenting att fråga, inte mer än en kopp kaffe i alla fall.

– Varför inte? Jag ska bara betala den här boken.

– Då går jag och tar ett bord så länge. Ibland är det kö.

En stund senare satt vi vid det runda marmorbordet med vårt svarta kaffe i vita koppar och var sitt fat med en annan av mina vardagslaster, prinsesstårta, täckt av lätt vitpudrad, grön marsipan, lika onyttigt som gott. För gamla fina klassiker som tusenbladstårta, eller napoleonbakelse som det också hette, och potatisbakelser, brunpudrade med kakao, verkade inte finnas längre. Är konditorerna ett utdöende släkte i snabbmatens och kalorijaktens epok?

Vatten i höga glas hörde till, ett eko från kafékulturens Wien. Amanda hade också beställt en flaska Coca-Cola.

– Det är säkert inte politiskt korrekt att dricka Coca-Cola och äta tårta, men jag älskar det. Särskilt den här sorten. Hon log mot mig över den vita koppens kant.

– Då slår du tre flugor i en smäll.

– Hurdå?

– Du bidrar till den amerikanska kulturimperialismens spridning och hyllar dessutom både borgerligheten och monarkin.

– Nu förstår jag inte. Frågande såg hon på mig.

– Både Coca-Cola, tårta och prinsessa. Fast egentligen borde det varit madeleinekaka, som hos Proust. Eller victoriabakelse.

Amanda skrattade.

– Du låter som om du skriver på DN:s kultursida.

– Nu fick du till det. Men vet du att här på bordet finns en världsberömd svensk representerad.

– Han som uppfann prinsesstårtan?

– Nej, men han som skapade Coca-Colaflaskan. Jag brukar alltid säga att det finns svenskar som är världsberömda i Sverige och dom något färre som är det utomlands. Och det lär inte finnas en designprodukt i världen som är mera spridd, inte ens hamburgare från McDonald's.

– Berätta mera. Det hade jag ingen aning om.

– Han kom faktiskt från Surte. Alexander Samuelsson alltså. Och han utvandrade som så många andra till Amerika och fick arbete på ett glasbruk. Då utlyste Coca-Cola en designtävling om en ny flaska och Alexanders team vann. Han inspirerades av formen på en kakaoböna. Och en annan svensk som jobbade hos Coca-Cola satte färg på jultomten. Gjorde hans dräkt röd. Så nu vet du det.

– Nu vet jag det. Amanda log och höjde sitt glas. Och jag vet att i början hade man kokain i Coca-Colan. Det ansågs nyttigt och uppiggande.

– På tal om det. Berätta om din grej.

– Det ska bli en stor kartläggning och redovisning av alla dom bonusar och optioner och konstiga förmåner som en del

122

figurer i företagsvärlden trixar till sig. Bolagen där dom har jättelöner går i botten och själva suger dom ut alla miljoner dom kan lägga vantarna på. Förra året minskade fjorton av dom tjugo största företagen på Stockholmsbörsen sina vinster med hundra miljarder, men ändå gav tio av dom sina verkställande direktörer bonusar, trettio miljoner sammanlagt.

– Ungefär som i USA?

– Du tänker på konkursbaronerna? Fast dom var ännu smartare. Under dom senaste tre åren har cheferna i Amerikas tjugofem största företag fått ut över trettio miljarder kronor i löner och vinster på aktier och optioner som dom krängde innan allting rasade.

– Vi får lära oss mycket från USA. Inte bara Dry Martini.

– Just det! Och en grej som kommit fram i mina undersökningar är att det finns bolag som köper tillbaka egna aktier istället för att ge utdelning till aktieägarna.

– Varför det?

– För att det återköpta går till optionsprogram till cheferna. I mina artiklar ska dom stå med ändorna bara och fingrarna i syltburkarna. Tagna på bar gärning, ungefär som i dom där gamla franska farserna där den avklädde älskaren står gömd i sängkammarskåpet då äkta maken kommer hem.

– Så du ska öppna dörren och plocka fram trollen i solen så att dom spricker?

– Precis. Inte för att du får se så mycket nytt, men jag ska ta fram en hel del som inte varit allmänt känt tidigare. Sen har jag en del godbitar.

– Som till exempel?

Amanda log hemlighetsfullt.

– Som till exempel några godingar som använt företagens pengar för att spekulera i aktier. Det gick bra så länge börsen steg, men sen! Förr fanns det nåt som hette dubbel italiensk bokföring. Det är en konst som har utvecklats till fulländning nu. Och inte bara dubbel bokföring. Men jag ska visa dom hemliga sidorna. Och där finns en del intressanta blankningar.

– Vad är det?

– Då gör du tvärtom och spekulerar i att börsen faller. Du lånar aktier till en viss kurs utan att köpa dom. När du sen lämnar tillbaka aktierna så tjänar du pengar om kursen fallit.

– Om det inte blir tvärtom och kursen stiger?

– Just det. Då förlorar du.

– Hemliga sidor, sa du. Det låter som om du talar om en porrtidning.

– Jag känner inte till hur dom trycks, men det gör tydligen du. Nej, jag talar om bokföringen. Den "konstruktiva", "innovativa" och "flexibla" bokföringen.

– Den som redovisar bättre siffror än verklighetens, menar du?

– Just det. Och när finansinspektionen och börsknuttarna läser det här så sätter dom morgonkaffet i halsen, det kan jag garantera.

– Du är alltså en drivande mina?

– Tack för komplimangen! Det kan man verkligen säga. Amanda skrattade och tog en stor sked av den snabbt försvinnande tårtbiten.

– Men allt det här är ju ganska välkänt. Det blir knappast nåt scoop.

– Du har bara sett isbergets topp. Det kommer att bli en rysare, jag lovar.

– Är det inte lite farligt?

Hon såg förvånat på mig.

– Du gräver inte för djupt bara?

– Ingen risk. Vi lever inte i New York eller Italien. Här finns inte den sortens maffia.

Är du så säker på det, tänkte jag. Vore jag storfräsare i ekonomiköret skulle jag säkert vilja stoppa pinsamma avslöjanden där spott och spe och fängelse kunde bli följden, liksom ekonomisk katastrof och körd karriär. Men jag målade väl fan på väggen i onödan. I Sverige gällde andra spelregler än på Sicilien och i Bronx.

– Såg vi inte en del av dom där gökarna nere på Töreberga? frågade jag.

– Det fanns kanske några stycken. Min vän också. Kylmann med blondinen. Du får vänta tills artikeln kommer. Det låter som en gammal svensk film. "Kylmann med blondinen." Hon log.

Amanda var både slagfärdig, humoristisk och skarp, tänkte jag och tog ett hörn av min fluffiga bakelse. En utmärkt kombination för en grävande journalist.

– Sen var Sten Bergner där och Hans Lindberg. Den där Bergner var visst redare och Lindberg importerade lyxbilar. Minns jag rätt?

– Ja, men inte allt.

– Hurdå, menar du? frågade jag.

– Bergner sålde sina rederiintressen och köpte fastigheter. Antingen var han smart eller hade tur för det var just innan botten gick ur den marknaden för en del år sen. Nu är det olja utanför Indonesien och aktier som gäller.

– Det blir väl inte så mycket klipp nu, när börsen ser ut som den gör?

– För den som har näsa och kontakter funkar det. Det är information som gäller. Sån info som nästan ingen annan har.

– Insideraffärer?

– Precis. Och Lindberg är i samma båt. Ett par fina juveler. Båda finns med bland dom jag ska titta närmare på.

– Gräva upp, menar du?

– Just det. Hon skrattade. Ett stort, generöst skratt. I ena mungipan hade en liten bit grädde fastnat. Hon slickade bort den med en skär tungspets. Som Cléo brukade göra. Amanda var litet lik Francine, tänkte jag. Samma sensuella mun, samma varma leende.

– Georg Kylmann då? Vad lever han på?

– Allt som ger pengar. Amanda log. Specialist på bolagsfusioner, sammanslagningar där många smulor faller från den rike mannens bord. Och det glunkas om skalbolagsaffärer i stor skala. En av hans polare i branschen fick just tre och ett halvt år för grovt skattebrott. Jag borrar. Hon lät hotfull. Och jag hörde nånting intressant om honom av Peter häromdan.

– Hemligt, eller kan du berätta?

– *No problems.* Peters firma skulle göra en större grej med Kylmann. Nån internationell finansiering. Då ringde dom hans bank i London för att kolla.

– Får dom ge information om sina klienter?

– Nej, och dom sa ingenting förstås. Men Peter har en kompis där som han lirkade med, och till slut kom det fram.

– Vad sa han?

– Ingenting och allt, för efter en massa hummanden om tyst-nadsplikt och sekretess klämde han fram med sanningen: *Mr Kylmann is not a gentleman.* Jag älskar engelsmännens under-statements.

Vi skrattade båda. Så blev Amanda allvarlig.

– Dom här tre farbröderna har i alla fall en sak gemensamt som borde intressera dig.

– Vad skulle det vara?

– Antikviteter och konst. Fast jag tror knappast att det är nåt större konstintresse som ligger bakom. *Money rules.* Och det går att göra diskreta klipp som inte behöver störa bokföringen. Börsen, valutor och råvaror är osäkra kort, men konst, bra gre-jer alltså, stiger och där gäller ingen förmögenhetsskatt. Sen tvättas svarta pengar den vägen. Ska bli intressant om jag kan hitta nånting på den kanten. Du kanske kan hjälpa mig?

– Dom där farbröderna är nog alldeles för smarta för att lämna några spår efter sig.

– Förmodligen, men då blir det ju desto roligare om man kan knäppa ner byxorna på dom. Och så gjorde hon slut på det som fanns kvar av prinsesstårtan.

– Fast du glömmer en sak. Det finns andra än feta direktörer som sitter med fingrarna i syltburken. Titta bara på oss ”van-liga människor”. Bara i tre landsting ”försvann” handdukar och lakan för miljoner. Jag såg det i tidningen idag. Och nästan fyrtio tusen kalsonger saknades. Begreppet ”ärlig svensk” har krackelerat.

Politiker och fackpampar hittar dit också tillsammans med många andra, fortsatte jag. Varför ska exempelvis ett borgarråd ha en livstidspension på tjugo tusen i månaden om han eller hon slutar efter fyra år? Och allra fiffigast är att dra av för ut-gifter som andra betalat, samtidigt som man kritiserar närings-livets brist på moral. Vi lever lite grand i ett land där prästerna går på bordell.

Amanda såg förvånat på mig.

– Nu förstår jag inte? Går prästerna på bordell?

– I överförd bemärkelse. Jag menar bara att vi lever i ett sam-

126

hälle där vi talar mycket om etik och hög moral och vi har en officiell, stadfäst moralkodex. Svartjobb, fusk med sjukskrivningar och bidrag existerar inte i den bästa av världar. Men i verkligheten går läpparnas bekännelse och belagda sanningar inte ihop. Vår värld präglas av fryntlig falskhet, där ingen officiellt vill låtsas om vad alla vet, där sanningen offras på det politiskt korrektas altare.

– Det där var ord och inga visor. Amanda skrattade.

– Allt det här kanske beror på att kristendomsundervisningen är borttagen i skolan, sa jag.

– Vad menar du?

– Var det inte Lukas som skrev att man skulle akta sig för all slags girighet, eftersom det inte är ett överflöd av ägodelar som gör människans liv värt att leva? Liksom det där med att man ska leva som man lär.

– Du låter som en väckelsepredikant. Men du har rätt. Och det tar jag med i nästa vända. Om jag inte får sparken för mina artiklar förstås.

– Vet du vem jag tänker på nu? Och jag bytte samtalsämne, ville inte förirra mig i politisk polemik.

– Ingen aning. Skulle jag veta det? Bart Simpson?

– Stagnelius, Erik Johan Stagnelius. En av dom stora i den svenska litteraturen. Han dog ung, på 1800-talet.

– Alla snillen dör unga, det vet du väl? Den gudarna älskar dör ung. Men vi hann aldrig så långt tillbaka i plugget. Det stannade vid Selma Lagerlöf. Men varför tänker du på Stagnelius?

– För ditt namns skull.

– Cardoso?

– Nej. Men Amanda.

– Nu förstår jag inte.

– "I blomman, i solen Amanda jag ser. Kring jorden, kring polen hon strålar, hon ler", citerade jag. Det är ur en av hans mest kända dikter.

– Det hade jag ingen aning om. Det måste jag berätta för Peter. Den där strofen kan han gott lära sig utantill.

– Han borde det. Tyvärr dog Stagnelius ju ung som sagt. Han körde med opium. Tunga saker.

– Det var han inte ensam om.

– Nej, det var många som gjorde det på den tiden.

– På tal om det så snackas det ju en del. Amanda sänkte rösten, som för att inte bli avlyssnad från de små runda borden omkring oss. Jag hörde det nere på Töreberga. Den där blondinen du vet.

– Hon med "kommunistisk invandrartjej"?

– Precis. Nån frågade om jag kände för lite koks och nickade åt hennes håll till. Jag sa naturligtvis nej, men är du intresserad kan du ju fråga henne när ni ses.

– Jag är alldeles för oskyldig för sånt. Jag får hålla mig till Dry Martini.

– Okej, Johan. Nu måste jag rusa. Vi ses hos Charlotte ikväll. Om hon släpper in mig förstås. Hon gillar ju inte invandrartjejer.

Amanda reste sig, gav mig en lätt puss på kinden och försvann nerför rulltrappan.

Jag såg efter henne. Intressant, tänkte jag. Det ska bli intressant att se vad hon kommer med i sina artiklar. Farligt kanske också för en del. Om Kylmann var inblandad fick han passa sig.

Kapitel XIV

Egentligen såg det lilla fatet inte mycket ut för världen, men det var intressant. Högintressant. Det hade funnits med i en pappkartong jag ropat in på Auktionsverket i våras. Inte för fatets skull utan för att det fanns några böcker där som intresserade mig. Det var en av de många kartonger som alltid fanns med på veckoauktionerna och som innehöll en skön blandning av udda föremål, mest ointressant skräp, men ibland kunde man göra fynd. Och det hade jag verkligen gjort, fast inte vetat om det förrän nu.

Fatet var i blått och vitt, verkade engelskt, med vita blommor runt kanten och brovalv med ett böjt träd i förgrunden. Små kaniner fanns också. Ganska banalt som porslinsföremål, men proveniensen var fantastisk, åtminstone för mina förhållanden. Det var inte ofta föremål av den klassen kom till min affär på Köpmangatan. Fatet hade tillhört Egypta, Napoleons brorsdotter. Han var också hennes gudfader och namnet hade hon fått efter kejsarens segerrika fälttåg i Egypten. Det var hennes bröllopsservis och kaninerna var en skämtsam anspelning på att hon var prinsessa av Kanino.

Christine Egypta Bonaparte hade gift sig med greve Arvid Posse, som ägde Billingsfors och andra järnbruk i Dalsland. Att jag känt igen fatet var en ren slump. Jag hade råkat bläddra i en museikatalog inne hos Eric Gustafson och sett en bild från Dalslands museum. Det gick inte att missta sig. Mitt fat var identiskt med föremålen ur Egypta Posses servis. Men jag tänkte inte sälja det. Upp i min våning vid Köpmantorget skulle det, införlivas med mina samlingar. Jag kan inte skiljas från

129

mina bästa saker, och min revisor gillar det inte.

"Pengar ska arbeta i företaget, inte samla damm på dina hyllor", brukar han säga. Men då kontrar jag med att det är min pensionsförsäkring. Allteftersom värdet stiger ska jag sälja av, när åldern slår sina klor i mig. Det resonemanget tror varken han eller jag på, men eftersom det ekonomiskt sett är oklanderligt, inte minst när börsen faller och pensionsfonderna holkas ur, så tiger han still. Och man biter ju inte den hand som föder en, om det inte gäller hamburgare förstås.

Varsamt satte jag in fatet i glasskåpet inne på mitt kontor. Där skulle det få stå, utom räckhåll för lystna blickar, tills jag burit upp det i våningen.

Jag slog vatten i min gamla Visseljohanna, som fortfarande troget tjänar mig efter många år. Görs dom fortfarande, tänkte jag och satte den på den lilla elplattan på diskbänken. Den är praktisk för när vattnet kokar så visslar ångan ut ur den trånga pipen. Alltför ofta händer det att jag sätter på en platta och sen ringer telefonen eller jag får nånting annat att göra.

Ur en nästan tom påse plockade jag fram några osötade fiberskorpor och två och en halv dammtorra pepparkakor. På ett glasfat fick de fullkomna mitt mellanmål. Fast idag fuskade jag med kaffet, orkade inte vänta på den långsamma bryggningsprocessen i den höga, gula Melittatratten. Några skedar pulverkaffe i den blåblommiga muggen fick ersätta, och när Johanna gjort sin plikt satte jag mig vid skrivbordet med skorpor, pepparkakor och den rykande, varma muggen.

Men jag kunde inte släppa tanken på Egypta Bonaparte. Hade hon framlevt sina dagar i de dalsländska skogarna? Hur hade hennes liv gestaltat sig? Från Paris eleganta salonger i den högsta societeten hade hon kommit till ett avlägset hörn av ett kallt och ogästvänligt Vinter-Sverige. Hade hon dragits med i nederlagets skam och vanära tillsammans med den besegrade kejsaren, som ruvade på hämnd på ön Sankt Helena långt ute i Atlanten? Räddades hon av den svenske greven ur armod och förnedring?

Jag borde försöka ta reda på vad som hände henne. Förmodligen gick det inte någon större nöd på Egypta Posse. Om mannen ägde järnbruk var man säkert installerad i Stockholm och deltog i huvudstadens nöjesliv.

På tal om det. Jag var ju bjuden till Georg Kylmann och hans vackra sambo ikväll, om man nu kunde kalla Charlotte Bergman för någonting så banalt. Älskarinna, väninna, hålldam, mätress var elegantare beteckningar. Men vem var jag att döma? Deras förhållande kanske var mycket kärleksfullt, och att han ställde upp med pengar var väl helt naturligt. Kylmann var förmögen, han älskade henne och hon var förhoppningsvis förälskad i honom. Hur deras samliv var reglerat angick faktiskt inte mig.

Jag såg fram mot kvällen, av flera skäl. För några av dem jag träffat tidigare skulle komma, hade Charlotte sagt. Både skeppsredaren med oljeintressena och lyxbilsimportören. Jonas och hans fru skulle säkert vara där, och Amanda Cardoso hade ju berättat över prinsesstårtan att hon och hennes pojkvän också var bjudna. Dirty Harry kunde jag inte hoppas på, men tillräckligt många att ställa diskreta frågor till och mjölka på information skulle det finnas.

Och det behövdes. Information alltså. För min privata utredning av den augsburgska pokalens försvinnande hade gått i stå. Jag hade inte många dagar på mig. Inte för att det var min business i och för sig – Jonas fick stå sitt kast om han plockade upp tjejer från gatan – men hela incidenten hade gjort mig nyfiken. Drevet gick och min stövarnos ledde mig som så ofta in på dumdristiga vägar. Egentligen mot min vilja hade jag blivit mer och mer engagerad.

Jag måste ringa Calle Asplund, borde inte ha väntat. Jonas Eriksson hade bekräftat att flickan på fotot stulit hans pokal. Dessutom hade han träffat henne på Centralen efter stölden. Och hennes hot om att anmäla honom för våldtäkt var naturligtvis effektivt. Det skulle rasera både hans liv och hans sociala position även om han var oskyldig. Ord skulle stå mot ord. Men Calle måste få veta det, även om det var obehagligt för Jonas. Det gällde faktiskt ett dödsfall, kanske ett mord.

Jag plockade fram min lilla svarta agenda och bläddrade upp Calle Asplund. Jag har hans direktnummer för att underlätta. Annars hamnar man i växeln eller hos hans sekreterare med den självpåtagna uppgiften att skydda sin chef från onödiga samtal. Och det var de flesta som inte kom från polishuset enligt henne.

– Hej, det är Johan.

– Ja? kom det vresigt i luren. Asplund här.

Var jag fel person som ringde vid fel tidpunkt?

– Den döda tjejen som du hittade i Tantolunden.

– Vad är det med henne? avbröt han.

– Jo, jag talade med Jonas Eriksson, han som hon knyckte den där grejen från. Visade honom fotot. Och det blev bingo.

– Kände han igen henne?

– Precis.

– Det var ju en djävla flax. Fantastiskt!

– Och inte bara det. Han sa att han hade träffat henne igen, på Centralen. Han hade gått dit på vinst och förlust för att kolla om hon fanns där. Och det gjorde hon. Men hon var inte ensam.

– Inte?

– En biffig kille med hästsvans och svart skinnjacka var med henne. Han hade en lurvig schäfer också.

– Det kunde ju vara nån tillfällig kontakt eller nån hon kände, som hon råkat träffa just då.

– Sen hotade hon honom. Jonas alltså.

– Hurdå?

– Hon skulle anmäla honom för våldtäkt om han påstod att hon knyckt nånting. Men hon var ologisk. Kunde tänka sig att lämna tillbaka det hon tagit mot pengar.

– Slog han till?

– Ja och nej. Hon skulle höra av sig. Det gjorde hon aldrig och nu vet vi varför.

– Det gör vi. Verkligen. Och vi har identifierat henne.

– Nån ni kände till?

– Nej. Finns inte i våra register. Hon kommer från Mellanöstern och bodde i Rinkeby.

– Kan det ha varit nån sorts hedersmord? Jag menar om hon knarkar och fnaskar på Centralen, så måste det ju betyda skam och vanära för familjen.

– För det första vet vi inte om det verkligen var mord, och för det andra så tror jag inte dom tar till såna här metoder. Det

132

är faktiskt inte så vanligt som man tror om man läser kvällstidningarna. Så det där är bara spekulationer.

– Jag förstår, nej, det var bara en tanke.

– Lämna tänkandet till oss, det tjänar alla på. Calle skrattade. Tack för att du ringde. Nu får vi höra Eriksson. Och killen med schäfern måste veta mer om henne.

– Det kanske ändå är mord?

– Det mesta talar för en överdos av heroin. Och det är tyvärr inte ovanligt.

– Men det fanns ju bara ett nålmärke?

– Hon kan ha gått på annat tidigare och prövat tyngre grejer nu. Så är hon orutinerad, köper fel skit av fel kille.

– En sak till, bara. Du känner inte till om ni har hittat nån exklusiv silvergrej? En antik pokal från 1600-talet? Jag nämnde ju nåt om det sist.

– Var det den hon knyckte?

– Ja.

– Intressant. Det kan ju vara ett mordmotiv, om vi nu letar efter ett. Såna där grejer kostar ju skjortan. Eriksson får beskriva den. Sen kollar vi pantbanker och våra hälare. Och du …

– Ja?

– Nästa gång du hör nåt om schäfrar och pokaler, så får du vara snabbare än nu.

– Okej, sa jag och vi lade på.

Jag kände mig lite obehaglig till mods, tänkte på Jonas. Han skulle få besök av polisen, tvingas berätta vad som hänt och han skulle förstå att det var jag som låg bakom. Men vad kunde jag göra? Jag hade faktiskt inte någon lust att bli indragen. Jonas fick skylla sig själv. Hans pokal var en sak, men mord var någonting helt annat.

Kapitel XV

– Jag garanterar. Det blir ditt livs klipp.

Ivrigt lutade han sig fram över bordet och jag var nästan rädd att han skulle ta tag med händerna i mina kavajslag för att pränta in sitt budskap, skaka om.

Inte för inte hade han varit bilförsäljare, tänkte jag och såg på Hans Lindbergs svettiga ansikte och alkoholblanka blick. Inte så att han var berusad och otrevlig och sommarkvällens värme kändes nästan onormal, men att han tagit ett par glas gick inte att missta sig på. Han måste ha kommit före mig till Georg Kylmanns födelsedagsparty i Charlottes stora våning.

Jag tänkte på vad Monica Eriksson berättat på Töreberga. Lyxbilar från England, konst under yuppietiden, när Zorn och annat måleri var säkra papper, men nu var det annat som gällde.

– Du kan alltså inte förlora och du har glädje av det hela tiden. Du köper en andel och sen får du utnyttja våningen under vissa veckor på året. Och det är bara högklassiga objekt. Lyxanläggningar. Golf och tennis och dykning. Men du är inte bunden till ett givet hotell eller en bestämd anläggning, utan du kan byta till nästan vad som helst var som helst.

Jo tack, tänkte jag där jag satt i den vita soffan. *Time-sharing* hade jag hört talas om, men mest i form av klagomål från människor som kände sig lurade och bedragna på konfekten av smarta och påträngande försäljare.

Under semesterresor till solvarma paradis hade någon prackat på dem andelar i mer eller mindre skumma företag, andelar som sen föll i värde och blev nästan omöjliga att sälja. Fagra löften smälte som smör i solskenet utanför det eleganta hotell där kontrakten undertecknades, och sommarveckor under högsäsong kunde förvandlas till ett par veckor i november eller januari, inte sällan på hotell man inte hade någon som helst lust att bo på. Rättelse gick sällan att få, om man fick tro tidningarna. Man hamnade hos en telefonsvarare eller hos någon som arrogant förklarade att det var kontraktet som gällde "och läs det finstilta". Och vad skulle jag förresten med golf, tennis och dykning att göra? Det var inga alternativ som lockade.

– Så det är din grej, *time-sharing*?

– En av dom. Han log. Men det är mera med vänster hand.

Jag såg på honom och undrade vad den högra handen gjorde. Hans Lindberg var lika blek som när jag såg honom på Töreberga och blekheten underströks av det svarta, bakåtkammade håret som krusade sig i nacken och de mörka ögonen. En rak bena gick som ett vitt operationsärr genom det blanksvarta håret. Briljantin?

Svärtan påminde om aubergine och jag tänkte på brylcreme som prästgårdsarrendatorns son använde, när han cyklade till folkparken i Vretstorp på lördagskvällarna. Än idag minns jag reklamfilmernas "Brylcreme gillar alla killar, brylcreme tänder stjärnor i ditt hår", en ljudslinga som kreativa innovatörer transformerade till snapsvisa genom att byta ut "brylcreme" mot "brännvin".

– Fundera på det. Jag ska skicka dig prospekt.

– Gör det, sa jag. Men lika litet som att köpa en begagnad bil av honom, lika litet skulle jag gå i hans gillrade fälla. En man med hans sliriga leende skulle man inte göra affärer med. Dessutom hade jag inga pengar.

Han har samma färgskala som Dirty Harry, tänkte jag, svart och vitt, eller snarare svart och blekt, men förhoppningsvis var det den enda likheten. Fast Monica hade ju sagt att Hans Lindberg inte var så noga med sina affärsmetoder han heller. Kunde han göra ett klipp så tvekade han inte, och business gjorde han med allt som gav pengar.

– Vi sågs ju på Töreberga, sa jag. Jag gissar att du var nere för Helsingborgsmässan?

Han nickade bekräftande, nu tillbakalutad i fåtöljen. Insåg

han att jag inte hade några planer på att köpa en andelslägenhet på Costa del Sol?

– Just det. Jag är intresserad av antikviteter. Ja, intresserad är väl för svagt uttryckt. Han log ett snabbt leende. Passionerad är väl rättare.

Hans tänder var så vita och jämna att jag undrade om de var äkta. Fast folk hade väl knappast löständer nu för tiden med dagens tandhygien och metoder, åtminstone inte om man importerade Rolls Royce och sålde Zornkullor.

– Då kanske jag kan hjälpa till. Jag är ju antikhandlare. Är det nåt särskilt du letar efter?

– Allt som är bra. Allmoge till exempel. Gustavianska byråar. Och militära prylar. Jag är faktiskt lite handlare själv. Ja, jag har ingen affär som du, men det är en marknad som växer och intresset från utlandet är stort. Inte minst i USA nu med dollarkursen. Då kan du lägga på utan att det känns i deras plånböcker.

Hans Lindberg log och igen tänkte jag på Monicas ord om snabba klipp. Gick det så fort att han inte besvärade sig med petitesser som exporttillstånd och annan byråkrati?

– Hur är det med barocksilver? Kan det vara nåt?

– För mig, menar du? Jo, för all del. Bara det är högklassigt. Jag har inga fördomar.

– Föredrar du Augsburg eller Nürnberg?

Han såg forskande på mig, vänligheten i ögonen var borta.

– Nej, nu får du ursäkta. Jag måste friska upp min gin och tonic. Isen har gjort den blaskig.

Han reste sig och gick bort mot baren vid ena kortväggen i det stora rummet. Jag var tydligen inte intressant längre. Han fick väl försöka kränga sina andelslägenheter till någon annan.

Jag såg mig om. Mycket folk, många människor jag inte kände, fast flera av de blanka, uppspelta ansiktena hade jag sett flimra förbi i skvallertidningarnas kändisreportage. Inte för att jag är en regelbunden läsare, men under mina räder i snabbköpet nere vid tunnelbanan i Gamla stan fusktittade jag ibland för att se om någon av mina kunder fanns med. Det var inte något minus om man kunde säga det när de kom in. Att man sett dem på TV eller på något party.

Fast jag hade redan träffat en hel del av Charlottes och Georg Kylmanns gäster. Min bakelseväninna till exempel, Amanda Cardoso som jag delat prinsesstårta med. Hennes sambo hade också kommit. Peter Lund. Han var i samma bransch som Jonas Eriksson. Aktiemäkleri och fondförvaltning.

Enligt honom låg ju Jonas litet risigt till. Femtio tusen hade Jonas lovat mig i "hittelön", om jag kunde bära tillbaka hans pokal och sätta den på öppna spisen i våningen på Mariatorget. Jag hade tagit det som ett skämt och om Peter hade rätt så skulle jag få se mig om efter pengarna. Jag mindes vad Jonas svärfar sagt när jag råkat lyssna vid dörren på Töreberga.

Inte för att det var någon större risk att jag skulle hitta trofén, men man kunde aldrig veta. Harry Blonsky hade sagt att det behövdes "rätt sorts pengar". Det hade knappast stackars Jonas. Men andra kanske?

Jag såg på Georg Kylmann, som stor och bullrig stod framme vid den öppna balkongdörren. Utanför mörknade Södra bergens silhuett under kvällshimlen och de öppna fönstren fick inte värmen som huset absorberat att ge sig.

Jag tänkte på vad han sagt om Harry Blonsky, Dirty Harry, som han köpt sin guldbudda av. Om hans "godbit" i barocksilver. Någonting som Georg letat länge efter.

– Tacka fan för att olja lönar sig.

Jag hörde hans röst ända till soffan där jag satt. Det var tydligen huvudfåran i hans affärsverksamhet. Och det kanske behövdes om man samlade på barocksilver.

– Titta bara på en av dom här schejkkungarna, fortsatte Georg. Det var inte längesen dom red omkring i sanden på kameler, bodde i tält och inte hade en aning om vad som fanns nere i marken. Nu såg jag en notis om att en av dom hade kommit till sin "sommarstuga" vid Medelhavet. Hundra personer hade han med sig i tolv Boeingplan. Och på marken väntade tjugo limousiner och sju lastbilar för bagaget. Senast han var där smällde dom av sjuhundra miljoner kronor. Inte illa! Det hade kunnat bli många skolor. Och så följde ett bullrande skratt.

Jonas Eriksson och Monica hade också kommit. Jag hade kysst henne på kind och tackat för senast. Jonas tog mig avsides, utom hörhåll för de andra. Inte för att det behövdes. Ingen verkade intresserad av oss och ljudnivån hade nått ett decibeltal som gjorde tjuvlyssning omöjlig.

– Har du kommit nån vart? frågade han nervöst.

– Ja och nej.

– Vafan ska det betyda?

– Jag har träffat en antikhandlare, en ganska skum typ som antydde att han kanske hade nånting i barocksilver som kunde intressera mig. Om priset blev rätt.

– Menade han pokalen?

– Han var inte så specifik, och vi hade diskuterat just silver från Augsburg, men jag undrar om han inte har nånting i bakfickan. Jag tror i så fall att Georg Kylmann redan har första tjing. Men jag ska forska vidare.

– Gör det, men snabbt. Jag har bara några dar på mig. Och Monica undrar om pokalen inte behöver putsas, vill att jag ska ta den till en guldsmed. Om det nu skulle vara så att din handlare har nånting liknande Augsburgspokalen, så kan du väl fråga om du inte kan få hyra den ett par dar? För mot Jojjes pengar har jag ingen chans.

– Jag ska se vad jag kan göra, men chansen att han har en sån är nog ganska liten. Om han inte är hälare förstås och hon har sålt den till honom. Men jag undrar om han skulle ta risken att låna ut den. Han har säkert redan sålt den till Tyskland.

– Polisen ringde idag, sa Jonas och såg oroligt på mig. Dom vill träffa mig i morgon. Vet du varför?

– Ingen aning, ljög jag och kände mig obehaglig till mods. Det var ju jag som tipsat Calle Asplund, men det kunde faktiskt vara ett mord. Inte för att jag trodde att Jonas mördat flickan från Centralen, men han kunde kanske identifiera mannen hon setts med, han med den lurviga schäfern. Men Jonas skulle säkert bara "höras upplysningsvis", för något motiv kunde han knappast ha. Tvärtom. När flickan var död kunde hon ju inte lämna tillbaka hans pokal.

– Okej, sa han. Vi får hålla tummarna för varandra. Så log han ett nervöst leende och gick bort till baren.

"Vi och vi", tänkte jag och såg efter honom. Jag hade ingen lust att bli inblandad i ett mordfall.

Jag saknade Francine. Hon hade alltid kloka synpunkter, men dem hade hon just nu nere i Sancerre i Loiredalen och när vi talades vid i telefon ville jag inte gå in på Jonas Erikssons problem. Nu för tiden visste man inte vem som lyssnade på vilken telefon, särskilt inte Francines. Hon var ju chef för Säpos personskyddsavdelning med särskilt ansvar för statsledningen. Illasinnade skurkar var säkert intresserade av högdjurens förflyttningar.

Fast egentligen var motivet ett annat och mer egoistiskt. För jag visste precis vad som skulle hända om hon fick reda på min inblandning i den bisarra härvan, vad hon skulle säga.

– Välkommen, Johan. Kom får du se.

Jag vände mig om. Där stod Charlotte, nu i hellångt, urringat, tunt svart, som stod effektfullt mot solbrännan och det blonda håret över de bara skuldrorna. Runt halsen blänkte ett raffinerat, tunt halsband i guld med en liten diamant som enda utsmyckning.

Vi hade inte hälsat när jag kommit. Hon hade stått i andra änden av rummet och pratat mitt i en grupp människor och jag hade inte velat störa utan bidat min tid.

Charlotte tog min hand och ledde fram mig till det stora balkongfönstret. På ett gustavianskt bord i mörk mahogny tronade min champagnekylare i blänkande pläter med en magnum Veuve Cliquot i.

– Är den inte stilig? Jojje blev jätteglad.

– Det var roligt att höra. Du är välkommen tillbaka när han fyller år igen.

– Jag kanske kommer innan dess, om jag får?

Hon såg på mig med de intensivt blå ögonen, log och jag tänkte på vad Eric sagt. Francine fick skynda sig hem.

– Du är mycket välkommen. Och jag lovar att schasa bort alla getingar. I min affär är det riskfritt.

– Är det säkert det? Leendet var tillbaka och hon gick ut på den stora hörnbalkongen, dit några hänsynsfulla rökare dragit sig.

– Får jag slå mig ner?

Jag såg upp där jag satt i den vita soffan som jag återvänt till. Mitt emot, på andra sidan bordet, stod en man jag sett förut. Vit linnekavaj som då och blå skjorta. Djupbrun solbränna, nästan vitt hår. Sten Bergner.

– Självklart.

Han log och satte sig i fåtöljen.

– Skönt att sitta ett tag. Jag får lätt kramp i ena benet när jag står för länge. Det är väl åldern.

Nu överdrev han väl? Bergner kunde inte vara mer än sextio, plus minus några år. Eller koketterade han? Framhävde sitt ungdomliga utseende i kontrast mot årskronologin?

– Nån sa att du samlade. Antikviteter alltså.

Han nickade.

– Det stämmer. Det var väl Jojje förstås. Och nån sa att du var antikhandlare. Charlotte visade mig champagnekylaren du hade sålt.

– Den enda jag hade tyvärr, men om det är nåt annat du letar efter kanske jag kan hjälpa till.

– Det kan du säkert. För mig är det Gustav III som gäller, hans epok. Och jag har lyckats hitta några bra saker av Haupt. Dom kommer ju igen då och då på dom stora auktionerna. Det är som om köparna haft dom till låns och sen lämnar tillbaka dom efter ett tag. Han log.

– Kan man hitta annat än bra objekt av honom? Fast jag spelar inte riktigt i den divisionen tyvärr. Det finns för många nollor med i priserna för att jag ska kunna hänga med. Men annars gör jag en del affärer med barocksilver. Saker från Augsburg, till exempel.

Där sköt jag ett skott rakt ut i mörkret. Ett verkligt kanonskott och jag väntade på krevaden.

– Intressant. Verkliga praktsaker. Ett silversmide som knappast har överträffats. Jag har faktiskt gjort en del affärer med såna objekt. Som samlare måste man ju ge plats för nytt och rensa hyllorna från gammalt. Men det finaste säljer jag inte. Jag har ett slags sensuell relation till mina föremål. Han log.

– Jag måste erkänna att jag också är ganska förtjust i barocken som fenomen, sa jag. Storslagenheten, massverkan, prunkande eruptiv vitalitet och vetskapen om dödens närhet. Bachs fugor jagar mot ouppnåeliga himlar, Rubens dukar skimrar av sensuell livsglädje, fasader och interiörer dignar under prakt-full ornamentik. Form, rörelse och utsmyckning var delar av helheten som bars upp av kungamakt och kyrka.

– Har du läst konsthistoria? Sten Bergner log. Men jag håller med dig. Och jag kan sitta länge med en vacker silversak i hän-derna. Smeka över ytan, känna linjerna med fingertopparna. Ögonen får på något sätt aldrig nog. Låter det knäppt?

– Inte alls. Och jag är nästan likadan. Inte så att jag går hem-ma och klappar mina antika möbler, men näst intill. Det skär i hjärtat när jag måste sälja nånting. Som att svika en gammal vän.

– Precis. Och det är därför jag nästan aldrig säljer silver. An-nat kanske, men sällan silver. Har du nånting som kan intresse-ra mig förresten?

– Jag har en Augsburgspokal på gång. Nu avlossade jag nästa bredsida. En magnifik sak, samma typ som Gustav II Adolf fick när han tog staden under trettioåriga kriget.

Inbillade jag mig, eller glimtade det till i hans ögon? Förvän-tan, förvåning eller oro?

Kapitel XVI

Han såg på henne där hon stod längst bort i det stora rummet, nästan skymd av människorna runt henne. "Flockades" var ett bra ord, tänkte han, människor flockades alltid kring henne, drogs till henne. Hon var inte bara vacker, hennes utstrålning, hennes karisma var nästan unik. Och leendet. Stort, varmt, sensuellt. Liksom blommade upp och omslöt.

Det hade börjat så bra. Och det var inte han som tagit initiativet, aldrig trängt sig på. Det hade bara blivit så. Av en tillfällighet hamnade de bredvid varandra på en middag och det ena hade givit det andra. De hade delat taxi eftersom de bodde åt samma håll, hon hade frågat om han ville följa med upp på en nightcap, han hade tackat ja.

Den gamla vanliga visan, hade han trott. Ett one-night stand i raden av många andra. Men så blev det inte. Mera början till slutet för att använda en banal kliché. Hans äktenskap hade förlorat sig i urvattnad rutin. Deras sexliv var pliktskyldigt och sparsamt, deras vardag gick på sparlåga och han hade träffat andra. Han var säker på att hans fru kände till det, men för henne betydde fasad och yta mera, hon föredrog att sopa under mattan liksom resten av hennes konservativa familj. Och hon var borta långa perioder. Medvetet? För att ge honom fritt spelrum?

Han visste inte om hon hade haft någon, men han trodde det inte. Hennes integritet var för stor för att släppa en annan man inpå sig. Hans närhet skulle äckla henne. Oduschad, svettig och vem visste vad han bar på. "Snusk", brukade hon säga när sex kom på tal eller när det diskuterades i TV eller i pressen. Hon *var mycket litet road av den aspekten av livet och det var väl det som drivit honom att söka sig till andra. Bidragit åtminstone. Fast det hade varit flyktiga, tillfälliga möten. Inte förrän nu hade han fastnat, ohjälpligt.*

Det hade varit en stormig, passionerad period. Han hade ryckts med av en flod av känslor. Ja, han visste att det lät banalt, men det var så det var. Han skickade blommor, de åt lunch och middag. De träffades hemma hos henne, de reste diskret bort tillsammans. Och de hade hemliga lekar som hans "23" till exempel. Han log vid minnet. En gång hade han gett henne en bok. På sidan 23 fanns ett kapitel som började "Jag älskar dig". Därför skrev han alltid i början under sina små anonyma meddelanden med "23", det var deras lyckotal, deras hemlighet som ingen annan delade.

När han gav henne blommor, gula rosor som hon älskade, var de alltid 23. Och de njöt av att kunna använda sitt eget språk, sin egen kod också bland andra människor. Han kunde fråga henne vad klockan var och istället för elva svarade hon 23. Så log de i samförstånd, förklarade varandra sin kärlek utan att någon runt dem förstod. Och i en ring han gett henne fanns samma siffra ingraverad. Romantiskt och dumt som hela den här historien egentligen, tänkte han.

Den sinnliga munnen, de klara ögonen som kunde skifta från kärlek och ömhet till förakt och hån. Ombytlig som sommarvädret växlade hon mellan kärlek och ointresse och likgiltighet. Han visste aldrig var han hade henne och det var väl en del av hennes charm, åtminstone i början. Sen hade han ju förstått att hon inte älskade honom, att det bara varit ett spel, att hon manipulerat honom för sina syften. Och han hade börjat inse vad som låg bakom, inte bara att hon ville bli bekräftad som kvinna, visa att hon fortfarande var attraktiv.

Det hade skett stegvis. Först sa hon att hon älskade honom, ringde varje dag. Så avtog intensiteten, hennes kontakter blev alltmer sporadiska och han insåg att hon träffat en annan.

Till en början hade hon nekat till allt. Talat om en gammal god vän som hon träffade någon gång, men att han inte betydde någonting, det var bara gammal vänskap. "Det finns ingen

annan", brukade hon säga och se honom djupt in i ögonen.
"Det är ingenting mellan oss. Han är bara en god vän. Och du
vet lika bra som jag att du inte kan visa upp dig offentligt med
mig. Inte än. Din skilsmässa är inte klar. Han är vår cover."

Naivt nog hade han trott henne, trott på hennes lögner och
inte genomskådat henne. Men han hade fått antydningar,
halvkvädna visor som efter hand blev allt mer direkta. När
han till slut förstått att hon rest till Venedig över en weekend
med sin "vän" och bott på Danieli, lyxhotellet vid lagunen, var
måttet rågat. "Jag har för mycket integritet", hade han sagt.
"Jag klarar inte av det här." "Skyll dig själv", svarade hon.
"Ingen har bett dig komma." "Jo, det har du", kontrade han.
"Du tog initiativet, det var du som ville att vi skulle ha ett för-
hållande. Sen spelade du dubbelt. Hade oss båda på samma
gång."

Han hörde hennes skratt över sorlet, som en klocka ringde det,
som ett måsskri över ett upprört hav. Inte så att det var skrä-
nigt och vulgärt, men ett skratt som skilde sig från bruset runt-
omkring, det var så klart förnimbart. Och det högg till i ho-
nom, smärtan slog till igen, som så ofta. Fast allt det där hade
han väl kunnat överleva, att hon försvann. Tiden läker alla sår
och så vidare. Men det hade kommit ett brev. Och där krävde
hon pengar. Oklokt nog hade han berättat för henne om en del
transaktioner som involverade utländska bankkonton och
smarta börsklipp, skrutit lite för att imponera. I ett obevakat
ögonblick måste hon ha kommit över en del komprometteran-
de dokument som hon nu var beredd att skicka vidare till skat-
temyndigheterna.

Han visste vad det innebar. Hans aktiviteter hade en sådan
omfattning att fängelse blev konsekvensen, förmodligen flera
år att döma av tidigare rättsfall. Att både förlora hennes kär-
lek, förhånas och sen hamna i fängelse var bara för mycket.
Och hans karriär skulle vara körd.

Men hon hade kastat en livlina till honom. För fem miljoner
var hon beredd att avstå, att lämna tillbaka handlingarna.
Och tidsramen var knapp. Hon hade påmint honom när han
kom, mycket subtilt, men han hade förstått budskapet. Egentli-

gen borde jag inte gått hit, tänkte han. Det var mer plågsamt än han trott, men han hade inte kunnat motstå att se henne igen. Vägde smärtan mot den glädje det mot allt förnuft beredde honom att se henne igen.

Men han hade inga pengar, inte den sortens i vilket fall. Inte nu. Och han hade heller inga illusioner. Betalade han var det inte sista gången. Han kände henne, kände hennes hårda hänsynslöshet, hennes streberkaraktär. Han var en mjölkko som hon kunde leva länge på. Men hon hade misstagit sig. Hon skulle aldrig få den glädjen, vare sig av hans pengar eller av att se honom i fängelse. Det skulle han sätta P för. Det fanns ett mycket effektivt medel, en lösning på hans problem en gång för alla. Och vad känslorna beträffar var hon ju redan död för honom.

Frågan var bara hur och när? Det måste bli perfekt, annars hamnade han ur askan i elden. Och det skulle roa honom att planera det till fulländning. Han mindes vad Machiavelli skrev en gång: "Hämnd avnjuts bäst kall."

Han log för sig själv där han stod vid dörren. Men det var inte glädje som fyllde honom utan svart, dov förtvivlan. Det var ett cyniskt, bittert leende. Och han tänkte på Oscar Wildes dikt från fängelset i Reading, skrivet när en bigott och fördomsfull omvärld bestraffade honom för hans "brott", hans homosexualitet:

Vi dödar det vi älskar mest,
sådant är var mans brott.
Än sker det med en giftig blick,
än med en len replik.
Den fege gör det med en kyss,
den djärve med ett hugg!

Kapitel XVII

– Vad trevligt att träffa er. Vi har inte setts sen mässan.

Monica Eriksson hade kommit fram till den vita soffgruppen. Sten Bergner och jag reste oss.

– Sitt, hon log. Jag slår mig ner hos er. Det blir lite jobbigt att stå så länge. Sten, kan inte du hämta ett glas vitt vin till mig?

– Gärna. Han reste sig och försvann bort mot baren.

– Det är en sak jag ville tala med dig om, sa Monica, allvarlig nu. Och det är Jonas. Jag är lite orolig för honom. Och ni är ju gamla vänner, eller hur?

– Vi kände varann i Uppsala. Sen har vi inte setts förrän nu. Vad är du orolig för?

– Du var ju hemma hos oss innan Jonas for ner till Skåne. Han berättade det. Du märkte inget särskilt då? Ingenting han sa?

– Ingenting speciellt. Vi pratade mest Uppsala. Hurså?

En vit lögn, men jag insåg att det inte var läge att dra in flickan från Centralen i Monicas liv. Det var Jonas problem. Och det hade inte underlättat att Monica plötsligt och oväntat kommit neddimpande. Vad skulle hända om hon själv ville hämta ut pokalen från bankfacket? Jonas satt verkligen på pottkanten. Tre dagar tills det skulle smälla om inte ryttarkannan kom tillbaka.

Innan Monica hann svara började någon sjunga "Ja, må han leva". Andra följde efter och en ung flicka med blomsterkrans i håret kom in med en stor tårta. Ett levande ljus fladdrade i mitten.

– Perfekt, ropade Georg Kylmann i balkongdörren med ett

champagneglas i handen. Ett enda ljus får symbolisera alla min levnads år, jag blir ju femtiosex, fast jag ser ut som sjutton så det skulle bli ett djävla fackeltåg annars. Det var ju vad Marlene Dietrich sa på sin åttioårsdag: "Inget djävla fackeltåg för min skull."

Han skrattade, det hurrades och applåderades, ljudvolymen steg i takt med att champagnen i glasen sjönk. Charlotte fick verkligen glädje av sin champagnekylare. Ja, nu var den väl Georgs förstås. Hans födelsedagspresent.

Så knackade någon i ett glas och började tala. En liten man i mörk kostym och fluga. Det såg man inte ofta, tänkte jag. Folk kanske inte kunde knyta flugor längre? Ingen jag kände, men han höll ett långt, alldeles för långt tal som förirrade sig i ett snårigt skämt som han inte kunde få rätsida på och ta sig ur. Ingen förstod vad han menade och han tystnade, räddade sig med att föreslå ett fyrfaldigt leve för födelsedagsbarnet.

När jag vände mig mot Monica igen var hon borta. Varför hon var orolig för Jonas fick jag inte något svar på. Nåja, ville hon berätta så kom hon väl tillbaka. Och jag ställde ifrån mig champagneglaset. Jag är inte särskilt förtjust i champagne, blir bara sur i magen.

Då kom Sten med ett glas i handen.

– Var är Monica? Jag skulle ju hämta vin till henne.

– Hon gick upp i rök. Du får ge dig ut och leta.

– Då får hon skylla sig själv. Han höjde glaset mot mig, log och drack.

– Lystring, lystring. Georgs röst hördes över sorlet, alla tystnade. Jag vill bara säga att jag är djävligt glad att se så många av mina vänner här ikväll, gamla och nya. Och tack för all uppvaktning. Och för sången. Nu får jag inte fylla år på länge, då blir Charlotte vräkt. Han skrattade.

Och tack, Charlotte, fortsatte han. Du är en underbar kvinna som förgyller min levnads höst. Han skrattade igen. Jag förstår bara inte vad du ser hos en gammal gubbe som jag.

Han böjde sig fram och kysste henne på kinden.

Men det förstår jag, tänkte jag och såg på dem. Och det stavades pengar. Inte för att jag kunde bedöma vad kvinnor såg hos män, men Georg Kylmann var definitivt inte vinnaren om det gällde vem man ville vara ensam med på en öde ö. Fast det fanns ju försonande drag. Om han inte hade hjärtat på rätta stället så satt i alla fall plånboken där den skulle. Och det var ju Charlottes affärsidé om jag fick tro Monica och andra. Georgs pengar var hyendet under hennes glittriga tillvaro. Så länge han nu varade.

Stor, kraftig stod han där, med rött, spritblankt ansikte. De guldblanka knapparna på den mörkblå blazern spände över magen, verkade nästan som om de när som helst skulle skjutas ut i rummet likt projektiler. Då och då torkade han svetten ur pannan med en stor, röd näsduk som blommade ut ur bröstfickan likt en slokande kromosomvallmo. Armen höll han demonstrativt runt Charlottes midja. *The beast and the beauty*, tänkte jag. Skönheten och odjuret.

Jag såg på Sten Bergner, som stod kvar bredvid mig med Monicas halvtomma glas i handen. Han såg intensivt bort mot dem, som om han koncentrerade sig på det omaka paret, stängde ute alla andra synintryck. Ögonen hade mörknat, det fanns ett drag av smärta över munnen. Vid ena käken arbetade en liten muskel, som om han bet ihop kring starka känslor.

Var Sten Bergner en loser i spelet kring den gyllene pokalen? Hade den tagits från honom, hade hon svikit honom? Men det angick ju inte mig. Tack och lov hade jag inte den sortens bekymmer. Svartsjukans demoner hade inte slagit klorna i mig, inte på länge i alla fall, inte sen Francines lille fransos hade försvunnit ur bilden. Snett bakom honom stod Jonas. Han tittade på Charlotte med tomma, uttryckslösa ögon. Han verkade totalt *lost*, och jag tänkte på vad Eric insinuerat om Jonas relation med Charlotte. Tydligen hade han också akterseglats.

Värmen hade tilltagit, trots att alla fönster och den stora dörren ut till balkongen stod öppna. Jag behövde skölja av ansiktet och spola kallt vatten över handledernas pulsådror. Ett effektivt sätt att svalka ner temperaturen.

Jag drog mig bort mot dörren ut till trapphuset. Om jag mindes rätt fanns en gästtoalett i hallen, åtminstone en dörr med ett litet hjärta i mässing. Och jag mindes vad Monica sagt, att hon var bekymrad för Jonas, och på vad Eric nämnt om Jonas trassliga ekonomi. Peter Lund, hans mäklarkollega, hade kommit med antydningar om felsatsningar på aktiemarknaden. Kunde det vara så enkelt som att Jonas desperat behövde pengar och försökte sälja deras familjeklenod? Var det därför den försvunnit?

Men jag slog bort tanken. Varför skulle han i så fall hitta på en så komplicerad historia som den med flickan från Centralen? Det hade väl varit enklare i så fall att fingera ett vanligt, hederligt inbrott och få ut försäkringspengarna?

När jag kom förbi baren på min väg mot gästtoalettens svalkande kallvattenkranar stötte jag ihop med Amanda Cardoso och hennes pojkvän Peter i den varma och glada trängseln.

– Tack för tårtan. Hon log mot mig. Frågande såg Peter på henne.

– Vi har haft ett hemligt möte, Johan och jag. En orgie i prinsesstårta. Jag vet att det är farligt, men härligt. Och vi konspirerade.

– Vi sågs i bokhandeln på NK, sa jag snabbt. Och vi tog en kopp kaffe i kaféet utanför.

– Jag vet att Amanda älskar prinsesstårta, sa Peter. För mig blir det lite mycket kalorier med både grädde och marsipan, men det är faktiskt jättegott.

– Har du grävt upp nånting nytt?

– Kanske, sa hon, allvarligt nu. Jag råkade höra hur två av våra kära medgäster diskuterade nånting intressant. Efter några glas blir många lösmynta och tänker inte på att det finns öron.

– Och vad hörde du?

– Som journalist får jag inte avslöja några källor, sa Amanda retsamt, tids nog får du läsa Dagens Affärer. Men det gällde insideraffärer i jätteformat. Och förskingring. Och dom talade om nån som är här ikväll.

Amanda såg ut över det stora rummet. Jag följde hennes blick, men den stannade inte upp vid någon viss person, inte som jag hann uppfatta i vilket fall. Och det var kanske inte så konstigt. I våningen och ute på den stora balkongen fanns säkert minst femtio människor i olika stadier av glad salongspåverkan. Klirrande glas, unga servitriser som kryssade fram med brickor i händerna. Skratt, kindpussar, vänskapliga armar runt skuldror, leenden. Glädje och gamman. Ett paradis där det inte verkade finnas några ormar. Åtminstone inte sådana som syntes.

Sten Bergner fanns där, tänkte jag, liksom Hans Lindberg och naturligtvis värden själv, Georg Kylmann. Sen Jonas förstås, och Monica. Men det innebar ju inte att det var någon av dem Amanda menat. Det fanns många andra i trängseln vid barbordet och ute på balkongen. Några kände jag igen, många hade jag hört talas om. En del hade varit inne i min affär. En och annan figurerade ibland på tidningarnas finanssidor, inte alltid i smickrande sammanhang. Längst bort vid dörren ut mot balkongen skymtade jag Harry Blonsky. Hade han kommit sent? Jag hade inte sett honom tidigare.

Charlotte verkade ha bjudit in en hel del toppspelare i den finansiella allsvenskan, guldkantade finanspersoner av båda könen och ingen visste väl vad som egentligen dolde sig bakom de glättade fasaderna. Det skulle bli intressant att läsa Amandas artikelserie. Men hon måste ha mycket på fötterna för att inte bli stämd för ärekränkning. För hon rörde sig på minerad mark.

– Nej, nu måste jag fortsätta. Gräva, gräva! Amanda log och satte ifrån sig det höga champagneglaset. Man vet aldrig vad man kan få höra på såna här tillställningar.

– Har du försökt med Kylmann? Din "Sjöbosvenne". Var det inte så du kallade honom?

– Födelsedagsbarnet greppar jag på annat sätt. Missförstå mig rätt bara. Det jag tar upp är väl underbyggt och noga researchat. Det bygger inte på partyskvaller. Men ett och annat kan man kanske plocka upp. *Ciao*.

"Researchat", tänkte jag och såg efter henne. Svengelskan fortsatte sitt intåg. Varför inte säga "undersöka"? Undersökande journalistik som byggde på fakta och noggrann källkritik. För Amanda verkade seriös och tidningen hon skrev för var också seriös. Därför skulle hennes artiklar få genomslagskraft.

– Intressant, sa jag till Peter. Undrar vem hon är ute efter?

– Ingen aning. Men jag skulle kunna gissa. Nej, glaset är tomt. Nu är det påfyllning som gäller. Han log och gick fram till baren.

Han är diskret, tänkte jag. Men det var väl en grundregel i

150

hans bransch. Var det Jonas Eriksson Amanda menat? Han låg ju illa till. Och hans svärfar hade inte varit road av att ställa upp, minst sagt. Hade Jonas försökt täcka sina aktieförluster med ett "lån" ur firmans kassakista eller hade han fifflat med klientmedel? Köpt aktier med kundernas pengar vid sidan av, spekulerat i att kursen skulle gå upp så att han kunde kamma hem snabba pengar. Istället hade börsen fallit som en sten. Eller hade han gjort insideraffärer som inte tålde dagsljus?

Det fanns många varianter på förskingringstemat, många möjligheter i en mäklarbransch där man hade ansvar för att placera andra människors pengar och ofta stora belopp. Fast jag drog väl förhastade slutsatser. Bara för att jag blivit indragen i Jonas problem behövde jag ju inte tro att allt fokuserade på honom. Det fanns många hajar i havet runt mig högst upp på Norr Mälarstrand, många kandidater som måltavlor för Amandas svepande anklagelser.

Gästtoaletten gick i stil med resten av våningen. Svart, blankt kakel. Indirekt belysning, blänkande mässing. Vitt, blankt porslin i art déco och ena väggen helt i spegelglas.

Jag stod just och torkade händerna på den vita linnehandduken när jag lade märke till smala strängar av en vit substans på glashyllan ovanför handfatet. Ett vitt pulver. Hade någon spillt puder på den blanka ytan?

Jag såg närmare efter. Men det var inte spåren efter någon vårdslös kvinna. Det vita pudret var kokain. Jag hade sett det tidigare, på Calle Asplunds kontor när han stolt visat upp ett beslag polisen gjort.

Hade någon av gästerna gått in på toaletten och snortat i sig en dos? För jag visste hur det gick till, Calle hade berättat. Man hällde kokainet på en spegel eller en glasskiva och hackade sönder det med ett rakblad. Sen ordnades substansen i smala strängar, bara några millimeter breda och ett par tre centimeter långa. Med ett sugrör eller ett glasrör kunde de dras in i näsan. I amerikanska filmer hade jag sett hoprullade sedlar användas. Till nöds kunde man hålla för ena näsborren och dra in kokainet i den andra. Fast då fick man inte med sig allt.

Kokain var en innedrog i de här kretsarna, hade Calle sagt.

En partydrog som togs av människor som ville ha en kick och inte behövde tänka på pengar. De var inte några tunga missbrukare, levde ett välanpassat liv, men kopplade då och då av med kokain eller marijuana. Kanske båda. Men heroin och sprutor var det inte fråga om. Där gick gränsen, den som passerats av flickan i Tantolunden. Och jag tänkte på vad Amanda Cardoso berättat över vår prinsesstårta på NK. Att någon antytt att man kunde köpa kokain av Charlotte. Var det bara löst prat, eller fanns beviset framför mig på glashyllan?

Själv hade jag aldrig prövat någon partydrog. Jag hade inte vågat, hade ingen aning om hur jag kom att reagera. Skulle jag hoppa ut genom fönstret och tro att jag kunde flyga? Eller skulle jag totalt göra bort mig, antasta kvinnor och säga saker som kunde fälla mig i ärekränkningsmål? Det troligaste var väl att jag somnade i en soffa.

Då hörde jag röster utanför dörren. Låga och otydliga, så jag kunde inte identifiera dem.

– Du ska inte tro att du kan behandla mig hursomhelst. En mansröst, full av återhållen aggression. Du leker med elden och det är farligt. Man kan bli innebränd.

Ett skratt hördes på andra sidan dörren. Ett högt, hånfullt kvinnoskratt. Fotsteg försvann och det blev tyst.

Kapitel XVIII

– Du måste hjälpa mig. Jag har ett allvarligt problem.

– Jaså? Det låter dramatiskt.

Ellen Andersson log mot mig på andra sidan köksbordet, morgonen efter Charlottes fest. Den gjorde sig fortfarande påmind i mitt huvud, trots en Alvedon. Ellen hade satt fram sina finkoppar, de vita med små blå rosor, och en nygräddad, blekgul sockerkaka tronade mitt på bordets röda vaxduk.

Ellen påminner mig om den gamla fina skådespelerskan Hilda Borgström, som ibland dyker upp i filmrepriser om sommaren. Mörkt hår uppsatt i en knut, små pigga, bruna ögon. Ett vänligt leende och om hon är över eller under sextio har jag aldrig lurat ut. Jag tror inte att frågan skulle uppskattas.

Ellen i elvan, Köpmangatan 11 alltså – det låter som ett folklustspel med Eva Rydberg – är en av kvinnorna i mitt liv och ibland undrar jag om hon inte är den viktigaste, åtminstone i min vardag. Min allt i allo sen fler år än jag kan minnas. Städar uppe i min våning, fejar och pysslar. Stryker skjortor, jag försöker, men kragar och manschetter blir aldrig snygga. Och hon lagar stora måltider och lägger i små förpackningar och fryser in för dagar då jag inte har lust eller tid att stå vid spisen. Statistiken säger att nu ägnar vi elva minuter om dagen åt matlagning jämfört med en timme för tjugo år sen. Bristande tid, trötthet efter långa arbetsdagar och mycket annat har bidragit till en ny livsstil.

Sen har Ellen en annan och nästan ännu viktigare funktion. Hon tar hand om Cléo när jag är ute och flänger, särskilt på semesterresor och under andra längre perioder. Hon älskar det,

Cléo också. Som en bortskämd diva dominerar hon Ellens hem, där inte minst de två äldre kanarieherrarna, Adam och Adam, i högsta grad bidrar till attraktionskraften. I timmar kan hon sitta orörlig under buren och betrakta deras nervösa förflyttning på sittpinnen.

– Du hade problem, sa du? Ellen hällde upp svart kaffe i min vita kopp. Är det Francine? Jag tycker hon har varit borta lite länge.

– Nej, inte Francine. Hon är ju i Frankrike nu med sin mamma som har varit lite krasslig. Det är en helt annan kvinna.

Med en smäll satte hon ner kaffekannan på bordet, såg bestört på mig.

– En annan? Det menar du inte? Vad är det för dumheter. Gamla karln.

– Jag menar faktiskt Cléo. Dom har slutat göra kakmix. Kan du inte hjälpa mig?

Ellen skrattade.

– Du vill att jag ska baka kardemummakaka?

– Precis. Det vore jättesnällt av dig och Cléo skulle älska dig ännu mer. Jag klarar mig ett tag till för jag har några paket undanställda, men sen behövs det påfyllning.

– Jag vet inte om du förtjänar det, log hon, men för Cléo gör jag allt, det vet du. Men har du inga andra problem kan jag gratulera. Titta bara på mig.

– Hurså?

– Jag har ju kvar stugan i skärgården sen min man dog. Hade inte hjärta att sälja. Det sitter för många minnen i väggarna. Vi köpte den billigt, det var ju andra tider då. Alldeles nere vid vattnet ligger den, egen strand och egen brygga. Men nu måste jag sälja och det svider i hjärtat.

– Är det för tungrott?

– Inte alls. Det går buss nästan ända fram, men fastighetsskatten klarar jag inte av. Sen det nya elpriset. Jag har ju elvärme där ute. Det har knäckt kamelens rygg på en fattig pensionär. Så det finns problem och problem. Hon log. Men Cléo hjälper jag gärna.

När Cléo hörde sitt namn kom hon trippande in från vardagsrummet där fågelburen stod. Hoppade vigt upp på bordet, lade huvudet på sned och fick sin belöning, ett hörn av socker-kakan. Med sitt rov försvann hon snabbt under bordet.

– Lustig katt, sa Ellen. Jag som trodde att dom bara åt fisk och drack mjölk.

– Kattmat också. Dyr kattmat i små burkar. Vi har kamperat ihop så länge att hon äter det mesta, men gränsen går vid gor-gonzola.

– Det kan jag förstå. Det smakar ruttna raggsockor. Hon skrattade. Fast du vet ju att Cléo inte får äta strömming längre.

– Det har jag aldrig hört talas om.

– Jo, jag har läst att EU har förbjudit människor att äta strömming. Djur också. Det finns för mycket dioxin i dom. Men Sverige har fått ett undantag. Svenskarna får fortsätta med sin strömming, men inte svenska katter.

– Har EU bestämt att jag men inte Cléo får äta strömming?

– Precis.

– Då ska jag råda Cléo att gå ur EU. Åtminstone rösta nej till EMU.

– Åja. Vi är inte så dåliga på att konstra till det här hemma heller. När jag skulle köpa frimärken idag så stod jag på mitt gamla postkontor och köade. När jag kom fram hade dom inga frimärken för nu var det kassaservice där. Frimärken fick jag köpa på ICA, bredvid automaten där man lämnar ölburkar. Men väl där så hade dom inte tillräckligt många av den sorten jag skulle ha. Det skulle komma in flera på måndag. Paket här, frimärken där och inbetalningar i att annat hörn av stan. Post-terminalen i Tomteboda har dom visst sålt till nåt företag i Ku-wait. Och ett tag diskuterade dom till och med att privatisera brevbäringen.

– Jag tycker dom skulle privatisera försvaret istället. Det kostar ju skjortan, fast regementena läggs ner. Det finns gott om gamla öststatsofficerare som kunde ta över istället. Dom kan ju terrängen som sina egna fickor efter all krigsplanlägg-ning mot Sverige. Cheferna för pansarförband, till exempel, körde långtradare över hela landet, hittar överallt.

– Jättebra idé. Sälj den till den där nya försvarsministern som sa att hon ingenting kunde. Ellen skrattade, blev sen allvarlig.

– Men på tal om problem så hade jag en tråkig eftermiddag igår, fortsatte hon. Fick besök av en väninna. Karima. Vi städade tillsammans på Börsen, innan den flyttade. Fast i sitt hemland var hon lärarinna.

– Dåliga nyheter?

– Det kan man säga. Hennes systerdotter är död.

– Det var tråkigt. Hade hon varit sjuk länge?

– Inte alls. Polisen tror att hon kanske kan ha blivit mördad. Och familjen är alldeles nedbruten.

– Mördad? Det menar du inte. När hände det?

– För nåra dar sen, och det otäcka var att hon hittades utomhus, bland några buskar i Tantolunden.

– Var det våldtäkt?

Ellen skakade på huvudet.

– Nej, tack och lov. Jag kan inget om detaljerna och ville inte fråga heller. Det lär ha varit en så vacker flicka, bara lite över tjugo.

– Har polisen några spår?

– Inte som jag vet, hoppas bara dom får fatt på den där typen. Det händer ju så mycket ruskigt i Stockholm nu för tiden. Man vågar knappt gå ut när det är mörkt.

– Det håller jag med om.

– Hon var deras enda dotter. Ja, dom har två pojkar också och dom och deras kamrater jagar mördaren nu.

– Vad säger polisen om det?

– Ingen aning, men det är väl ingenting som dom rekommenderar. Min väninna sa att bröderna inte tror på polisen, inte tror att dom är tillräckligt effektiva, eftersom det "bara" är en invandrare.

– Det var ett konstigt resonemang.

– Det kan man tycka, men dom har väl sina erfarenheter ute i Rinkeby.

– Jag har inte sett nånting om det i tidningarna. Där kör dom ju alltid med "sommarmord" och annat, som kan sälja lösnummer.

Och jag tänkte på löpsedeln jag sett häromdagen. "Svensk man skar av sin penis", täckte hela sidan. Var fanns allmänintresset i den nyheten i en värld av krig, katastrofer och ekonomisk ruin? Det kunde väl knappast angå fler än den penislöse och hans flickvän? Men det sålde säkert. "Blod, sex och dårar." Än stod sig det gamla kvällstidningskonceptet.

– Dom vet visst inte riktigt än om det var mord eller inte, fortsatte Ellen och slog upp mera kaffe. Karima menade att det kunde vara självmord också och att det i så fall kunde ligga nånting bakom, men hon ville inte ut med det. Sa bara att familjen haft problem med flickan. Hon hade kommit i fel sällskap, var ihop med "fel" kille.

– Du menar att det kunde vara nån sorts hedersmord?

– Jag menar ingenting, sa Ellen snabbt, som om hon ångrat vad hon sagt. Jag berättar bara vad Karima sa. I vilket fall är det tragiskt när unga människor dör, mördade eller inte.

– Vad hette hon? Flickan som dog.

– Shadia.

När jag kom tillbaka till affären med Cléo på axeln ringde jag Calle Asplund igen. Ellen hade talat om en död flicka i Tantolunden. Precis som Calle. Var det flickan som Jonas identifierat på mitt foto? Långsökt kanske, men det kostade bara ett telefonsamtal.

Jag kom inte fram, fick bara tala med hans telefonsvarare. Det gjorde konversationen ensidig och begränsad. Jag fick nöja mig med att fråga honom om Ellens Shadia var identisk med flickan i Tantolunden.

Så tog allvaret och vardagen vid, trots allt fanns det ett liv vid sidan av Augsburgspokaler och egendomliga förvecklingar. Och jag var glad och lycklig, för ikväll skulle Francine äntligen komma hem från Frankrike. Jag hade mycket att berätta, inte minst från Jojje Kylmanns födelsedagsparty kvällen innan.

Folk kom i en jämn ström till min affär, de flesta tittade, men några handlade glädjande nog. Det var välkommet. Den varma sommaren hade hållit kunderna borta. Badstränderna lockade mer än Gamla stans mörka gränder och instängda antikaffärer. Och till min förvåning blev jag av med en kär gammal dammsamlare, ett mycket speciellt objekt som stått uppe på mitt holländska barockskåp i många år. Det var en uniformsmössa, hög och stor, i svart björnskinn. Sådana används ibland av högvakten vid högtidliga tillfällen, statsbesök och ackrediteringar av ambassadörer och andra evenemang av det slaget.

Den paraderande truppens mössor var en gåva från ryske tsaren någon gång kring mitten av 1800-talet, och när de byttes ut mot lättare uniformsmössor i samma modell kasserades de gamla och köptes upp av en företagsam antikhandlare. Ett exemplar hade hamnat hos mig. Många var intresserade, men ingen hade fallit för frestelsen, inte förrän idag.

Först trodde jag han hade kommit för att fortsätta sin bearbetning av mig, lura in mig i något av hans *time-sharing*-projekt. Men där bedrog jag mig.

– Du sa igår att du hade en del militaria, sa Hans Lindberg när han kom in i affären. Jag hade vägarna förbi, vi har lunchat på Stortorgskällaren, så jag tänkte jag skulle titta in.

En ordentlig lunch, tänkte jag, och kände en svag alkoholdoft när han log mot mig. Jag har inga fördomar och sitter inte på några höga hästar, men själv håller jag mig till isvatten så dags på dagen. Sprit och vin gör mig mosig och trött.

– Du är välkommen. Nån riddarrustning har jag inte, men en del ordnar och medaljer. Tyska och franska tapperhetsmedaljer från första världskriget. Några svenska regementshjälmar från 1800-talet och så en Karl XII-värja och ett par kavallerisablar.

Jag drog ut lådan med ordnar i glasdisken och öppnade dörren till mitt barockskåp. Visade fram mitt lager av krigiska objekt, men ingenting intresserade honom.

Kritiskt granskade han värjan, men konstaterade att klingan hade bytts, att den var för kort, och sablarna intresserade honom inte heller. Så fick han syn på den höga björnskinnsmössan, lyfte ner den, blåste bort dammet. Ett moln av grått stoft yrde i luften och fick Cléo att nysa och ogillande dra sig tillbaka in på kontoret.

– Det här är en fantastisk grej. Hans ansikte lyste upp. Var har du fått tag på den? Den måste vara unik.

– Jag köpte den för längesen av en samlare, men ingen har varit intresserad förrän nu. Den är kanske lite för exklusiv. Dessutom är den svårplacerad. Det är ju inte nånting du ställer fram på TV:n direkt.

– Det kan du ha rätt i. Men jag tar den.

Han frågade inte vad den kostade, tänkte jag. Men gör man hans sorts affärer, spelade säkert pengar inte någon större roll. Han tog för sig i livet. Jag önskade jag kunde göra detsamma, men mina ramar var för begränsade.

Då ringde telefonen inne på kontoret. Jag gick in bakom den svartröda sjalen från Kashmir. Det var Calle Asplund.

– Var det Shadia hon hette? kom det vresigt utan att han hälsat först. Det hörs ju så förbannat illa på den här apparaten. Jag måste byta band.

– Det stämmer.

Det blev tyst i luren. En lång tystnad.

– Hur fan kan du veta det? kom det sen.

– Ellen Andersson, du har träffat henne. Det är hon som tar hand om min vardag. Ellen i elvan, Köpmangatan 11 alltså. Hon har en väninna som kände Shadias familj. Hon hade berättat om en ung tjej som hittats i nåt buskage och jag undrade bara om det var samma, sa jag vagt, ville inte diskutera mord och döda flickor med Hans Lindberg i rummet bredvid bakom den tunna sjalen.

– Samma som vem? Nu hade det kommit frost i rösten.

– Samma som den ni hittade.

– Jag skulle vara mycket tacksam om du lät bli att diskutera mordutredningar med din städtant och hennes kompisar, sa han ironiskt. Det är alldeles för viktiga grejer för att du och Ellen i elvan ska röra till det.

– Då var det Shadia? Den som Jonas … Jag lät frågan hänga i luften, tänkte på lyssnande öron.

– Kanske, sa Calle kort. Kanske. Så lade han på.

Jag gick ut i affären igen. Hans Lindberg såg nyfiket på mig, där han stod med den stora uniformsmössan i båda händerna. Han hade gått fram till glasdörren för att kunna se bättre.

– Jag är inte nyfiken, sa han urskuldande, men jag kunde inte undgå att höra att du talade om en tjej som hette Shadia.

– Det stämmer.

– Jag känner faktiskt en som heter så. Det är ju inte nåt vanligt namn direkt. Hon är skitsnygg, läcker. Han log. Var det henne du snackade om?

Kände, tänkte jag. Imperfektum var en bättre verbform, om det nu var samma Shadia.

– Det är väl inte omöjligt. Var träffade du henne?

Jag var medveten om att jag rörde mig på tunn is och var glad att Calle Asplund inte lyssnade, men jag kunde inte missa tillfället.

– Som jag sa igår hos Charlotte och Jojje så är jag road av antikviteter. Köper en hel del, säljer också ibland. Men bara toppkvalitet. Och en av mina hovleverantörer har en sorts assistent eller vad man nu ska kalla det. Han log ett menande leende. Skit samma, jättesnygg, så jag förstår honom, men inte henne. Det är väl *money talks* som gäller.

– Vem är det? Din "hovleverantör"?

– Du måste känna honom. Ni är ju kolleger. Blonsky heter han, men jag kallar honom Dirty Harry. Fast inte när han hör det förstås. Och leendet var tillbaka.

Kapitel XIX

– Om jag förstår det hela rätt, så har din kompis budoaratleten blivit bestulen på en historisk raritet av ett fnask från Centralen, som han kanske kände förut. Sen hittas hon mördad och pokalen är borta. Atleten ligger redan risigt till ekonomiskt och kan i själva verket ha sålt den för att klara upp sina affärer. I så fall skulle det ta hus i helsike, eftersom den tillhör hans svärföräldrar och har funnits i släkten i snart fyra hundra år. Sen finns det tre fula fiskar som köper upp antikviteter och kanske säljer till utlandet trots exportförbud. Och den döda flickan har arbetat hos en annan av dina kompisar, Dirty Harry, en skum "begravningsentreprenör". Men han förnekar att hon gjort det, säger att han aldrig sett henne. En okänd kvinna hotas att bli innebränd. Sen finns det en annan pokal, en blond "vandringspokal", som komplicerar alltihop. Har jag uppfattat rätt?

Francine log där vi satt mitt emot varandra vid köksbordet i hennes våning på Lützengatan. Vi hade avslutat en läcker wallenbergare med fluffigt potatismos, små gröna ärtor och rårörda lingon, en av mina favoriträtter.

– I princip. Du får det bara att låta så bisarrt.

– Det beror förmodligen på att det är en av dom bisarraste historier jag har hört på länge. Gustav II Adolf, vandringspokaler, mord som kan vara självmord eller hedersmord, begravningsentreprenörer och budoaratleter. Nu har du överträffat dig själv. Och det är faktiskt inte så lätt. Bara man vänder ryggen till så sitter du upp över öronen i magnifika problem. Att du aldrig lär dig. Synd bara att jag inte var hemma igår, så jag

161

hade kunnat gå med dig på det där födelsedagspartyt. Det hade varit festligt att träffa alla dina polare.

Francine skrattade. Igen slogs jag av hur lik hon var Julia Roberts. Samma livfulla ögon, samma stora mun, snabb till generösa leenden och livfulla skratt. Svart bälte i karate och en matlagning i klass med Kajsa Warg. För att inte tala om hennes Dry Martinis. Väl så bra som mina.

– Men allvarligt talat så har du ingen anledning att hålla på med det där. Du hade inte sett den här personen på många år och kände honom bara ytligt i Uppsala. Sen ramlar han in hos dig helt apropå och ber dig hjälpa till att tvätta hans smutsiga byk. Håll dig borta! Det blir bara tråkigheter annars.

– Du har rätt, och han får väl kratsa sina egna kastanjer ur elden. Men jag har faktiskt inte gjort så värst mycket mer än sett och lyssnat. Det ska bli intressant att se hur han kan klara upp det.

– Nu är du där igen.

– Inte alls. Men att följa det på avstånd gör väl ingen skada? Jag menar att Calle Asplund får berätta för mig vem som mördade den där flickan, till exempel, och om pokalen kommer tillbaka. Det är bara tre dar kvar till bröllopet. Ren nyfikenhet alltså.

– Jag undrar det. Francine lät skeptisk. Jag känner dig. Du bara letar efter bananskal att halka in på.

– Jag ska sanda. Men jag har ju faktiskt fått ett officiellt uppdrag. Från polisen.

– Vad skulle det vara?

– Att hjälpa till att klara ut försäljning av svenska antikviteter till utlandet utan exporttillstånd. Smuggling alltså. Och stöld.

– Det måste vara omöjligt att kontrollera. Om en privatperson kommer in till dig och köper nånting i den kategorin för att ställa upp i våningen i Stockholm, så behöver du ju inte söka licens. Sen säljer han den vidare till utlandet, låter grejen följa med ett flyttlass till exempel. Och tullen lär knappast ha resurser och kapacitet för att skilja agnarna från vetet.

– Jag vet, men det är dom stora skurkarna man vill åt, hjärnorna bakom. Det skeppas ju containrar med allmoge och annat till Amerika och åt andra håll.

– Du menar att om ni får tag i Mr Big, så täpps hålet igen?

– Det är väl att ta i, men det har naturligtvis stor betydelse. Tills nästa grossist dyker upp. Och det finns säkert flera. Kan inte du hjälpa mig förresten?

– Du menar i min eminenta kapacitet som expert på svenska allmogemöbler från sent 1700-tal?

Francine skrattade och fyllde på mitt glas från den blanka silvershakern. Där fanns de rätta ingredienserna. Bombay Sapphire och torr, italiensk vermouth.

– Precis. Nej, men skämt åsido skulle jag vilja veta lite mer om några av dom där farbröderna jag har träffat nyligen.

– Dom som sysslar med antikviteter?

– Inte som yrke, mera som en hobby. Men jag vet att dom köper och säljer och har stora tillgångar. Håller på med business i stor skala. Finanser, olja, fastigheter och annat som genererar kulor. Det är säkert hedervärda medborgare, men det vore intressant att se om ni har nånting på dom. Och på Dirty Harry.

– Du leder in mig på brottets bana. Tjänstefelen står som spön i backen så fort jag kommer i närheten av dig. Men det är klart att jag kan ögna igenom vad vi har. Om jag kan berätta nåt för dig beror på omständigheterna. Men det finns nog ingenting på dom. Om inte annat är dom säkert alldeles för smarta för att hamna i våra register.

– Nu tänker jag inte på Säpo. Mycket kan man tro dom om, men dom planerar säkert inte några attentat.

– Är du säker på det? Men okej. För dina vackra ögons skull. Ge mig namnen så ska jag se vad jag kan göra.

Francine hade kommit hem från Frankrike och Sancerre samma kväll, och jag var glad för att hon inte tuktat mig mera utan velat ställa upp. Inte för att jag hade någon anledning att forska närmare i Georg Kylmanns, Sten Bergners och Hans Lindbergs bakgrund, men jag var ändå litet nyfiken. Och då tänkte jag inte så mycket på Jonas Eriksson och hans pokal utan mera på uppdraget jag fått av kriminalinspektören, han som utredde antikvitetssmuggling och försäljning av stulna objekt.

Fast där var väl Dirty Harry den kandidat som låg närmast

163

till hands. De andra var litet för stora för att syssla med den sortens brottslig verksamhet. Om de nu såg det som så förstås. Hade inte någon sagt att det inte kunde vara fel om rövade kulturskatter från trettioåriga kriget kom hem igen? Det kanske låg något i det. Men det kunde definitivt inte gälla högklassiga allmogemöbler. Det var en alldeles för specifik del av det äktsvenska, genuina kulturarvet.

Jag kom sent tillbaka till Köpmantorget 10 den kvällen Francine hade kommit hem. Men jag hade knappt kommit innanför dörren förrän det ringde. Långa, uppfordrande signaler som verkade ännu mer pockande i nattens stillhet. Hade det hänt någonting eller var det bara Francine som ville säga god natt igen? Men det var inte Francine. Jag kände igen den djupa, sensuella rösten.

– Väckte jag dig? Det är Charlotte. Jag är ledsen men jag måste ringa.

– Ingen fara. Jag kom just hem. Tack för igår förresten. Det var jättelyckat. Men du låter orolig. Har det hänt nåt?

– Det kan man säga. Rösten lät spänd, uppjagad. Men det är svårt i telefon. Kan jag komma över?

– Nu? Det är faktiskt mitt i natten.

– Jag vet. Men det är viktigt.

– Vad gäller det då?

– Jag tror ... jag tror att nån vill döda mig.

En stund senare satt hon i soffan i mitt vardagsrum. Hålögd, härjad, verkade som om hon inte sovit på länge. Jag hade gett henne ett glas whisky, Dry Martini kändes inte rätt så där dags, men jag insåg att hon måste varva ner.

– Det är så svårt. Hon såg på mig. Jag vet att det är fel av mig att tränga mig på, komma så här, men du var den ende jag kunde tänka mig.

– Det var smickrande, men vi känner ju knappast varandra.

– Kanske just därför? Hon log ett leende som dog bort lika snabbt som det kommit. Och jag vet att du varit inkopplad på en del polissaker. Ja, Eric berättade för mig.

– Eric är en skvallerbytta. Många nypor salt måste till, när du lyssnar på honom. Men vad har hänt? Nån ville döda dig, sa du. Vem är det och har du ringt polisen?

Charlotte skakade på huvudet.

– Nej, sa hon lågt. Det skulle inte löna sig. Det finns inga bevis.

Är hon överspänd, tänkte jag. Vill hon ha uppmärksamhet, är hon hysterisk? Egentligen kände jag ju henne inte alls. Hon kanske helt enkelt var knäpp.

– Nån tycker att jag har svikit, sa hon tonlöst. Han älskar mig, men jag klarar inte av hans attityd. Hon tystnade, såg ner i bordet.

– Hurdå?

– Han är för dominerande, äger mig och är fruktansvärt svartsjuk. Kontrollerar allt jag gör, avlyssnar min telefon. Lät till och med en privatdetektiv skugga mig. Så jag stod inte ut, klarade inte av honom.

– Och det gillade han inte.

– Gillade inte? Charlotte skrattade. Ett bittert, glädjelöst skratt. Det är väl det minsta man kan säga. Han blev rasande och sen dess har han förföljt mig. Ringer mitt i natten och hotar mig, skickar obehagliga brev, fast dom är anonyma. Om jag inte går tillbaka till honom så ska jag dö.

– Jag tycker det verkar vara ett klart fall för polisen.

– Det kan man tycka, men han kommer bara att förneka allting. När vi träffas bland andra människor är han helt normal, låtsas som om ingenting hänt. Och jag har inga bevis.

Jag satt tyst, såg på henne. Så vacker hon var trots att hon gråtit. Mascaran hade flutit ut under ögonen och det långa håret över axlarna verkade otvättat och ofräscht. Hade hon gått från en man till en annan? Hade jag hamnat mitt i ett passionsdrama där utgången kunde bli dödlig?

– Och vad hade du tänkt dig att jag skulle kunna göra?

– Tala med honom. Säga att du vet allting och om det skulle hända nånting, så kommer du att agera. För jag har förstått av Eric att du har goda vänner inom polisen, och att din sambo är nån hög polischef.

– Men det finns fortfarande inga bevis.

– Nej, men jag tror att han skulle akta sig väldigt noga om

han vet att nån har ögonen på honom.

– Du har ingen annan som kan hjälpa dig? Jag trodde att du och Georg Kylmann var tillsammans.

– Jojje är borta. I Paris. Och jag kan inte tala med honom om det.

– Varför inte?

– För att han vet ingenting om den här … Ja, den här andre. Det värsta är att Jojje är lika svartsjuk han. Hon log plötsligt.

– Vem är han?

Charlotte satt tyst, såg på mig. Verkade väga för och emot.

– Jag kan inte säga det än, sa hon efter en stund. Ja, jag vet att det låter konstigt, men det är så komplicerat. Jag måste tänka, inte rusa iväg. För det finns så många komplikationer. Och jag har inte rätt att dra in dig i mina problem. Jag är ledsen, jag rusade iväg utan att tänka mig för. Men det känns bättre sen jag fått tala med dig.

– Då förstår jag inte riktigt hur jag ska kunna hjälpa dig.

Innerst inne kände jag mig lättad. Tanken på att konfrontera en potentiell mördare var inte alldeles behaglig. Skulle han göra allvar av sitt hot så var jag det enda vittnet, den enda som kände till hans avsikter.

– Det är kanske mycket begärt och jag borde nog tala med honom först. Han lugnar säkert ner sig och får han veta att jag har berättat för nån om hans hot så kanske han lägger av. Jag ska inte berätta vem jag har talat med. Var inte orolig. Charlotte log, som om hon förstått vad jag tänkte. Fast han påstår att han har nånting på mig, nånting han kommer att ge till polisen om jag anmäler honom.

– Vad skulle det vara?

– Han påstår att jag utpressar honom.

– Gör du det då?

– Inte alls. Det är ju absurt.

– Jag förstår, sa jag, fast det gjorde jag inte. Inte egentligen. Men vad vill du jag ska göra nu?

– Jag vill stanna hos dig inatt. Jag kan sova på soffan här.

Menade hon verkligen allvar? Komma nerdinglande mitt i natten och bo över?

– Det går väl i och för sig, sa jag dröjande. Jag förstår bara

166

inte riktigt varför? Har du inga goda vänner, nån väninna eller så?

– Han ringde ikväll, för bara några timmar sen. Och han var full och hotade mig mera direkt än tidigare. Han känner till mina vänner, mina nära vänner. Dom är inte så många och dom flesta är inte i Stockholm just nu. Och jag vill inte dra in dom.

Men mig drar du in. Där tvekar du inte. Skulle min dörr slås in av en galning med yxa i händerna? Det behövdes inte mycket fantasi för att inse vad Francine skulle säga om hon fick veta.

– Jag förstår vad du tänker, men hit skulle han aldrig komma. Han känner dig säkert inte och vet inte var du bor. Och du var faktiskt den enda jag kom att tänka på. Vädjande såg hon på mig.

– Okej.

Hon reste sig, kom fram till mig. Såg mig djupt in i ögonen. Så kysste hon mig.

– Tack, sa hon lågt. Tack, och förlåt att jag trängde mig på.

Hennes långa hår snuddade vid min kind, jag kände den lätta doften av parfym och hennes kropps närhet. Mindes vad Eric sagt.

Jag höll med honom och tänkte på vad jag hörde kvällen innan genom den stängda dörren. Den aggressiva, hotfulla mansrösten och kvinnan som skrattade. Charlotte? Men nu skrattade hon inte. Nu var hon rädd. Dödligt rädd.

Kapitel XX

När jag vaknade nästa morgon gick jag mycket försiktigt ut till köket. Jag ville inte väcka Charlotte. Men det var en onödig åtgärd för soffan där hon legat var tom. Bara en prydligt hopvikt filt och en kudde visade att mitt vardagsrum varit ockuperat av en vacker blondin under natten.

Jag undrade vad Francine skulle säga om hon visste att jag hyst en *femme fatale* under mitt tak. Men det var faktiskt inte mitt fel eller min förtjänst, hur man nu ville uttrycka det. Och jag hade inte haft hjärta att säga nej. Det var synd bara att hon gått. Jag hade velat prata mera med henne, få veta vem som hotat henne. Annars kunde jag ju inte ställa upp. Fast det kanske inte var så klokt, om man tänkte efter. Skulle jag verkligen ställa mig ansikte mot ansikte med en okänd man och säga att jag skulle hålla ögonen på honom, att han inte skulle döda Charlotte? En bisarr situation, minst sagt.

Och vad skulle hända? Antingen skulle han ställa sig helt oförstående eller också brusa upp. I vilket fall som helst hamnade jag i en besvärlig sits. Men Charlotte kanske hade rätt? Att hennes potentiella mördare skulle hålla sig i skinnet om han visste att någon visste.

Fast det verkade ju litet konstigt att hon först berättade hela historien för mig, bad om hjälp och sen inte ville ut med vem hon avsåg, vem som hotade henne. Var hon bara rädd, rädd och impulsiv? Hade hon rusat iväg och sen ångrat sig? Eller fanns det någon annan avsikt bakom hennes nattliga besök? Och det hon sagt om utpressning verkade ju också konstigt.

Egentligen borde jag titta efter om någonting saknades,

tänkte jag och log för mig själv. Skulle mönstret upprepas? Jonas Eriksson hade ju härbärgerat en vacker kvinna med ödesdigert resultat. Hans Augsburgsbägare var borta och flickan hade hittats mördad. Själv märkte jag ingenting. Allt stod på plats. Men det hade ju varit löjligt att tro att Charlotte skulle försvinna med någon av mina silverbägare eller något tennstop. Fast hon kunde fortfarande bli mördad.

Lägg av, tänkte jag för mig själv, där jag stod ute i köket och bryggde mitt svarta morgonkaffe. Charlotte var uppjagad, skrämd av en svartsjuk älskare. Mera var det inte. I klart dagsljus skulle hon säkert inse att det bästa trots allt var att tala med polisen. Och berätta det för den som hotat. Det skulle säkert avskräcka.

Förmodligen var det någon tidigare innehavare av den vackra pokalen, någon som hade en inteckning hon sagt upp för att segla in i en större och lyxigare hamn. Och det kunde han inte acceptera.

Vad skulle feministerna säga om det, egentligen, undrade jag när jag satte den gula Melittatratten på termoskannan. Kunde Charlotte betraktas som en självständig, stark kvinna som tog för sig på männens villkor, som stod på egna ben och utnyttjade sina resurser? Eller skulle hon betraktas som ett menlöst våp som lät sig utnyttjas av dominerande män? Spelade hon en klassisk roll i mansförtryckets och kvinnoundergivenhetens etablerade världsbild? Själv lutade jag åt det första alternativet. Charlotte var alldeles för stark för att underordna sig en man.

Frågan var bara vem som hotat henne. Någon jag sett på festen i hennes våning? Mannen jag hört genom dörren, den hotfulla rösten som varnat henne?

Men min utgångspunkt var alldeles för begränsad. Det kunde ju vara någon jag aldrig träffat, någon som över huvud taget inte var bjuden till festen. Nåja, det angick ju inte mig, inte egentligen. Och Charlotte kanske överdrev och övertolkade. Ett häftigt gräl, några obetänksamma hotelser i hastigt mod. Förflugna ord i stundens hetta? Det var ju inte direkt ovanligt i många förhållanden och vågorna skulle väl snart lägga sig. Det kanske var därför hon fått kalla fötter och inte velat berätta.

Då fanns det annat att oroa sig mer för. Och det var Jonas. Vad hade han egentligen haft för kontakter med den mördade flickan som stulit hans pokal? Och vilken var hennes relation till Harry Blonsky? Han som påstod att han aldrig sett henne. Jag tänkte på vad Ellens väninna sagt. Shadias familj hade problem med henne. Hon hade kommit i fel sällskap, var ihop med "fel" kille.

Det kunde knappast gälla Harry Blonsky i sin svarta kostym, krönt av den stora hatten. Inte för att jag hade träffat Shadia, men en ung, vacker kvinna hade säkert andra preferenser.

Fast vad visste jag egentligen? Kärlekens vägar kan vara outgrundliga. Och jag tänkte på Francine. Att hon föredrog mig framför andra var fortfarande en gåta. En lönnfet antikhandlare, som gått sina bästa matcher och nätt och jämnt drog sig fram på livets törnbeströdda stig, var ju inte direkt någon svärmorsdröm. Fast i rättvisans namn kunde jag inte jämföras med Dirty Harry. Det enda vi hade gemensamt var antikviteter.

Men Blonsky var intressant ur en annan och viktigare synvinkel än som Shadias potentielle pojkvän, den som var "fel". Han var ju den enda fasta punkten, den minsta gemensamma nämnaren i hela härvan med pokaler, vare sig de var från Augsburg eller från Norr Mälarstrand.

"Jakten på den försvunna pokalen." Det kunde vara titeln på en ny film med Indiana Jones. Var jag hjälten i en fartfylld actionfilm, där jag nätt och jämnt klarade livhanken men dök upp ur den mörka lagunen, triumferande, med pokalen i handen just i slutscenen? Och på stranden skulle Francine vänta. Fast det fanns ett intressant alternativ till henne. Charlotte. I bikini och med utslaget hår i solnedgången. Men jag slog snabbt den opassande Walter Mitty-tanken ur hågen. Mitt liv var tillräckligt komplicerat som det var.

Men jag behövde inte ta till verklighetsflykt och nötta filmklichéer. Verkligheten var ett strå vassare än vita duken och en annan skillnad var att Indiana Jones hade skyddsnät och stuntmän som tog hand om alla farliga scener. Jag hade varken det ena eller det andra. Råkade jag illa ut så skulle inte US Cavalry komma galopperande in på scenen, som i alla hederliga västernfilmer, när jag skulle skalperas av illasinnade indianer.

Efter lunch tog jag tunnelbanan till Mariatorget, korsade planteringen, tvärade över Hornsgatan och stod en stund senare utanför dörren till Harry Blonskys antikaffär. Det fanns ett stort frågetecken att räta ut.

Jag öppnade och steg in. Dirty Harry satt vid ett litet bord med en lupp för ena ögat och studerade ingående en stor ring. Han såg förvånat upp.

– Det var fint främmande. Välkommen i stugan. Vad förskaffar mig den äran?

Den gammaldags sirligheten kontrasterade bjärt mot hans gestalt och uppsyn.

– Jag visade dig den här bilden häromdan. Jag tog fram den hopvikta fotokopian ur innerfickan. Lade den på bordet framför honom.

– Ja? Frågande såg han på mig.

– Och då sa du att du aldrig hade sett henne. Inte visste vem det var.

– Gjorde jag?

Blonsky tog upp pappret, såg noga på det suddiga fotot.

– Men vänta nu. Fundersamt tittade han på bilden. Jag såg inte så noga på det förra gången. Du visade det som hastigast och jag tyckte inte jag kände igen henne. Det var hon som stal dina ljusstakar, eller hur, och jag tänkte väl mera på dom kanske. Men det finns nånting i ansiktet som påminner mig om en tjej som jobbade här ett tag. Extraknäckte. Jag behövde nån som såg efter affären, när jag var ute och reste. Men det var längesen. Folk kommer och går. Fast jag kommer ihåg att hon var vänsterhänt. Han log.

– Shadia. Har du hört det namnet förr?

– Shadia, ja. Just det! En förtjusande person. Det var så hon hette, flickan som hjälpte till ibland. Skulle det här vara hon?

– Ja.

– När du säger det så kan det vara möjligt. Men håll med om att det inte är nån särskilt bra bild i så fall. Det kanske beror på att hon blundar förresten? Varför gör hon det?

– För att hon är död.

Bestört lade han ner bilden framför sig på bordet, såg förvånat på mig.

– Det hade jag ingen aning om. Vad hände? En trafikolycka?
– Varför tror du det?
– Hon var ju så ung. Helt frisk också om jag förstod rätt. Ung och glad.
– Hon mördades.

Harry Blonsky stelnade till där han satt. Om Calle Asplund varit med nu hade han tänt sin pipa och blåst ett vargult moln rakt i ansiktet på mig. För här satt jag med en potentiellt misstänkt, åtminstone för mig, och lade mig i utredningsarbetet med buller och bång. Elefanter i en porslinsbutik hade varit diskretare, men jag ville sätta in en stöt när jag hade honom ansikte mot ansikte. Se hur han reagerade.

Fast jag blev besviken. Inte en muskel rörde sig i det bleka ansiktet, inte en min förrådde några känslor. De svarta ögonen såg uttryckslöst på mig.

– Det var verkligen sorgligt. Vet man vem som gjorde det?
– Det finns vissa spår, sa jag och vred om kniven ett varv till. Och du kanske kan bidra.
– Hurdå?
– Du kände ju henne. Hon arbetade här.
– Jag vet ingenting om hennes privatliv. Det ringde alltid en massa killar, men det är väl normalt med unga tjejer. Fast det var en förstås. Men han verkade äldre. Och ibland kom han och hämtade henne. En flott bil hade han. BMW tror jag, men jag såg honom aldrig på nära håll. Han satt kvar i bilen. Jag fick en känsla av att han ville vara diskret.

Jag såg på honom. Det var uppenbart att han ljugit om Shadia. Han hade känt igen henne redan första gången jag visat bilden, men nekat. Varför? Det var inte förrän jag konfronterade honom och han förstod att jag visste något som minnet kom tillbaka. Då slingrade han sig som en mask. Visserligen gav ett foto av en död människa med slutna ögon inte en rättvis bild, men den var tillräckligt bra för att man skulle kunna identifiera henne. Och det där med en anonym man i en BMW verkade mera stundens ingivelse. Ville han blanda bort korten med en joker, när han själv varit hjärterkung i leken?

– Kunde Shadia nånting om antikviteter?
– Hurså?

– Eftersom du anställde henne. Eller skulle hon bara vara ett vackert ansikte som höll fästningen när du var borta?

– Nja, hon var intresserad. En god vän rekommenderade henne. Hon behövde ett tillfälligt jobb och visste en del om gamla mattor. Hon kom ju från dom delarna av världen.

– Kunde hon nånting om silver?

Nu smalnade ögonen, ansiktet fick ett vaksamt uttryck. Som ett djur som vädrade fara såg han på mig.

– Det kan du knappast begära av en ung tjej.

– Kanske inte, men hon förmedlade inte några varor? Några objekt?

– Nu förstår jag inte vad du menar.

– Det kan inte ha varit så att hon tog emot föremål när du var borta? Jag försökte låta oskyldig men tror inte jag lyckades. Att det kommer in en kund som vill sälja nånting och hon tar emot det för din räkning. Låser in det i kassaskåpet och du sen tar kontakt med säljaren.

Nu hade jag spelat in bollen på hans planhalva, givit honom en möjlighet att rädda ansiktet, kunna säga att "jovisst, det stämmer, tänk att just häromdan fick jag in en pokal från Augsburg, jag har bara inte hunnit titta på den än".

Jag skulle veta att han ljög och han skulle veta att jag visste. Men det spelade inte någon roll. Jonas Eriksson skulle få tillbaka sin familjeklenod, äktenskapet vara räddat och allt skulle bli frid och fröjd. Inte för att jag trodde på det heller, men det var en trevlig tanke. Och jag hade inte glömt Jonas "hittelön" på femtio tusen kronor. Inte för att jag hade några större illusioner – det fanns säkert mycket luft i det löftet – men min ekonomi var inte vad den borde vara. Fast det har den väl aldrig varit, om jag ska vara ärlig. Så alla bidrag var välkomna.

Innan han hunnit svara ringde min mobil. Ja, det är väl fel uttryckt. Den ringde inte, den surrade och vibrerade där den satt i kavajens bröstficka. Jag brukar ställa om den för att slippa irriterande signaler som brutalt stör både mig och omgivningen.

– Ursäkta mig, sa jag till Harry. Ja, det är Johan Kristian.

– Vem talade du med?

Francines röst var inte lika vänlig som vanligt. Det fanns frost i andra änden av luren. Vad hade jag gjort nu?

– Nån, sa jag vagt. Kan jag ringa upp?

– Det behövs inte. Jag är uppe i din våning för att lägga nånting i din frysbox. Min är full. Jag har fått en rådjursstek av pappa, som tittade upp. Och jag hittade nånting intressant i badrummet.

– Jaså?

– Spela inte oskyldig. En hårborste, som jag inte sett förut. Svart och mycket elegant, inte alls din stil. Du kanske har köpt en ny, lite mer feminin? Jag har ju varit borta en månad. Men den var full av långa, blonda hårstrån. Har Ellen färgat håret? Frågan klirrade av iskristaller och dröp av ironi.

– Jag sitter i ett möte, sa jag snabbt. Jag ringer. Så stängde jag av telefonen. Men jag visste att fristen inte skulle bli lång.

– Problem?

Frågande såg Harry Blonsky på mig, men innan jag hunnit svara öppnades dörren ut mot gatan. Charlotte Bergman kom in.

När man talar om trollen, tänkte jag. Hon hade inte sett mig där jag hamnat bakom den öppnade dörren.

– Jag har kommit för att hämta mitt lilla paket. Jag hoppas du har det i ordning.

Kapitel XXI

– Det är just snygga kompisar du har, sa Francine där vi satt i kvällssolen ute på min altan och såg ut över Djurgården och Strömmen, samma dag som jag varit i Blonskys affär. Hon hade just kommit och jag hade serverat en Martini och små snittar rostat bröd med litet sparad sikmousse från kylen.[*] Det var det enda i delikatessväg huset förmådde. För jag hade inte väntat henne, trott jag skulle straffas med besöksstopp tills den svarta hårborsten blåst över.

af Chapman red för ankar där nere, för evigt kedjad vid Skeppsholmen. Friska vindar skulle aldrig mer fylla hennes segel, fören skulle aldrig mer plöja den blå Atlanten eller Nordsjön i storm. En epok hade gått i graven, de stora segelfartygens era var förbi, men som en stolt hälsning från framfarna dagar låg fartyget där, vitt mot Skeppsholmens grönska.

– Tänker du på nån särskild? Ellen eller Cléo?

– Skärp dig, log hon. Jag hörde förresten om ett nytt recept på Dry Martini i lunchrummet idag.

– Jag trodde Säpo sysslade med seriösare saker än att byta drinkrecept?

– Då är du fel ute. Sprit, mat och dragspel är vår grej. Jo, det var alltså den här killen som skulle blanda en Dry Martini. Och hans recept var rakt och enkelt. Slå gin i ett glas, svälj och titta söderut, mot Italien där vermouthen och oliven finns. Vet du förresten att ett olivträd kan bli åtta hundra år?

– Den var dålig. Riktigt dålig. Ännu sämre än den där om att

---

[*] Recept s. 384.

viska Martini över ginglaset, men inte för högt. På tal om oliver och ålder förresten så tittade jag på bäst före-datum på oliverna idag. Dom är okej tre år framåt. Undrar egentligen vad dom häller i dom där glasburkarna?

– Hoppas det gäller för dig också. Att du håller dig i tre år till. Ginen konserverar kanske? Men du bad mig faktiskt titta lite närmare på din vänner. Och det har jag gjort, sa Francine, allvarlig nu. Och det var intressant.

– Berätta.

– Om vi börjar med den här Harry Blonsky, din vän och kollega, antikhandlaren på Söder. Han är född i Polen, i Krakow, är sextiotvå år och har studerat konsthistoria i Warszawa och Wien. Han kom till Sverige av politiska skäl, men fick naturligtvis inget jobb. I början försörjde han sig som tidningsbud och på städning, men så öppnade han en antikaffär, han var ju konsthistoriker och hade många kontakter i Polen och i östländerna. Efter järnridåns fall gick det att handla med antikviteter också, gränserna öppnades.

– Hur finansierade han det?

– Jag vet inte, förmodligen fanns det nån finansiär i bakgrunden, men vi känner till att han knäcker extra som hälare.

– Hälare?

– Precis. Och då menar jag inte den där sorten som köper och säljer stulna TV-apparater och stereoanläggningar. Nej, han jobbar i en annan och högre sfär. Får in exklusiva grejer som är attraktiva utomlands och hos svenska samlare, som inte frågar för mycket och stänger till om vad dom har. Man tror att han opererar via beställningsjobb.

– Om nu polisen vet så mycket, varför slår ni inte till?

– Det är ju inte Säpos bord, men det är väl det gamla vanliga köret. Köpt i god tro och allt det där. Dessutom är det svårt att sätta dit såna där gökar. Du måste nästan ta dom på bar gärning. Och dom är mycket diskreta. Blonsky arbetar med bulvaner. Ingenting kan ledas direkt till honom. Så han sitter på hyllan. Vi vet var han finns och vad han gör. Håller koll. Kollegerna väntar på att han ska tabba sig. Med våra resurser kan vi inte göra mer.

– Ska det vara så svårt?

– Med den här sortens operationer ja. Via ett ombud tar du kontakt med kriminella kretsar. Och det är inte så svårt. En organiserad brottslighet har vuxit fram i Sverige också. Ryssmaffian, jugoslaver, öststatsligor. Vi räknar med att det exempelvis finns omkring sex hundra kriminella balter som opererar i Sverige. Dom där typerna är ofta totalt hänsynslösa. Sen har vi ju våra egna inhemska förmågor. Francine log ironiskt.

Med hjälp av din kontakt identifierar du ett föremål och ger en adress och andra detaljer. Sen levereras det stulna, utan att du ens behöver ha sett det, till en angiven adress, kanske utomlands. Pengar lämnas över, *cash*. Och pengar varken luktar eller kan spåras, om dom inte är märkta. Nu talar jag alltså om avancerade hälare, sofistikerade typer. Och där platsar din kompis. Kallade du honom inte för Dirty Harry förresten? Det är ett utmärkt namn i så fall.

– Om du har rätt, så förstår jag bättre varför han har sin affär på Brännkyrkagatan. Dit hittar ingen människa, men han behöver kanske inga vanliga kunder.

– Så bjud aldrig hem honom eller visa upp din våning i nån tidning. Det ger många tips.

– Risken är inte överhängande. Varken jag eller mina prylar är tillräckligt intressanta. Vem vill göra "hemma hos", där jag bor, och vem är intresserad av antikhandlare Homan?

– Jag är intresserad. Andra också, tydligen.

Francine sa det inte rent ut, men jag förstod vad hon tänkte. Blonda hårstrån i en svart hårborste. Jag hade försökt förklara, men jag är fortfarande inte säker på att hon tror mig.

– Hon kände sig alltså hotad? hade Francine sagt när jag ringde henne på eftermiddagen. Och då sökte hon skydd över natten hos gamle, trygge farbror Homan. Att åka hem till nån väninna eller ta ett hotellrum var kanske inte lika roligt? Kunde hon inte sova över hos nån av sina föredettingar förresten? Det fanns ju en uppsjö. Och hon hittade tydligen bra hem till dig. Kunde hon vägen sen förut?

– Hon var rädd, svarade jag. Nån hade hotat henne. Vad skulle jag göra? Köra ut henne på gatan mitt i natten? Och det hände ingenting. Jag lovar. Fråga Cléo.

Jag försökte skämta, men det hade inte gått hem. Klok som hon var lät Francine frågan vila, men den låg kvar under ytan och jag visste att förr eller senare skulle den dyka upp igen. Ett hemligt vapen som bidade sin tid.

Plötsligt pep det i Francines handväska som stod under hennes stol där vi satt ute på altanen. Med en suck öppnade hon och tog ut en liten mobil.

– Sorry, det kan vara nånting viktigt. Så reste hon sig och gick in i våningen.

Är det kungen eller statsministern som ska ut och åka, tänkte jag och smuttade på min drink. Jag kunde bara hoppas att det inte var något brådskande, som skulle förstöra kvällen. I ugnen värmdes en djupfryst form som Ellen preparerat för ett par månader sen. En Janssons frestelse. Jag älskar husmanskost, Francine också. Och Ellen hade inte snålat med ansjovisen. Ofta blir det för mycket potatis, samma problem som i en del pizzor. För mycket deg och för litet ost och fyllning.

Jag tänkte på när jag mötte Charlotte i Harry Blonskys affär tidigare på dagen. När hon upptäckte mig där jag stod bakom dörren, hajade hon till. Stod som fallen från skyarna, som det brukade heta i gamla romaner. Hon hade tunn, vit blus med uppkavlade ärmar, åtsittande, urblekta jeans, loafers och på handleden blänkte en Rolex i guld, i bjärt kontrast mot den sofistikerade enkelheten i hennes klädsel. Det blonda håret var uppsatt i en knut i nacken.

– Tack för senast, sa hon med ett stort, avväpnande leende. Fann sig snabbt. Ungefär som om hon varit hemma hos mig på vardagsmiddag.

– Tack själv. Det var ett fint födelsedagsparty du ordnat för Jojje. Hoppas han tyckte om sin champagnekylare. Fyller du också år?

– Hurså?

– Du talade om paket.

– En kvinna i min ålder fyller inte år, det vet du väl? Hon log forcerat. Nej, det är inte till mig. Jag hade köpt en annan sak till Georg. Den var inte klar i tid för födelsedagen, men nu har

178

Harry fixat det. Eller hur, Harry?

Frågande såg Blonsky på henne, så log han.

– Visst. Jojje är en gammal kund. Såna ska man vårda. Och Charlotte har god smak, väljer bara det bästa. Eller hur? Han blinkade förtroligt mot henne. Hon log tillbaka, verkade lättad.

– Du kanske vill titta på den? Jag har den här inne.

Han gjorde en gest mot dörren bakom sig och jag förstod vad han menade. Det här var ingenting för mig, jag borde gå och lämna honom åt viktigare saker än att diskutera unga flickor och Augsburgspokaler med mig.

Ute på gatan stannade jag till utanför en port ett tiotal meter längre ner i backen bredvid en öppen BMW. Var det Charlottes? Eller hade hon lånat den av Georg Kylmann? Det var väl den sortens bil han skulle ha. "Penisförlängare", tänkte jag avundsjukt och såg på den läckra cabrioleten. Den ljusa skinnklädseln, den mahognyinfattade instrumentbrädan, den glänsande lacken. En leksak för rika äldre herrar som ville återerövra en förlorad ungdom.

Fast jag hade ju sett många ungdomar, unga killar, som körde omkring i samma sorts leksak, och jag förvånade mig alltid över hur de kunnat spara så mycket att det blivit någon halvmiljon över. Eller kom pengarna inte ur någon spargris utan från svarta affärer med vita varor? De hade kanske lånat pappas bil, om man ville göra en välvillig tolkning. Men om jag varit pappa hade jag aldrig lånat ut den. Låst in nycklarna på ett säkert ställe.

Nej, Charlotte skulle inte slippa undan så lätt, jag tänkte vänta ut henne. Min utflykt till Söder hade redan gett resultat. Den mördade flickan hade arbetat hos Harry Blonsky, trots att han tidigare förnekat att han kände henne. Varför?

Om Francine hade rätt, så var Blonsky också en sofistikerad hälare som arbetade med raffinerade metoder, så skickligt att polisen stod maktlös. Åtminstone hittills. För att sätta dit honom krävdes väl ett erkännande från både tjuvarna och köparna. Att någon togs på bar gärning och direkt pekade ut Blonsky. Men han skulle säkert slingra sig. Det fanns advokater som åtog sig klienter av Harry Blonskys kaliber om bara pengarna var rätt.

Jag hade också förstått att Charlotte Bergman var en generös kvinna. Bara för några dagar sen hade hon köpt en stor champagnekylare av mig för att ge Georg. Och nu stod hon där i Blonskys affär för att hämta en annan present till honom. Men det var säkert lönsamma investeringar. Jag tänkte på hennes våning och jag såg på bilen. Hennes "Jojje" var en gås som värpte stora guldägg om man skötte honom rätt. Det gjorde säkert Charlotte. Och i slutänden var det kanske Georg själv som fick finansiera hennes frikostighet.

Det tar tid, tänkte jag där jag väntade vid bilen. Jag hade annat för mig och det var inte bra för affärerna om "Kommer strax"-skylten hängde för länge på min dörr. Charlotte och Harry kanske hade mycket att pratå om. Jag förstod bara inte riktigt vad de kunde ha gemensamt. Att köpa en present till Jojje kunde väl inte ta hela dagen. Det kanske var han som skulle få den stora elfenbenspenisen som försvunnit ur skyltfönstret? Jag log för mig själv, men jag skulle inte fråga henne.

Då öppnades plötsligt dörren till affären. Charlotte Bergman kom ut på gatan. Långsamt, dröjande gick hon emot mig. Motvilligt verkade det. Hennes kroppsspråk var tydligt. Charlotte såg inte fram mot att träffa mig.

Kapitel XXII

– Jag förstår att du undrar, sa Charlotte när hon kom fram till bilen. Och jag kunde ju inte förklara när Harry var med. Jag är ledsen, men jag vaknade så tidigt att jag inte ville väcka dig. Det var jättesnällt att jag fick sova över. Det var faktiskt lite kris. Hoppas det inte var till nåt besvär.

– Inte alls, men det är klart att jag undrade när du var utflugen. Gick det bra sen, när du kom hem?

Hon nickade.

– Han ringde och har lugnat ner sig nu, men han blir alltid konstig när han har druckit. Han kanske hade tagit nåt annat också. Men jag sa att jag talat med nån som skulle hålla ögonen på honom. Fast jag sa inte att det var du. Hon log.

Man får vara tacksam för det lilla, tänkte jag. Det räckte och blev över med Shadia och Jonas pokal. Där rann sanden snabbt ur timglaset. Bara några dagar kvar tills den måste stå på altaret, blomsterfylld.

– Hotade han dig verkligen?

– Ja. Han skulle döda mig. Jag vill inte gå in på några detaljer men vi … ja, jag hade gjort slut. Finito. Det var faktiskt ett tag sen. Och det har han svårt att klara av. Han är vansinnigt svartsjuk. Jag vet inte om det är för att han älskar mig, eller om det är sårad fåfänga. Ska nån gå så är det han, ingen ska gå ifrån honom.

Hon tystnade, såg bort mot glipan mellan husfasaderna där Saltsjön lyste fram borta vid Kastellholmen.

– Jag fick panik igår kväll när han ringde och skrek. Han skulle komma hem till mig och han hade ju nycklar kvar.

– Bodde ni tillsammans?

– Av och till. Och du kanske undrar vad jag gjorde hos Harry Blonsky?

– Det är inte utan. Men det är väl ditt goda hjärta. Du skulle ju hämta en present åt Georg. Han blir bortskämd. Nyss fick han en champagnekylare.

Charlotte log.

– Det har du rätt i. Och jag gör en del jobb för Blonsky. Vi samarbetar. Jag har en firma. Konsultfirma. Jobbar med inredning. *Interior Decorator* som det heter i USA. Jag är utbildad i New York.

– Dom som inreder hem åt nyrika tanter på Park Avenue?

– Precis. Hon log igen. Man kan säga vad man vill om Harry, men han har ofta bra grejer. Lite udda saker, speciella, som kan bli pricken över många i:n i många av mina jobb. Så jag är faktiskt yrkeskvinna. Och den här bilen har jag köpt för egna pengar.

– Det är jag övertygad om.

Fast det hade jag inte varit när jag såg den. "Vandringspokal" sa Eric. En lyxtillvaro där hon parasiterade på olika män. Där hade han tydligen fel. Hon försörjde sig själv, levde sitt eget liv, en smula okonventionellt kanske, men det var ju hennes ensak. En självständig yrkeskvinna som tog för sig på männens villkor. Och det verkade som om hon var angelägen om att förmedla den bilden. Visste hon att det pratades bakom ryggen på henne? Kände hon till vad hon kallades?

Om hon varit man hade skalperna i hennes bälte varit machosymboler, något att skryta med. För en kvinna med samma livsstil var det en annan sak. Än var det långt till jämställdheten. Om hon nu talade sanning förstås. Men varför skulle hon ljuga? Vi kände knappast varandra och vår relation var strikt affärsmässig. Hon hade köpt en champagnekylare av mig, och jag hade varit på födelsedagsparty hos henne.

Hon såg på mig och de intensivt blå ögonen mörknade. Så böjde hon sig fram, kysste mig på kinden, satte sig i bilen och vred om nyckeln. Motorn startade med ett potent, lågt mullrande som ekade mellan husväggarna.

– Borde du inte kontakta polisen i alla fall? Han kanske har lugnat sig nu, men han kan ju komma tillbaka?

– Det ordnar sig nog. Hon log, lade in en växel och bilen gled mjukt framåt.

– Vad heter han?

Men Charlotte hörde inte, eller också ville hon inte svara. Vinkade bara, och så svängde hon ner mot Hornsgatan.

Uppe på min altan hade Francine fortsatt sin kartläggning av aktörerna på min nya scen, när hon kommit tillbaka från sitt telefonsamtal, den scen jag introducerats till av Jonas Eriksson och hans pokal.

– Dom andra namnen du gav mig är inte lika exotiska som Dirty Harry, inte lika spännande, konstaterade Francine där hon låg tillbakalutad i den bekväma däcksstolen med mörkblå dynor. På det lilla bordet bredvid henne stod det höga Dry Martini-glaset i klassisk art déco-form. Där fanns också en skål med jordnötter, salta jordnötter. Men sen jag läst att varje jordnöt innehåller trettiofyra kalorier, håller jag mig borta. Det finns tillräckligt med onda anslag mot hålen i min livrem för att jag ska utmana ödet.

Jag såg på henne och tänkte på hur mycket jag saknat henne. Det mörka håret föll mjukt över skuldrorna, den djupa solbrännan framhävdes av hennes vita T-shirt. De korta shortsen gav fritt spelrum för långa, slanka ben och tånaglarna lyste som mörkröda körsbär på de bara fötterna.

En våg av värme strömmade genom mig. Jag böjde mig fram och kysste henne. Hon log, strök mig över kinden.

– Fast fler fula fiskar än Blonsky finns förstås, sa Francine och såg på pappret hon höll i handen. Hans Lindberg har haft näringsförbud och har många konkurser bakom sig. Sen höll han på att åka in för momsfiffel. Han köpte guld från utlandet och sålde och trixade och fick tillbaka moms han aldrig betalat. Men bevisningen höll inte.

– Var det längesen?

– Det var några år sen. Nu senast har dom tittat på honom i samband med företagsköp. Det där gamla tricket du vet när man köper ett bolag för bolagets egna pengar, och sen sprätter iväg dom i en kedja av bankkonton på Cayman Island, Baha-

183

mas och i Liechtenstein, innan dom går upp i rök.

– Åkte han dit på det?

– Likadant där. Domstolen ansåg att bevisen inte var tillräckliga. En dag borde dom ge sig ut i den verkliga världen. Sen höll han på med bilimport. Lyxbilar från England, men det slutade med en lönsam konkurs. Det är det sista jag kan bidra med. Vet du vad han har för sig?

– Inte egentligen, men han försökte pracka på mig andelar i nåt *time-sharing*-projekt häromdan. Du vet dom där lägenheterna man kan köpa in sig på några veckor under året.

– Det ska du akta dig för.

– Det gör jag också. Sen tror jag han handlar med lite av varje. Gör klipp när han kan. Och antikviteter är tydligen hans senaste stora grej.

– Finns det såna pengar att hämta där?

– Om man är tillräckligt smart och inte bryr sig så mycket om vad som står i lagar och förordningar.

– Hurdå, menar du?

– Jag berättade ju om exportförbudet för bättre grejer, sånt som tillhör det svenska kulturarvet. Allmogeföremål, till exempel. Du vet såna där skåp och skänker med kurbitsblommor på.

– Själv är jag inte så förtjust. Tycker det verkar för mycket Skansen.

– Alla kan inte ärva Haupt och Linning. Jag gillar den där sorten. Enkel, kraftfull och färgstark naivism. Slitage genom åren. Bruksföremål och sånt som har stått framme i stugor och salar och som kärleksfullt använts i hundratals år.

– Jag har aldrig sett nånting i din affär.

– Jag inser min begränsning. Nu är det för dyrt att gå in och jag kan för lite för att våga mig på det. Hittade du nånting på dom andra? Sten Bergner och Georg Kylmann?

– Var inte så nöjeslysten. Francine log. Det kommer. Få se nu. Bergner, Bergner. Hon såg ner i sitt papper.

– Han verkar vara den renaste av dom. Finns ingenting särskilt negativt. Och det är en kille i lite större format. Var skeppsredare, sålde och har nu intressen i oljebranschen. Både i Nordsjön, Afrika och Asien. Fastigheter.

– Och så antikviteter.

– Det finns det ingenting om. Och det är ju inte olagligt, eller hur?

– Det är klart. I så fall skulle jag åka in. Vad säger du om Jojje då?

– Jojje?

– Georg Kylmann.

– Jaså han? Kylmann har inte lika rent mjöl i påsen som Bergner. Och det gäller inte ekonomi utan ideologi. Och sånt är vi ju bra på, på Säpo alltså.

– Nu förstår jag inte.

– Han har sympatier i kretsen kring nynazisterna, lämnar diskreta bidrag, men annars verkar han ren. Affärsman. Har också en fot i oljebranschen. Det finns noteringar om inblandning i vapenhandel, men inga bevis. Officiellt är han nån sorts konsult, specialiserar sig på företagsfusioner.

Jag tänkte på vad Amanda Cardoso berättat om honom, om hans attityd till invandrare, bidrag och hela den biten. ”Han är inte bara mörkblå. Han är ta mig fan svart.”

– Så förutom hans politiska inställning har vi ingenting särskilt på honom. Och det är ju inte brottsligt i och för sig. Den politiska anknytningen alltså. Och sånt får vi inte registrera. Det finns ju tanke-, yttrande- och röstfrihet i det här landet.

Jag nickade och smuttade på min Martini som hunnit bli i ljummaste laget. Jag förstärkte den med ett par isbitar.

– Det har du rätt i, men om Jojje och hans polare kommer till makten, så blev det nog andra bullar. Dom har ju sitt höga föredöme i det tusenåriga riket, Hitlers eget spökslott.

– Och din kompis Jonas Eriksson är blank. Vi har ingenting på honom. Så det här är vad huset kan bjuda på.

– Tack för hjälpen och det är ju inget dåligt smörgåsbord. En nynazist, en momsfifflande konkursgök och en oljebaron. Lägg till en finanskille, som kan ha satsat fel och sen förskingrat familjesilvret. Men en sak har Jojje, Sten och Hans gemensamt. Dom är passionerat intresserade av högklassiga antikviteter och verkar ha nästan obegränsade tillgångar.

– Frågan är bara vad du ska ha den här informationen till?

– Jag vet inte, svarade jag ärligt. Och jag vet inte hur den kan

185

passa in i det här läggspelet. En dyrbar, historisk raritet som inte kan värderas i pengar stjäls av en ung tjej, som hittas död i Tantolunden. Harry Blonsky, som är storhälare, nekar först till att han har sett henne fast hon har jobbat hos honom. Och som marsipanrosen på tårtan finns Charlotte Bergman.

– Jo tack, jag känner till det, sa Francine syrligt. Blondinen med hårborsten.

Jag låtsades inte om hennes inpass, det var inte läge att gå i närkamp och förklara en gång till.

– Eric Gustafson och andra antyder att hon lär vara nån sorts *femme fatale*, som lever på rika herrvänner, fortsatte jag, men själv säger hon att hon är en framgångsrik affärskvinna, inredare, och att hon har nära samarbete med Harry Blonsky.

– Och som oliven i den här Martinin studsar du omkring mot glasets kanter utan att veta vad du gör och vad som kan hända.

– Det var en vacker bild. Och den stämmer tyvärr. Vill du ha påfyllning?

– Nej tack. Jag ska med statsministern till Borgholm i morgon. Tidig väckning, upp halv sex. Det var hans sekreterare som ringde.

– Jag är lite avundsjuk på politikerna. I alla partier.

– Varför det?

– Dom gör det så lätt för sig. När stora samhällsproblem tornar upp sig vid horisonten, så säger dom bara att om vi får makten eller får behålla den, så halverar vi problemen på fem år, fördubblar antalet poliser, ger miljarders miljarder till skolan och eget rum till alla gamla på långvården. Alla får det bättre, bidragen höjs och skatterna sänks, utom för dom otäcka rika. Lätt som en plätt. Tänk om jag kunde säga till min revisor, när han klagar, att det där löser vi. Nästa räkenskapsår höjer jag omsättningen med femtio procent. Tror du han köper det?

– Sällan.

– Just det. Men det är vad politikerna väntar sig av oss valboskap. På tal om det såg jag en festlig karikatyr efter valet. Två killar pratar om schlagerfestivalen och den ene säger att det inte spelar nån roll vilken låt som kommer först. Bert Karlsson vinner i alla fall.

– Du försöker komma bort från ämnet. Jag känner dig. Francine log, höjde sitt glas mot mig.

– Gör jag? Jag för filosofiska, politiska resonemang. Akta dig så att jag inte grundar ett eget parti. "Makten åt folket, under rätt ledning" och "Allt ditt är mitt och allt mitt är mitt". Är det lagom eldande?

– Du förstår mycket väl vad jag menar. Och jag säger det igen. Det här angår inte dig. Det är inte bara fråga om en stöld hos din kompis. Nu kan det gälla mord och med aktörer som Harry Blonsky och andra med i bilden, så ska du hålla fingrarna långt borta. Annars kan du bränna dig eller råka ut för nånting ännu värre.

Kapitel XXIII

Jag satt ute på altanen med min tidiga frukost morgonen efter Francines besök. Kaffet sotsvart, den färskpressade apelsinjuicen solgul och grapefrukthalvan behagligt kylskåpskall. Solen hade för längesen gått upp, det hade blivit sent igår, men värmen hade ännu inte hunnit koppla greppet på staden under mina fötter.

Nere från Skeppsbron kom ett svagt trafikbuller som inte riktigt orkade hit upp till det gamla 1600-talshuset, högst upp vid Köpmantorget. En svag bris från öster och skärgården kom med behaglig svalka, och på golvet vid mina bara fötter väntade Dagens Nyheter där jag satt med Svenska Dagbladet. Två morgontidningar är nästan den enda lyx jag unnar mig, förutom Dry Martini ofta och löjrom mera sällan, när jag har råd.

Jag har svårt att tänka mig en tillvaro, där dagen inte börjar med prasslande tidningar, på sommaren här ute på altanen och om vintern i sängen, uppallad mot mjuka kuddar och med Cléo hopkurad nere vid fötterna.

Men det var inte dagens Svenska Dagbladet jag läste. Tidningen var daterad 16 november 1924. Jag hade hittat den i nedersta lådan på en tidstypisk och trevlig sengustaviansk chiffonjé i mörkt mahognyfaner som jag just ropat in på Lilla Bukowskis. Och den tidningen var väl så intressant som dagens. Riche annonserade om en "populär familjediné". För tre och sjuttiofem fick man sandwich, gås, svartsoppa och dessert.

Längre ner på sidan meddelades att massmördaren Haarmann i Hannover erkänt mord på tjugosju unga pojkar. Men polisen trodde att det rörde sig om många fler. Haarmann förnekade dock att köttet sålts i svältens Tyskland, men misstankarna var starka.

Av en annan bisarr notis framgick att mångmördaren Landrus ägodelar sålts på auktion, bland annat en koffert med damskor. Landru hade ju specialiserat sig på att solochvåra kvinnor för att sen elda upp dem och lägga beslag på deras tillhörigheter.

Det var bättre förr, tänkte jag. Mördarna var åtminstone originella. Nu är det mera pang på rödbetan med knivar och skjutvapen.

Bredvid mig, i den andra solstolen, satt Cléo med huvudet på sned. Följde uppmärksamt varje rörelse av min hand när jag förde den grova rågbrödssmörgåsen till munnen. Ja, smörgås är väl fel. Jag använder inte smör. Gurka och tomat är mitt enda pålägg. Tomat lär vara bra mot det mesta, och gurka innehåller bara nio kalorier per hekto. Det är mat jag gillar. Gott för både öga och smaklökar, och nyttigt. Fast snart kommer det väl artiklar om hur fel det är att äta den sortens grönsaker. Det gäller att passa på medan det är tillåtet av alla hälsofascister som härjar i spalterna och skrämmer allmogen till underkastelse.

Förstrött viftade jag undan en påflugen geting, bröt ena hörnet av mitt bröd och gav det till Cléo. Hon fångade bytet och drog sig tillbaka under stolen. Lustigt djur, egentligen. Det skulle aldrig falla henne in att ta för sig av en gammal brödkant, om jag serverade den på hennes spruckna Meissenfat i köket. Men nu, när smulan föll från den rikes bord, då gällde andra regler. Det kanske var med katter som med människor – att gräset alltid var grönare på andra sidan stängslet?

Det bästa hos människan är hunden, säger många. Jag håller inte alldeles med. Katten är oförtjänt glömd i sammanhanget. Det är väl för att den inte reservationslöst älskar sin husse eller matte. Eller, som någon tänkare sa, det går inte att köpa kärlek, om man nu inte skaffar hund.

I och för sig har jag inga illusioner om att Cléo skulle älska mig. Det har hon alldeles för mycket integritet för. Men hon tolererar mig, och det är alltid något. Jag tänkte på vad Mark Twain en gång skrev: "Katten har så många goda egenskaper att om man kunde korsa katt med människa skulle vi leva i en bättre värld. Den enda som skulle bli lidande på en sådan korsning vore katten."

Cléo bodde bekvämt, fick mat och husrum, och jag var snäll mot henne. Älskade henne faktiskt. Hon lyste upp min vardag, var ett troget sällskap. Vacker, intelligent och med en lätt knuff på tassen hade hon inte sällan lett mig in på rätt väg, när jag ramlat in i egendomliga situationer. Hon fick sin strömming i ombonad miljö, jag fick min Dry Martini framför TV:n. Ett kravlöst arrangemang som passade oss båda.

Ungefär som med Georg Kylmann och Charlotte. Jag log för mig själv i min bekväma stol. Men det fanns en viss likhet, om jag fick tro Eric och andra. Jag hade ju ingen aning om Charlottes privatliv och fick man tro allt skvaller som florerade, skulle snart öronen ramla av. Nej, jag fick inte dra några förhastade slutsatser, men hon upphörde inte att fascinera mig.

Vad hade Charlotte egentligen för relation till Harry Blonsky? Var den rent affärsmässig, eller fanns andra faktorer med i bilden? Nu var det tydligen Georg som hade "vandringspokalen" på hyllan, så länge det nu varade. Men han hade föregångare.

Fast det var ju löjligt att resonera i sådana termer, tänkte jag och hällde upp mera kaffe i den vita muggen med de blå blomslingorna. Min favoritmugg. Står den i diskmaskinen på morgonen när jag kommer ut i köket, tar jag alltid fram den, sköljer av den och sätter den på min röda, runda frukostbricka. Inrotade vanor skapar trygghet i en ibland kaotisk värld.

Det manliga regelverket diskriminerade. Den lyxiga cabrioleten var hennes egen, och det kunde mycket väl hennes våning också vara. Och att Charlotte gjorde affärer med Blonsky var väl naturligt i hennes roll som inredare. För det var som hon sa. Han hade många udda grejer som kunde sätta piff på olika hem. Jag tänkte på den stora penisen i elfenben. Fast den krävde kanske en speciell inramning och var ingenting för Ikea att kopiera. Vad skulle den kallas för i så fall? Bamse?

Jag slog bort mina opassande funderingar och såg fram mot att träffa Charlotte efter lunch. Det fanns ett silverfat till champagnekylaren som hon gett Georg i present. Ett runt fat som jag hittat av en händelse i mitt barockskåp och inte kommit ihåg när hon var inne i affären. Men när jag såg den stiliserade blomkransen runt fatet, kom jag på att den måste höra till kylaren – rosengirlangen var i samma mönster som på den höga silverpjäsen. När jag ringde hade Charlotte blivit mycket intresserad. Jag erbjöd mig att komma upp med fatet och vi hade kommit överens om en tid.

Visserligen hade hon kunnat komma förbi och hämta det själv, men jag hade en baktanke. Jag skulle få ett tillfälle att sitta ner i lugn och ro i hennes våning och försöka vaska fram guld ur vår konversation, få veta mer om hennes liv och komplicerade relationer. För jag hade en känsla av att Charlotte visste mer om Jonas och det som hänt än hon velat berätta. Jag tänkte på hans ögon, när han stått och sett på henne den där partykvällen. Hopplösheten, saknaden. Kom hon till affären, blev det inte samma sak. Telefoner ringde, kunder kom och gick. Det hade inte gått att skapa en stämning av intimitet och förtrolighet. Högst upp på Norr Mälarstrand var det annorlunda. Där skulle ingen plötsligt öppna dörren för att "titta".

Efter min frugala lunch på müsli och lättfil tog jag fram mitt fat i Sheffieldpläter. Slog in det i ett elegant omslagspapper. Eftersom fatet var runt var det inte alldeles lätt och mina fem tummar mitt i handen gjorde det inte lättare. Med hjälp av en sax och mycket tejp blev det till slut okej. Jag lade ner paketet i en tom ICA-kasse, polsk attachéportfölj, som Eric Gustafson sa en gång när jag kom in till honom med en kasse böcker jag lånat. Egentligen var det litet märkligt att affärerna inte höll med gratis påsar när man handlade. Dem fick man köpa och dessutom agera vandrande reklampelare. Men plastkassarna var visst en lysande affär. De kostade inte mycket i inköp, men påslaget var många hundra procent. Och här som alltid var det mängden som gjorde det.

Jag tog vägen över Stortorget i det varma solskenet, släntrade nerför Storkyrkobrinken, förbi Riddarhusets magnifika barockpalats. Fortsatte över Vasabron med de höga gjutjärnslyktorna. Framme till höger låg det pompösa Rosenbad, den svenska maktens centrum och tyngdpunkt. I fonden Sheratons brutalt okänsliga huskoloss med blänkande fönster i den murriga fasaden. Jag gick vidare längs kajen med de vita båtarna som gick till Mariefred och Drottningholm. "Carl Philip" och "Drottningholm" hade lagt ut sina landgångar för köande turister liksom "Mariefred", hundraåringen, nestorn och den enda överlevande från ångbåtarnas glansdagar före motorvägar och snabbtåg.

Solen glittrade i Riddarfjärdens vatten, måsarna singlade dekorativt mot en blå himmel och allra högst upp på Stadshuset blänkte tre kronor i guld. Där hade Ragnar Östberg, den svenska nationalromantikens store arkitekt, skapat sitt arkitektoniska mästerverk i en kombination av Venedig och medeltida riddarborg, ett möte mellan Medelhav och Norden.

Och där hade Eldkvarn legat, den ångkraftsdrivna kvarnen som brann 1878. Ett årtal som i dåtida Stockholm blev en kronologisk milstolpe. Länge talade man om tiden "före" och "efter" Eldkvarns brand. Ett mäktigt skådespel hade det varit när natthimlen över Stockholm färgats blodröd, rökmoln vällt in över hustaken och halva staden varit på benen för att med skräckblandad förtjusning bevittna det grandiosa skådespelet där Karl XV hade anfört brandkåren.

Fast allt som förstörts av Stockholms bebyggelse var inte eldens fel. Vi hade besparats krig och bomber, men mycket av stadens hjärta hade försvunnit under klåfingriga kommunalpolitikers okänsliga händer. Jag tänkte på den gamla 1600- och 1700-talsbebyggelsen. Alla de gamla palatsen, Sergels ateljé och mycket annat som revs för att ge utrymme åt den heliga kon, bilen. "Gamla, äckliga Strandvägen", borgerlighetens symbol, slapp undan med blotta förskräckelsen. Och jag gladdes i mitt falska hjärta över att Nemesis slagit tillbaka när man nu rev de monstruösa parkeringshusen för att, igen, ge plats för bostäder.

Längs Norr Mälarstrand fortsatte jag, förbi Kungliga Myntets kyrkobyggnad där en gång mynttillverkningen legat, fortsatte förbi Samuel Owens gränd. Hur många kom ihåg honom idag? Här hade den invandrade engelsmannen konstruerat Sveriges första ångfartyg, "Amfitrite", som i början av 1800-talet inled-

192

de Mälartrafikens glansdagar. För väckelserörelsen och nykterhetsrörelsen spelade han också en stor roll.

Trafikströmmen malde fram på Norr Mälarstrand mot centrum. Bakom den gröna trädridån mot kajen skymtade en brokig armada av båtar. I porten till Norr Mälarstrand 7 tryckte jag in Charlottes kod, 1718, Karl XII:s dödsår, året som markerade slutet på den svenska stormaktsepoken. Det karolinska enväldet skulle avlösas av frihetstidens partipolitiska oro med hätska strider mellan hattar och mössor.

När jag steg ur hissen uppe på det översta våningsplanet stannade jag till. Dörren till Charlottes våning stod på glänt. Hade hon glömt att stänga, haft bråttom, eller hade den gått upp för ett vinddrag?

Jag gick fram över trapphallens svartvitrutiga stengolv. Högst upp i taket lyste en svag lampa i dunklet. På väggarna böljade blekt gröna jugendslingor över ljusgrå botten.

När jag öppnade dörren till våningen helt förstod jag varför den inte varit stängd. För Charlotte låg där inne i tamburen, med huvudet alldeles under dörrhandtaget, som om hon öppnat men inte orkat ta sig ut. Händerna höll hon krampaktigt om strupen och ansiktet var förvridet av skräck och smärta. Jag böjde mig ner, kände på hennes hals. Kall och vit som marmor. Det långa, blonda håret låg utslaget som en bisarr dörrmatta.

Jag vet inte hur länge jag blev stående ute i trapphallens dunkel. Hela situationen var overklig, som en dröm jag måste vakna ur. Någon tryckte ner hissen, från våningen bakom mig kom en svag telefonsignal och en dov ångbåtssiren hördes från Riddarfjärden genom den halvöppna dörren.

Med en kraftansträngning samlade jag mig och klev långsamt och försiktigt över Charlottes döda kropp, gick fram till telefonen på hallbordet och slog 112 för en ambulans. Så ringde jag Calle Asplund. För Charlotte Bergman hade inte mött en naturlig död. Det kunde man konstatera utan att vara expert.

Jag berättade för Calle vad som hänt och gav honom adressen. "Rör ingenting och vänta där tills vi kommer", var hans kortfattade reaktion. Inga ironiska kommentarer om att jag stod ensam med en död kvinna i en lyxvåning på Norr Mälarstrand. Men det var det ju heller inte läge för.

Jag såg mig om i det stora rummet där jag varit för bara några dagar sen. Fullt av människor. Liv och rörelse, glada skratt. Nu tyst och ödsligt. Vita gardiner var fördragna mot det skarpa solljuset. Det lade rummet i en nästan drömlik, overklig dager och jag kände det som om jag inte deltog, inte var närvarande. Som om jag såg mig själv och den döda kvinnan i hallen på avstånd och utifrån. Charlotte var död. Jag kunde inte fatta det, kunde inte, ville inte ta det till mig.

Dörren till den stora hörnbalkongen stod halvöppen. Jag gick fram, steg ut i det skarpa solljuset. Där stod några solstolar i mörkbrun teak med gröna sittdynor. Mitt emellan fanns ett bord, också i teak. Bredvid den ena stolen låg en uppslagen bok på golvet och bredvid ett tomt glas. En stor röd fläck, som om blod runnit ut, bildade en pöl på golvet. Några getingar surrade ilsket kring vätskan.

Jag tänkte på Charlottes svåra allergi. Hade hon suttit härute och läst, tagit ett glas saft och varit så inne i sin läsning att hon druckit utan att märka att det fanns en geting i saften? Den måste ha stuckit henne i svalget och på bara några minuter hade hon dött. Hennes hals och mun svullnade igen, och hon kvävdes till döds.

Hon hade hunnit ut till halldörren för att försöka få hjälp hos grannen mitt emot, men bara hunnit öppna den en springa. Det var så det måste ha gått till, tänkte jag där jag stod ute på den solvarma balkongen. Så onödigt, så grymt.

Charlotte var död. Charlotte. Glad, livskraftig, sensuell. Med solen i det långa, blonda håret. Vacker. Jag mindes hur hon vinkat åt mig när hon svängde ner mot Hornsgatan i sin öppna sportbil.

Jag hade ju läst att getingstick kunde vara farliga för överkänsliga personer, men det var väl ytterst sällan man dog av det. Fast hon hade tydligen varit extremt överkänslig och fick man ett stick i munnen, måste man snabbt få cortison. Ensam hade hon dött i panik och plågor.

Ett egendomligt sammanträffande, tänkte jag och såg bort

mot Södra bergens värmeupplösta, soldallrande horisontlinje. Häromkvällen kom hon hem till mig, livrädd för att någon hotade henne, skulle döda henne. Och nu var hon död. Fast inte mördad av en svartsjuk man. En geting ändade hennes liv, en geting i kombination med extrem överkänslighet. Vilken fruktansvärd död. Och så onödigt och meningslöst. En geting som slumpen förirrat ner i hennes glas. Som att bli förgiftad av svamp eller att bli överkörd på ett övergångsställe.

Kapitel XXIV

Jag såg på den nakna kvinnan. Lång, rank stod hon där med ett barn vid ena bröstet. Kom från Mali. På hennes axel satt en fågel. Med fingret strök jag henne varsamt över ryggen. Sidenmjuk kändes den.

– Ska du köpa henne?

Jag vände mig om. Först kände jag inte igen honom, sen kom jag ihåg. Peter Lund, Amanda Cardosos kille, fast bra mycket äldre än hon. Mäklarkollegan till Jonas Eriksson. Senast vi sågs var på Charlottes party. Då hade han haft mörk kostym och slips. Idag var det jeans och kortärmad tröja som gällde i sommarvärmen.

– Kanske. Hon är mycket dekorativ. Jag gillar dom här afrikanska skulpturerna. Och dom inspirerade ju Picasso och många andra. Det är nånting äkta i dom, en äkta naivitet och primitivitet.

– Jag håller med dig. Jag har faktiskt några afrikanska masker. I moderna miljöer är dom perfekta utropstecken. Kommer du ofta hit?

– Det är en del av mitt jobb, sa jag. Man måste kolla marknaden och komplettera lagret. Fortfarande kan man göra fynd. Inga rariteter kanske, men ändå intressanta grejer. Många dödsbon går ju den här vägen, och där kan det ligga både det ena och det andra i gamla lådor och pappkartonger.

– Och nu har dom ju fått större lokaler. Det underlättar väl. Prylarna kan exponeras bättre.

Jag nickade, jag höll med. Vi stod i ett av de stora rummen, en av salarna vore kanske ett bättre uttryck, i Auktionsverkets nya lokaler i Frihamnen. Högt i tak och stora fönster som släppte in ljus. Väggarna var vita, de höga pelarna som bar upp taket och det mörka golvet bar spår av den tidigare inte fullt så sofistikerade verksamheten. Men det var charmigt, lokalerna gav samma intryck som ett loft i Soho i New York, där gamla verkstäder och lager förvandlats till ateljéer och avantgardistiskt boende. Litet knöligare att ta sig dit kanske, efter flytten från Gallerian, men å andra sidan fanns det generösa parkeringsytor utanför den stora magasinsbyggnaden. Det var en lättnad för mig som ofta måste ta bilen för att forsla hem mina förvärv, och det var alltid trångt i garaget under Gallerian där varorna lämnades ut tidigare.

– Du har väl hört om Charlotte? Allvarligt såg han på mig med sina intensiva, mörka ögon. Vilken tragedi. Och så onödigt. Att dö av ett getingstick. Stackars människa. Där låg hon och kvävdes långsamt till döds, utan att nån kunde hjälpa henne.

Nyheten hade spritts snabbt. Men jag hade ingen anledning att berätta att det var jag som hittat Charlotte död uppe i hennes våning igår. Fast Peter kanske kunde bidra med mera information.

– Jag håller med. Fruktansvärt. Jag förstår bara inte hur det kunde hända. Hon var ju vansinnigt rädd för getingar, eftersom hon var så överkänslig. Det visste ju alla.

– Hon lär ha suttit ute på balkongen. Kanske hade hon nickat till och sen lite halvvaken fått in en geting i munnen? Eller om hon haft nåt sött i glaset och druckit utan att märka den?

– Förmodligen.

Och jag tänkte tillbaka på vad som hänt. Hur jag suttit i en av de djupa fåtöljerna, ensam med den döda, och väntat på ambulans och polis. Hur allvarliga ambulansmän kommit med en bår, undersökt Charlotte och konstaterat dödsfallet. Sen hade de gått igen, eftersom de kommit för sent. Hon var bortom all hjälp och kroppen fick inte rubbas förrän polisen gjort sin undersökning.

Calle Asplund kom själv, assisterad av några poliser i uniform och en civilklädd läkare. Medan de undersökte kroppen ute i hallen, satt jag med Calle i den vita soffgruppen och jag fick berätta i detalj vad som hänt. Särskilt intresserad var han av hotet mot Charlotte, liksom av det jag berättade om hennes getingskräck och hennes allergi.

– Normalt hade vi inte brytt oss om ett sånt här fall, eftersom det ju är en typisk olyckshändelse, hade han sagt när jag avslutat min redogörelse. Men eftersom du nämnde hotet mot henne i telefon, och att många kände till hennes svåra allergi, så tar jag det säkra för det osäkra och låter göra en preliminär brottsplatsundersökning. Men förmodligen avskrivs fallet. För ingenting talar för annat än en tragisk olycka och det blir dessutom en omöjlig bevissituation. Vem åtalar en geting?

– Det är kanske det som är meningen, hade jag sagt. Att du skulle tänka i dom banorna. Skriva av dödsfallet som en olycka.

Callé log, böjde sig fram och klappade mig faderligt på knäet.

– Skena inte iväg nu igen. Ditt liv är tillräckligt komplicerat med Augsburgspokaler och allt det andra. Har du hittat den än?

– Nej, och det verkar kört för Jonas nu. Bara nån dag kvar till bröllopet.

– Ja, det är synd om Georg, fortsatte Peter. Jag träffade honom nu på förmiddan. På Stureplan. Han verkade alldeles förstörd, stackarn.

– Hade han och Charlotte varit tillsammans länge?

– Nåt halvår, tror jag. Jag vet inte så noga, vi sågs bara ibland och umgicks inte närmare. Jag tror det började efter jul. Dom träffades i Sankt Moritz och då hade hon en annan, fast Georg satte in en attack och vann. Jag hörde på omvägar att den där andra stackarn blev alldeles nedbruten, hotade henne och skulle ta livet av sig. Men "kärleken besegrar allt", heter det ju. Det gör pengar också. Peter log.

– Vem var den andre då? Han som inte hade lika mycket ammunition.

– Jag vet inte. Jag är inte intresserad av skvaller, låter andra människor ha sitt sexliv ifred.

– Det låter klokt. Och jag ska inte gräva, men det sägs ju att det där med pengar och killar av Georgs kaliber var Charlottes specialitet.

– Folk pratar så mycket. Hans ögon mörknade. Jag kände Charlotte för längesen och det var en bra tjej. Rak, ärlig. Och duktig. Inredare och mycket annat. Hon tjänade så mycket pengar själv att hon inte behövde nån *sugar daddy*.

Intressant, tänkte jag. Eric Gustafsons och Monicas "vandringspokal" fortsatte att krackelera. Charlotte var nog inte den beräknande vamp de utmålat henne som. Och det här med hennes älskare i Sankt Moritz var också intressant. Var det samme man som hotat henne?

Men det var inte läge att gräva i det med Peter Lund, han tyckte ju inte om skvaller och var inte särskilt meddelsam. Istället växlade jag in på ett annat spår, passade på när jag hade honom framför mig.

– Hur går börsen? Åt vilket håll pekar kurvorna?

– Upp och ner. Peter log. Men vi hoppas på en långsiktig förbättring. Företagen finns ju kvar och folk måste ha mat, kläder, bilar och mobiltelefoner. Så jag är optimist. På sikt åtminstone.

– Det låter bra. Din firma klarade sig undan dom värsta smällarna?

– Tack och lov. Vi hade inte alla ägg i en korg. Många kom ju i kläm.

– Som Jonas Eriksson? Du nämnde det förut.

– Gjorde jag? Det var kanske lite indiskret, men det är ju ingen hemlighet i branschen att Jonas ligger lite risigt till. Och hans privatliv är inte direkt billigt. Peter log.

– Jonas lär ha varit intresserad av Charlotte?

– Det vet jag ingenting om, sa han kort och leendet var borta. Nu måste jag kila vidare. Kul att ses. Hej så länge.

Jag såg efter honom, där han försvann i trängseln mellan barockskåp och allmogeskänkar. Tyckte Peter att han varit för frispråkig? Själv hade han tydligen känt Charlotte väl, fast det var ett tag sen. Hur väl? Förklarade det hans reaktion, när jag nämnde Jonas relation till henne? Och skulle Jonas figurera i Amandas avslöjande artikelserie?

Jag fortsatte min genomgång av dagens utbud, noterade en del nummer som kunde vara intressanta, om priset blev rätt. Lyfte upp, kände på, höll i och betraktade. Öga, känsla, intuition, erfarenhet och kunskap är nyttiga instrument att ha i bakfickan, då man gör utflykter till antikmarknadens smörgåsbord.

När jag begrundade en liten öppnad resväska i läder från tjugotalet som innehöll en komplett toalettuppsättning i silver med borstar, speglar, kammar, nagelfilar och allt en gentleman på resa behövde, fick jag syn på Harry Blonsky några bord bort. Han stod framåtböjd över en samling kinesiskt porslin, tallrikar, vaser och skålar. Närsynt höll han upp en tallrik, förde den så nära de kisande ögonen att det fanns risk att han skulle göra sig illa.

– Hej Harry, sa jag och gick fram till honom. Går du på så här enkla visningar?

Det bleka ansiktet lystes upp av hans sneda leende.

– Med mitt läge kan jag inte vara så sparsmakad som du. Rika kunder hittar lättare till Köpmangatan och Gamla stan än till mina enkla kvarter på Söder.

– Åja, du har väl så du klarar dig. Och jag tänkte på Georg Kylmann och andra som letade barocksilver i hans gömmor.

– Man ska inte klaga, inte klaga. Han mös och satte ner tallriken på den gröna bordsfilten. Georg var inne hos mig idag förresten, sa han som om han läst mina tankar. Han berättade om stackars Charlotte.

– Ja, det är verkligen tragiskt. Hur har han tagit det?

– Förkrossad. Och han skulle inte ha kommit om det inte varit för att hämta en sak han väntat länge på. En liten raritet om jag får säga det själv.

– Jag förstod på Charlotte att ni samarbetade.

Harry ryckte till, som om han ertappats med någonting otillbörligt.

– Samarbetade och samarbetade, sa han långsamt. Det är kanske att ta i. Men vi gjorde affärer ihop. Hon köpte en hel del av mig. Charlotte var ju inredare.

– Hon sa det. Har du hittat nån Augsburgspokal åt mig än förresten?

– Tyvärr. Och om jag hade det, så står det faktiskt fler i kön före dig. Där finns det pengar, det kan jag garantera. Så var det obehagliga leendet tillbaka igen.

Då avbröts vi av någon som rörde sig bakom mig. Bryskt trängde han sig emellan två äldre damer. Den ena höll nästan på att tappa en ostindisk tallrik i förskräckelsen.

Jag vände mig om. Där stod Jonas Eriksson. Och jag vet inte vem som blev mest förvånad, han eller jag.

– Tjänare Johan. Med ett ansträngt leende räckte han fram sin hand till hälsning. Du är här och botaniserar, förstår jag? Men var skulle sleven vara om inte i grytan?

Jonas skrattade, men det kom inte alldeles spontant.

– Så trevligt, sa Harry Blonsky. Du kanske ursäktar oss, Johan, men Jonas och jag har lite affärer att klara ut. Han log sitt vargleende.

The odd couple, tänkte jag och såg efter dem där de försvann i trängseln. Hade de träffats via Monica? Hon handlade ju också med antikviteter. Som "accenter" i sin moderna inredning. Skulle elfenbensskulpturen vara något för henne?

Jag log tillbaka och fortsatte min skattjakt. Jag skulle inte störa. Fast jag undrade vad det var för sorts affärer Harry menade. Var pokalen inblandad? För Jonas del hoppades jag det. Men den sortens pengar hade han knappast.

Framme vid nästa avdelning stod en god vän och kollega, Carl-Gustaf Wegséus. Jag såg bara hans rygg, men man kunde inte missta sig på hans stubbade huvud. Carl-Gustaf följde modet och hade rakat hjässan. Jag brukade säga att han såg ut som en biljardboll med skäggstubb, själv tyckte han det var coolt.

Han tillhörde mina "bättre" kolleger, "bättre" i bemärkelsen att han inte bara var trevlig och glad. Han var också mycket kunnig och hjälpsam och mer än en gång hade han delat med sig av sitt nästan encyklopediska vetande när det gällde konst, kultur och antikviteter. Men det mest slående hos honom var den varma, modulerade rösten. "En sonor stämma", brukade jag säga till honom. "Du skulle blivit smörsångare istället för att kränga antikviteter." Sveriges svar på Nat King Cole och Frank Sinatra. Han skrattade alltid, men verkade inte misstycka.

– Läget? Han log mot mig, det rödblommiga ansiktet sken upp. Hittat nåt?

– I så fall skulle jag inte berätta det för dig. Själv då?

201

– Jag är inte lika inkrökt egocentrisk och närig som du, så jag kan tipsa dig om ett magnifikt barockskåp. Från tiden och med en djävla proveniens. Det kommer från ett slott i Skåne och har Wrangels vapen på dörrarna. Utrop trettio tusen. Och det är det värt. Minst. Jag har en kund i Tyskland på såna grejer.

– Får du exportera det då?

– Får och får. Det fixar sig alltid. Formellt ska man ju söka tillstånd om man vill föra ut kulturföremål. Men myndigheterna har överdrivit problemet. Det finns ingen statistik och det är säkert inte så stort som kvällstidningarna gör det till i nyhetstorkan. Jag tänker på alla allmogeskåp och skänkar som säljs. Dom bästa sakerna hamnar i alla fall hos svenska samlare med sådana priser som gäller idag. Skeppar du ut dom så tillkommer frakt, emballage, försäkringar och avgifter av olika slag. Det blir ofta nästan lika dyrt som grejen själv. Men jag kan hålla med när det gäller arkeologiska prylar. Dom ingår ju verkligen i det svenska kulturarvet, liksom äldre svenska porträtt och svenska inkunabler och manuskript. Den sortens grejer.

– Jag vet. Jag har sett förteckningen.

– Men det verkar som om dom glömt att det är fri rörlighet för varor och tjänster inom EU. Och varför är det konstigt om gamla tyska och franska möbler går tillbaka dit? Vi bor ju faktiskt i länet Sverige i landet EU. Jag gick igenom en auktionskatalog häromdan, förresten. Och nästan hälften av grejerna hade utländsk proveniens, inte minst all den där brunsåsiga och murriga konsten. Tänk på hur mycket vi har fått från Europa. Och dom äldsta svenska sakerna är i allmänhet så dyra att det inte lönar sig för utländska handlare att köpa in. De som försvinner utomlands går dessutom ofta till rika utlandssvenskar och kommer tillbaka så småningom i alla fall. Sen är det taskigt för säljarna.

– Hurdå?

– Tänk dig din gamla moster, som tycker att hyran är för hög men vill bo kvar. Så säljer hon en sak på auktion. Men hamnar den lilla vita lappen där, som stoppar exporten, då avstår kanske utlänningar från att bjuda och priset går ner.

– Det är klart att det är negativt ur hennes synpunkt, men det är väl bra om grejerna stannar i Sverige?

– Ja, men det får inte bli ett självändamål. Nordiska museets lager är knökfulla. Många andra museers också. Intendenterna är som ekorrar. Sen har man lite ensidigt fokuserat på 1700-talet, medan mycket har försvunnit från senare epoker, till exempel svensk empire. Ljusa björkmöbler i karljohan är poppis i England och USA. I Tyskland också. Där görs ofta svenska grejer om, "förtyskas", för att få högre pris.

– Du menar alltså att det inte är nåt större problem med utförseln?

– Nej och ja. Inte i allmänhet, för mer normala grejer alltså. Men det är klart att skulle du exportera Silverbibeln blir det skillnad. Han log.

Eller Jonas Augsburgspokal, tänkte jag, men sa ingenting.

– Fast nu har Riksantikvarieämbetet lagt ett vettigt förslag, sa Carl-Gustaf. Dom vill sätta upp en statlig fond, som kan köpa särskilt värdefulla kulturföremål för att säkert kunna behålla dom i Sverige.

Då kom Jonas förbi igen med stora steg. Det verkade som om han hade bråttom. Jag sträckte ut en hand, fångade upp honom.

– Du hörde om Charlotte?

Jonas stannade upp, såg på mig med smärtfyllda ögon. Han nickade, log ett blekt leende, mumlade någonting ohörbart och försvann mot utgången.

– Vad var det med honom då? Han verkade ha sålt smöret och tappat pengarna, sa Carl-Gustaf.

– Du talar som om du samlar allmogegrejer. "Egen härd är guld värd." "Borta bra men hemma bäst." Har du såna broderier i korsstygn på väggarna? Jo, det var Jonas Eriksson. En god vän till honom har dött. Charlotte Bergman.

– Åh fan. Carl-Gustaf blev allvarlig. Hon hade verkligen många vänner, sa han, med en ironisk betoning på ordet vänner. Fast jag undrar om inte ovännerna var flera.

Kapitel XXV

– Visste du att Shakespeares äldsta dotter bara kunde skriva sitt namn och att den yngre ritade dit sitt bomärke?

– Förlåt?

Jag såg på Calle Asplund där han satt mitt emot mig vid ett av fönsterborden på restaurangen vid Gustav Adolfs torg, snett emot Operan. Var sin Toast Skagen hade vi klarat av, nu väntade en fräsch Caesarsallad, och en sval sauvignon blanc från Australien fanns i glasen. Inte någon macholunch precis, men värmen soldallrade där ute över torget där Gustav II Adolf red fram på sin bronshäst. Kungen som fick Jonas Erikssons pokal i Augsburg för så längesen. Han skulle bara ha vetat!

– Jag läste en intressant artikel häromdan, där man menade att Shakespeare inte var Shakespeare utan nån helt annan. Marlowe kanske.

– *What else is new?* sa jag. Det har man väl sagt länge, men ingenting har kunnat bevisas. Marlowe skrev ju också pjäser och det anses att hans verk påverkade Shakespeare. En sorts Baldersondiskussion, fast på en helt annan nivå.

– Det har du rätt i. Calle skrattade. Hamlet är ljusår ifrån Baldersons adjunkt.

– Men hur kommer hans döttrar in i bilden?

– Det är ytterligare ett indicium. För om pappan hade varit så bildad, kunnig och beläst som Shakespeare måste ha varit, så borde han väl ha sett till att döttrarna åtminstone kunde läsa och skriva?

– Som indicier är det lite väl skralt och indikerar mera vad man ansåg om kvinnors behov av utbildning på 1500-talet.

– Det håller jag med om. Men det finns mer. Det har exempelvis inte kunnat visas att han gick i nån högre skola i Stratford-on-Avon, där han föddes. Han finns inte inskriven i deras *grammar school*. Pappan var en enkel handskmakare och slaktare. Men Shakespeares texter visar ingående kunskap om hovlivets alla vinklar och vrår, om falkjakt och militära förhållanden, om sjöfart och om de grekiska och latinska klassikerna.

Han kände till fransk, italiensk och spansk litteratur och arbetade med ett jättestort ordförråd, fortsatte Calle. En högutbildad och framträdande person i England på den tiden anses ha använt omkring fyra tusen ord, medan Shakespeare kom upp i över tjugo tusen. Han kunde juridisk terminologi och hade ingående kunskaper i medicin. Och han levde och dog ganska obemärkt, jämfört med andra författare på den tiden.

– Och?

– Vadå och?

– Vart vill du komma? Menar du att nån annan än Shakespeare skrev hans dramer?

– Det är inte otänkbart, sa Calle och hällde upp mer av det vita vinet till oss båda. Den uppmärksamme servitören hade rusat till när han såg Calle ta flaskan, men hejdade sig i flykten. Calle var snabbare.

– Många anser alltså att författaren var en högt bildad, sofistikerad, kunnig och erfaren person, väl förankrad i den tidens högsta kretsar. Då kunde inte en adelsman skriva under eget namn utan måste använda pseudonym. En enkel skådespelare som Shakespeare, han var ju det, kunde knappast ha skrivit den sortens pjäser. Det har till och med ifrågasatts om han var skrivkunnig.

– Bacon har väl nämnts i sammanhanget?

– Just det. Sir Francis Bacon är en annan kandidat som den verklige författaren. Hovman, forskare som studerat i Paris, en förgrundsfigur inom engelsk filosofi med många betydande verk bakom sig, och han kom från St. Albans norr om London. Namnet fanns också med i hans titel när han utnämndes till *viscount St. Albans*.

– Vad har det med Shakespeare att göra?

– I dramerna förekommer namnet St. Albans femton gånger medan Stratford-on-Avon, Shakespeares födelsestad, inte finns med alls.

Triumferande höjde Calle Asplund sitt glas mot mig, som om han just rett ut ett invecklat mordfall och naglat fast den skyldige. Skål för sir Francis Bacon!

– Grattis. Du har just avslöjat Balderson. Och jag kan glädja dig med att Shakespeare lever och frodas efter fyra hundra år. Jag läste att till hösten spelas han på elva svenska teatrar – till och med på samiska i en teater av is. Och till TV-serien *Band of Brothers* har man hämtat titeln från ett av hans dramer. Han är också aktuell på tunnelbanan.

– Spelar dom teater där?

– Nej, men jag såg en stor och bamsig kille där nere härom-dan som hade en T-shirt med fyra skummande ölsejdlar på. Och under stod: "Two bear or not two bear." Hoppas bara han förstod vitsen.

Men det var inte för att diskutera om Shakespeare eller någon annan skrivit hans dramer och sonetter som jag bjudit Calle Asplund på lunch. Mig var det faktiskt ganska egalt. Shake-speares verk tillhörde världslitteraturens monument och om det stod hans eller någon annans namn på sockeln, var väl något som egentligen bara kunde intressera litteraturhistoriker och forskare. Dramerna talade sitt eget språk, var sanna och äkta, stod på egna ben med ett innehåll som i grunden var lika mänskligt aktuellt idag som när de skrevs. Oavsett vem som ytterst hållit i pennan. *He was not of an age, but for all time*.

Nej, anledningen var en helt annan. Jag ville försiktigt höra mig för hur turerna gått i den invecklade härvan kring Jonas Erikssons silverpokal och den döda flickan. Charlottes tragis-ka död och hennes kontakt med Harry Blonsky var andra in-tressanta faktorer som komplicerade bilden. Och vem hade hotat henne? Varför hade hon varit så rädd att hon velat sova över hos mig?

Men man fick gå varligt fram med Calle. Han slog vakt om sitt revir, tyckte inte om när jag oombedd trängde mig på. Och han hade naturligtvis rätt. Jag var en utomstående som inte hade med hans mordutredningar att göra, om han inte själv bad om hjälp. Och det hände inte så ofta. Visserligen tog han tacksamt emot mina synpunkter när han tyckte de var värda något, men hans filosofi var lika hårdhänt som realistisk – skomakare, bliv vid din läst. Och det fick jag väl finna mig i.

Sen många år hade jag funnit att det bästa sättet att få ut något av Calle om de egendomliga fall jag ibland blev indragen i var att locka ut honom på tunn is, få honom att berätta utan att förstå att det var jag som fått honom till det. Det var den operationen jag inlett nu. Hittills hade jag lyckats bra, var på rätt väg. Jag visste att Calle var intresserad av det mesta, hade en stor intellektuell nyfikenhet och det hade lett honom till att föreläsa om Shakespeare.

Man fick bara inte låta lura sig av Calles yttre och hans funktion som chef för Riksmordkommissionen. Bakom den allvarliga, stränga fasaden av tuff polis, med skarpa grå ögon i det monumentalt kraftfulla ansiktet med de nästan sammanvuxna, buskiga ögonbrynen och det grå håret, dolde sig en glad, utåtriktad och humoristisk person. Genom åren hade vi blivit nära vänner, även om han älskade att försöka tvåla till mig. Ungefär som Eric Gustafson, fast med grövre metoder och mer jordnära språk.

– Vem som än skrev hans dramer så var dom ganska blodiga, sa jag och tog mer av den kalorisnåla salladen. Tänk bara på Hamlet. Liken står som spön i backen. Där har Hollywood hämtat mycket.

– Det krävdes kraftiga sensationer på den tiden. Kom ihåg att folk stod och tittade på pjäserna, dom som inte hade råd med bättre. Man åt, tjoade, pratade och hade roligt hela tiden och då krävdes det starka kryddor för att hålla uppmärksamheten vid liv.

– Det förklarar en del. Jag har varit på den nybyggda Globeteatern i London. Den är ju en kopia av den gamla, där Shakespeare uppträdde själv, vare sig han nu var enbart skådespelare eller författare också. Men på tal om Hamlet och blod, fortsatte jag och försökte låta oskyldig. Hur ligger det till med den där flickan ni hittade i Tantolunden? Har det hänt nånting med det? Och talade ni med Jonas Eriksson?

Calle lade ner kniv och gaffel, såg länge på mig. Så skrattade han.

– Amerikanerna har rätt, sa han.

– Hurdå?

– *There is no such thing as a free lunch*. Nu förstår jag varför du bjöd mig.

– Inte alls, protesterade jag. Det var bara som tack för senast. Då var det ju du som var värd. Nej, du får faktiskt skylla dig själv. Pratar du om Shakespeare och alla ruskigheterna i hans pjäser, så kommer jag förstås bara att tänka på vår egen hemma- dramatik.

– Jag förstår, sa han med ett ironiskt leende. Jo, som sagt, det gjordes inte nån obduktion av flickan i Tantolunden, föräldrar- na motsatte sig det. Jag vet inte om det var av religiösa skäl. Men i hennes blod fanns en överdos av dåligt heroin. Dom hit- tade också sömnmedel och vi förstår inte riktigt kopplingen. Förmodligen experimenterade hon med nya kombinationer. Det finns ju mycket sånt nu. Du har väl läst om dom där tjejer- na som drack tvål på nån offentlig mugg? Påminner om alki- sarna förr i världen som åt skokräm och drack parfym.

– Då har det gått långt. Men det fanns inga tecken på tvång och yttre våld?

Calle skakade på huvudet.

– Nej. Hon låg lugnt och stilla i ett buskage och en tom spruta fanns bredvid på marken. Hennes plånbok med pengar och kreditkort var kvar i bakfickan på jeansen, och hon hade inte våldtagits. Så det verkar som om hon har dragit sig undan där bland buskarna på egen hand.

Titta på statistiken, fortsatte Calle och tog mer av vinet, så ser du hur många som går åt på det där sättet enbart i Stock- holm. Överdos alltså. Och hon blev ju upplockad på Centralen och fnaskade tydligen. Heroin är ju inte precis okänt i dom kretsarna. Sen det där med sömnmedlet. Det är faktiskt inte alldeles ovanligt att nån lägger nånting i unga tjejers drinkar på krogen för att få dom groggy.

– Och Jonas Eriksson? Kom ni nån vart med honom?

– Ja och nej. Det satt hårt inne, men till slut måste han medge att han sett tjejen, att hon kommit hem till honom och att hon försvunnit nästa morgon. Vi hade tur, för vi fick tag i tidnings-budet som sett henne gå ut från hans våning. En rutingrej i såna här fall. Och han kom ihåg henne för att hon var så snygg och hade gått så tidigt.

– Och pokalen?

– Den nämnde han inte. Svarade undvikande när vi frågade. Han menade bara att han varit hygglig mot en ung tjej, som sen missbrukat hans förtroende. Och det är naturligtvis ett sätt att förklara det hela. Fast han var jäkligt angelägen om att hans fru inte skulle få veta nånting. Och det kan man ju förstå. Hon uppskattar säkert inte hans goda hjärta. Calle log.

– Är han misstänkt?

– Nej, vi har inte kunnat hitta nåt motiv. Varför skulle en etablerad finanskille trycka i ett fnask från Centralen en över-dos i Tantolunden? Kan du svara på det?

Nej, det kunde jag inte. Men det kanske fanns andra som visste bättre?

– Och nån sorts hedersmord är inte aktuellt?

Frågande såg Calle på mig.

– Menar du att Eriksson skulle vara inblandad i nåt sånt? Det är väl att ta i.

– Inte han, men Ellen sa nåt intressant. Ja, du har ju träffat henne. Hon berättade om en väninna som kände den där flick-ans familj. Och dom hade haft problem med henne för hon hade hamnat i fel sällskap. Umgicks med "fel" kille. Och det kunde dom inte acceptera. Jag sa ju det i telefon.

– Kulturkrock med dödlig utgång, menar du?

– Ingen aning, men det kanske kan vara nånting att titta på i din utredning. Om ni nu har avskrivit Jonas Eriksson.

Calle satt tyst, såg på mig.

– Vem har sagt att vi har gjort det? Det kan finnas mer under dom där stenarna, när vi vänt på alla. Och så log han. Men det var inte något vänligt leende.

– På tal om stenar, fast tvärtom.

– Tvärtom?

– Jag tänker på saft, sa jag. Och Charlotte Bergman. Nånting nytt på den kanten?

Calle lade ner kniv och gaffel, såg frågande på mig.

– Nytt? Vad menar du? Jag åkte ju dit när du ringde från hennes våning. Men vi har inte hittat nånting som tyder på annat än olycksfall. Vi väntar på obduktionsresultatet, men det finns ingen anledning att tro annat än att det var allergin som dödade henne.

– Om hon nu var så allergisk borde hon väl ha sett sig för?

– Man kan tycka det, men en olycka händer så lätt.

– Det verkar så konstigt, bara, att hon inte såg upp. Charlotte satt ute på balkongen och läste. På bordet bredvid stod ett glas saft. Det lockar till sig getingar och det borde hon ha tänkt på. Åtminstone hört när getingen kom. För getingar är ju inte lika diskreta som myggor. Kommer farande som små helikoptrar. Sen det där med hotet mot henne. Hon var ju så rädd att hon ville sova över hos mig.

– Din hjärna är lika spekulativ som en aktiemäklares. Lika full av uppslag och idéer. Du tror alltså att nån med avsikt la en geting i hennes glas och sen tvingade henne att dricka upp både saft och geting? En olycka får inte vara en olycka för dig, du måste få till ett mord. Calle log överseende.

– Inte alls, bet jag av. Jag tyckte inte om när han drev med mig. Men när du talar om att vända på stenar, så finns det många ute i den där terrängen.

– Jag vet. Döda tjejer, Gustav II Adolfs pokal och ett budoarlejon, som heter Eriksson. Och ett glas saft för mycket. Jag är van vid dig, men här överträffar du nog dig själv.

– Den som lever får se.

– Vi får hoppas det. Drick inte för mycket saft bara. Håll dig till Dry Martini. Det är lugnare. Och tänk på Nalle Puh.

– Hurså?

– Han sa ju att om man ska leta efter nånting så måste man veta vad det är. Och det undrar jag om du gör.

Calle hade naturligtvis rätt, tänkte jag när jag var tillbaka i affären igen. Jag fick inte överdramatisera och övertolka allt som hände. Flickan i Tantolunden hade förmodligen dött av en överdos, Charlotte hade maximal otur med sin geting, Dirty Harry fick inte dömas efter sitt utseende och Jonas pokal skulle säkert ploppa upp någonstans. Förhoppningsvis. Fast nu hängde det på håret om han skulle klara tidsmarginalen.

Jag satte mig i den djupa fåtöljen och tog fram Bukowskis senaste katalog, tittade njutningsfyllt igenom de blanka sidorna med högklassiga objekt serverade på silverfat. Många låg prismässigt över min förmåga, men det kostade ingenting att titta. Kände mig i ett absurt ögonblick som en gammal farbror som bläddrade i "Playboy". Ville, men kunde inte.

Min tankeflykt avbröts av ett pinglande från den tibetanska kamelklockan över dörren ute i affären. En "tittare", och jag reste mig. Någon som ville "titta" och sen gå. Men kanske komma tillbaka. Man fick vårda sina kunder. Och inte heller där döma hunden efter håren. Pengar kunde finnas, där man minst anade det.

Jag tänkte på den gamle miljonären från landsorten som kom in på NK för längesen. Omodern och otrendig i luggsliten trenchcoat och hatt. Han frågade efter priset på en stor kristallkrona och den högbrynte försäljaren sa litet överlägset att den nog var litet för dyr för honom. Lugnt slog han då ner kronan med sin käpp och frågade: "Vad kostar den nu då?"

Inte för att jag vill att mina kunder ska slå sönder inventarierna, men anekdoten är sedelärande. Och vem som helst som köper en lott kan vinna många miljoner. Inte för att det har hänt mig, fast chansen finns.

Men det var inte en lottovinnare som stod där ute, inte heller någon sjavig mångmiljonär som med sin käpp var beredd att hugga in på inredningen.

Det var en kvinna, lång och kraftig. Högklackade skor och ofräsch i sommarvärmen i någon sorts dräkt i grått. På slaget fanns en stor brosch i glittrig strass och i halsen en färggrann scarf. Munnen var litet för röd och glansig, ögonbryn och ögonfransar ett par nyanser svartare än vad som var klädsamt. Små, beräknande ögon låg inbäddade i det plussiga ansiktet. I en trång blus böljade en stor byst. Det blonda håret, för långt för hennes ålder, hängde över axlarna och svarta hårrötter avslöjade att det inte var någon äkta blondin som stod där.

En kvinna som definitivt gått sina bästa matcher, tänkte jag och gick fram till henne. Och jag tänkte på Turners berömda

211

målning som föreställer krigsfartyget Téméraires sista resa, på väg till sin upphuggning. Men jag kände igen henne. Vi hade setts förut. Senast i Harry Blonskys affär, där jag skymtat henne bakom en halvöppen dörr.

– Jag hittade ditt kort på Harrys bord, sa hon på nasal stockholmska utan att hälsa. Därför vet jag var du har din affär. Du var ju inne hos oss häromdan. Hon lät nästan anklagande, som om jag gjort något opassande.

– Det stämmer. Ni har många intressanta objekt.

– Och du var där när hon kom, fortsatte hon utan att bry sig om vad jag sagt. Apan alltså.

– Apan?

– Subban då, om det låter bättre. Hon log ett elakt leende. Charlotte.

– Det stämmer, sa jag vagt.

Vad menade hon? Varför hade hon kommit?

– Du ska hålla dig djävligt långt borta från henne. Harry har inte förstått det. Och det kommer att kosta. Hälsa honom det, när du ser honom, mig lyssnar han inte på. Säger bara att jag är svartsjuk. Jag! På den där beniga skatan! Hon lurar skjortan av honom, utan att han märker det. Blind som en kåt tupp.

En intressant bild, tänkte jag. Den varianten hade jag inte hört förut.

– Och det hon jobbar med är livsfarligt. Jag ville bara varna dig. För hon får omkull vilken karl som helst.

– Det vet jag ingenting om, men jag kan berätta att Charlotte Bergman är död. Hon dog igår.

– Död? Glosögt såg hon på mig, som om hon inte förstått innebörden av vad jag sagt.

– Hurdå död? Vem gjorde det?

– Gjorde vad?

– Dödade henne.

– En geting, sa jag. En geting i ett saftglas.

Ett uttryck av lättnad spred sig över det plussiga ansiktet, ett förnöjsamt leende, som om en gammal dröm gått i uppfyllelse.

– Det var goda nyheter. Djävligt goda. Så gick hon, utan att säga adjö. Men i dörren stannade hon upp.

– Och jag ska avslöja en hemlighet för dig, sa hon med ett

listigt leende. Det är inte bara jag som är glad.

– En sekund bara. Det fanns en ung tjej som arbetade som assistent till Harry. Shadia hette hon. När jag frågade honom första gången hade han aldrig hört talas om henne. Nästa gång kom han ihåg.

– Vad har jag med det att göra? Varför frågar du?

– För att hon har hittats död. Vet du nånting om det?

– Ingen aning, sa hon tonlöst. Och nu var leendet borta. Du får fråga Harry.

Kapitel XXVI

Långsamt gick jag in på mitt kontor igen. Sjönk ner i den djupa fåtöljen, gammal och luggsliten, men en kär vän som alltid tar emot mig med öppna armar. Om man nu kan säga så om en fåtölj. Jag köpte den för ett par hundra kronor på en auktion för längesen, långt ute på landet. Sen har den tjänat troget och är stor nog att ta siesta i. Fast då får jag förstås ha fötterna på skrivbordet.

Men nu tog jag ingen siesta. Besöket av Harrys blonda väninna hade fått mig på helspänn. Jag tänkte och jag tänkte högt, en ful vana från tiden före Francine, när jag var ensam alltså. Dessutom tycker jag att man formulerar sig bättre, när man talar högt. Blir mer precis.

– Det här blir mer och mer invecklat, sa jag till Cléo som satt i fönstret och såg ut på gården, tog ingen större notis om mig.

– Varför skulle Harrys blondin komma till min affär? Var det han som skickat henne och i så fall varför? För att hon skulle säga att han inte dödat Shadia? Det kunde knappast vara för att baktala Charlotte, och Harry visste ju att hon var död. Varför hade han inte berättat det för den här kvinnan?

Egendomligt nog hade hon varnat mig för Charlotte. Bottnade det i svartsjuka? Harry var i mogen ålder och förmodligen med ett mer än moget bankkonto. Den sortens män som hon favoriserade, enligt Eric och Monica.

Och vad visste jag egentligen om Charlotte? Ingenting, om jag skulle vara ärlig. Ingenting annat än att hon varit mycket vacker och att jag hade känt mig dragen till henne. Och någonstans hade jag känt att hon inte varit ointresserad. Fast det hade blivit för komplicerat.

Jag såg på Cléo, men hon svarade inte. Började istället tvätta ansiktet med sin lilla tass.

Vad hade Charlotte egentligen för affärer med Harry? Och vad var det för paket hon skulle hämta när jag var där, tänkte jag och avbröt min monolog som började bli i längsta laget.

Sen det här med Shadia. Hade Harry haft ett förhållande med henne? Var det honom Ellens väninna berättat om, han som var "fel kille".

Fast det fanns fler frågetecken runt Shadia. Var det troligt att en assistent i en antikhandel prostituerade sig på Centralen? Eller var Jonas Erikssons historia om hur hans pokal försvann en vals?

Jag fick en bestämd känsla av att nyckeln till lösningen fanns hos Shadia, och att hela historien var mycket mer vidsträckt än att bara handla om en försvunnen Augsburgspokal. Ett egendomligt sammanträffande, förresten. Både Charlotte och Shadia hade dödats av giftiga stick, en från en getinggadd och den andra från en spruta.

Kamelklockan från Tibet väckte mig ur mina funderingar. Vardagen fanns kvar bakom mina luftiga spekulationer, plikten kallade.

Jag masade mig upp ur fåtöljen, stelnar ofta till om jag suttit för länge. Dags för Svettis och Friskis? Så vek jag undan kashmirsjalen i dörren och gick ut till min kund.

Men det var inte någon som ville "titta" som stod där ute. Det var Ellen.

– Det är bara jag, log hon. Ingen som ska köpa nånting av dig.

– Det var lika kärt som oväntat. Kommer du med receptet på kardemummakaka? En kopp kaffe?

– Det säger man väl aldrig nej till, sa hon belåtet och placerade sig hemvant mitt i den blå- och vitrandiga gustavianska soffan under en nyinkommen kristallkrona. Sen, bytta prismor och delvis utbytt ställning, men hygglig för sitt pris.

– Bara du inte ger mig pulverkaffe. Det tål inte min mage.

– Jag vet. En sekund bara. Det finns nybryggt i termosen.

215

– Kommer du ihåg Karima? frågade hon när jag satte ner den röda plastbrickan med de små blåvita Meissenkopparna på bordet framför soffan.

– Karima? Nja, det vet jag inte. Jag satte mig bredvid henne. Skulle jag det?

– Jag berättade om henne när du kom för att få receptet.

– Hon som var släkt till flickan som dog?

– Precis. Det var ju hennes systerdotter. Shadia. Och hon hade två bröder.

– Du sa det. Och dom litade inte på svensk polis. Trodde det var mord och skulle jaga mördaren själva. Och familjen hade haft problem med flickan, sa du. Hon var ihop med "fel" kille.

Ellen nickade bekräftande.

– Karima var hemma hos mig idag. Hon ville att jag skulle tala med dig.

– Med mig? Kunde hon inte komma själv i så fall?

– Jag hade ju berättat om dig nån gång, sa Ellen och såg litet skuldmedveten ut. Det här med polisen och annat. Men eftersom hon inte känner dig så ville hon att jag skulle visa dig nånting. Ellen öppnade sin handväska.

– Du menar att jag skulle lösa mordet på Shadia som kanske inte ens var nåt mord? Är det inte bättre hon går till polisen om hon har nånting att berätta?

– Hon är rädd för att bli indragen i nånting. Och hon har haft med polisen att göra förr. I Irak. Hon har fortfarande mardrömmar.

– Vad gäller det då?

– Hon vet vem den där mannen är, han som var "fel". Det var mer eller mindre klart att Shadia skulle gifta sig med nån som föräldrarna gillade, bara några år äldre, bra familj och fast jobb. Kom från samma hemtrakt som Shadias släkt.

– Men det gick snett?

– Just det. Shadia blev förälskad i den här nye som var mycket äldre. Ung och dum trodde hon på honom. Trodde att han skulle gifta sig med henne. Gott om pengar hade han och det bidrog väl. Han var gift men hade lovat att skilja sig. Fast det var ju bara snack.

– Vem är han?

– Vänta. Karima fick något av Shadias mamma.

Ellen plockade bland papper och nycklar i sin stora handväska. Så drog hon fram en hopvikt sida från en skvallertidning. Hon vecklade upp bladet där ett antal personer log hult in i kameran. Glada svettblanka ansikten och glas i händerna.

Jag tog tidningssidan, höll upp den framför mig.

– Finns han med här?

Ellen nickade och pekade mot ena hörnet. Och där såg jag honom. Med armen runt Charlotte Bergmans axlar. Båda skrattade mot fotografen, stämningen var hög.

– Vet du vem han är? Namnet säger mig ingenting.

Jag nickade, såg länge på fotot.

– Jag känner honom faktiskt.

– Hennes familj tror att det var han som mördade henne. Och Karima är rädd att bröderna ska göra nånting dumt.

– Som vadå?

– Som att hämnas.

Ellen såg allvarligt på mig.

Kapitel XXVII

Från tornet i Katarina kyrka kom sju malmtunga slag när jag gick in genom porten till nummer 12 vid Mariatorget. Jag kom på vinst och förlust, visste inte om Jonas Eriksson var hemma, men jag hade inte velat ringa innan. Inte velat ge honom tid att mentalt förbereda sig, att tänka igenom vad han skulle säga. För jag måste prata med honom, konfrontera honom med vad jag just hört – anklagelserna att han mördat Shadia. Han måste ha känt henne långt innan pokalen försvunnit. Varför hade han ljugit om henne och varför hade han dragit in mig? Långsamt segade sig den trånga hisskorgen upp mot översta våningen.

Nu måste Jonas tala om vad som fanns bakom hela den här bisarra historien. Låg det någonting i Shadias familjs misstankar? Eller var det ett försök att skyla över ett "hedersmord"? Att lägga skulden på Jonas?

Jag tryckte in knappen på ringklockan uppe i den stora trapphallen. En signal surrade svagt där inne, så en till. Ingen reaktion. Jag försökte en gång till. Fortfarande tystnad.

Jag gick tillbaka till hissen när steg hördes och dörren öppnades. Men det var inte Jonas som stod i dörröppningen. Det var Monica i en elegant aftonklänning i dramatiskt rött mot det svarta håret och bleka ansiktet. Jag kände en svag doft av sofistikerad parfym. Hon såg förvånat på mig, så log hon.

– Det var en överraskning. Jag gissar att du vill träffa Jonas?

– Ja, men dumt nog ringde jag inte innan. Är han hemma?

– Inte än, men han kommer strax. Vi ska bort på smokingmiddag så han måste byta om. Kom in. Vill du ha en drink?

– Tack, gärna.

Jag gick in i den stora hallen, vi fortsatte till vardagsrummet där jag suttit med Jonas för bara några dagar sen. Det kändes som evigheter när jag tänkte på allt som hänt.

– Minns jag rätt om jag säger Dry Martini?

– Mitt i prick. Om det inte är för mycket besvär.

– Inte alls. En sekund bara. Och Monica försvann genom en öppen dörr ut mot något som verkade vara serveringsgång med höga skåprader.

Jag såg mig om i det stora rummet med utsikt över Mariatorget och hustaken på andra sidan. Katarina kyrkas stora kupol höjde sig i fonden, blänkte i kvällssolen. Det var inte så längesen den hade störtat in och legat i sotiga ruiner. Nu återuppstånden i all sin forna glans.

Det var då jag såg den. På den öppna spisen stod den, hög och blank, blänkte silvrigt. Jag kände igen den från fotona jag fått av Jonas. En praktfull, överlastad barockpokal i utsökt guldsmedsarbete. Ryttarkannan i form av en stegrande häst och den kungliga ryttaren höjde hotfullt en sabel.

Jag gick fram till den öppna spisen. Jonas Augsburgspokal var tillbaka. Hur hade det gått till, och varför hade han inte berättat det för mig? Jag blev arg, vansinnigt arg. Förbannad! Det händer inte ofta, men när jag tänkte på allt som hänt, allt jag gjort för att hjälpa honom, allt han dragit in mig i! Sen står hans jäkla silverpotta där som om ingenting har hänt.

Då hördes steg ute i korridoren och jag gick tillbaka till min fåtölj.

– Vi ska pröva en ny sorts gin som nån har rekommenderat, sa Monica där hon kom med en rund bricka. Mitt på tronade en silvershaker i modern formgivning mellan två glas i blått. En liten skål jordnötter fanns också med.

Hon satte ner brickan på bordet.

– Det ska bli intressant, sa jag. Jag brukar hålla mig till Bombay Sapphire, men ombyte förnöjer.

– Det här är Plymouth Gin och en riktig klassiker. Den kommer från Englands äldsta destilleri som började leverera gin till engelska flottan i slutet av 1700-talet. Och den görs i ett gammalt hus som från början var ett dominikankloster från

1400-talet. Det var förresten där pilgrimsfäderna övernattade innan dom seglade till Amerika på 1600-talet med "Mayflower".

– Intressant, sa jag. Kallade dom inte sin första hamn för Plymouth Rock, förresten?

– Du är bildad. Och under andra världskriget fick varje artillerist som sänkte ett fiendefartyg en flaska i pris. Likadant under Falklandskriget.

– Tur att svenska flottan inte varit i krig på länge. Då hade säkert Socialstyrelsen ingripit.

Monica log.

– Inte bara flottan drack, armén också. Gin kom ju ursprungligen från Holland och soldaterna styrkte sig med den före slagen. Därför kallades ginen *Dutch courage* i England.

Hon serverade den glasklara, kalla drinken i våra glas, höjde sitt mot mig och vi skålade.

– Du har rätt, sa jag. Verkligt fin smak, aromrik och mättad. Du är skicklig. Perfekt balans mellan gin och vermouth. Vad gör du annars förresten? När du inte blandar drinkar?

– Vad jag jobbar med, menar du?

– Precis. Du verkar ju inte direkt vara nån hemmafru.

Monica skrattade.

– Nej, det kan man inte säga. Jag har faktiskt en butik. Möbler, inredning. Design. Mest modernt. Berättade jag inte det på Töreberga? Dom nya svenska formgivarna. Inte bara Jonas Bohlin och Theselius. Det är spännande att hitta nya unga också. Sen det här kontinentala köret förstås, som Philippe Starck.

– Själv slutar jag för hundra år sen.

Frågande såg hon på mig.

– Mina antikviteter, menar jag. Fast jag håller ögonen öppna för det nya också. För mig innebär det mest art déco och en del senare saker. Men det är 1700-talet som gäller. Tidigare också förstås, om det är bra grejer. Barocken var ju en intressant epok. Och empire är elegant och sofistikerat.

– Jag fuskar lite åt ditt håll också, blandar faktiskt upp med en och annan antik sak. Eller nånting vackert i allmoge, som jag sa. Kraftfulla färger och genuin naivism, som blir fina utropstecken i en modern miljö. Annars blir det väl mycket grått, vitt och svart. Glas och stål. Riskerar att bli anemiskt. Hon log.

– Så du gör tvärtom mot mig?

– Hurdå tvärtom?

– Jag gillar äldre miljöer med ett och annat modernt inslag, som sätter piff på anrättningen, och du kör modern design med en och annan äldre accent.

– Exakt. Hon log. Det är min affärsidé. Jag arbetar med morgondagens antikviteter. Du måste komma och titta nån gång.

Jag såg mig om i det stora rummet med den tunga, borgerliga inredningen.

Moncica såg min blick, förstod vad jag tänkte.

– Egentligen är det här mammas och pappas våning, fast dom bor ju i Skåne permanent nu. Mamma ärvde hela huset förresten. Så jag har inte velat ändra på deras inredning. Mamma är lite känslig på den punkten. Det mesta är dessutom arvegods, ja, en del från pappas familj också, och det går ju inte att slänga ut och ersätta med betongstolar, stålskåp och annat. Så jag får ge mig till tåls.

– Jag förstår. Så då var du kollega med Charlotte Bergman?

Monica satte sig upp i sin fåtölj. Det kom något vaksamt i hennes ansikte.

– Kollega? Nu förstår jag inte.

– Charlotte var ju inredare. *Interior Design*. Hon berättade det för mig.

Monica log ett föraktfullt leende.

– Jag vet inte vad hon kallade sig, men hennes yrke är världens äldsta. Det är möjligt att hon höll skenet uppe med nån sorts affärsaktivitet, som fasad, men hennes koncept var att ligga med rika killar och få bra betalt.

– Det låter dramatiskt.

– Jag är kanske för rakt på sak, men det var vad det hela gick ut på. Hon slog klorna i nån med mycket pengar. Sen klämde hon honom på vad han hade för att gå vidare när källan sinat. Nu senast hade hon ihop det med Georg Kylmann. Där fanns det ju källor att ösa ur. Oljekällor. Hon log ironiskt. Och jag har hört att hon hade ett lönande extraknäck.

– Behövde hon det, i så fall?

– Henne fanns det ingen botten i. Charlotte lär ha hållit på med utpressning vid sidan av. För i dom kretsar hon umgicks var etik och moral inte nåt besvärande när det gällde affärer. Så hon fick reda på både det ena och det andra, som hon diskret använde. Sen var hon mycket ute i svängen och piggade upp sig med en del partydroger, som hon delade med sig av till den som kunde betala. Kokain är ju poppis i dom där jet set-kretsarna.

– Är det bara skvaller eller ligger det nån sanning i det?

– Jag kan inga detaljer och är uppriktigt sagt inte intresserad av Charlotte eller vad hon hade för sig. Men jag vet några fall, där hon fick bra betalt för att hålla tyst. Det gällde tunga skattegrejer. Konton utomlands och allt det där. Sker det i större skala och man åker dit, så kostar det. Många år i fängelse kan det också bli i värsta fall. Det kan ju vara värt en del pengar att slippa. Sen fanns det annat också.

– Då dog hon ganska lägligt?

– Vad menar du?

– Det finns kanske dom som tyckte att den där getingen gjorde ett bra jobb? För nu kan ju Charlotte inte använda sina kunskaper längre. Är inte något hot.

– Det kan du ha rätt i. Tror du att getingen fick hjälp på traven?

– Knappast. Hur skulle det gå till i så fall? Inte ens Henry Bronett och Cirkus Scott kan dressera getingar. Nej, det var nog ödet och slumpen.

– Ja, vad skulle det annars vara? Vill du ha lite mer?

– Gärna. Verkligt stilig barockpokal du har förresten. Var kommer den ifrån?

Jag visste svaret, men ville höra hennes version.

– Det är faktiskt en gammal släktsak. En ryttarkanna för vin som en gammal släkting till mig fick av Gustav II Adolf. Han räddade honom under nåt slag. Och pokalen fick kungen när han tågade in i Augsburg. Jonas har just hämtat ut den ur bankfacket. Vi ska ta med den till Skåne för att stå på altaret vid ett släktbröllop om ett par dar. Det är en gammal tradition.

Frågan är bara ur vems bankfack, tänkte jag och såg på den blänkande silverpjäsen borta på öppna spisen. Jonas hade mycket att förklara.

222

Då öppnades dörren plötsligt ute i hallen och Jonas kom in. När han fick syn på mig, stelnade han till.

– Hej älskling, sa Monica. Johan kom just för att träffa dig. Vill du ha en drink? Johan prövar den där nya ginen vi pratade om. Men du får snabba dig för vi måste gå om en kvart och du måste byta. Det är ju smoking. Jag ska hämta ett glas.

Monica gick. Jonas stod kvar mitt i rummet, såg på mig med tomma ögon. Stod tyst utan att säga något.

– Jag ser att du har fått tillbaka Augsburgspokalen.

Han svarade inte.

Jag upprepade vad jag sagt, men fortfarande inte något svar.

Då reste jag mig ur min fåtölj, gick fram till honom. Vad menade han?

– Först dukar du upp den här rövarhistorien för mig och drar in mig i all den här skiten. Sen kommer pokalen hux flux tillbaka utan att du har vett att säga nånting. Vafan är meningen? Och varför har du ljugit om Shadia?

Jonas gick fram till bordet, tog Monicas glas och tömde det i några djupa klunkar.

– Shadia? Han såg på mig med likgiltiga ögon. Vem är det?

– Gör dig inte till. Tjejen som stal din pokal, som jobbade hos Harry Blonsky och som sen hittades död i Tantolunden. Var det du som mördade henne?

– Jag förstår faktiskt inte vad du pratar om. Har du fått för mycket i glaset?

Kapitel XXVIII

Med en smäll gick den stora dörren igen bakom mig. Korsdrag? Ett fönster i trapphallen stod öppet. Det kanske uppfattades som en demonstration, för jag hade gått från deras våning ganska upprörd. Och jag fattade ingenting. När jag frågade om Augsburgspokalen och hur den hade kommit tillbaka, var Jonas ansikte lika blankt och oförstående.

– Den har funnits i familjen sen 1600-talet, hade han sagt. Och nu har jag tagit fram den ur bankfacket.

Då kom Monica tillbaka med hans Martiniglas. Frågande såg hon på oss.

– Johan undrade om jag ville köpa en gustaviansk byrå, som han visat bild på, sa Jonas snabbt. Men jag kan ju inte köpa grisen i säcken, och dessutom har jag inte råd just nu.

– Jag vet det. Monica hade låtit vass.

– Jag måste nog kila tyvärr, hade jag sagt. Jag tittade bara upp som hastigast för att hälsa.

– Glöm inte att komma till min affär, *Modern Design*. Den ligger nära Odenplan. Ring innan bara så att jag säkert är där.

– Gärna. Och tack för drinken. Jag ska köpa en flaska Plymouth och jämföra med min gamla Sapphire. Det ska bli spännande. Hej så länge.

Jag gick, Monica log, Jonas såg ut genom fönstret. Hans ögon undvek mina och jag förstod honom. Men så lätt skulle han inte slippa undan.

Långsamt gick jag nerför den breda stentrappan. Vad menade Jonas egentligen? Varför bar han sig åt så här?

Men det kanske inte var så konstigt. Han kunde inte gärna stå och diskutera mördade unga flickor, när Monica när som helst kunde komma tillbaka. Det hade heller inte varit trevligt att bli indragen i ett uppslitande familjedrama. Jag ville verkligen inte vara i Jonas kläder om hans bisarra äventyr kom fram i dagsljuset.

Frågan var bara hur pokalen kommit tillbaka. Och det hade verkligen varit i sista minuten. Hade Harry Blonsky fått den för att sälja vidare? Hade Jonas i sin desperation vänt sig till honom också? Sen fanns det en annan möjlighet. Mannen med schäfern på Centralen. Han visste säkert vem Shadia stulit den ifrån och några snabba tusenlappar var kanske viktigare än ett högre pris längre fram? Och en silverpokal i miljonklass i byrålådan var säkert inte riskfritt i hans kretsar.

Det spelade nu inte någon större roll, tänkte jag när jag gick ut på Mariatorget genom den höga porten och igen passerade gamle Swedenborg på hans piedestal. Den praktfulla Augsburgspjäsen var tillbaka på sin rätta plats, och bröllopet nere i Skåne kunde ske med alla gamla traditioner intakta. Fylld av sommarblommor skulle Gustav II Adolfs trofé blänka framme på altaret. Allt var frid och fröjd och Jonas kunde andas ut.

Men några sommarblommor var inte aktuella för Shadia. Och jag tänkte på vad Ellen sagt om Shadias familjs misstankar. Att Jonas mördat henne. Var det överspända fantasier? Ville familjen övertyga sig själva om att deras Shadia inte dött av en överdos utan brutalt mördats? Eller fanns det realitet bakom mordanklagelserna?

Mycket kunde man säkert säga om Jonas Eriksson, tänkte jag när jag vek in på Sankt Paulsgatan för att komma till tunnelbanan. Det karaktärslösa ansiktet med den veka munnen. Det slappa handslaget. Tidningsklippet på honom och Charlotte som Ellen visat mig. Jonas, "budoaratleten", som hoppade över så många skacklar han kunde för att nå det alltid grönare gräset på andra sidan alla äktenskapliga stängsel. Men det var en sak, mord, ett brutalt mord, någonting helt annat.

Jag hade knappt hunnit hem förrän telefonen ringde. Det var Jonas. Rösten lät spänd, han verkade nervös och talade lågt, som om han var rädd för att någon skulle lyssna.

– Du får ursäkta mig, Johan, allt gick så djävla fort. Jag fick en chock när jag såg dig och jag förstår att du undrade. Men med Monica i rummet bredvid så var det inte läge för några långa utläggningar.

– Det kan man lugnt säga. Hur skulle det vara om du förklarade för mig vafan du håller på med?

– Självklart, fast inte på telefon. Vi är borta på middag nu så jag sitter lite trångt, står ute i en hall och pratar, men jag kommer in till dig i morgon. Till affären alltså. Passar nio?

– Passar utmärkt.

Jag hade just kommit, satt på kaffevattnet och slagit mig ner i fåtöljen. Jonas verkade inte vara den punktliga typen, hade jag tänkt, där jag satt och prickade av TV-tablåerna. Francine var borta på en tjänsteresa till S:t Petersburg, så TV skulle förgylla min ensamma kväll.

Men jag hade misstagit mig. Klockan nio prick pinglade det i min tibetanska kamelklocka. Dörren öppnades och där stod han, blek, med mörk skäggbotten och osäker blick. Påminde om Richard Nixon efter Watergate.

– Hej Jonas, vill du ha en kopp kaffe?

– Det skulle sitta fint.

Han log, men det var inte något glatt leende. Hålögt såg han på mig, hade han inte sovit ordentligt? Det kanske inte var så mycket att undra över. Det goda samvetet var ju den bästa huvudkudden om man fick tro auktoriteterna, men Jonas kudde kanske var i knöligaste laget?

– Jag är ledsen för igår, men du förstår väl, eller hur?

– Nej, det gör jag faktiskt inte. Hur skulle det vara om du tog det från början? Slå dig ner. Jag gjorde en gest mot soffan.

– Från början? Han log ett ironiskt leende. Jo, det kanske jag borde göra. Ta det från början. Du inser väl att jag kände henne sen tidigare?

– Jag gissade nästan det.

– Jag hade träffat henne i en antikaffär, hos den där Blonsky,

på Söder. Nära Mariatorget. Hon pryade där, ville läsa konst-
historia. Du känner säkert till Blonsky. En otrevlig typ förres-
ten. Löjligt nog kom jag faktiskt dit för att hitta nånting till
Monica. En födelsedagspresent. Det var Charlotte som hade
tipsat mig.

– Charlotte Bergman?

– Precis. Han såg osäkert på mig, som om han ångrade att
han nämnt hennes namn. En allmogepryl, nån grej som man
använder när man spinner garn. Jag vet inte så noga. Monica är
road av sånt också. Som en kontrast till all den moderna desig-
nen gissar jag. Den är ju så artificiell och sofistikerad. I alla fall
så stod hon där. Shadia alltså. Och sen … ja, sen började vi träf-
fas.

– Hurdå träffas?

– Det vet du väl. Jag bjöd henne på lunch, ville diskutera
antikviteter, sa jag, och sen blev det väl middag. Och nån gång
kom hon hem till mig. Vi reste till Venedig en gång också. Han
log ett snabbt leende som försvann lika fort som det kommit.

Visseljohannan bakom sjalen i dörren hörde av sig, jag gick
ut, fuskade med pulverkaffe som jag egentligen inte tycker om
och bar in två rykande heta porslinsmuggar. Meissenkoppar på
silverbricka fick anstå. Det tog för lång tid. Dessutom var han
inte värd det.

– Dom var ju så olika, fortsatte Jonas. Monica är så … så
kontrollerad. Konventionell, oerhört strikt uppfostrad. Före-
läser för mig om vad som är rätt och fel. Allt från att äta efter-
rätt med gaffel och luta sopptallriken ifrån dig när du äter till
att gå i kyrkan första advent. Inte bruna skor efter klockan sex.
Yta och fasad – det viktigaste är vad andra människor tycker
och tänker. Hennes föräldrar är likadana. Dom har aldrig gillat
mig, tyckte inte jag dög. Dom satt nere på skånska slätten på
sina feta arslen och väntade in nån greve för sin dotter. Och så
kommer hon dragande med nån sketen mäklare från Stock-
holm. Han log ett blekt leende och smuttade på det heta kaffet.

Var det orsaken? Komplex inför Monica, tyckte att han inte
dög och sökte sig till varma, kravlösa kvinnor? Hade Monicas
svalhet stött bort honom?

– Shadia var precis tvärtom, fortsatte han, bekräftade mina

tankar. Ung, vacker, sensuell, kravlös. Åtminstone i början. Det låter löjligt och banalt, men hon gjorde mig ung.

Som Charlotte, tänkte jag. Unga, vackra kvinnor som attraherade äldre män. Varmblodigt sensuella i motsats till strikta och återhållsamma hustrur. Men vad menade han med att Shadia varit "kravlös" i början?

– För att göra en lång historia kort, så ville hon inte ha ett tillfälligt förhållande. Krävde att jag skulle lämna Monica. Men det hade aldrig gått. Inte bara kulturkrocken när det blev vardag igen. Och Monica skulle aldrig gå med på skilsmässa. Hon är vansinnigt svartsjuk, äger mig, och skulle inte klara det sociala nederlaget.

Han tystnade, tog fram ett cigarettpaket ur kavajfickan, såg frågande på mig.

– Helst inte.

Lydigt stoppade han tillbaka paketet.

– Men Shadia var tydligen inte mer förälskad än att hon stal din Augsburgspokal?

– Vi hade en uppgörelse, sa han lågt, såg ut mot gatan genom det stora skyltfönstret. En scen, en fight. Jag talade om för henne att det var slut, att det inte gick längre. Att det aldrig skulle funka. Och hon blev alldeles vild. Slog och sparkade mig. Jag gick in i mitt rum och låste dörren, så att hon skulle lugna ner sig. Hon stod utanför och bankade på den, ryckte i handtaget. Sen blev det tyst. Efter ett tag hörde jag att hon gick och på golvet låg en lapp, där hon skrivit att hon hatade mig och att hon skulle sälja pokalen som skadestånd för det jag gjort henne. När jag kom in i stora rummet var den borta. Hon hade tagit den med sig. Och hon visste vad hon gjorde.

– Hurdå, menar du?

– Shadia kunde ha tagit med sig vad som helst från våningen, nåt som var mera lättsålt, men hon visste att jag skulle ner till Skåne och ha med pokalen till bröllopet. Hon visste att det var en familjeklenod, och hon förstod att jag skulle få ett helvete om den kom bort. Och hon hade rätt. Jag försökte kontakta henne, men hon var som bortblåst. Blonsky visste inte mer än att hon ringt och sagt upp sig, och när jag ringde hem till henne, ville ingen prata med mig.

Jonas hade ordnat de fint för sig, tänkte jag. Shadia hade satt honom ordentligt på pottkanten.

– Jag förstår bara inte hur jag kom in i bilden?

– Jag var desperat, försökte allt. Och när jag råkade gå förbi din affär så tänkte jag att det skulle vara naturligt för henne att försöka sälja pokalen till nån antikhandlare. Om du med ditt nätverk gick omkring och frågade efter den och beskrev den, så skulle dina kolleger vara observanta och kontakta dig om den dök upp. Det var därför jag satte ut en hittelön.

– Det låter lite långsökt. Om hon hade jobbat hos Harry Blonsky, så visste hon väl att antikhandlare inte köper dyrbarheter av folk som kommer in från gatan.

– Det är klart att hon visste, men det finns ju dom som inte är så nogräknade. Och om det kom ut på marknaden att en Augsburgspokal var i omlopp så skulle du få höra talas om det. Och du hade ju dina poliskontakter också. Sen var du inte mitt enda försök.

– Inte?

– Nej, jag försökte på alla sätt. Men du var den ende antikhandlaren, för jag kände dig ju från Uppsala och visste att du var hederlig och att jag kunde lita på dig. Så nu förstår du om jag friserade verkligheten en aning. Tog ut svängarna med det där om Centralen och tjejen som tappat biljetter och pengar. Jag kunde ju knappast säga som det var. Då hade du dragit direkt. Du får förlåta mig. Och att gå till polisen och försäkringsbolaget var lika illa. Det fanns inga spår efter inbrott, inga uppbrutna lås. Och polisen hade tagit kontakt med min svärfar. Och honom har du ju träffat. Jonas log ett ironiskt leende, verkade lättad över att ha berättat.

Jag satt tyst, såg på honom. Förmodligen var det inte första gången han "friserat" verkligheten. Jag tänkte på hans desperation, hans ångest inför utsikten att stå inför sina svärföräldrar och förklara att deras fyrahundraåriga släktklenod försvunnit. Och att säga att den stulits av en ung tjej, som han haft ett förhållande med och som ville hämnas, måste ju vara rena mardrömmen. För att inte tala om att stå till svars inför Monica. Det var därför han utnyttjat mig och komplicerat mitt liv. Minst sagt.

229

– *All is well that ends well*. Shakespeare, sa jag och tänkte på Calle Asplund, fast enligt honom kunde det ju lika gärna ha varit Bacon eller Marlowe. Det gick ju bra till slut. Med pokalen åtminstone. Men hur fick du tillbaka den?

– En halv miljon, sa han bittert. En halv miljon är vad Shadia kostade mig. Jag fick ett anonymt telefonsamtal. Om jag betalade skulle pokalen levereras. Och det gjorde jag. Så nu är allt frid och fröjd.

Det kan man säga, tänkte jag. Frid och fröjd för alla utom för Shadia. Och någon glädje av pengarna fick hon inte heller. Ett gammalt uttryck från en gangsterfilm kom för mig, en omskrivning för ond, bråd död. *She was pushing up daisies.*

Växte det några tusenskönor på hennes grav? Hade Jonas Eriksson slutgiltigt löst sitt problem? "Friserat verkligheten." Både tystat henne och sluppit betala en halv miljon. Gick han ut ur mitt liv som han kommit, i en sky av lögner?

Kapitel XXIX

Knappt hade Jonas hunnit gå förrän Björn Gren kom, kriminalinspektören. Ville han kolla om jag hittat något matnyttigt åt honom?

– Hej Jonas, sa han och log mot mig.

– Hej själv. Kaffet är varmt. Vill du ha?

– Absolut. Kaffe säger man aldrig nej till i mitt jobb.

– Inte i mitt heller. Slå dig ner.

Han satte sig i samma soffhörn som Jonas nyss. Kontrasten var slående, tänkte jag när jag gick ut på kontoret för att hämta en mugg till honom. Jonas hade suttit där, blek, hopsjunken. Blicken flackade och över den slappa munnen gick då och då ett vagt småleende, ett leende utan mål eller inriktning, mera som en invand reflex i ett socialt mönster.

Björn Gren däremot var vältränad och alert, pigg. Hans vakna ögon tog in min affär, som dammsög han den på intryck. Utstrålade energi, medan Jonas närmast verkat apatisk. Men jag var kanske orättvis. Jonas var mycket äldre, styrketräning och joggning fanns säkert inte på hans schema.

Dessutom hade han problem, stora problem. Större än en försvunnen barockpokal. Visserligen hade den kommit tillbaka, men jag köpte inte helt hans version. Dessutom hade han inte gett några detaljer, bara talat om ett anonymt telefonsamtal. Vem var säljaren?

På visningen ute i Auktionsverkets nya lokaler hade ju Jonas försvunnit med Blonsky för att klara av lite "affärer", som Harry kallade det. Gällde det pokalen? Vad hade Jonas annars för affärer med honom? Och varifrån hade han fått pengarna?

Inte från sin svärfar. Jag mindes samtalet på Töreberga, som jag ofrivilligt avlyssnat. Knappast från Monica heller. Hon skulle inte ställa upp på att köpa tillbaka sitt familjesilver.

– Hur går det med dina kulturskatter? Jag satte mig bredvid Björn, räckte honom den vita muggen. Spill inte bara. Soffan är nyklädd.

– Jag ska försöka akta mig. Jodå, det knallar på. Har du själv gjort nån nytta förresten? Han log och blåste försiktigt på det heta kaffet. Jag hade bryggt nytt sen Jonas gått. Pulverkaffe var inte riktigt *my cup of tea*, om man nu kan säga det om kaffe.

– Det vore väl en överdrift att säga. Jag hade ju haft en hel del att stå i. Som mördade flickor, getingstungna damer och Gustav II Adolfs pokal till exempel. Men det sa jag inte. Han skulle säkert trott att jag drev med honom. De godbitarna fick jag spara för Calle Asplund. Här gällde det mera handfasta frågor än mina luftiga teorier.

– Förstå mig rätt. Du har inga som helst skyldigheter att ställa upp, och jag är tacksam för alla synpunkter och förslag. Fast nu har jag en konkret fråga.

– Verkligen?

– Det gäller en korsning mellan Rolls Royce och Haupt.

– Du menar en bil där Haupt har gjort barskåpet och inredningen?

Han skrattade.

– Ungefär. Nej, jag menar ett av allmogekulturens slagnummer, som stals från ett museum i Härjedalen för nåt år sen. Ett skåp från Jämtland som räknas till det bästa av dom bästa. I samma klass som Haupt när det gäller bondekultur. En genial snickare, en lysande målare och ett fantastiskt skåp. Det platsar verkligen inom kategorin svenskt kulturarv. Priset ligger så högt att nån svensk samlare eller nåt museum inte vill hänga med. En norsk redare lär vara intresserad. Jämtland tillhörde ju Norge en gång i tiden.

– Och?

– Det ska säljas av en hälare. Och han har av naturliga skäl inte begärt utförseltillstånd. Då skulle han åka dit på stubben eftersom skåpet är så välkänt. Han vet att han aldrig skulle få tillstånd.

232

– Kan ni inte beslagta det?

Björn Gren skakade på huvudet.

– Det går inte. Vi kan inte gå ut på ett lager nånstans och säga att det där skåpet är vårt. Det är stulet och får dessutom inte säljas till utlandet. Det är köpt i god tro och"vadå utland", skulle han oskyldigt säga. Det ska inte exporteras. Sen en mörk natt försvinner det bara och han visar upp ett kvitto på att Sven Svensson i Svedala har köpt det. Om sen adressen inte stämmer, är det inte säljarens sak. Han har sålt sitt skåp till en ärlig svensk med gult hår och blå ögon. Vad Svenne Svensk sen gör med skåpet är inte säljarens problem, och då står vi där med ändan bar och ett försvunnet skåp.

– Tar inte tullen det?

– En genomsnittstullares insikter i jämtländsk allmogekultur är tyvärr begränsade, liksom mina var till för bara några månader sen. Det väller ju ut grejer från Sverige, och det är ofta viktigare att titta på det som kommer in. Cigaretter, sprit, knark och annat. Sen finns det ju knep som jag berättade.

– Hur kommer jag in i bilden? För jag utgår från att du inte bara tittar in för att få en kopp kaffe.

– Huvudet på spiken. Han log. Vi har kommit över säljarens mobilnummer. Det är en så stor affär på gång att vi har tillstånd till avlyssning. För det är inte bara det här skåpet. En massa andra grejer också för många miljoner sammanlagt.

– Varför åker ni inte hem till honom då och lägger rabarber på prylarna?

– Så lätt är det inte, tyvärr. Om vi gör nåt drastiskt så blir dom bara försiktiga och ligger lågt för att vänta ut oss. Det är inte olagligt att ha allmogeföremål i sitt hem eller på ett lager. Inte att sälja dom heller, inte förrän det är fråga om illegal export. Och då kan det smälla till ordentligt, för maxstraffet är sex år. Vi behöver en *smoking gun*, som amerikanerna säger. Att du tas bredvid liket med en rykande pistol i handen. Ett konkret bevis. Det räcker som sagt heller inte att bevisa att det är fråga om stöldgods. Som lagen är konstruerad, åberopar du bara god tro. Fast det ska komma en lagändring.

– Hur ska du få tag på din rykande pistol då?

– Det är där du kommer in i bilden. Om du ställer upp alltså.

233

För vi hade tänkt att du skulle uppsöka den här säljaren och ha en mikrofon dold i kläderna. Och du skulle få honom att säga att visst, det här skåpet får du köpa för en utländsk kunds räkning och att han vet att det inte går att få exporttillstånd. Och sen ska du leda in samtalet på vad han haft för sig på den kanten tidigare och få honom att berätta om det. Och vad han har för planer för framtiden.

– Och det tror du han talar om för mig rakt upp och ner?

– Om han får förtroende för dig. Och om du är genuint intresserad. Jag kan tänka mig att du till och med kan få med dig en bunt tusenlappar i en portfölj för att visa upp. *Cash is king* i dom där kretsarna. Kan du bjuda över norrmannen, om det nu inte bara är rykten, så är skåpet ditt. Det vill säga som agent för en tysk mediemogul, som samlar svensk allmoge.

– Det tål att tänka på. Jag ska alltså vara nån sorts 007 James Homan med rätt att lura allmogeskurkar?

– Precis. Du har fattat vad det är frågan om. Fast jag förstår om du inte har lust. Det är väl inte helt ofarligt. Men du skulle göra svensk kultur en jättetjänst, för vi har anledning att misstänka att säljaren är spindeln i det här nätet. "Mr Allmoge" om du så vill och att han har dammsugit marknaden på toppgrejer i flera år. Och många av prylarna är ju stöldgods.

– "Mr Allmoge" med knätofs och nyckelharpa istället för solglasögon och cigarr?

Björn Gren skrattade.

– Så kan du uttrycka det.

– Varför tar ni inte en polis istället? Jag har ju inte ens skottsäker väst.

– Problemet är bara att han inte kan nånting om vare sig allmoge eller andra antikviteter. Efter fem minuter skulle han vara avslöjad. Men du är antikhandlare, du har gott rykte i branschen, du är välkänd. Och att du kommer för att bjuda på ett allmogeskåp för en klients räkning är ju naturligt och normalt, eller hur?

Jag nickade, han hade en poäng där. Och varför inte? Det var ju inte konstigare än att jag kontaktade säljaren och erbjöd mig att köpa skåpet och sen fick honom att berätta om sin inställning till exportförbud och annat. När sen dealen var klar skulle piketstyrkan sparka in dörren och rusa in med dragna pistoler och rädda dagens hjälte ur klorna på supkopparnas och hängskåpens Al Capone.

– Du pratar alltså med honom, får honom att bli oförsiktig och sen tar du din hatt och går, så fixar vi resten. Inget obehag eller risk för dig alltså.

Lätt för dig att säga, tänkte jag och såg på Gren. Vad skulle hända om jag blev avslöjad?

– Vi tar inga risker, sa han, som om han förstått vad jag tänkte. Vi kommer att finnas alldeles i anslutning till dig, och vi hör ju på din apparat om nånting går snett.

– Okej. Man kan inte bara klaga, man måste göra nånting också, ställa upp. Jag har alltid retat mig på den där trafiken med många av dom bästa svenska grejerna.

– Fantastiskt! Jag visste att vi kunde lita på dig.

Han reste sig, satte ifrån sig den vita porslinsmuggen på bordet bredvid soffan.

– Jag måste kila nu, men vi hör av oss. Och jag ska berätta för Calle Asplund om din attityd.

– Gör inte det, han kommer bara att avråda. Och säg ingenting till Francine heller. Då får jag husarrest och du får leka antikhandlare själv. Du kan ju allting om allmoge.

– Då gör jag inte det. Men vi hör av oss. Hej så länge, och stort tack.

Vad ger jag mig in på, tänkte jag när han gått. Hur kommer det här att sluta? Plötsligt kom jag att tänka på att jag inte sett hans legitimation. Var han den kriminalinspektör han utgett sig för att vara?

På eftermiddagen tog jag bilen till Årsta havsbad, parkerade den vid bryggan där båten till Utö lade till. Det var en dag jag sett fram emot för jag skulle laga mat. Några goda vänner hade bildat "Matglada kockars klubb", ett sällskap mer för inbördes tråkningar, i all vänlighet, än för inbördes beundran. Under ledning av advokaten Pelle Bergström, som besitter stora kulinariska färdigheter, lagar vi oss igenom en hel middag varje gång vi träffas, med förrätt, varmrätt och dessert. Tanken är att vi inte bara ska ha trevligt utan också lära oss något nytt vid spisen.

Idag var det Emil Ströms tur att stå för värdskapet. Han hade sommarhus på Utö, och det var där vi skulle hålla till. Vi turas om och det åligger värden att skaffa alla nödvändiga ingredienser. Nu skulle huvudrätten bestå av abborre, nyfångad, pinfärsk abborre.

I den glada kockskaran ingår också Gösta, en pensionerad kyrkoherde och, inte minst, Calle Asplund. Det var jag som föreslagit honom som medlem i gruppen. Han var väl inte någon framstående matlagare, men road och intresserad, behövde mer än väl någonting avstressande i sin brutala vardag. Dessutom var han trevlig vid spisen.

Egentligen hade jag inte haft tid att åka ut, men när jag fått reda på av Pelle Bergström att Calle skulle komma, så bestämde jag mig. För det var ett utmärkt tillfälle att i lugn och ro diskutera mina bisarra upplevelser med honom. Att sitta mitt emot Calle Asplund vid hans stora skrivbord, med ringande telefoner, ploppande dataskärmar och sekreterare som då och då sticker in huvudet genom dörrspringan och påminner om möten som väntar, är inte alltid särskilt konstruktivt. Ikväll kunde vi istället sitta i lugn och ro vid ett glas rödvin ute på Emils glasveranda, och Calles yrkesmask skulle vara upphängd långt bort på en krok på hans kontor.

"Mysingen" stävade fram över det sommarblanka vattnet, ulliga moln stod vita över fastlandet. Musköbasens grå bergmassiv anades söderut och förbi en holme, totalt avlövad av skarv, skärgårdens senaste plågoris, kom vi ut på öppnare vatten. Men några ryska ubåtar syntes inte till. Inte några svenska heller. Låg de i malpåse i väntan på bättre, eller snarare sämre, tider?

– Där kommer en mula, sa en äldre farbror på bänken bredvid mig och pekade ut genom den stora glasrutan.

– Mula?

Han hörde frågetecknet i min röst.

– Minutläggningsfartyg, en militär förkortning. Det är snart det enda dom har kvar av flottan. Några fartyg måste ju finnas, eftersom dom har skapat nya titlar. Flottiljamiraler. Han skrattade. Båtarna bort, amiralerna in. Likadant i armén förresten. Brigadgeneraler istället för regementen.

Jag såg på den oansenliga farkosten som tuffade fram där ute, och jag undrade om en amiral verkligen ville föra befäl på ett så obetydligt flytetyg. Men amiraler kanske inte har något val?

Jag köpte en vit plastmugg kaffe vid den lilla disken framme i fören, funderade på ett frasigt wienerbröd med gul inläggning och vit glasyr men avstod. Det var annars Calle Asplunds favorit, en last som både hans fru och hans sekreterare med kraft motarbetade, men inte med någon större framgång. Likt alla missbrukare hade Calle sina knep.

Calle, ja. Jag satte mig vid bordet igen. Det fanns mycket att lufta med honom ikväll. Shadias död och familjens reaktion. Det Jonas berättat för mig om deras relation. Och Charlotte. Kom inte hennes död lite väl lägligt? Frågan var bara för vem? Var Norr Mälarstrand ett tillhåll för mördargetingar, eller hade de fått hjälp på traven? Vilken roll spelade Harry Blonsky, Dirty Harry, i allt det här? Och som kronan på verket, som rosen på prinsesstårtan, kom mitt senaste uppdrag, agent 007 James Homan, med rätt att avslöja spindeln bakom de försvinnande dalahästarna.

Kapitel XXX

När jag steg av båten väntade Emil Ström på bryggan. Lång och kraftig stod han där i marinblå tröja och rutiga shorts för att hämta mig. Emil var fastighetsmäklare med fint kontor vid Karlaplan, men här var vi långt ifrån kostym och slips.

Han tog hand om min väska och startade sin stora flakmoped, ett "måste" på ön hade han förklarat. När vi fortsatte den branta backen som ledde upp mot värdshuset och sommarvillorna förstod jag honom. Att släpa tunga resväskor från båten eller få hem varor från affären gick knappast för hand, bilar var sällsynta på ön och de få som fanns var inte välkomna. Och det kunde man ju lätt inse. De smala vägarna, där husen ibland låg tätt intill vägbanan, lämpade sig inte för annat än promenader och cykel. Och så flakmopederna för tyngre transporter. Inte för att min resväska med lakan och annat var särskilt tung, men jag var ändå tacksam för att inte behöva släpa på den uppför backen.

På vägen till sitt hus berättade Emil initierat och kunnigt om ön, gav bakgrund och pekade ut vem som bodde var i de små låga, idylliska husen, många röda med vita knutar, där gruvarbetare förr hade bott. För Utö var känt för sina gruvor, förklarade han. Där hade man brutit järnmalm från tidig medeltid och sen exporterat till länderna runt Östersjön. På den tiden, när längre landtransporter av malmen av praktiska skäl var nästan omöjlig, gavs båttrafiken ett försprång framför konkurrenterna i Bergslagen och på andra håll.

Han berättade om ryssarnas härjningar, om gravfält från järnåldern, om alla djupa gruvhål som kom delar av ön att likna en schweizerost, om Utölimpan och original som bott på ön. Om gamla utrikesministrar och andra bemärkta regeringsmedlemmar, som haft sitt viste här. Och när vi kom fram till hans låga hus, där man nästan klev in i huset direkt från den smala vägen, visste jag det mesta som var värt att veta om Utö. Åminstone om jag fick tro Emil.

Jag skar av stjärtfenan och höll den hala abborren i ett fast grepp med en liten plattång, för att den inte skulle halka undan då jag började dra av det tjocka skinnet. Därefter stack jag den vassa kniven i den stora abborrens rygg, drog längs det kraftiga benet och fileade den försiktigt på skärbrädan. Man fick hålla tungan rätt i mun och inte skära för långt från ryggbenet, om man ville ha fina och fasta filéer där det mesta av fiskköttet kom med.

Bakom mig i det lilla köket med låga fönster och bjälkar i taket glammade resten av "kockarna". Pelle Bergström, den knubbige och matkunnige advokaten, hade avdelat oss för olika uppgifter, allt ifrån att skala potatis till att preparera efterrätten. Och vi hade fått var sin detaljerad instruktion. Middagen inleddes med gubbröra till förrätt, men den skulle som omväxling vara gjord på matjessill och inte ansjovis. Sen skulle den stekta abborrfilén komma, förstärkt med gräddstuvade kantareller. Och som avslutning, till dessert, blev det kall soppa på färsk frukt med mandelflarn.

Det är en lika god som billig och enkel efterrätt. Man kokar en sockerlag och tillsätter saften från en citron när den svalnat. Sen skalar man och skivar kiwi, papaya och mango. Snoppar och skivar jordgubbar. Allt fördelas i djupa tallrikar. Så delar man en melon, skrapar ur kärnorna och kör den i en mixer, tillsätter sockerlagen och häller alltihop genom en sil över frukten på tallrikarna. Till det konsumeras mandelflarn.

Stämningen steg, liksom värmen från gasolspisen, trots öppna fönster. Calle Asplund hade ett specialansvar för kantarellerna, medan den rundnätte kyrkoherden Gösta Plommongren skar frukt till den kalla soppan.

Skämten haglade, liksom vänliga tråkningar och jag trivdes som fisken i vattnet, där jag stod med min abborre. Vi hade fått var sin som övningsobjekt.

Det var verkligen trevligt att komma bort från den instängda Köpmangatan och helt koppla av, både från affären och från allt det Jonas Eriksson dragit in mig i. Fast inte helt förstås. När all matlagning var över och resultatet avnjutits, skulle jag sätta mig med Calle Asplund i ett hörn. För det var många frågetecken som måste rätas ut.

Som vanligt vid våra möten intogs förrätten till ackompanjemang av valfria snapsar. Och mycket fanns att välja mellan. Allt från Bäska Droppar och Løitens till Marskens brännvin, fältmarskalken Mannerheims alltså.

– Vet ni varför den ska serveras med ytspänning? frågade Emil. Glaset ska vara så fullt att det inte går i en droppe till.

– Det är väl för att du ska få i dig så mycket som möjligt, föreslog Calle.

– Det är riktigt, men det gällde faktiskt inte mig. För Mannerheim tog alltid en snaps till lunch och två till middag. Det var en tradition från hans tid i tsarens armé, där tre supar om dan ingick i officerarnas löneförmåner. Och då hade betjänterna stränga order att servera så fulla glas det bara gick.

– Trevlig smak, konstaterade Pelle efter första glaset. Vad är den gjord av?

– Jag råkar veta, sa jag. Av en slump hittade jag häromdan en PM i en gammal bok från "Traditionskommittén för Marskalkens av Finland jaktstuga". Där har en arbetsgrupp utrett ingredienserna. En generallöjtnant, en major och en kapten fick uppdraget.

– Vad kom dom fram till? undrade Gösta.

– Det blev inte hundraprocentigt uppklarat, men det troligaste är att marskens sup är gjord på en liter akvavit, två centiliter vermouth och en centiliter gin. Fast det finns två skolor. En hävdar söt, vit vermouth medan andra menar att den ska vara torr.

– Det skulle Socialstyrelsen veta, sa Emil. Tre supar om dan!

– Det tog han, sa jag, och räddade Finland. Churchill kedjerökte cigarrer och levde på whisky och champagne. Han blev nittio och räddade Europa medan Hitler var nykterist, vegetarian och icke-rökare.

– Låt oss skåla för Marskalken av Finland, föreslog Emil och vi reste oss till Mannerheims ära.

När vi väl var bänkade runt matbordet och avnjöt resultatet av våra mödor fortsatte diskussionen som rört sig över vida fält. Politik, ekonomi, matlagning, viner, samhällsfrågor och religion var några av ingredienserna. Och det är en trevlig sida av vår matlagningskurs att vi har förutsättningslösa samtal om små och stora problem, där våra skilda erfarenheter bidrar. Advokaten, polisen, mäklaren och prästen täcker in olika specialområden. Det är bara jag som inte har några direkta fackkunskaper, om man nu inte räknar med konsthistoria och antikviteter. Fast sådana frågor kommer sällan på tapeten.

– På tal om mat och kalorier såg jag i tidningen häromdan att feta amerikaner ska stämma dom stora snabbmatskedjorna i USA, sa Emil. Det är deras fel att dom har blivit så tjocka. Hundratals miljoner dollar.

– Då kanske vi lönnfeta kan få vara med på ett hörn. En liten skärv från den rike mannens bord. Kyrkoherden log genom sitt välansade skägg.

– Konstigt nog finns det inga tak för skadestånd i Amerika, sköt Pelle, juristen, in. Det har blivit en ny industri. Tobaksbolagen, till exempel, stäms nu av folk med lungcancer. En kvinna i Kalifornien tilldömdes nyligen i en instans tvåhundrasextio miljarder från en fabrikant. Om hon får ut dom är väl en annan femma.

– Jag fattar bara inte logiken, sa jag. Du kan väl aldrig bevisa att du i hela ditt liv enbart rökt ett visst cigarettmärke eller att du bara konsumerat Big Mac? Det verkar ju rena snurren.

– Det är bara taktik, sköt Pelle in. Dom stämmer på jättebelopp, sen gör dom upp utanför rättssalen om helt andra summor. Bolagen vet att dom inte förlorar i slutänden, men dom vill undvika dålig publicitet och långa och dyra rättegångar.

– Ni har väl hört det senaste förslaget från Storebror, eller snarare Storasyster, sa Gösta. På tal om fetma.

– Det har jag inte sett, sa jag.

– Jodå. Överheten bär inte sitt svärd förgäves, som det står i skriften. För att råda bot på fetman, så föreslås en skatt på fysisk lättja, alltså på såna som jag. Trängselavgift för feta som tar för stor plats ska införas, liksom vägskatt för dom som väger för mycket. Hjälper inte det, så ska vi motiveras.

– Hurdå?

– Genom att exempelvis förbjuda överviktiga att ha mobiltelefon, tills dom går ner i vikt. Och alltihop är tänkt att övervakas av en ny Avfettningsmyndighet, som tar hand om överviktiga. Man ska uppge sin vikt i självdeklarationen.

– Nu skojar du, sa Pelle.

– Inte alls. Det finns faktiskt ett förslag från en docent i näringslära.

– Du har inte läst det i Blandaren?

– Man kunde tro det. Och det här verket ger ju nya arbetstillfällen. Det finns säkert många avpolletterade politiker som kan tänka sig en reträttplats som generaldirektör för Avfettningsmyndigheten. Fri våg ingår säkert.

– Det skålar vi på, sa Emil. Och det gjorde vi.

När vi diskat och ställt i ordning, tog jag Calle avsides. Vi satte oss i ett hörn av vardagsrummet, medan de andra fortsatte övningarna med konjaken och cigarrerna ute i köket. Nu var det politik som gällde vid det runda matbordet och stämningen var hög. EU och EMU var på tapeten. För mig rörde sig EU inte om svenskt snus, raka gurkor och toppstyrning från Bryssel, det gällde ett fredsprojekt som skulle befria den europeiska kontinenten från krig och elände. Gamla arvfiender betade nu som fromma lamm sida vid sida. Och det räckte att titta på USA. Hur hade Amerika sett ut genom århundradena om landet bestått av femtio suveräna stater istället för att vara en fast sammanhållen union?

– Har det hänt nåt? frågade jag och tog en klunk ur mitt rödvinsglas. Jag tycker inte om konjak, håller mig till andra druvor.

– Med vad?

– Med flickan i Tantolunden. Shadia. Och med Charlotte?

– Jag har sett obduktionsprotokollet nu. Och det var ingenting märkvärdigt med det. Charlotte dog av en kraftig allergichock. Fast hon hade också spår av sömnmedel och alkohol i blodet.

– Det var intressant. För jag har funderat över det där med getingen. Det verkade så osannolikt.

– Tycker du? Hon var ju oerhört allergisk och en geting slank ner med saften.

– Det är just det som inte stämmer. En människa med en så svår allergi att hon kan dö på några minuter, om hon inte får cortison, borde vara mycket mer försiktig och se sig för.

– Du menar att hon fått i sig sömnmedel, för att nån skulle få henne att svälja saften med getingen?

– Jag börjar luta åt det hållet. Och likadant med Shadia. Hon var ingen narkoman, tog inga sprutor. Det enda märket på höften kom ju från sprutan bredvid henne, som du sa. Du berättade att det funnits spår av sömnmedel i hennes blod också. Hon kan alltså ha drogats för att mördaren skulle få fritt fram med sprutan.

– I teorin låter det ju sannolikt, men glöm inte att svenska folket sätter i sig mängder av sömnmedel. Brist på sömn är ju ett stort problem för många stressade människor. Om du vaknar på natten och tar några tabletter för att kunna somna om, så finns ju spår kvar i systemet dan efter.

– Det är möjligt, men jag tycker du ska be om en analys av styrkan på tabletterna och ta reda på när dom svaldes.

– Jag ska se vad jag kan göra. Fast din teori har ett stort hål.

– Varför det?

– Motivet, sa Calle och tände en cigarr, drog tändstickslågan fram och tillbaka under framänden av cigarren för att värma upp, tände och puffade vällustigt små blå moln upp mot det låga taket. Det finns inga motiv. Inte som vi har fått fram åtminstone.

– Inte? Men då kanske jag kan bidra. Och jag berättade vad som hänt med Augsburgspokalen. Om Jonas Erikssons relation med Shadia, att hon trott att de skulle gifta sig.

Calle lyssnade uppmärksamt, glömde bort sin cigarr.

– Det låter ju i och för sig intressant, men inte särskilt troligt. En väletablerad mäklare dödar inte en kvinna för att han är rädd för att hans fru ska få veta att han har varit otrogen. I så fall skulle vi ha en helt annan mordstatistik i Sverige. Han föredrar nog en tids obehag framför ett liv bakom galler. Och får jag tro dig, så var det väl heller inte första gången han var ute och flöjtade. Var det inte "budoaratleten" du kallade honom? Calle skrattade och angrep sin långa cigarr igen. Du menar alltså att Jonas skulle ligga bakom Shadias död?

– Jag pekar bara på att hennes dödsfall kanske inte är så enkelt som det verkar. Eller som nån vill få oss att tro. Precis som med Charlotte och hennes geting. Hedersmord kan ju vara en anledning.

– Hedersmord, om man nu kan koppla heder till mord, förekommer i vissa grupper, men inte alls så ofta som man kan tro av medierna, sa Calle. Och glöm inte att det inte var så värst längesen som en flicka i Sverige skulle "hålla på sig" och det värsta som kunde hända en ung, ogift tjej var att bli gravid. Social skam och stora problem, inte minst ute på landet och i småstäderna med deras starka sociala kontroll där alla visste allt om alla.

– Jag vet. Illegala aborter och självmord var inte ovanligt på den där tiden. Flickor "gick i sjön". Oönskade barn adopterades bort. Det var ju före p-pillerrevolutionen. Så vi ska väl inte sätta oss på alltför höga hästar när det gäller kulturmönster.

– Huvet på spiken. Calle nickade instämmande.

– Jag läste nånstans att familjen och släkten kräver att den unge ska rätta sig efter vad familjens överhuvud anser vara bäst, sa jag, men i Sverige är det ju tvärtom. Familjen får underordna sig individen, annars ses det som förtryck. Och i kulturer med stark sammanhållning inom släkt och familj har man ofta bestämda uppfattningar om mans- och kvinnorollen. Där har kollektivet tagit på sig ansvaret för och kontrollen över individen.

– Precis. Och det kan skapa en hedersuppfattning som tappat kontakten med verkligheten. Det är säkert inte lätt att komma från en patriarkalisk kultur med strikta regler och normer och konfronteras med ett totalt vidöppet samhälle. Fjortonåriga flickor får p-piller, ingen lägger sig i om ungarna skolkar, discona hålls öppna till fem på morgonen. Och grupptrycket i dom här åren är starkt. Det är svårt att vika av och vara annorlunda i tonåren. Men om vi lämnar Shadia, så kvarstår frågan varför nån ville döda Charlotte. Var Jonas framme där också? Calle log.

– Ingen aning, men dom lär ha haft ett förhållande. Och Monica antydde att Charlotte sysslade med utpressning. Umgicks i "rätta" kretsar, där hon fick reda på både det ena och det andra, som hon sen använde. Med den sortens pengar som fanns där så var man nog beredd att lätta på plånboken om alternativet var Österåker eller Kumla. Och hon gjorde affärer med Dirty Harry.

– Dirty Harry? Menar du Clint Eastwood? Nu får du ge dig, Johan. Calle skrattade.

– Harry Blonsky heter han egentligen, sa jag utan att låtsas om hans inpass. Det fick jag bjuda på. Nu gällde det att ta vara på tillfället, att få ut så mycket som möjligt av vårt samtal.

Jag berättade ju om honom fortsatte jag. En antikhandlare som inte har det allra bästa rykte i branschen. Han gör mycket affärer med dom gamla kommunistländerna och det glunkas om häleri och om knark. Det produceras ju mycket amfetamin och annat i den regionen, och Ryssland är ett genomgångsland för heroin från Afghanistan. Importerar man möbler därifrån så kan det finnas både lönnfack och annat som är praktiskt i den hanteringen.

– Skulle Charlotte och Shadia ha mördats av Blonsky för att dom var insyltade i hans smugglingsaffärer? Dina motiv är mer fantasifulla än realistiska. Calle slog av en lång, grå askpelare från sin cigarr i askfatet på bordet och tog en klunk ur sin konjakskupa.

– Jag hörde ryktas att Charlotte höll på med knark också, sålde kokain till den som var intresserad.

– Du menar alltså att Charlotte snuvat Blonsky på pengar för nån leverans, han kommer hem till henne och lurar i henne sömnmedel för att sen mörda med saft och geting? Saft och bullar fick man som grabb, men aldrig saft och geting. Och Shadia sen. Var det saft och heroin som gällde där? Du är duktig på att bygga korthus, Johan, men det här ramlar innan du ens fått på taket.

Calle log belåtet mot mig. Han har ingenting emot att sätta mig på plats när han kan.

– Okej, du vinner. Jag försöker bara hjälpa till och det finns faktiskt en del av dina kolleger som uppskattar det i alla fall.

– Det skulle väl vara Francine det?

– Inte alls, nej, det är folk som sysslar med smuggling.

– Menar du att polisen smugglar?

– Tvärtom. Dom håller på med en stor grej som rör smuggling av antikviteter, alltså försäljning till utlandet av prylar som belagts med exportförbud. En hel del stöldgods dessutom.

– Jag har hört talas om det där, sa Calle eftertänksamt. Är det inte mest allmogegrejer? Dom lär få många gånger så mycket betalt i Amerika.

– Just det. Och dom har bett mig hjälpa till. Och det ska jag göra.

– Ska du värdera sakerna?

Jag skakade på huvudet.

– Nej, men jag ska vara deras hemliga agent.

Calle skrattade.

– Hemlig agent? Först utreder du mord som inte har begåtts och nu ska du jobba extra för oss. Törs jag fråga vad du ska göra?

– Dom har bett mig ta kontakt med nån som sitter som spindeln i ett stort nätverk av såna här aktiviteter. Och jag ska ha en dold mikrofon på mig så att dom kan avslöja honom.

Calle satt tyst, såg forskande på mig.

– Dold mikrofon? Det kan jag aldrig tänka mig att nån har bett dig om.

– Fråga din kollega. Han är nån sorts polisinspektör och heter Björn Gren.

– Det ska jag verkligen göra. Såna metoder använder vi inte. Dold mikrofon!

Calle skrattade, lade ifrån sig den halvrökta cigarren i askfatet och tömde det som fanns kvar i konjakskupan.

– Dold mikrofon! Nu får du ge dig, Johan. Kom med ut i köket istället. Jag vill ha mera konjak.

Han reste sig och gick tillbaka till de andra, böjde huvudet i den låga dörröppningen. Ljudstyrkan från köket hade ökat i volym, grå moln av cigarrök trängde in i rummet genom dörren han öppnat.

Calle har väl rätt, tänkte jag resignerat. Som så ofta. Charlottes död var en tragisk olyckshändelse, Shadias kanske också.

En överdos första gången hon prövade heroin. Varför skulle jag alltid komplicera mitt liv? Fast den här gången hade jag fått hjälp. Lunchen Jonas bjöd på hade jag fått äta upp många gånger.

Jag följde efter ut i köket. Pelle Bergström hade bidragit med en stor, vällagrad bredsjöost. Den måste jag prova.

Runt bordet hade man kommit in på allvarligare, existentiella frågor.

– Jag tror inte på ett liv efter detta, sa Emil allvarligt. Vi glömmer bort att människan bara är ett däggdjur bland andra, mera begåvat och intelligentare, men fortfarande ett däggdjur.

– Tala för dig själv, sköt Pelle in och de andra skrattade.

– Vad jag menar är bara att vi har samma genetiska funktion. Att fortplanta oss och se till att ungarna överlever. När vi sen är förbrukade, så återgår vi i kretsloppet. Grävs ner och blir till jord igen.

– Du talar som en miljöpartist. Glöm inte att vi har rest till månen, sa Calle Asplund. Det gör inga andra djävla däggdjur. Och skrattet kom tillbaka.

– Jag försöker vara lite allvarlig här, men det verkar inte gå hem. Jag menar bara att vi har uppfunnit gudsbegreppet för att visa vår intellektuella överlägsenhet. Vi är helt enkelt för framstående och för märkvärdiga i våra egna ögon för att bara dö och försvinna. Det måste finnas nånting annat. Våra märkvärdiga liv kan inte bara ta slut. Vad säger du som är präst? Han såg på Gösta Plommongren.

– Jag tänker på gamle ärkebiskopen Anton Niklas Sundberg, sa han och log i skägget. Han träffade en gång en dam som helt frankt förklarade att hon inte trodde på Gud, att hon inte trodde att man kom till himlen. Då såg ärkebiskopen på henne, log och sa: "Vad lilla gumman ska bli förvånad."

– Jag tror säkert att det finns nån sorts kraft i universum, vare sig vi kallar den Gud eller nånting annat. Calle Asplund lät eftertänksam. Men jag har svårt för den där teologiska överbyggnaden. Jag tror inte på Gud som en vithårig gammal farbror som går omkring bland molnen med sin käpp och gör hål som vi uppfattar som stjärnor.

– Nu tar du till, sa Pelle, du förenklar.

– Det kan hända, men jag menar all den här teologin, alla uttolkningar, alla föreskrifter som dränker budskapet. Prästerskapet med sin hierarki och självpåtagna ställning som ordets rätta uttolkare.

– Tack för komplimangen. Gösta log.

– Ta det inte personligt, men du förstår vad jag menar. Och jag tänker ibland på den där killen, som sa att hans högsta önskan i livet var att få ta med Jesus på en guidad tur i Vatikanen.

– Tänk istället på ett akvarium och fiskarna där, sköt Gösta in. Sand på botten, en och annan växt. Då och då mat på ytan. Dom simmar runt, runt och vet inte av nånting annat. Det är deras liv, det är deras hela existens. Och dom har ingen aning om att på andra sidan glasrutorna finns helt andra världar.

– Så du tycker jag är nån sorts djävla guppy? Calle skrattade. Du låter som pastor Jansson. Jag såg förresten i tidningen att bostadshus ska ta värme från krematorierna. Ju fler som dör, desto varmare inomhus. Det kan man kalla kretslopp och återvinning på hög nivå.

– Det där med guppyn är inte nån dålig liknelse, sa jag och slog upp mera rödvin. Den påminner om när jag åkte till Amerika en gång för längesen. Jag satt där tio tusen meter ovanför Grönland och åt hummer. Den kunde mycket väl ha fångats en mil under mig. Och jag kom att tänka på att jag lika lite som hummern kunde föreställa mig vad som kunde hända, om nånting alls, efter min död.

– Nu får du förklara dig, sköt Calle in. Gud som en hummer?

– Jag menar bara att för hummern, som kröp där nere i sin värld på kontinentalsockeln, att ens kunna föreställa sig att han skulle serveras på ett porslinsfat i en jumbojet tio tusen meter upp i luften, i ett helt annat element, det måste ju vara så långt från hans fattningsförmåga du kan komma. Och likadant för oss människor. Vi talar om religion och fenomen, som vi inte har kapacitet att ens föreställa oss.

– Där har du en ny variant, Gösta, sa Emil. Nästa gång du predikar kan du öka ut med en hummer. Det gör det genast intressantare än om du bara kör med guppyer.

De skrattade, men Gösta förstod. Han nickade vänligt mot mig, höjde sitt glas. Såg han en proselyt som var mogen att avvika från syndens väg? Men han hade säkert inga illusioner, när det gällde mig.

– Såg ni annonsen för begravningsbyrån häromdan? sköt Calle in. Där kallade dom begravningen för ett minne för livet.

– Dö nu, betala senare, sa Emil. Det säger begravningsfirmorna i USA i sina annonser. Där finns förresten ett företag som kan pressa diamanter ur askan efter kremeringen och som ett kärt minne kan en kvinna bära en brosch gjord av hennes egen faster.

– Sluta med ert makabra dösnack, bröt Pelle av och skar en tjock skiva ost. Om du vill göra smycken av din döda faster så gärna för mig. Men hon kommer säkert att spöka för din fru för resten av livet. Prata om nåt trevligare istället. Ingen som har nån bra skandal?

– Skandal har jag väl ingen, sa Calle, men jag såg nånting festligt i tidningen häromdan. Amerikanske presidenten hade varit i Baltikum och på ett ställe fick han landets högsta utmärkelse, nån sorts orden som var fin som snus. Då skulle han ge det landets president nånting lika fint från USA. Vet ni vad han gav?

– Kongressens medalj, föreslog Emil.

– Inte alls. Nånting ännu finare. En basketboll med Michael Jordans autograf. En intressant kulturkrock.

Jag lyssnade, log åt Calles historia, slog upp mera rödvin. Hade han velat leda samtalet bort från dödens slutgiltighet? De eviga frågorna kom upp i många oväntade sammanhang. Men det var inte döden i sig som skrämde mig. Bara den inte var förenad med smärta och lidande. Idealet vore om den kom som en tjuv om natten, blåste ut mig i sömnen, som ett ljus. Att stilla somna in. Jag tänkte på Woody Allen, som sa att han inte var rädd för döden, bara inte ville vara med när den kom.

Nej, det som tyngde mig mest med döden var att ingenting förändrades. Den dag jag dog skulle mitt skrivbord i affären se exakt likadant ut. Samma auktionskataloger, samma fakturor. Utanför skulle människor skynda förbi skyltfönstren. Cléo skulle undra kanske, Francine sörja, några vänner och kolleger minnas mig ibland, men intrycken skulle blekna med åren. Jag hade varit här en tid och gett mig av lika diskret och anonymt. Vad hade jag egentligen gjort av mitt liv, mer än levt det?

Jag tänkte på det när jag letade efter någonting häromdagen i en gammal uppslagsbok. Sidorna var fyllda av bilder och information om allvarsamma herrar och damer som uträttat sen länge inaktuella och överspelade ting och nu levde kvar, instängda och bortglömda, mellan Svensk uppslagsboks tjocka pärmar.

Då slogs jag plötsligt av en tanke, en bisarr tanke. Tänk om hela världen, hela universum, fanns hos mig? Bara i mitt sinne, i min hjärna? Tänk om allt som hände och skedde förr och nu ägt rum i min hjärna, att alla människor bara fanns där i min inbillning och att allt skulle försvinna och utslockna när jag dog?

Men jag aktade mig för att ta upp frågan till diskussion vid köksbordet. Det fanns saker man måste hålla för sig själv. Fast ett visste jag. Mitt universum, allt det som mina miljarder hjärnceller upplevt, registrerat och lagrat, skulle försvinna, som när man trycker *delete* på en dator. Det var det enda vissa. Och jag var avundsjuk på kyrkoherden och hans tro. Så mycket enklare livet vore om man var religiös. Kunde överlämna allt åt en Gud. Få förlåtelse och tro på uppståndelsen. Veta att allt skedde efter Guds vilja. Men fanns han? Skulle han i så fall tilllåtit att Shadias liv brutalt släckts, liksom Charlottes?

Kapitel XXXI

Själva apparaten var inte stor. En platt, svart dosa, en tunn sladd och en liten mikrofon under kavajslaget. Dosan hade jag i innerfickan och med en vass knivspets gjorde han ett litet hål för sladden genom kavajen. Jag såg mig själv i spegeln. Ingen kunde se att jag var en levande mottagare och sändare.

– Elektroniken har accelererat, sa Björn Gren. Det här är CIA:s senaste variant. Allt som sägs fångar vi upp inom en radie av fem hundra meter. Det är ett idiotsäkert system.

– Jag känner mig lite fånig, faktiskt. Som i nån B-film från Hollywood. Polisagenten som med risk för livet infiltrerar maffian! Tänk om dom gjuter in mina fötter i cement och släpper mig i Nybroviken? Finns det inte ett uttryck för det i era kretsar? Ståplats i Nybroviken?

Han skrattade.

– Du ska varken ge dig på maffian eller infiltrera KGB eller vad det kan heta nu för tiden. Och ny kavaj ska du få eftersom jag gjort hål i din. Du ska bara sitta i lugn och ro med nån som ska smuggla ut en av Sveriges finaste allmogepjäser, som dessutom är stulen. Ett skåp från Jämtland. Och du ska få honom att säga att han struntar i alla lagar och förordningar, och att det inte är första gången. Att han satt det i system. Kan du få honom till att det är snott också, och från vem, så blir det bingo. Men det är väl att hoppas på för mycket.

– Så enkelt, sa jag ironiskt. Lätt som en plätt. Menar du att du tror att en sån där typ säger sånt rakt ut?

– Det är i alla fall värt ett försök. Du är en kollega, du är antikhandlare och du kan hinta om samarbete i fortsättning-

251

en. Nu kommer du dit för att köpa skåpet. Bjuder du mer än han kan få i Amerika, så är det klart att han blir intresserad. Det gäller bara att bygga upp en avslappnad och intim situation.

– Intim situation? Vad menar du, egentligen? Jag skrattade.

– Kom ihåg att det är helt frivilligt. Ingen tvingar dig. Men du skulle göra oss en stor tjänst, dig själv också som antikhandlare, för det kan bidra till att vi stoppar upp det här flödet av fina grejer från Sverige. Åtminstone tills nästa skurk hoppar fram. Kan vi slå till nu, så skrämmer det bort en del andra fula fiskar också.

– Men är det egentligen tillåtet? Kan polisen jobba med dolda mikrofoner, och kan det inte ses som nån sorts provokation? Jag ska ju tydligen lura honom att säga saker som han sen kan åka dit på?

– Jag har lärt mig en sak i det här jobbet, sa Björn Gren allvarligt. Fråga inte om det inte behövs. Och det är resultatet som räknas. Alla skurkar vi har att göra med utnyttjar lagboken till det yttersta och kommer undan alldeles för lätt, även om vi vet att dom är skyldiga. Men låt det vara mitt problem.

– Okej, bara jag inte blir inlåst på vatten och bröd som delaktig. Men man får visst eget rum med TV och permission så ofta man vill. Kanske jag kan få elektronisk fotboja? Jag går i alla fall aldrig längre än till Freden och Operabaren.

– I första omgången kommer du att få träffa en underhuggare, en av gorillorna som vaktar skattkistan. Tanken är att han ska leda dig till den som ligger bakom den här trafiken. Så du ska skapa förtroende, så han slussar dig vidare.

– Hur skapar man förtroende hos en gorilla?

– Det är inte så farligt som det låter. Oleg Sytenko heter han, en torped från Vitryssland som kom hit med ett asylpaket.

– Som fraktgods.

– Nästan. Björn log. Nej, det finns resebyråer där borta som säljer hela paket med falska handlingar och annat som behövs. Och dom fabricerar levnadshistorier som går hem hos dom svenska myndigheterna när du söker asyl. Omkring femton procent av alla som kommer från den kanten lär göra det med

falska handlingar, för att sen ofta etablera sig i Sverige och syssla med brott.
– Och en sån ska jag träffa nere i en mörk källare?

Dagen efter vår matlagningskväll på Utö hade Björn Gren ringt och föreslagit att vi skulle slå till på kvällen. Jag skulle ringa ett visst telefonnummer, tala om vem jag var och säga att jag hört att det fanns ett mycket speciellt allmogeskåp som var till salu. Jag ville gärna komma och titta eftersom jag var intresserad. Så skulle jag gå dit och sen fick resten ge sig självt.
– Det låter lite lättvindigt, hade jag sagt.
– Jag vet att det är en vag instruktion, men går det så går det. Funkar det inte får vi ta andra grepp.

So far so good, tänkte jag där jag stod utanför porten till det nergångna huset på Högbergsgatan. Nu hade mitt dåliga omdöme slagit till igen och lett mig på nya villovägar. Men jag hade bara mig själv att skylla. När jag ringt numret jag fått av Gren hade jag fått adress och portkod och instruerats att gå ut på gården och ner i en källarlokal rakt fram, vid sidan av en piskställning. Gör man det fortfarande? Hänger upp mattor på ställningar och slår dammet ur dem med rottingpiska?

Mannen jag talat med i telefonen hade verkat intresserad. Först var han avvisande, det fanns misstänksamhet i rösten. Men när han hörde att jag var villig att betala rejält för vad han hade, mjuknade han och jag var välkommen.

Långsamt gick jag över den tysta, tomma gården. De höga husfasaderna med avvisande, mörka fönster stängde ute mycket av sommarkvällen, mörka åskmoln lade den övergivna gården i halvskymning. Genom ett öppet fönster kom klassisk musik, en tung fuga av Bach. På den svarta asfaltbeläggningen började stora regndroppar bilda ett mönster. Åskan mullrade över Södra bergen och jag skyndade på mina steg.

I bilar ute på gatan skulle Björn Gren och hans kolleger vänta för att spela in mitt samtal nere i källaren. Jag hade frågat om de kunde ingripa om det gick snett. Inga problem, hade han sagt. Säg bara "kronjuveler" om du känner dig trängd. Kronjuveler? Som kodord, blev förklaringen. Det kan du alltid få in.

Prata om skåpet eller andra grejer som "kronjuveler" bland antikviteter. Du kan alltid hitta på nåt. Säger du det ordet så kommer vi på stubben utan att dom anar nånting. Och det hade lugnat mig.

Jag tryckte ned handtaget på den svarta, tunga järndörren. Gångjärnen gnisslade. Var det här så klokt, egentligen? Åskan hade tilltagit ovanför hustaken, ett plötsligt slagregn smattrade mot asfalten bakom mig, och den trånga ingången till källaren låg i mörker. Till höger glödde en röd belysningsknapp.

Jag tände och gick försiktigt nerför de branta trappstegen i sten. På det nedre planet låg en lång, mörk korridor. I bortre änden syntes ett gult ljussken under en dörr. Var det där Oleg Sytenko väntade? Torpeden från Vitryssland.

Jag såg ingen lysknapp, fick treva mig fram med ena handen längs den skrovliga väggen. Framme vid dörren knackade jag, öppnade och kom in i ett litet rum. En skärmlös lampa hängde i en tvinnad sladd från taket. Under en källarglugg stod ett litet bord. I en rottingfåtölj satt en man i mörk kostym. Oleg Sytenko? Han såg misstänksamt på mig medan han reste sig upp.

När han stod framför mig såg jag alla de små ärren i hans ansikte. Spår av svårartad ungdomsacne? På nära håll liknade det en gammal skärbräda med små, korta och fina snitt. Och armsvett. Dusch och deodorant fanns inte bland hans prioriteringar.

Längre än jag var han, och kraftigare. En tunn ring blänkte i ena örat och det hår han tappat på huvudet kompenserades av hästsvansen i nacken. Ena örsnibben verkade bortsliten. De mörka ögonen under nästan sammanvuxna, buskiga ögonbryn såg forskande på mig.

– Johan Homan? Antikhandlaren?

Han talade med kraftig, slavisk brytning. Rösten var hes, sträv som sandpapper.

– Det stämmer, och jag log, men utan övertygelse. Vad skulle hända om jag sa "kronjuveler"? Hann Björn och hans grupp ner? Fast jag fick inte hetsa upp mig. Jag var faktiskt en antikhandlare som besökte en kollegas lager för att köpa ett skåp. Punkt, slut. Han hade ingen anledning att styckmörda mig. Jag kände inte igen honom från visningar eller stadsauktionerna. Var han ny i branschen eller bara någon hjälpreda?

– Jag förstår att du är intresserad av det där skåpet? Chefen sa det.

– Precis. Om kvaliteten är rätt och priset är rätt.

– Hos oss är kvaliteten alltid rätt. Priset också.

Det hade kommit ett förtäckt hot i rösten. Hade jag förolämpat honom, betvivlat hans varor?

– Och vi tar bara *cash*. Inga banköverföringar eller checkar och sånt.

Jag nickade, jag förstod. Deras transaktioner skulle inte kunna spåras.

– Det är okej för mig. Jag kanske är intresserad av annat också, inte bara skåpet. För jag har specialiserat mig på allmoge, och jag har hört att ni har fina grejer.

– Vem har du hört det av? Sytenko såg misstänksamt på mig.

– Det snackas i branschen, sa jag vagt. Och jag gör en del business med Amerika. Andra länder också. Prisnivån är ju annorlunda än här, och jag log mot honom.

– Det gör vi också. Exporterar alltså, sa han utan att besvara mitt leende.

– Om jag ska vara ärlig så besvärar jag inte myndigheterna i onödan. Det blir så mycket pappersexercis annars. Och dom där amanuenserna på museerna gillar att lägga krokben för hederliga affärsmän.

– Precis. Hans dystra ansikte lyste upp. Det är vad vi alltid säger. Dom har källare och vindar och magasin proppade med prylar som aldrig ställs ut, och mycket förfars. Jag hörde bara häromdan om en del tapeter från Mälsåkers slott. Det brann ju under kriget, när norska polistrupper var förlagda där, och sen skulle det restaureras.

– Jag vet. Riksantikvarieämbetet rev ut inredningen och tog bort dom gamla golven, göt betonggolv och satte in betongbjälkar för att Röda korset skulle ha det som arkiv. Men dom fick tag på nånting annat och bättre. Gamle Tessin skulle rotera i sin grav, om han visste vad dom gjort med ett av Sveriges finaste barockslott. Fast nu försöker dom reparera gamla synder och har redan lagt ner fyrtio miljoner på en ny restaurering.

– Intressant, sa han. Det är väl ett exempel på sysselsättningspolitiken? Först river man ner ett gammalt slott, sen bygger man upp det igen. Han skrattade och såg plötsligt riktigt mänsklig ut.

– Finns grejerna här? Jag såg mig om i det lilla rummet. I källaren, menar jag.

– Ja, men vi måste gå en bit först.

Sytenko reste sig, öppnade en dörr på kortsidan genom att knappa in en kod, och jag följde efter. Längs en vindlande källargång gick vi, kom fram till en gråmålad, tung branddörr, som han öppnade med två nycklar. Med en suck gick dörren i lås bakom oss och vi kom in i ett nytt system med smala gångar.

Nu var det kört, tänkte jag. Skulle någonting hända kom Björn aldrig fram i tid. Han hade ju varken nycklar eller koder.

Så kom vi fram till en ny järndörr, den här gången med ett mer komplicerat låssystem. Sytenko öppnade, varningssignalen från ett larm pep inne i ett väggfast skåp. Han låste upp med en liten blank nyckel, knappade in en kod och signalen tystnade. Fort Knox, tänkte jag, här var det kört för obehöriga.

Vi stod i ett stort rum, ett magasin fullt av möbler. De starka neonrören i taket lyste upp det stora utrymmet, där olika föremål trängdes.

Jag tittade mig omkring. Jag är inte någon expert på allmogemöbler, men det jag såg imponerade. Skåp, stolar, bord och skänkar. På ett bord fanns ölstånkor, bogträn för hästar, svepaskar och mycket annat. Allt verkade högklassigt. I ett hörn fanns gustavianska byråar och några skrivbord med de typiska hurtsarna på ena sidan. En och annan rokokobyrå såg jag också. Men mest allmoge.

– Det var inga dåliga grejer.

– Det kan man säga, sa han belåtet. Vi har uppköpare i Jämtland och Hälsingland. I Skåne också. Och vi köper en hel del på auktioner. Av allmoge alltså. Men bara det bästa. Och det mesta är faktiskt redan sålt.

– Till handlare i Stockholm?

– Nej, på export.

– Har ni fått klartecken från Nordiska museet?

Han log, som mot ett barn som inte förstod bättre.

– Varför ska vi besvära dom i onödan? Du sa det ju själv nyss. Vi har en stadig kund. En rik svensk-amerikan som bor i New York. Han köper allt han får tag på, nästan obesett. Litar på oss. Det han inte vill behålla själv, säljer han vidare. Det finns gott om förmögna svensk-amerikaner med hemlängtan.

– Det är ju praktiskt.

– Verkligen.

– Hur går det till i praktiken? För tullen kollar väl grejerna?

– Det mesta av dom finaste prylarna tar vi ut som flyttgods. Vi har en del kontakter på stora företag, banker och på annat håll. Och på speditionsfirmorna. När det är en större flyttning så kan vi ta en diskret kontakt, säga att vi har en släkting i Amerika som har ärvt en del möbler och undrar om vi kan få göra ett medskick. Mot ersättning förstås. Och det funkar ganska bra. Annars kör vi med vanliga sändningar. Tar en container. Och vi komplicerar inte livet med att söka några tillstånd.

– Jag förstår. Fast det är ju egentligen lagbrott?

– Lagbrott och lagbrott. Formellt sett är det väl det. Men om nån nu tycker om den här sortens möbler och vill ha dom i sitt hem så ser jag inga problem i det. Svenskarna får väl se om sitt hus och betala vad det kostar. Annars får dom skylla sig själva.

Han log ett cyniskt leende.

– Dom får väl det.

Nu måste Björn Gren vara glad, tänkte jag. Här står den här karln och säger precis vad dom bett om. Ja, vi smugglar ut delar av det svenska kulturarvet. Ja, vi vet att det är mot lagar och förordningar. Ja, vi vet, men vi bryr oss inte. Allt var serverat på silverfat. Att fråga om han sålde stöldgods också hade varit ett snäpp för mycket, åtminstone i det här läget.

Då började det plötsligt pipa någonstans i det stora rummet. Korta, skarpa signaler. Men de kom inte från larmskåpet vid dörren. Oljudet hördes i min innerficka. Någonting hade gått snett med avlyssningsapparaten.

Förvånat såg Sytenko på mig. Så mörknade ögonen. Insåg han vad jag höll på med? Han tog ett steg framåt, i en dunst kom den obehagliga lukten mot mig. Men jag fann mig snabbt.

– Sorry, jag glömde stänga av mobilen. Jag fick ett SMS.

Jag stoppade ner handen i innerfickan, drog snabbt den tunna sladden från den platta dosan och tog upp min mobil ur samma ficka.

– *No problems*, sa han, lugnare nu.

Men jag insåg att jag hade kapat livlinan bakåt. Björn Gren och hans kolleger i de parkerade bilarna skulle inte kunna ingripa om det behövdes. Jag kunde ropa "kronjuveler" hur länge som helst, men någon hjälp skulle inte komma. Men det skulle ju heller inte behövas. Vad kunde hända mig nere i källaren? Den som sålde högklassiga allmogemöbler bar inte hand på kunderna. Det var inte någon lyckad affärsidé.

Då öppnades plötsligt dörren bakom mig. Någon kom in i rummet. Hade Björn blivit orolig när förbindelsen bröts? Jag vände mig om. Men det var inte kriminalinspektör Gren.

Kapitel XXXII

Jag vet inte vem som blev mest förvånad, Monica Eriksson eller jag. Oförstående såg hon på mig, men fann sig snabbt.

– Hej Johan. Är du här? Vilken överraskning.

Tack detsamma, höll jag på att säga men gjorde det inte. Fast jag undrade varför hon kommit ner i valven under det gamla huset. *Modern Design* hette hennes affär. Och de gamla skåpen och skänkarna som trängdes här nere kunde knappast platsa i hennes sortiment.

– Jag fick ett tips om det här lagret, sa jag. Vi har en del kunder som är intresserade av allmoge, och det lär finnas ett skåp här som kanske kan vara nånting.

– Jag berättade ju för dig sist att jag blandar upp det moderna i min affär med en del rustika, naivistiska saker, sa Monica. Och allmoge bryter bra, står ut i moderna miljöer både vad gäller form och inte minst färg, så jag kommer hit ibland. "Min" färgskala går ju mest i svart, vitt och grått. Rostfritt stål och glas. Då känns det uppfriskande med en och annan färgglad kurbits.

Varför var hon så mångordig? Det var väl lika naturligt för henne som för mig att komma hit och fynda?

– Jag har också hört talas om ditt skåp, fortsatte hon. Oleg, var snäll och visa var det står.

Buttert såg han på henne. Så gjorde han en gest mot ena hörnet och vi följde efter honom. Längst in stod ett stort skåp, mycket vackert i proportionerna. Ett rokokoskåp i utsökt allmogetappning och jag förstod att prisnivån skulle vara därefter. Dörrspeglarna var dekorerade med blå rosor och konstnären hade minst lika hög klass som den mästare som snickrat skåpet. Stod jag framför det stulna skåp som Gren talat om?

Inte för att jag var någon expert på allmogekonst, men som lekman skulle jag utan vidare kunna klassificera det eleganta skåpet som en högklassig exponent för den unika allmogekonsten. Ett mästerverk som definitivt hörde hemma i Sverige och som inte fick göras om till barskåp vid någon pool hemma hos en Texasmiljonär.

Jag såg närmare på skåpet, studerade dörrspeglarnas blomsterprakt – då ringde en klocka. Det påminde om någonting och jag mindes. Allmogeskåpet jag sett i Charlottes våning, det som Georg Kylmann stolt förevisat.

– Är det Anders Berglin? Han som målade Näs kyrka?

Förvånat såg Oleg på mig och nickade. Såg på mig med något som liknade respekt.

– Vad har du för prisidé?

– Jag måste fråga chefen, sa han och såg på Monica. Men vi lär ha ett bud på sexhundra tusen kronor. Från nån i New York. Och det finns en norsk spekulant.

– Det var inte dåligt. Går dom på så mycket?

– Tycker du det är dyrt? Monica log. Titta bara på en signerad gustaviansk byrå av nån av dom bättre mästarna. Där kan du komma upp i samma prisläge. Skillnaden är bara att deras verkstäder gjorde mängder av möbler, medan ett sånt här skåp kanske är en solitär i Berglins produktion.

– Då får jag ta ett djupt tag i fickorna, om jag ska kunna matcha det budet. Men får ni sälja det på export? Ett sånt objekt måste väl få utförselförbud?

Oleg log. Som för ett plötsligt vinddrag från sommaren där ute sken han upp, blinkade knipslugt mot mig.

– Det här kommer att få åka med ett flyttlass till New York om tre veckor. Nema problema. Och som du sa själv, så ska man inte störa våra hårt arbetande statstjänstemän i onödan. Dom har tillräckligt mycket att göra ändå med att styra och ställa med oss.

Visserligen var min sändare ur funktion, men genom min provokativa fråga hade jag fått bekräftelse på vad han sagt tidigare. Att hans företag inte deltog i ansträngningarna att skydda det svenska kulturarvet. Fast varför skulle han det? Han var inte svensk och för sexhundra tusen var han säkert beredd att tumma på alla möjliga byråkratiska föreskrifter.

– Det är klart ni måste ha exporttillstånd, sa Monica skarpt. Det går kanske att fuska med mindre profilerade objekt, men inte med en sån här pjäs. Det är alldeles säkert nån svensk som kommer att observera skåpet och börja ställa frågor. Kanske redan i tullen?

– Livet är fullt av risker och dom får vägas mot vinsten. I det här fallet är valet inte svårt. Dessutom är köparen svensk. Så vi bara flyttar en bit kulturarv som fortfarande blir kvar i svenska händer.

– Jag bjuder sexhundrafemtio, sa jag.

Oförstående såg han på mig.

– Menar du det? sa han sen med tvivel i rösten. Sexhundra-femtio tusen kronor?

– Ja, inte dollar.

– Jag förstår det. Han skrattade, men Monica verkade inte ha fattat.

– Är du verkligen säker, Johan? Visst är skåpet vackert men det är inte unikt. Det måste finnas andra exemplar som du kan få mycket billigare.

– Självklart, men det är inte jag som ska ha det. Jag har en gammal kund som har spårat skåpet hit. Han har jagat det i många år, men det har aldrig kommit ut på marknaden förrän nu. Och pengar är inte hans problem, tvärtom. Om jag kan hjälpa till att behålla det i Sverige, så är det ju bara trevligt.

Jag ljög som en häst travar, men jag ville försena försäljning-en och ge Björn Gren och hans kolleger tid att agera. För jag utgick från att den buttre vitryssen inte hade fullmakt att sälja det rakt av här nere i källaren.

– Intressant. Jag ska rapportera till chefen. Jag vet inte hur långt dom har kommit, om nåt avtal är skrivet. Om jag får ditt kort så återkommer vi. Och du kanske också är intresserad? Han vände sig till Monica. Vi kan ju ha en liten auktion här nere i källaren. Sytenko skrattade.

– Tyvärr har jag inte samma sorts kunder som Johan. Hon

log. Tala om för mig hur det går bara. Det ska bli spännande att se vem som vinner.

– Jag har en kollega som är intresserad av allmoge förresten. Kan jag tipsa honom om dina godbitar, eller har han redan varit här? Blonsky heter han. Harry Blonsky.

Jag vet inte varför jag frågade, det var mera en stundens ingivelse. Men jag rörde mig på så osäker mark, med så många lösa trådändar i alla hörn, att jag tog en chans.

Han såg uttryckslöst på mig.

– Harry Blonsky? kom det sen. Jo, honom känner jag till. Han kommer ibland. Men han är mest intresserad av äldre svenska möbler. Inte så mycket allmoge.

Det stämmer, tänkte jag. Äldre möbler. Och efter vad jag visste om Blonsky var han lika ointresserad som Oleg av att blanda in myndigheterna när han sålde till utlandet. Enligt Francine hade han ju också varit misstänkt för häleri. Var inte den här stora källaren idealisk för prylar som inte tålde alltför mycket dagsljus? Lokalerna låg diskret nere i en mörk källare. Stabila järndörrar skyddade, liksom larm. Och i gatuplanet fanns inga skyltar. Man måste veta var lagret fanns och man måste ha nycklar och koden för att öppna den inre dörren. Hade Augsburgspokalen legat undangömd här nere?

Innan jag gick, sköt jag ett skott till *in the dark*. Jag brukar göra det ibland. Kasta ur mig någonting mer på måfå för att se vad reaktionen blir. Ofta bommar jag, men ibland blir det resultat. Tavelträff om inte annat.

– Harry Blonsky hade en assistent. En ung tjej som hette Shadia. Kom hon hit nån gång?

Oleg skakade på huvudet.

– Aldrig, sa han kort. Har aldrig sett henne. Känner ingen som heter Shadia. Hurså?

– Hon blev mördad. Och polisen har inte hittat mördaren. Inte än.

– Vafan har jag med det att göra? Han brusade upp, såg hätskt på mig. Jag säger ju att jag aldrig sett nån Shadia. Aldrig.

Hans ögon flackade. Ljög han? Och jag tänkte på vad Jonas berättat. Den biffiga killen med hästsvans på Centralen.

När jag kom ut på gatan igen vinkade Björn till mig från en svart Volvo med antenn på taket och mörka rutor som stod parkerad en bit bort. Typisk polisbil, tänkte jag och gick fram mot den. Vill man annonsera sin närvaro så var den naturligtvis utmärkt, men försökte man vara anonym, borde den fått stå kvar i garaget. I amerikanska deckarfilmer spanade man med skåpbilar från en flyttfirma eller från gatukontoret. Fast Björn visste väl vad han gjorde. Det var heller inte någon vittförgrenad maffiaorganisation han var på jakt efter. En antikhandlare som köpte och sålde allmogeskåp var ju inte direkt något högvilt. Men här gällde det faktiskt att slå vakt om det svenska kulturarvet.

En ruta gled ner när jag kom fram.

– Vi blev oroliga, sa Björn där han satt. Det blev avbrott. Vi trodde det hade hänt nånting och var nästan beredda att gå in.

– Du gav mig ett måndagsexemplar. Rätt som det var började det pipa i den där dosan, men jag klarade mig. Skyllde på min mobil. Sa att jag fått ett SMS. Dom låter ju ungefär likadant.

– Snabbtänkt. Om du vill får du jobb hos oss. Han log.

– Vad händer nu? Du hörde ju vad han sa? Dom ska sälja skåpet och annat också till nån i New York. Och Sytenko vet mycket väl att han bryter mot alla möjliga lagar. Det har du på bandet. Kan ni ta honom nu?

– Inte än är jag rädd. Vi måste samla på oss lite mer först. Slår vi till nu spelar han bara oskyldig och säger att dom aldrig tänkt sälja nånting utomlands. Han har blivit missuppfattad. Visserligen har dom många spekulanter i utlandet, många villiga köpare, men skulle det komma till skott söker dom naturligtvis tillstånd. Och säkert har dom gjort det några gånger tidigare för att finnas i arkiven, kunna visa att dom är laglydiga. Men inspelningen kommer vi att ha stor nytta av. Inte minst när vi har lite "privat" snack med honom. Då kan vi vifta med tejpen och få honom att berätta vem som ligger bakom.

– Får man göra det i Sverige?

– Får och får? Fråga aldrig. Jag kör med lite Loyolastuk ibland.

– Loyolastuk?

263

– Det vet du väl? Ignatius av Loyola. Jesuiten, han som sa att ändamålen helgar medlen.

Det är tydligt att det är mycket jag inte vet om polisens arbetsmetoder, tänkte jag. Dolda mikrofoner, deals med skurkar. Jag måste fråga Calle hur det egentligen går till nere i källarna under polishuset. Kör dom med lite lagom tortyr också? Slår så att det inte blir blåmärken?

– För den här Oleg Sytenko är bara en underhuggare. En kroppsbyggare som vaktar nere i källaren, och honom ska du inte gå i vägen för. Jag berättade ju om honom. Tillhör en tung gruppering från S:t Petersburg. Vi har mycket skit på honom, stöld, rån, misshandel och mordförsök. Knarksmuggling också, men ingen har vågat vittna. Du vet hur det är. Men affärerna sköter andra, han står bara för brutaliteten. Jag tror inte Oleg kan skilja en barockbyrå från ett hörnskåp från Hälsingland. Björn Gren skrattade.

Men han kanske vet hur en barockpokal från Augsburg ser ut, tänkte jag. Och han kanske kände Shadia? Låg en raggig schäfer och sov i ett hörn av källaren? Jag hade sett i hans ögon att min fråga berört honom illa. Hur väl hade han känt henne i så fall? Precis som Harry nekade han. Fanns det fler likheter mellan dem?

– Intressant, sa jag.

– Vilket?

– Det där du sa om Sytenko. Att han pysslade med rån, misshandel och mordförsök. Om jag vetat det, hade du aldrig kunnat lura ner mig i källaren.

– Tack för hjälpen. Vi hörs.

Björn Gren vinkade, den svarta Volvon svängde ut från trottoarkanten och gled bort.

Han kunde ha gett mig skjuts, tänkte jag lite surt. Det var väl det minsta jag kunde begära. Dessutom hade han glömt att ta tillbaka min avlyssningsmikrofon och den platta dosan. Men jag förstod att han fick bråttom, ville säkert inte sitta med mig i bilen och berätta mer om Oleg Sytenkos meritlista. Jag vågade inte tänka på vad som kunde ha hänt om han hittat sändaren i min kavajficka.

Långsamt gick jag tillbaka mot Mariatorget men hade inte

hunnit långt förrän en BMW cabriolet stannade på andra sidan gatan. Den liknade Charlottes, den jag sett utanför Harry Blonskys affär.

Jag stannade till, en man steg ur och gick med snabba steg mot porten jag just lämnat. Kraftig, kompakt. Georg Kylmann. Skulle han också träffa Oleg Sytenko nere i källaren? Kom han för att shoppa allmogeskåp, eller hade han andra affärer på gång?

Kapitel XXXIII

Som mordänglar hade de svarta grisarna farit fram. Ätit upp fågelägg, unga sköldpaddor, bökat upp trädrötter och lämnat hela områden att dö. Getterna var inte sämre. Betat av vegetation likt effektiva skogsmaskiner, som lämnade ödsliga kalhyggen efter sig. Vilda hundar hade förhärjande dragit fram bland djur och fåglar. En sak hade de gemensamt. Alla var ditförda genom människans försorg. Resultatet blev katastrofalt, liksom i Australien där man planterade in kaniner för köttets skull. För att få bukt med den uppkomna kaninplågan släppte man ut rävar som istället gav sig på lamm och får, som var mera lättjagade. Många exempel på mänsklig klåfingrighet fanns. Men på Galapagosöarna hade man börjat få bukt med de människoskapade problemen. En intensiv jakt hade avsevärt reducerat grisstammen, getterna var också på nergång.

Det var fascinerande att lyssna på den engagerade föredragshållaren från Galapagos och hans skildring av dåtid, nutid och framtid för den unika ögruppen, där Charles Darwin gjort epokgörande studier för sina teser om arternas utveckling.

Hörsalen på Naturhistoriska riksmuseet var fullsatt av Galapagosvänner och allmänt naturintresserade åhörare med kungen i spetsen. Han hade själv varit där tillsammans med drottningen. Ecuadors ambassad arrangerade seminariet och jag var inbjuden, en av ambassadtjänstemännen var kund hos mig. Kom ofta in och "tittade". Han var särskilt intresserad av det jag kunde få in som berörde Sydamerika, mest kartor och kopparstick. Ett och annat precolumbianskt föremål också ibland.

Eftersom jag aldrig varit på öarna tyckte jag det kunde vara intressant och tog tunnelbanan ut till Frescati efter min utflykt nere i källaren på Högbergsgatan. Jag fick ju akta mig för att bli fackidiot. Francine brukade alltid predika det för mig. Det fanns en värld utanför Bukowskis och Auktionsverkets glassiga kataloger, världen var inte begränsad till Köpmangatan och min affär. Och jag kom inte alldeles oförberedd. Jag hade läst om öarna och snappat upp att den svenska fregatten "Eugenie" hade kommit dit i mitten av 1800-talet. Där blev man inblandad i de pågående pirataktiviteterna i farvattnen och räddade en tunnbindare som klarat sig undan attackerna. Som tack för hjälpen inbjöds den svenska besättningen att övervara banditernas avrättning.

Föredragshållarna avlöste varandra med faktaspäckade aspekter på öarna, belägna tusen kilometer utanför Ecuador, mitt ute i Stilla havet. Ögruppen bestod av ett tjugotal vulkaniska öar mitt på ekvatorn med en i stort sett orörd flora och fauna. För forskarna var det isolerade läget av särskilt intresse, eftersom det medfört uppkomsten av nya arter.

Jag imponerades av allt det intresse, all den möda, kärlek och energi som lades ner på att bevara det unika djur- och växtlivet, inte minst de stora jätteskölpaddorna. Farorna var många. Rovfiske, tjuvjakt, människors inverkan på naturen och många andra riskfaktorer fanns med i bilden.

Men utvecklingen var på rätt väg och frivilliga krafter mobiliserades. I salen fanns också många medlemmar av Galapagosöarnas vänförening.

Efter ett tag började tankarna vandra, trots alla intressanta bilder som i jämn ström avlöste varandra på den stora duken i fonden, eller kanske just därför. Och jag tänkte på Charlotte och hennes tragiska död. Jag kunde inte låta bli att spekulera över om det verkligen var en olyckshändelse. Problemet var i så fall motivet. Svartsjuka? Utpressning? Eller droger? Jag tänkte på spåren av det vita pulvret jag sett i hennes våning.

Sen hennes kontakter med Harry Blonsky, Dirty Harry. De hade haft "affärer" ihop hade hon berättat. Vilken sorts "affärer"? Och vad fanns i paketet hon skulle hämta, när jag var inne i hans affär?

Cherchez la femme var franska polisens motto när det gällde mord. Ta reda på vem kvinnan är, så hittar du mördaren, åtminstone när det gäller passionsmord. Fast här var det tvärtom. Här fick man leta efter mannen, om det nu var mord förstås. Och jag tänkte på männen jag sett runt Charlotte. Georg Kylmann var en i raden.

Jag kom ihåg hur imponerad jag blivit av hans sakkunskap första gången vi träffades i Charlottes våning. Hur han kärleksfullt och kunnigt berättat om de gamla mästarna och hur han visat sitt senaste förvärv, ett objekt i nästan miljonklassen. Kunde allmogemöbler verkligen gå upp i sådana priser? Oleg Sytenko ruvade i så fall på många miljoner i den mörka källaren och sitt eget skåp skulle han ju få sexhundra tusen för. Själv hade jag lagt till femtio tusen för att försena försäljningen. Vad kunde hända om han tog mig på allvar? Om han skulle ringa på en sen kväll och säga att jag fått skåpet, att den ursprunglige köparen hoppat av, inte kunnat matcha mitt bud. En mordanklagad torped från S:t Petersburg hade säkert sina metoder för att få mig medgörlig. Åtminstone försöka. Jag fick väl begära livvaktsskydd från Calle Asplund. Jag log vid tanken på hur han skulle reagera.

Var Sytenko en front för Harry Blonsky, eller låg någon annan bakom? I så fall någon med resurser, för det kapital som låg bundet nere i valvet måste vara stort. Men det var ju en lönsam business, speciellt om man sålde utomlands. Och dit hade ju både Monica och Georg kommit för bara några timmar sen. Hon letade efter "udda" inslag som skulle bli accenter i hennes moderna inredningar, men vad hade Georg Kylmann varit ute efter? Allmogegrejer? Skulle han köpa eller ville han sälja?

Fast som potentiell mördare platsade han knappast. Det hade inte verkat vara någon schism i hans och Charlottes förhållande de gånger jag sett dem tillsammans. Men vad visste jag egentligen om vad som rörde sig bakom den eleganta fasaden?

Fick jag tro Eric Gustafson var Jonas en mer seriös kandidat. Sten Bergner fanns också med i gruppen förmögna, litet äldre män i Charlottes krets. Samlade antikviteter, han också. Specialist på gustavianska möbler och barocksilver.

Sen kom den begagnade bilhandlaren, Hans Lindberg, brylcreme-mannen. Senast hade han försökt sälja en andel i ett hotellrum vid Medelhavet till mig. En man med många intressen. Och liksom Bergner inte nogräknad när det gällde affärer, enligt Monica.

Harry Blonsky fick jag väl räkna bort, trots allt. Även om han hade pengar så kunde jag inte föreställa mig att Charlotte haft något förhållande med honom. Någonstans gick väl gränsen också för henne. Och skulle hon ändå haft några ambitioner i den vägen, så hade Harrys blonderade Wagnertant säkert satt effektivt och hårdhänt stopp för alla försök.

Men jag insåg det futila i min analys, där jag satt i halvmörkret och funderade. Det var ju bara spekulationer. Jag hade sett en handfull män runt Charlotte i olika sammanhang, och jag höll redan på att identifiera en mördare bland dem, en mördare som kanske inte ens begått mord. Jag gjorde en höna av en fjäder, ett getingstick som dödligt drabbat en allergiker till ett svartsjukedrama. Dessutom måste Charlotte naturligtvis ha haft många fler vänner och bekanta än de få jag träffat. Och jag återgick till Galapagosöarnas flora och fauna.

Under kaffepausen drog jag mig ut i den stora samlingssalen. Det var mycket folk och trängsel vid de uppdukade borden, där det var självservering och djungelns lag rådde. Darwins tes om *the survival of the fittest* demonstrerades. Efter en stund hade jag lyckats nå fram till de bukiga glaskannorna med hett kaffe, fyllde min vita mugg till randen. En timme i halvmörker med långa föredrag om olika endemiska och andra växters livsförhållanden och överlevnadsstrategier hade tagit sin tribut. Hett, svart kaffe behövdes för att ruska nytt liv i systemet. Visserligen hade jag fått lära mig att kaffe var giftigt, innehöll samma skadligheter som potatischips, men jag hade också läst att det var bra mot Alzheimer, eller om det var Parkinson. Så jag lät motsatserna spela ut varandra. Tog man ifrån mig kaffet, skulle livet mista mycket av sin mening. Som att beröva Cléo hennes strömmingar, fast de var ju förgiftade och förbjuden frukt enligt EU. Beskäftiga journalister och byråkrater fick man ta med en nypa salt. Man levde så länge man levde, sen dog man. Man fick åtminstone se till att man inte hade tråkigt i onödan.

Då stördes jag plötsligt i mitt amatörfilosoferande av en armbåge i ryggen, en stöt som nästan fick mig att tappa muggen. Förargad vände jag mig om. Där stod Amanda Cardoso.

– Hjälp, sa hon med uppspärrade ögon och log. Det var faktiskt inte meningen, men nån knuffade mig.

– Jag visste inte att du var intresserad av jättesköldpaddor. Du verkade jaga fulare fiskar sist vi sågs. Hur går det med din artikel?

– Jättebra. Och jag är faktiskt medlem i vänföreningen och har varit på öarna ett par gånger. Det är fascinerande. Du borde åka dit nån gång.

– Gärna, men då får jag sälja några 1700-talsbyråar först. Berätta om din undersökande journalistik istället. Har du grävt upp några lik och hittat skelett i garderoberna?

– Om! Amanda log. Du skulle bara veta!

– Berätta!

Hon skrattade.

– Tyvärr. Du får vänta på tidningen.

– Är nån av Charlottes vänner inblandad i nånting?

Amanda såg på mig. Dröjde med svaret.

– Kanske, sa hon efter en stund. Och en av dom ligger riktigt pyrt till.

– Hur pyrt?

– Det kan bli fängelse, sa hon allvarligt. Det känns lite ruskigt att avslöja det, men den som gör så här grova grejer får faktiskt skylla sig själv.

Jag får nöja mig med det, tänkte jag. Det var ingen idé att försöka locka fram mer ur Amanda. Jag fick vänta och se, men tydligen hade hon hittat någonting sensationellt för sin artikel. Optioner, bonus, skyhöga pensioner och dolda förmåner var visserligen oetiskt och svårförståeligt för en utomstående, men mycket skulle väl till innan det blev tal om fängelse. Fast det försvagade förstås inte min teori om att en annan dödsorsak än en olyckshändelse låg bakom Charlottes död. Kunde det finnas en koppling mellan hot om avslöjanden och en hjälpande hand som fick getingen ner i hennes saftglas? Hade Monicas antydan om utpressning fog för sig?

Det skulle bli intressant att läsa Amanda Cardosos artikel. Men något nytt ljus skulle den inte kasta över Shadias död. Något samband mellan en lyxvåning på Norr Mälarstrand och ett buskage i Tantolunden kunde knappast finnas. Och jag gick tillbaka till den stora hörsalen för att lära mig mera om ståndare och pistiller i Galapagos flora.

Kapitel XXXIV

The more the merrier, tänkte jag där jag satt vid mitt skrivbord med Svenskans kultursida framför mig. Ju fler desto bättre. Egentligen var det egendomligt att en av mänsklighetens mest fundamentala och basala funktioner fick den här sortens publicitet.

En fransk dam hade publicerat en bok där hon med utförliga detaljer beskrev sitt sexliv. Och det var inte en dans på rosor, snarare i en rosenodling. Kliniskt och ingående beskrev hon sina övningar med över tusen män plus personer av annat kön och med skilda läggningar och böjelser. Utmärkande för hennes aktiviteter var tydligen att det inte enbart var storleken utan också mängden som förhöjde trevnaden.

"Var som helst, hur som helst och med vem som helst", verkade vara mottot. Och boken hade mycket snabbt sålts i hundratusentals exemplar. Var det för att pornografin förädlats av kultursidornas recensioner, eller var människors behov av den sortens skildringar omättligt? Det som stat och kyrka i ohelig allians under århundraden förtryckt, förträngt och syndastämplat, detta viktorianska tabu för en aktivitet som enbart borde bedrivas i mörka rum och bakom nedrullade gardiner och uteslutande inom äktenskapets ram (och inte för ofta!), hade uppenbarligen behov av en säkerhetsventil där osunda dunster ur själens mörkare regioner kunde pysa ut.

Samma synsätt hade också människokroppen råkat ut för. Också där hade kyrkans beniga hand haft mer än ett finger med i spelet. Ända fram i vår tid var ju en naken kropp något av det skamligaste man kunde exponera, om man inte hette

Michelangelo. Det hade förbigått alla mörkmän att av jordens befolkning var hälften herrar och hälften damer, och det enda som egentligen förenade dem alla var att varje sort såg i princip precis likadan ut utan kläder.

– Det du, Cléo, sa jag till henne, där hon satt i fönstret och såg ut över gården. Tänk om husse hade träffat tusen damer, helst på en gång. Då skulle det bli drag under galoscherna, om jag överlevde.

Då ringde telefonen och avbröt min opassande monolog. Calle Asplunds röst hördes i luren.

– Stör jag?

– Inte alls. Jag sitter bara här och läser om en dam som haft ihop det med tusen karlar.

Det blev tyst i luren.

– Hallå, sa jag.

– Hallå själv. Det är väl det jag alltid har misstänkt. Att du sitter där och vältrar dig i otuktiga skrifter. Vet Francine om det? Det finns ett namn på såna som du.

– Inte alls, avbröt jag. Du kan säga vad du vill om Svenska Dagbladet, men inte att det är en porrblaska. Titta efter på kultursidan idag, så ser du att jag är oskyldig.

– Läs ledarsidan istället. Den är mycket mer avtändande, men skämt åsido så undrar jag vad du håller på med. Bortsett från porren. Och nu var rösten allvarlig.

– Vadå håller på med?

– Du kommer ihåg vad vi pratade om på Utö? Det var en jättetrevlig kväll, förresten. Pelle Bergström är toppen, och den där prästen är härlig. Det är en rolig fan, om man får säga så om en kyrkans tjänare.

– Vi pratade ju om mycket. Allt ifrån Mannerheims brännvin till frågan om Guds existens.

– Jag menar du och jag. När vi satt i andra rummet, inte i köket alltså, och du berättade om den där kriminalinspektören som ville att du skulle hjälpa till med antiksmugglingen.

– Björn Gren, menar du? Jag träffade honom igår faktiskt.

Och jag berättade för Calle om källaren på Högbergsgatan, om lagret av högklassiga antikviteter. Om Oleg Sytenko och om att jag haft med mig en mikrofon, som var kopplad till po-

273

lisens inspelningsapparatur ute i den svarta Volvon. Och att vi haft tur, fått med komprometterande uppgifter.

Calle Asplund lyssnade utan kommentarer.

– Johan, sa han när jag slutat. Ibland undrar jag om du är riktigt klok.

– Hurså? Vad är det för fel med att hjälpa polisen? Det trodde jag var en medborgerlig plikt. Tänk bara på alla gånger jag ställt upp för dig.

– Det är alldeles utmärkt när allmänheten hjälper till. Men dom ska fan i mig inte agera på egen hand.

– Det har jag väl inte gjort? Fråga Gren så får du höra. Det var han som bad mig och han hjälpte mig att sätta fast den där apparaturen i kavajen.

– Det skulle jag göra om jag bara kunde.

– Vad menar du? Det kan du väl?

– Antingen har du hittat på alltihop eller också har nån lurat dig. Frågan är bara i så fall varför. För vi har inte nån kriminalinspektör som heter så. Ingen annan polis med det namnet heller, inte nu längre. Det fanns en Björn Gren, men han slutade för några år sen och blev nån sorts säkerhetskonsult. Jobbar bland annat åt försäkringsbolag för att spåra och få tillbaka värdefull konst och annat som stjäls. Och ibland lyckas han.

– Är han inte polis, menar du?

– Inte nu längre. Sen sin tid hos oss känner han till branschen och dom större aktörerna i den här hanteringen. Det gör att han många gånger har gjort en deal med tjuvar och hälare. Försäkringsbolagen har fått tillbaka grejerna mot att dom betalar ett belopp, som är avsevärt mindre än dom måste ge ägarna som hade försäkrat prylarna. Han jobbar lite i en gråzon, kan man säga, men det är ju resultatet som räknas. Så det verkar som om du har blivit utnyttjad. Men jag anar vad som ligger bakom.

– Gör du?

– Gren är säkert inkopplad på nåt fall med stulna antikviteter. Och det verkar som om det gällde allmogegrejer och dom är ju heta nu. Du har själv pratat om föremål i miljonklassen. Och nu vill han ha konkreta bevis mot tjuvarna. Därför skickas du in med den där avlyssningsapparaten.

274

– Ett försäkringsbolag har alltså fått punga ut med skjortan, och nu vill dom ha tillbaka grejerna och försäkringspengarna? Och det ska Gren se till och då använder han mig?

– Precis.

– Men varför just mig? Och varför dukar han upp hela den här historien om att han utredde smuggling av prylar med exportförbud?

– Du får fråga honom. Calle skrattade. Hade han berättat vad det egentligen rörde sig om, hade du säkert inte ställt upp. Förmodligen har han hört talas om dig inom huset. Du har ju varit inkopplad på en hel del fall. Och ingen misstänker dig i dom där kretsarna. Du är en hederlig och välkänd antikhandlare och om du tar kontakt så är det ju naturligt.

– Att umgås med hälare och tjuvar är min bästa gren alltså?

– Är det inte det då? Calle skrattade igen. Men du förstår vad jag menar. Om det kommer en respektabel antikhandlare och vill köpa nånting av den här sortens prylar, så är det ju alldeles normalt och naturligt. Dom blir inte misstänksamma. Men kommer en före detta kriminalinspektör eller nån annan "utomstående", då drar dom öronen åt sig. Och Gren lyckades tydligen. Nu sitter han med dom bevis han vill ha.

– Jag fattar bara inte varför han valde just mig? Det finns ju dussintals andra handlare.

– Det är väl inte så konstigt? Han visste väl att du rusar iväg utan att tänka dig för, att du aldrig säger nej när du kan lägga dig i det du inte har med att göra.

– Nu överdriver du.

– Gör jag? Din stora grej nu är ju att en stackars getingallergisk tjej måste vara mördad, och att en annan tjej som tagit en överdos också har dödats av nån som först lurat ut henne i Tantolunden och sen gett henne en spruta. Fråga Francine om jag inte har rätt. Lägg av istället och intressera dig för din affär. Jag har en känsla av att det skulle vara nyttigt för din ekonomi.

Calle har rätt, tänkte jag när jag lagt på luren. Jag gjorde gärna hönsgårdar av fjädrar och tog mig objuden in i sammanhang som jag inte hade med att göra. Och ofta besannades de gamla folkliga visdomsorden "obedd till, går otackad från".

Men det skulle jag aldrig kunna säga till honom. Jag hade väl

275

för stort ego för det. Fast alldeles rätt hade han inte. Flera gånger hade jag vänt på olika stenar som ingen tänkt på, många gånger hade jag bommat, men ibland blev det bingo. Och varje gång hade Calle blivit lika förvånad, men talat om slumpens skördar och om den blinda hönan som hittade korn och hela det köret. Om han vetat att det var Cléo som inte sällan hjälpt till hade han blivit ännu odrägligare.

Cléo såg på mig där hon satt i fönstret. Förstod hon vad jag tänkte? Hon slank ner från sin utkikspunkt mot den gamla kastanjen ute på gården och den tjattrande sparvpopulationen, som sökte skydd undan sparvhöken bland bladmassorna. Så hoppade hon upp i mitt knä, buffade sin kalla nos mot min näsa och spann som ett litet tröskverk.

– Nu får du hjälpa mig, sa jag och strök henne över det lilla trekantiga huvudet. Vad hände egentligen med Jonas Augsburgspokal och hur fick Charlotte i sig sin geting? Men Cléo svarade inte, fortsatte bara att spinna med slutna ögon.

Jag hade alltså utnyttjats av Björn Gren och han hade varit mycket övertygande. Öppen och trevlig och jag delade ju helt hans uppfattning. Att den illegala exporten av svenska kulturföremål måste stoppas och att jag gärna skulle ställa upp och hjälpa till. Fast då hade jag inte tänkt mig att hamna hos en vitrysk gangster i en mörk källare på Söder med en buggningsapparat i fickan. Då hade jag dragit. Fast kanske inte. Här gällde det att dokumentera en skrupelfri antikhandlare som samvetslöst gjorde sig pengar på att skingra det svenska kulturarvet.

Vad skulle Björn Gren göra med informationen jag gett honom? Det naturliga vore väl en polisanmälan, men skulle bandupptagningen hålla som bevis? Kunde en smart advokat inför rätta förklara det med att Oleg skämtat eller få det till att han blivit provocerad och inte menat vad han sagt? Fick jag tro det jag hört var inte myndigheterna alltför energiska när det gällde den här sektorn. Bättre fria än fälla verkade vara filosofin, så Gren kanske måste spela sina kort på ett effektivare sätt.

Jag kunde tänka mig att han tog kontakt med Oleg för att

sätta press på honom. Enligt Calle Asplund så var det ju inte exportfrågan som intresserade Gren. Det gällde stulna möbler som försäkrats och som bolagen fick punga ut med dyra pengar för. I många fall var objekten säkert lätta att identifiera på den svenska marknaden, så försvann de till utlandet blev det nästan riskfritt.

Frågan var bara vem som var huvudmannen. Sytenko hade ju talat om "chefen", att han skulle fråga chefen. Var det han som finansierade verksamheten?

Det fanns många frågetecken att räta ut. Harry Blonsky, till exempel. Enligt Francine var han hälare av det större formatet. Kunde han ligga bakom, och vad var egentligen hans roll i hela den här bisarra historien?

Jag sträckte mig efter telefonkatalogen på skrivbordet, bläddrade fram namnen under G, sökte efter Gren, Björn. Men jag hittade ingen. Kriminalinspektören som kommit till min affär och bett om hjälp fanns inte. Hemligt nummer? I hans bransch kanske det inte alltid var så hälsosamt att stå i katalogen. Om han var framgångsrik fanns det många som fått smäll på fingrarna.

Jag lade tillbaka den tjocka telefonkatalogen. Nema problema. Det skulle säkert gå att få fram numret till Gren. Om inte annat så kanske Harry Blonsky kände till honom. Och jag hade också andra frågor till Dirty Harry. Vad hade han egentligen haft för affärer med Charlotte? Och han som kände henne så väl kanske visste vem som kunde tänkas hota henne? En svartsjuk älskare borde inte vara så svår att identifiera? Hon hade väl bara levt med en man i taget?

Efter lunch på en burk tonfisk i vatten, två hårdkokta ägg och en röd tomat tog jag tunnelbanan till Söder. Gick av vid Mariatorget, såg upp mot Jonas våning när jag sneddade över torget. Och igen undrade jag varifrån den halva miljonen som krävts för att få tillbaka Augsburgspokalen hade kommit. Hans ekonomi hade ju varit minst sagt skakig. Skulle han platsa i Amandas artikel?

Uppe på Brännkyrkagatan fanns den stora, vita elfenbenspenisen fortfarande kvar i fönstret. Var det inte förbjudet att

handla med elfenben förresten? Den var tydligen litet för sofis-
tikerad för Dirty Harrys kundkrets, eller kanske den inte var
till salu? Harrys maskot? Jag log för mig själv när jag öppnade
dörren.

Det var tomt där inne. Ingen Harry. Från en dold högtalare
kom klassisk musik som förra gången, när Charlotte kommit
för att hämta sin "present".

– Hallå. Nån hemma?

Då öppnades dörren in till ett inre rum och den blonda kvin-
nan med de mörka hårrötterna kom ut. Hennes feta ansikte var
uppsvullet och rött, ögonen ännu mindre än sist vi sågs. En svag
men tydligt förnimbar pust av whisky kom emot mig. ·

– Jag söker Harry. Harry Blonsky.

– Han är död. Med uttryckslösa ögon såg hon på mig.

– Död?

Det tog en stund innan jag tagit till mig det hon sagt. Hade
Blonsky dött?

– Det var verkligen sorgligt att höra. Verkligen. Var det hjär-
tat?

Jag tänkte på det osunda intryck han gett, den kraftiga ma-
gen under den trånga kavajen. Bukfetma som varningstecken.

– Hjärtat? Hon lät nästan föraktfull. Nej, inte hjärtat. Skju-
ten. Och hon började snyfta.

Kapitel XXXV

– Skjuten?

– Hör du inte vad jag säger? Hon drog fram en Kleenex ur en platt pappask och torkade ögonen.

– Hur gick det till?

– Harry var i Polen för nåt monument. I Warszawa. Polisen säger att det var ett rån. Rånmord.

Jag såg på henne. Hon hade satt sig på en stol bakom disken, hopsjunken, och höll pappersnäsduken för ögonen.

Det var bara det som fattades, tänkte jag. Ett getingstick, en överdos och sen ett rånmord.

– Men det tror inte jag. Dom ljuger. Hon såg på mig.

– Vilka ljuger?

– Polisen förstås. Vem annars? Säger dom rånmord blir det mycket enklare. Dom letar pliktskyldigast efter rånaren, hittar ingen och skriver sen av det.

– Varför skulle polisen i Warszawa ha nån anledning att göra det?

– Enklaste vägen, slipper komplicerade utredningar. För jag vet att det inte var ett rån. Nån mördade honom. Och att hyra en torped där nere lär inte vara särskilt svårt. Inte dyrt heller.

– Jag förstår bara inte vem som skulle vilja mörda Harry?

– Men det vet jag. Listigt såg hon på mig. De blanka ögonen mötte mina.

Enligt Francine misstänkte ju polisen att Harry var inblandad i knarkaffärer i det gamla östblocket. Kunde det ligga bakom? En uppgörelse inom knarkmaffian maskerad som rånmord?

279

– Harry hade fiender, fortsatte kvinnan. Och han var farlig, för han visste för mycket.

– Om vem?

– Nån han gjorde affärer med. Jag vill inte säga mera nu, inte förrän jag är säker. Men jag kan säga så mycket som att det har att göra med den där blonda subban. Hon som blev geting-stucken.

Charlotte gjorde affärer med Harry, tänkte jag. Hon sålde kokain om jag fick tro Monica och hon visste för mycket om inflytelserika personer, kunskaper som hon omsatte i pengar. Låg någon i den kretsen bakom Harry Blonskys död?

– Har du talat med polisen? Om dina misstankar alltså.

Hon skakade på huvudet.

– Inte än. Det kom ju så plötsligt. Och vad kan jag säga. Att jag "tror" att han mördades, att jag "tror" att jag vet vem det var. Jag måste ha mera kött på benen, få fram fakta. Annars kommer alla bara att blåneka. Ingen vet nånting om nånting. Och allt görs med bulvaner.

– Du sa att Harry var i Polen för nåt monument?

– Sinclair. Hon log ett snabbt leende. Harry kom ju från Po-len och han var mycket intresserad av Sinclair. Av sitt lands historia över huvud taget. Och han blev också skjuten. Sinclair alltså.

Jag såg på henne där hon satt bakom disken. Hade chocken varit för kraftig?

– Det vet du väl? Du kan väl Sinclairvisan? Jag som trodde du var bildad?

Då förstod jag. Malcolm Sinclair, en av Karl XII:s officerare, som långt efter kungens död hade skickats till sultanen i Turki-et med ett brev om en svensk-turkisk allians mot ryssarna. På hemvägen blev han skjuten av ryska agenter som stal hans brev och handlingar.

– Jag vet. Det var en visa som startade krig, för efter mordet på honom skrevs ett skillingtryck. Det handlar om hur Sinclair kommer till himlen och möter gamla svenska kungar. Den här visan piskade upp antiryska stämningar och bidrog till ryss-hatet, som i sin tur ledde till kriget 1740 som vi förlorade. Men vad har det med det där monumentet att göra?

– Harry var nere i Zielona Góra för att titta på det. Det hade funnits ett gammalt monument där Sinclair mördades, och nu har det restaurerats av några släktingar till honom som bor i England. Harry var faktiskt hedersmedlem i klanen Sinclair på grund av sitt intresse. Det var meningen att han skulle haft med sig en av sina kunder, som också är historieintresserad. Han samlar barocksilver och han och Harry var goda vänner. Och dom skulle titta på några objekt också, som var till salu. Men han fick förhinder i sista minuten.

– Vem var det?

Då ringde en telefon i rummet bakom henne. Ovigt reste hon sig och gick för att svara.

– Jag hinner inte prata mera nu, sa hon till mig genom den halvöppna dörren med ena handen över telefonluren. Det här kommer att ta tid. Hon stängde dörren helt.

Harry visste för mycket, hade hon sagt, tänkte jag när jag gick ut på kullerstensgatan. Och det fanns en koppling till Charlotte, "den blonda subban". Överspända fantasier, en reaktion på det chockartade dödsbudet? Eller fanns en kärna av sanning?

Långsamt gick jag Blecktornsgränd ner mot Hornsgatan, tog till vänster och fortsatte mot Stadsmuseet vid Ryssgården och T-banestationen. Det var för mycket trafik för att jag skulle vilja promenera över till Gamla stan.

Ett mönster började framträda. Jag insåg att Nalle Puh haft rätt. Man måste veta vad man letade efter. Jag hade lagt pussel utan att ha sett motivet på askens lock, suttit med bitar som inte verkade hänga ihop. Men nu började komponenterna i mitt läggspel falla på plats. Eller var jag för optimistisk?

När jag kom tillbaka till affären ringde jag Amanda Cardoso.

– Hej. Hon lät förvånad.

– En fråga bara. Jag ska inte forska i din artikel, men jag bara undrar om Georg Kylmann finns med? Din rasistiske vän.

– Vän! Hon fnös. Jo, jag skriver om honom också. Det blir en hel bukett ogräs som jag ska visa upp. Och jag är särskilt glad över att Kylmann finns med.

– Jag förstår det. Ligger han illa till?

– Det kan man säga. Jag vill inte gå in på vad det gäller, men han har haft fingrarna med i många syltburkar. Alldeles för många. Men du får ursäkta mig, jag måste rusa.

Intressant, tänkte jag när jag lagt på. Enligt Monica gjorde Kylmann snabba klipp med flexibla affärsmetoder och samlade antikviteter, både köpte och sålde. Han kände Harry Blonsky mycket väl, var en av hans kunder och hade nycklar till Charlottes våning.

Gällde Amandas syltburkar fusionerna? Bolagssammanslagningarna som Georg var specialist på? Där fanns mycket att hämta för den som hade insiderinformation. Hade Charlotte känt till det?

Jag såg ut på gården, en liten blond pojke på en röd trehjuling cyklade runt, runt den stora kastanjen. Ungefär som jag. Jag går i cirklar och kommer ingen vart, tänkte jag. Fast jag började se ljuset i slutet på tunneln. Och Kylmann var ett intressant spår att följa, ett av mina få uppslag. Om det nu skulle leda fram till sanningen, den som kanske inte fanns. För allt kanske bara var vad det såg ut att vara. En tragisk olycka, en överdos och ett rånmord på en bakgata i Warszawa. Men min nyfikenhet drev på. Och ett telefonsamtal kostade inte så mycket.

Jag fick vänta länge innan Calle Asplund svarade. Först hade hans sekreterare inte velat släppa fram mig, som en trogen Cerberus vaktade hon hans dörr. Till slut lirkade jag upp den, påstod att det var personligt och viktigt. Och hon kände ju till mig.

– Sa hon inte att jag var upptagen? Calle lät vresig. Fatta dig kort och jag hoppas det är viktigt. Vad gäller det?

– Ett rån i Warszawa. Ett rånmord.

Det blev tyst i luren.

– Ett rånmord i Warszawa? Vad menar du?

– Det jag säger. Jag berättade ju om Dirty Harry. Blonsky, du vet. Och nu har han skjutits i Warszawa. Polisen där säger att det var ett rån, men jag tror att det var mord och att det hänger ihop med Charlotte Bergmans död. Och att mördaren finns här i Stockholm. Den som beordrade det alltså, den som hyrde en torped. Det måste väl komma nån sorts rapport till dig från kollegerna i Polen? Jag vill bara inte att du ska lägga den till handlingarna utan låta nån av dina slavar titta lite närmare på omständigheterna.

Fast major Malcolm Sinclair gick jag inte in på. Det hade varit för mycket.

Igen tystnad. Så kom hans röst tillbaka, men mycket vänlig, försåtligt vänlig den här gången.

– Självklart. Jag ska sätta en av mina bästa killar på det. Jag ska be honom ringa mordkommissionen i Warszawa och säga att vi har fått ett tips från en antikhandlare i Stockholm, som påstår att Dirty Harry mördades, att ni har fel som rubricerar det som rån, och att det hänger ihop med en tjej som dött av ett getingstick. Dom kommer att sätta till alla klutar, tror du inte det? Fast dom är ju inte med i EU än, så vi har inte samma effektiva samarbetsmöjligheter.

– Okej, sa jag, litet sårad. Är det så du vill ha det, så okej för mig. Men kom sen inte och säg att jag inte varnade dig.

– För vad? Kom hit med din mördare istället, gärna med en skriftlig bekännelse. Då kan vi börja tala business. Men nu har jag inte tid längre. Du måste inse att det faktiskt händer att turister rånas utomlands. I Sverige också. Är du på fel ställe med fel personer vid fel tidpunkt så kan det smälla var som helst. Men nu måste jag gå tillbaka till den verkliga världen. Välkommen dit nån gång. Calle skrattade och lade på.

Fel ställe, hade han sagt, tänkte jag där jag satt med fötterna på skrivbordet. Och fel personer. Tänk om Harry Blonsky själv varit "fel" person?

Välkommen till den verkliga världen, hade Calle också sagt. Det var ett råd jag kanske borde följa. Skulle jag få någon rätsida på hela den här egendomliga historien så måste jag ta tjuren vid hornen, inte sitta och "tänka" och "spekulera" längre. Att tala med Cléo ledde ingenstans och Francine skulle bara säga till mig att lägga av.

Det var i så fall logiskt att börja med Georg Kylmann. Harry Blonsky var hans "hovleverantör" av exklusiva objekt. Jag tänkte på buddabilden av guld i Charlottes våning och Kylmanns intresse för barocksilver.

Hur väl kände han egentligen Blonsky? Visste han något om

hotet mot honom som Harrys blondin berättat om? Vad hade han haft för ärende i det mystiska antiklagret på Högbergsgatan?

"Beslut och handling är ett hos mannen." Jag tänkte på det gamla citatet och log. Det gick inte att använda längre, åtminstone inte i sällskap med feminister. Om man inte bytte ut "mannen" mot "människan" förstås. Fast originaltexten från 1800-talet var ännu värre: "Beslut och handling är ett hos mannen, två hos kvinnan och tre hos barn och tjänstefolk." Stegel och hjul väntade den som idag tog citatet i sin mun.

Men nu spelade semantik och 1800-talslitteratur inte någon roll längre, utan jag ringde på en bil, hängde upp min "Kommer strax"-skylt och åkte till Norr Mälarstrand och Charlottes våning. Jag chansade på att Georg Kylmann skulle vara där. Charlotte hade ju berättat om hans kontorsrum i våningen med datorer och annat. För jag ville inte ringa och förvarna. Var han inte hemma, så fick jag väl komma tillbaka. Värre var det inte.

Den höga dörren öppnades på min ringsignal. Förra gången jag kom hade Charlotte legat ute i hallen. Död, kvävd till döds med det långa, blonda håret som en gloria runt huvudet.

– Ja?

Kvinnan som öppnat såg frågande på mig. Hon var liten och mörk, blek och med en mörkblå städrock. I hennes fårade ansikte fanns en liten arkipelag av mörkbruna födelsemärken. Eller hade hon solat för mycket? Bakom henne på golvet stod en blank dammsugare.

– Jag söker Georg Kylmann.

– Han är inte hemma, sa hon med tydlig brytning.

Kom hon från Baltikum? Städade svart?

– Jag heter Johan Homan och är god vän till direktör Kylmann. Och jag kände Charlotte Bergman också mycket väl. Det var några saker jag ville tala med Georg om.

– Stig på, sa hon och såg på mig med uttryckslösa ögon. Tydligen hade hon tyckt att jag såg okej ut. Varsågod att sitta vänta. Kylmann kommer snart. Han bor annan våning men ska hämta saker.

– Ja, det var verkligen fruktansvärt det här med Charlotte, sa jag när jag gick in i det stora rummet. Balkongdörren ut mot

284

Riddarfjärden stod halvöppen, solen sken från en overkligt blå himmel och vita måsar gled förbi där ute på stela vingar. På jakt efter fisk i det solglittrande vattnet eller kvarglömd mat på balkongerna?

Det var där ute hon suttit och läst, absorberad av sin bok, när getingen försåtligt och omärkligt krupit ner i hennes saftglas.

– Det var det verkligen. Hemskt! Och konstigt.

– Hurdå konstigt?

– Charlotte var så ung. Gammal människa dör. Inte ung.

– Hon var ju allergisk. Halsen svullnade igen av det där getingsticket så att hon inte kunde andas.

– Dom säga så.

– Vilka dom?

– Polis och Kylmann. Men jag undrar. Det var nåt konstigt.

– Verkligen?

– Hon var alltid så rädd för geting och drack aldrig saft. Polisen kommit tillbaka med hennes kläder. Och glaset hon drack ur.

– Ja?

Frågande såg jag på henne.

– Det var bara att jag inte känna igen glaset.

– Nu förstår jag inte?

– Charlotte hade köpt ny porslin och ny glas när flyttade hit. Vinglas och tre sorters glas till vardag. Snygga glas. Stora, mellanstora och liten. Men glaset tillbaka från polis var annat.

– Hurdå?

– Andra sorten. Inte samma som Charlottes.

– Sa du det till dom?

Hon skakade på huvudet.

– Dom skickade ett bud med ett paket. Och jag tänkte inte på det förrän jag sätta tillbaka glaset i skåpet. Det stämde inte, var inte samma glaset.

Kapitel XXXVI

– Är du säker på det? Att det var ett annat glas?

– Absolut säker, sa hon ivrigt. Nickade bekräftande. En all-deles annat sort. Tjockare glas också. Blått.

– Polisen kanske tog fel?

– Det är möjligt. Jag tyckte i alla fall det var lite konstig.

Jag höll med. Det var faktiskt litet egendomligt att Charlotte skulle suttit ute på sin stora balkong och druckit den ödesdigra saften ur ett glas som inte hörde hemma i hennes skåp. Var kom det i så fall ifrån?

– Jag tyckte så mycket om henne, sa kvinnan i städrocken lågt. Väldig mycket. Hon var alltid så snäll med mig. Gav mig skor.

– Verkligen?

– Många paren skor. Vi hade samma storlek och när Char-lotte haft skor några gånger tröttnade. Gav till mig. Min dotter har samma storleken också. Hon tar dom från mig och hennes kompisar avundsjuka. Hon log.

Det stämmer, tänkte jag. Charlotte hade gett ett varmt och generöst intryck. Hon gav säkert bort skor till sin städhjälp.

– Fast jag tyckte synd om henne. Charlotte ingen lycklig all-tid.

– Inte?

– Ibland grät mycket. Och dom grälade.

– Hon och Kylmann?

– Ja, och en kväll jag hörde att Charlotte skulle ge sig iväg. Och han skrek och bar sig åt så hon rusade ut. Utan nånting. Bara sprang och slänga igen dörren efter henne. Skrek att hon skulle lämna honom. Hon hade bett mig komma extra för att stryka. Stryka hans skjortorna. Så jag stod ute i strykrum och han inte vetat jag var här. När han såg mig sen jag fick fem hundra kronor för att "glömma". Charlotte hade inte varit balans, sa han. Haft sina ... hur säger man, kvinnosaker?

Var det samma kväll hon kom hem till mig, tänkte jag. Rädd och olycklig.

– Och han sa sen att jag bättre tyst också med polis, för om dom började att fråga ska det komma fram att jag inte har tillstånd. Uppehåll alltså.

Då rasslade en nyckel ute i hallen. Skrämt såg hon ditåt, drog med sig dammsugaren och försvann bort mot en korridor.

– Vänta!

Hon stannade upp, jag gick fram till henne, räckte över mitt kort.

– Om du vill berätta nånting mer om Charlotte, så finns mitt nummer här.

Hon tog det, såg på det.

– Homan. Jag hörde inte riktig vad du säga när du kom. Men nu vet jag. Hon talade om dig. Charlotte. Tyckte om.

Så stoppade hon ner det vita visitkortet i fickan på sin städrock och försvann bort i den långa korridoren.

Georg Kylmann kom in i rummet med en attachéväska i ena handen och en grön systempåse i den andra. Förvånat såg han på mig.

– Din städhjälp släppte in mig.

– Jag förstår det. Var det nåt särskilt du ville?

– Det gällde Harry. Harry Blonsky. Ni var ju goda vänner?

– Var? Frågande såg han på mig, ställde ifrån sig väskan och den klirrande påsen på ett bord. Vad menar du med "var"?

– Han är död. Rånmördad.

– Det är inte möjligt. Häpen såg han på mig.

– Tyvärr.

– Å fy fan. Det var det värsta.

Han gick fram till ett lågt bord framme vid det stora perspektivfönstret vid balkongen och slog upp ett glas mörkbrun whisky. Tog god tid på sig. Öppnade en Lokaflaska med ett fräsande ljud. Klirrade fram några isbitar ur en liten kylhink, släppte ner dem i det höga glaset. Ville han vinna tid, samla sig? Så vände han sig om mot mig.

– *Help yourself*, sa han kort och gjorde en gest mot batteriet av flaskor och glas, satte sig sen i en av de vita fåtöljerna vid det runda glasbordet, där jag suttit för inte så längesen.

Jag slog mig ner mitt emot honom. Det var litet för tidigt på dagen för en drink. Dessutom tycker jag inte om whisky. Det smakar beskt. Och Dry Martini-dags blev det inte förrän klockan sex.

– Menar du alltså att Harry har rånats och dödats? När då och var? Hur gick det till?

– Jag hörde det av hans flickvän, hon i affären.

– Katharina. Han nickade bekräftande. Katharina den stora brukade Harry kalla henne. När skedde det?

– Häromdan. I Warszawa. Polisen säger att det var rånmord, men det tror hon inte på. Hon säger att han mördats.

– Det vet hon väl ingenting om? Hon var knappast där. Han log ironiskt.

– Hon sa också att hon visste vem som mördat honom och varför. Harry var farlig för somliga, påstod hon. Visste för mycket.

Det kom oro i hans mörka ögon. Som när en fisk i ett sekundsnabbt blänk vänder sin vita buksida till i en mörk damm.

– Då så, sa han med ett tvunget leende och tog en djup klunk ur sitt höga glas. Då är ju det problemet löst. Det är bara att ringa till polisen.

– Jag är rädd för att det inte är riktigt så enkelt. Hon behövde mera fakta. Dessutom hade det skett genom nån bulvan, trodde hon. En torped skulle inte vara svår att hyra i Polen. Men det intressanta var att hon påstod att det fanns en koppling till Charlotte.

– När talade du med henne?

– För några timmar sen.

– Hur nära kom du henne?

– Hurså? Förvånat såg jag på honom.

Han lutade sig fram, log förtroligt och lossade på slipsknuten. Trots att det inte var särskilt varmt svettades han.

– Katharina går på vodka och hamburgare. Tidigt på morgnarna luktar hon bakfylla och senare på dan är det lite färskare fläktar. Men det märks inte, för vodka luktar ju inte lika mycket som annan sprit. Det påminner mig om mäklaren i New York som sa till sina medarbetare att deras Martinis till lunch skulle vara på gin för han ville att kunderna skulle förstå att dom hade druckit och inte var idioter. Han skrattade.

– Hon berättade att du skulle varit med på den här resan till Polen. Det var nåt monument ni skulle besöka.

Där tog jag en rövare. Katharina hade ju sagt att "någon" skulle ha följt med Harry till Warszawa. Någon som samlade barocksilver. Och min chansning gick hem.

– Sinclair, ja. Malcolm Sinclair. Harry var mycket intresserad av hela den där affären. Han växte upp alldeles i närheten av där Sinclair mördades av ryssarna på 1700-talet. Du känner väl till skillingtrycket och allt det där? Han fick mig att bidra till ett monument. Restaureringen av det. Han skulle varit med på återinvigningen. Och jag skulle följa med. Men det var inte för den där gamle karolinens skull. Harry hade gjort upp med en han kände där nere om att vi skulle träffas. Han hade kommit över ett parti barocksilver. Fast det var lite hysch-hysch, om du förstår vad jag menar? Georg Kylmann blinkade knipslugt med ena ögat och höjde sitt höga glas.

– Hysch-hysch?

– Det var alltså den där polske greven som flydde från sitt slott när tyskarna kom. Familjesilvret grävdes ner, slottet bombades och sen kom ju ryssarna, så det var omöjligt att ta sig dit. Greven, som hade hamnat i New York, dog för flera år sen, men nån släkting hade hittat handlingar i nåt bankfack i Florida, som visade var silvret fanns. Han åkte dit och hade tur. Grejerna låg orörda kvar, ingen hade hittat dom. Och nu skulle dom diskret ut på marknaden genom Harrys kontakter. Jag läste om nåt liknande i Tyskland för några år sen också. I Östtyskland.

– Varför skulle det vara diskret?

– Inga ord efter mig, men det fanns kanske andra släktingar? Eller om familjen dött ut kanske staten ville lägga beslag på prylarna. Och det kanske är nån sorts moms eller försäljningsskatt i Polen? Det kunde finnas många komplikationer.

– Så det var inte alldeles lagligt?

– Kanske, kanske inte. Det där var Harrys business. Men jag var intresserad och jag sa till att honom att fick han tag på nånting alldeles extra, så var jag game. Och då skulle jag köpa det från honom, i god tro, utan att behöva bli inblandad i några polska konstigheter.

– Men du åkte aldrig?

– Tyvärr, jag fick förhinder. Jag har ju en del annat att pyssla med också. Fast det var väl lika bra. När nu Harry rånmördades alltså. Jag hade kanske blivit misstänkt. Georg Kylmann skrattade litet ansträngt och drack ur det som fanns kvar i glaset.

– Hur väl kände du Harry?

– Vi gjorde en del affärer. Det vill säga han sålde och jag köpte. Hurså?

– Katharina sa ju att Harry skulle ha mördats för att han visste för mycket. Har du nån aning om vad det kunde vara? Sen det här med Charlotte. Hon menade att det skulle finnas en koppling till Charlotte.

– Katharina var svartsjuk på Charlotte. Avskydde henne, hatade henne. För den dumma kossan trodde att Charlotte och Harry hade nånting ihop, sa han föraktfullt.

Du minns hur Harry såg ut? Och man skulle inte stå i medvind bakom honom. Så det kan du glömma. Nej, om det ligger nån sanning i den där fyllkajans skitsnack, så finns det nånting intressantare med i bilden.

– Som vadå?

– Egentligen borde jag inte säga det, men nu är han ju död. Jo, det har snackats en hel del om knark. Att Harry stoppade kokain och annan skit i skåp och byråar som han importerade från dom gamla öststaterna. Det kanske bara var skitprat från konkurrenter och andra. För ingenting hände, polisen kom aldrig. Annars hade det kunnat vara en förklaring.

– Till mordet?

– Precis. Vad är det det brukar stå i tidningarna? En knarkuppgörelse? Han kanske hade betalat för lite, nån kände sig lurad. Eller en konkurrent ville få bort honom från den svenska marknaden. Vad vet jag? Men letar man andra orsaker än rånmord när en sån som Harry skjuts i Warszawa så är det mitt tips.

Då kanske den blonda "fyllkajan" varit på rätt spår i alla fall, tänkte jag. Om det nu var riktigt att Charlotte sålde kokain till sina vänner kunde hon ha fått den från Harry.

– Du talade om konkurrenter. Jag har hört att Harry skulle vara en av dom större hälarna i Stockholm. Och att han sysslade med illegal export av svenska kulturskatter. På den kanten kanske det också finns konkurrens? Vet du nånting om det?

– Varför skulle jag känna till det? Georg Kylmann lät missnöjd. En sak är att vara samlare. En annan sak är att vara inblandad i häleri och illegal export. Nej, såna finesser får du fråga polisen om. Jag är alltid mycket noga med vad jag köper. I min ställning får det inte finnas ens skuggan av en misstanke. Trots allt sysslar jag med affärer på mycket hög internationell nivå. Fusioner med världsledande företag inblandade.

Var det riktigt sant, det där? Att han var så noga med vad han köpte? Jag tänkte på när jag såg honom på väg ner i källarvalven där Oleg Sytenko väntade i sin skattkammare. När blev samlarpassionen större än respekten för lag och rätt? När tog habegäret över? Jag tänkte på det gamla romerska uttrycket, det om *scelerata habendis*, brottsligt habegär. Hade det drabbat Georg Kylmann?

Kapitel XXXVII

– Här är nånting för dig, sa jag till Francine i den breda sängen bredvid mig. I Svenskan finns en annons om "mode för kvinnor".

– Jaså, sa hon ointresserat med läsglasögonen på nästippen där hon låg och läste en av V.S. Naipauls böcker.

– Det finns ett citat i annonsen ur ett brev från "en tjej i farten". Hon skriver att förr la hon ner mycket pengar på restauranger och barer. Men sen hon började handla i den här affären, så blev hon alltid bjuden på "mat och dryck". Kan det vara nånting för dig? Då kunde du spara mer på dina traktamenten. Du är ju alltid ute på tjänsteresor. Jag ser dig knappt.

– Klaga inte. Jag måste försörja mig. På din lön har jag inte råd att vara hemmafru.

– Försök. Vi kan leva på kärlek och frisk luft. Jag kan ha dörren öppen ut till balkongen. Där är utsikten gratis.

– Men inte dina Dry Martinis och Cléos strömming. Jag tycker det här är deprimerande.

– Mina lyxiga vanor? Strömming är billigt.

– Nej, jag tänker på Mr Biswas och hans hus. Boken alltså. Det går bara sämre och sämre för den stackarn. Naipauls böcker är så sorgliga.

– Tänk på att han är Nobelpristagare. Världsmästare i litteratur.

– Jag vet och det är en fantastisk författare. Annars väljer dom mest poeter som man aldrig hört talas om och från länder man knappt vet var dom ligger.

– Tala för dig själv, men jag håller med. Jag vet inte vilka kriterier Svenska Akademien har. Det måste ju vara ett oändligt tyckande när dom sätter igång. Långbänk runt punschen och ärtsoppan. Och orättvist. Tänk bara på Strindberg och Graham Greene. För att inte tala om Karlfeldt! Nu finns det ju förslag också om varannan damernas. Då är det rakare rör i simning och annat.

– Där får du väl inga Nobelpris? Francine skrattade och lade ifrån sig den tjocka boken på nattduksbordet.

– Nej, men du kan mäta resultaten på tusendels sekunder när. Där gäller klockan och inget tyckande.

– På tal om tyckande, hur går det med alla dina konstigheter?

– Går och går. Jag är väl ute och seglar som vanligt och konstrar till livet för både mig och andra. Som det här med Blonsky.

– Han som mördades i Warszawa?

– Precis. Det är säkert som polisen där nere säger, men kan du inte kolla lite diskret med dina kontakter? Det där med knarket. Det var ju du som nämnde det. För enda anledningen att mörda Harry Blonsky, om det nu var planerat, alltså, och inte ett rån, måste ha nånting att göra med dom där affärerna.

– Och med getingtanten?

– Det var vad Harrys sambo, eller vad hon nu var, antydde. Jag låg och tänkte på det i natt. På Charlotte och Jojje. Ja, den här affärsmannen. Georg Kylmann.

– Bodde dom ihop?

– Jag tror inte det, han hade en egen våning nånstans, men han hade nyckel till Norr Mälarstrand och det var säkert han som stod för fiolerna. Dessutom var han god vän med Harry Blonsky, som gjorde affärer med Charlotte. För att nu förenkla ekvationen.

– Skulle Kylmann ha mördat henne, menar du?

– Jag menar ingenting och jag vet ju inte ens om det var mord. Men bitarna börjar falla på plats, om man nu utgår från mordteorin.

– Han måste väl ha ett motiv till att börja med?

– Precis. Och det var det jag letade efter. Men det börjar klarna på den kanten. Deras städhjälp hörde ett stormgräl. Charlotte skrek att hon skulle lämna honom, och det var då hon kom hem till mig på kvällen. Sa att hon var hotad, att nån skulle döda henne. Jag berättade ju det.

– Dom blonda hårstråna i din borste menar du? Jo, det kommer jag ihåg, sa Francine syrligt.

– Där har du alltså passionsbiten, sa jag utan att låtsas om hennes inpass. Han älskar henne och hon tänker försvinna. Sen lär hon inte ha varit främmande för utpressning. Åtminstone inte för att ha en hållhake på sin omgivning. Och det kunde hon haft här. Det berättade Amanda.

– Vem är det? Är hon också blond?

– En journalist, sa jag kort. Det skulle ta för lång tid att berätta. Hon jobbar med en grävande artikel om skummisar i näringslivet, och där ska Georg Kylmann in. Jag frågade henne, men hon ville inte berätta några detaljer. Eftersom han sysslar med företagsfusioner i stor skala så finns det säkert godbitar som Charlotte kan ha snappat upp. Journalisten antydde nånting om skalbolag också.

– Utpressning och passion. Sviken kärlek. Det får godkänt som motiv. Men hur kommer getingen in i bilden?

– Som hand i handske. Kylmann insåg naturligtvis att han skulle bli misstänkt. Men om en geting fick göra jobbet kunde ingen komma åt honom. Han kände till Charlottes allergi. Sen glaset.

– Vilket glas?

– Städtanten berättade att glaset Charlotte druckit saften ur inte kom från hennes skåp. Hon hade aldrig sett det förut.

– Och?

– Georg kan ha fångat getingar i sin egen våning. Så här års räcker det ju att ställa ett saftglas i ett öppet fönster. Sen täcker han över glaset med plast, tejpar till och tar det med sig till Norr Mälarstrand.

– Det är väl inte särskilt enkelt att få en hyperallergisk person att dricka saft med geting som tilltugg?

– Nej. Men det förklarar alkoholen och sömnmedlet som hittades vid obduktionen. Dom tog säkert en drink som Georg preparerade med sömnmedel. Och när hon var lagom groggy, tvingade han i henne saften med den dödliga getingen. Det som fick mig på spåret var att hennes städtant berättade att Charlotte aldrig drack saft.

– Bravo! Francine klappade händerna och kysste mig på ena örat. Du har gjort det igen! Maestro Homan. Men skämt åsido så tror du väl inte att nån åklagare skulle köpa den teorin?

– Inte Calle Asplund heller. Särskilt inte han.

– Fast har du tänkt på en sak? Om nu alla dina spekulationer skulle ha nån sanning i sig, så är i så fall den här Georg Kylmann utbytbar.

– Nu förstår jag inte.

– Det kan ju ha gått till som du säger även om det verkar långsökt. Kärlek, svartsjuka och hot finns med i bilden. Utpressning. Då kan hela scenariot stämma in på andra också, eller hur? Teoretiskt sett är alltså Georg Kylmann utbytbar.

– Det har du rätt i. Det tänkte jag faktiskt inte på. Tack för att du komplicerar mitt liv. Och nu var det min tur att kyssa hennes öra. Jag lät tidningen falla ner på golvet och vek undan täcket.

– Du måste höja min nivå av oxytocin, sa jag. Det är ett hormon som sprutar på vid smekningar och beröringar. Jättebra för hela kroppen. Stressar av.

Jag hade bott över hos Francine i hennes våning på Lützengatan uppe vid Karlaplan. Hon hade kommit tillbaka efter en tjänsteresa med statsministern och vi skulle tidigt upp. Francines föräldrar hade bjudit ner oss för en weekend på Björkesta, det lilla adelcrantzska slottet vid Båven. Det hade kommit i familjens ägo genom Karl XI, hade Francine berättat, som ersättning för egendomar man förlorat i Livland. Ännu längre tillbaka hade det ägts av biskop Thomas på 1400-talet, han med Frihetssången.

Eftersom det varit fideikommiss och fortfarande stod odelat, var slottet fullt av antikviteter, konst, mattor och annat av ett slag som sällan hamnade i min affär. Precht, Linning, Haupt, Hillerström och Lundberg trängdes på golv och väggar. Silver, tenn. Glas från Kungsholmens glasbruk. Ostindiskt porslin, franska tapeter. Och inte minst "hågkomster" från trettioåriga krigets plundringar och härnadståg i ett skräckslaget Europa, uppblandat med storslagna souvenirer från avdöda släktingars bildningsresor ute i stora världen. "Familjen bygger sitt välstånd på plundring, mordbrand och häleri", brukade Francine säga. Det är preskriberat, tröstade jag henne. "En antikhandlares våta dröm", var Eric Gustafsons sammanfattning. Han hade varit medbjuden några gånger.

Archibald och Claudette, Francines föräldrar, hade väl kanske inte jublat när hon kom dragande med mig, men de verkade ha accepterat att hon inte tänkte gifta sig ståndsmässigt med någon förmögen och betitlad grannbonde med angränsande ägor. Fast än var det ju inte kört och ofta undrade jag vad Francine såg i mig.

Från början var det meningen att det bara skulle bli vi över weekenden, men Claudette hade ringt och berättat att det kom två gäster till, Elisabeth och Leonard Stålsvärd. De var gamla, goda vänner. Leonard och Archibald hade varit kurskamrater på Karlberg och båda hade hoppat av sina officerskarriärer när plikten kallade vid generationsskiftet och tagit över sina respektive familjegårdar. Archibald hade plussat på med en jägmästarexamen. Mycket skog hörde till egendomen.

Nu hade Stålsvärds ringt och sagt att de skulle ha vägarna förbi på en bilresa till Dalarna, till en konsert i Dalhalla. Och det hade ju passat så bra, hade Francines mamma tyckt, för då kunde de övernatta på Björkesta. De hade just haft ett stort bröllop och behövde pusta ut. Sen hade hon hört att deras dotter Monica och hennes man var på väg till samma konsert, och då vore det ju trevligt om de kunde ses allihop på Björkesta, eller hur? Så de var också bjudna. Om vi inte hade någonting emot det?

När vi svängde ner i den långa lindallén som ledde fram till den rosaröda byggnaden med svart, brutet tegeltak, grå knutar och grått listverk runt fönstren, hade klockan redan hunnit bli sex. Vi var försenade. Något hade hänt på Francines kontor och hon hade suttit halva eftermiddagen i telefon. Som vanligt fick jag ingenting veta, men tack och lov blåstes faran över och vi skulle hinna fram i tid till middagen. Francines föräldrar var gammaldags när det gällde vett och etikett. Där ingick punktlighet som en viktig dygd. Och att Francine blev upptagen av sitt arbete hade de inte någon förståelse för. Dök det upp plöts-

296

liga problem fick väl någon underställd kollega ta vid. Vad hade man annars personal till?

Vi körde in på den nykrattade gårdsplanen mellan två grindstolpar i grå granit, krönta av svarta järnlyktor. Fasadens trekantiga frontespis, som likt ett grekiskt tempel bars upp av fyra kolonner, vittnade om Adelcrantz inspiration från nyklassicismen. Men som en svordom i kyrkan bröt en rund parabolantenn på taket brutalt av mot den gustavianska arkitekturen. Allt hade sitt pris. Ville man följa med vad som hände utanför Sveriges begränsade horisonter var CNN ett måste, och själv gladdes jag i hemlighet åt att inte missa Simpsons.

Jag fick mitt vanliga rum högst upp. Claudette höll på formen. Francine och jag var inte gifta, inte ens förlovade, så hon fick stanna i sitt flickrum. Båven blänkte långt där nere genom det öppna fönstret. Över sängen hängde originalgravyrer ur Elias Martins Stockholmsserie i originalramar med gammalt, litet ojämnt glas. De vita gustavianska stolarna fanns kvar på var sin sida av den mahognyfanerade byrån med vit marmorskiva och sänglampan stod på det vita pottskåpet. Allt var sig likt och det kändes tryggt. I den lilla bokhyllan fanns både taxeringskalendern, Bibeln, en adelskalender från 1952 och några gamla Bukowskikataloger. Alla böjelser fick sitt.

Fem i sju hade jag bytt om till smoking och tog trappan ner till bottenvåningen. I stora salongen skulle drinkarna serveras, och jag hade lärt Archibald att blanda en nästan perfekt Dry Martini. Jag säger nästan, för han envisades med att använda Noilly Prat istället för den vita, torra italienska vermouthen. Men ingen är felfri och det är ju en smaksak. Dessutom är Archibald envis och skyller på Somerset Maugham.

Jag sneddade över den stora hallens stengolv. Mitt på väggen tronade en pampig öppen spis, och väggarna var ett trofégalleri med en skog av horn från älg, hjort och rådjur. Ett trubbnosat noshörningshuvud såg dystert på mig med blanka porslinsögon mellan två långskaftade antilophorn. Francines farfar hade varit delägare i en teplantage i Kenya. Var glad för Viagra, tänkte jag när jag såg på noshörningen. Det räddar livet på dina släktingar.

Dörrarna till stora salongen stod öppna och jag gick in. Fyra höga fönster vette ut mot den lummiga parken med Båvens blå vattenspegel i fonden. Två höga gustavianska speglar med konsolbord paraderade mellan fönstren. En förgylld rokokogrupp fanns till vänster och en stramare, gustaviansk till höger. För att komplettera stod en empiresoffa med bord och stolar längs ena långväggen. Golvet nästan täcktes av praktfulla savonneriemattor.

Framme vid fönstren stod Archibald och Claudette tillsammans med Leonard och Elisabeth Stålsvärd. Archibald, lång och rak som en fura, påminde litet om en häger med vingarna på ryggen. Spetsig näsa, vitt hår, skarp blick och ett fast handslag. Claudette däremot hade inte ett grått strå i sitt blanka, svarta hår. De bruna, pigga ögonen log glatt mot mig, när hon gav mig en fjärilslätt kyss på vardera kinden. Den svarta, raka klänningen hade den sofistikerat enkla skärning som bara ett högt pris kunde åstadkomma.

– Jag förstår att du redan har träffat våra vänner från Skåne, eller hur? Elisabeth och Leonard. Frågande såg hon på mig.

Jag hälsade på paret Stålsvärd. Han verkade inte känna igen mig, men det gjorde hans rundnätta fru i storblommigt. Senast jag träffade henne hade hon lika många gnistrande ringar på de knubbiga fingrarna.

– Visst har vi setts, sa hon på sin breda skånska. Du känner ju Monica och Jonas och du var snäll och kom på vår lilla buffé efter Helsingborgsmässan.

Då ljusnade hennes man, såg vänligt på mig.

– Nu kommer jag ihåg, sa han på skorrande ädelskånska. Ni handlar med olja, eller hur?

– Inte riktigt.

– Dumheter, fnös hans fru. Herr Homan är antikhandlare.

Jag var inte säker på att jag steg i hans aktning genom Elisabeths avslöjande. Olja smällde säkert högre än antikviteter. Fast en riktig gentleman ägnade sig väl inte åt affärer. Det gjorde köpmän och slikt folk.

– Hallå, här kommer vi.

Monica, i raffinerat knallrött mot det mörka håret och den bleka hyn, och Jonas kom fram till oss och räddade Leonard

Stålsvärd ur hans bryderi. Om han nu över huvud taget märkt sitt felsteg. Jag tvivlade på det.

– Det var en överraskning. Monica log mot mig. Jag hade ingen aning om att du var här.

Hon verkade förvånad och Jonas såg besvärad ut. Jag förstod honom. Det fanns litet för mycket mellan oss för att han skulle känna sig komfortabel. Vädjande såg han på mig och jag nickade uppmuntrande. Han kunde vara lugn, jag skulle ingenting berätta, ingenting avslöja. Äventyret med hans pokal skulle stanna oss emellan. Och nu hade bröllopet stått, så allt var frid och fröjd.

– Jag kom hit med Francine.

– Johan och Francine är tillsammans, sköt Claudette in. Där kommer hon förresten.

Jag vände mig om. Francine, i svart liksom sin mamma, kom emot oss, kysste mig på kinden, hälsade på de andra.

– Då är alla här, konstaterade hon glatt. Vår bartender är ledig ikväll så ni kan beställa era drinkar hos mig.

– Inte riktigt, sa Claudette. Att alla är här alltså. Det fattas en gäst.

– Gör det? Förvånad såg Francine på henne.

– Sa jag inte det? Jo, en av våra nya grannar. Han har just köpt Graninge. Väldigt trevlig verkar han, men är visst lite ensam. Han skulle bo där med sin fru eller sambo kanske hon var. Men hon försvann eller om hon dog. Jag vet inte så noga. Han tog det väldigt hårt, har jag hört. Och jag tyckte det kunde passa bra när vi har en sån här informell kväll. Men där är han ju. Kvällens överraskning. Välkommen!

Claudette log, gick bort mot dörren med utsträckta händer i en välkomnande gest.

En man stod på tröskeln. Lång, smärt. Solbränd med kortklippt hår, som var nästan vitt. Skeppsredaren som gått över till olja och snabba klipp.

Han log mot Claudette, kysste hennes hand och de kom båda tillbaka till gruppen framme vid fönstren.

– Vi har setts, sa Sten Bergner när han hälsade på mig. Hos Charlotte.

Jag log bekräftande, men någon som inte log var Jonas. Han

verkade närmast besvärad och inte road av att möta honom. Inte Monica heller och jag undrade varför.

– Tragiskt med Charlotte, sa han. Och ni vet väl att Harry är död?

– Harry? Frågande såg Jonas på honom.

– Harry Blonsky. Antikhandlaren. Jag trodde du kände honom. Jo, han är också död. Mördad faktiskt.

Det klirrade till i tystnaden som följde. Jonas hade tappat sitt glas.

Kapitel XXXVIII

Efter middagen i den stora matsalen, där gångna seklers slocknade Silfverstiernor från väggarna övervakat vår rådjurssadel, ackompanjerad av rubinröd Château Smith Haut Lafite – en av mina favoriter – hade Archibald föreslagit en cigarr i biblioteket. Det var en frestelse jag inte kunde motstå. Egentligen röker jag inte. Min relation till tobak påminner om den gamle prostens till brännvin. "Brännvin förekommer icke i mitt hus, men understundom tager jag mig en genever." Översatt till mina förhållanden betyder det att jag någon gång gärna röker en cigarr. Men inte för nikotinets skull. Inga halsbloss, bara njutningsfullt inhalerande. Att känna den speciella smaken av en fin cigarr, följa det grå rökmolnet mot taket, se hur askpelaren växer tills den blir lagom att aska av. Som att dricka konjak ungefär. Man smuttar, fyller munnen med en fin bouquet, men aldrig till överdrift.

Archibald öppnade den stora humidoren i mahogny, där cigarrerna förvarades i rätt luftfuktighet. Valet blev inte lätt. Skulle jag ta en Romeo y Julieta eller en Macanudo? Montecristo kanske? Förr i tiden, när det inte fanns radio, lästes det högt i de kubanska cigarrfabrikerna för att lätta litet på monotonin och tristessen för dem som rullade cigarrerna, och Dumas "Greven av Monte-Cristo" var en av favoritböckerna. Därav namnet på cigarren. Men jag fastnade för min favorit. Inte bara min förresten. Jag var i gott sällskap när jag tog en Cohiba från Cuba, Fidel Castros favorit innan han slutade röka. Även Juan Carlos av Spanien och andra potentater rökte den, liksom mer tvivelaktiga gentlemän som Jeltsin och Saddam Hussein. Men det var inte något billigt val, en låda med tjugofem av den högsta kvaliteten kostade långt över fem tusen.

Diskret hade jag frågat Archibald om hans inköpsvanor. Han hade blinkat mot mig och antytt att en och annan sydamerikansk ambassadör på Björkestas älgjakter var en god investering.

Archibald och Sten Bergner satt i den stora skinnsoffan under en Liljeforsräv i tung guldram. Räven förföljde entusiastiskt en vit vinterhare. Väggarna var täckta av bokhyllor från golv till tak, och i ett hörn stod en biblioteksstege i mörk mahogny. De svenska klassikerna trängdes med Voltaire, Rousseau, Diderot och andra storheter.

Archibalds bibliotek var välkänt och omskrivet i bibliofilkretsar, och ibland gjorde han kompletterande inköp. Ett av de senaste var Palmstruchs berömda "Svensk botanik", floran med de utsökta bilderna i milda färger. Det var svårt att hitta en uppsättning med alla delarna intakta.

De levande ljusen i fönstrens silverstakar fick bokryggarnas guldtryck att blänka till, få liv. Tusentals volymer, de flesta inbundna i mörkt skinn, bildade ett levande tapetmönster och gjorde rummet ombonat och intimt. Skapade en unik hemkänsla som inget av de andra rummen på Björkesta. Jag vet ingenting som ger en sådan stämning, gör ett rum så ombonat och vänligt som böcker.

På bordet framför oss fanns ett val mellan Svart Renault, Martell och Marcel Ragnaud, "Réserve du Domaine", en för mig okänd stjärna på konjakshimlen. Jag prövade den och ångrade mig inte.

I den djupa fåtöljen bredvid min satt Jonas. När väder, vind och inrikespolitik ventilerats, ursäktade sig Archibald.

– Jag måste gå in till damerna och se hur det står till där. Dom behöver säkert nånting från barskåpet.

Han log, reste sig och gick. Jag misstänkte att han föredrog deras sällskap. Det skulle jag också ha gjort. Men jag kunde ju inte skylla på att jag var värd.

Jag såg på Jonas. Blekare än vanligt, eller bidrog det svaga ljuset från bordslampan? Varför hade han tappat sitt drinkglas, när Sten Bergner berättat om Harrys död? Att en skum antikhandlare mördats var väl knappast något som kunde vara av intresse under Björkestas kristallkronor.

Ogillande hade Archibald sett på Bergner, och jag var inte säker på att han delade Claudettes omtanke om ensamma gräsänklingar på granngårdarna, särskilt som de tydligen inte kände honom närmare.

Som den perfekta värdinnan hade Claudette varken låtsats om det tappade glaset eller Sten Bergners malplacerade upplysning. Hon hade lett överseende och bytt samtalsämne. En flicka i svart med vitt förkläde, inlånad från hotellet i Flen, hade kommit som räddande ängel och förkunnat att middagen var serverad.

Men det var inte bara Jonas som blivit illa berörd. Monica också. Jag märkte hur hon stelnade till, fick något skrämt i blicken. Men bara för ett ögonblick och det såg ut som om hon velat fråga Sten Bergner om någonting, men avbrutits av Claudette.

Jag var också nyfiken. Hur mycket visste Bergner egentligen och varför hade han tagit upp Harrys död just ikväll och i det här sällskapet?

– Du nämnde att Harry Blonsky mördats, sa jag och lät cigarrens långa, grå askpelare falla ner i askfatet. Vad var det som hände?

– Vi gjorde ju en del affärer, sa Sten Bergner. Du också antar jag? Monica med har jag förstått. Prylar till hennes inredningsaffär. Så jag tänkte det kunde intressera er.

– Har dom hittat mördaren? Jonas såg spänt på honom.

Sten Bergner skakade på huvudet.

– Inte vad jag vet. Jag talade med hans tjej, som brukar sköta affären när han är borta. Och hon sa att polisen sagt att det var rånmord, i Warszawa av alla ställen. Han var där i nån business, men hon trodde inte på rån. Hon menade att det var mord.

– Men varför skulle nån vilja mörda honom?

– En bra fråga, som politikerna säger. Bergner log. Men jag har ingen aning. Fast jag har en bestämd känsla av att tjejen i affären vet mer än hon vill ut med.

– Charlotte gjorde också affärer med Blonsky, sköt jag in, ville se hur de reagerade.

– Gjorde hon? Uttryckslöst såg Sten Bergner på mig. Det hade jag ingen aning om.

– Hon höll också på med inredningar. Men henne kan du skriva av.

– Hurdå?

– Om nu Harry Blonsky mördades så kan knappast Charlotte ha mördat honom. Särskilt inte som hon själv blev mördad.

Återigen sköt jag ett av mina skott ut i mörkret, på måfå egentligen, för att se om det skulle träffa någonstans.

– Vafan menar du? Sten Bergner såg stelt på mig. En liten muskel arbetade vid ena kinden. Ögonen var svarta som pistolmynningar.

Jojje Kylmann berättade ju att hon dött av ett getingstick, sa han aggressivt. Hade suttit ute på balkongen och fått en geting i saftglaset. Och alla visste att hon var hyperöverkänslig, allergisk till max alltså. Så hon kvävdes till döds. En ren olycka. Det är inte ovanligt om somrarna. Och polisen har avskrivit det just som en olycka.

Det var värst vad han tar i, tänkte jag. Låter nästan som om han rättfärdigade sig. Och jag tänkte på vad Claudette sagt före middagen. Att hon bjudit in deras granne som satt alldeles ensam på sin fina gård för att hans sambo, eller vad hon nu var, hade försvunnit. Charlotte? Bergner var förmögen, såg bra ut och var i "rätt" ålder, om jag fick tro Eric Gustafsons och Monicas prat om "vandringspokaler". Hade Charlotte ankrat i hans hamn ett tag för att sen segla mot mer lockande mål, som Georg Kylmann?

Sviken kärlek kunde finnas med i bilden, liksom utpressning, och med Bergners tillgångar världen runt fanns det säkert ett och annat som inte tålde myndigheternas alltför närgångna granskning. Jag tänkte på vad Francine sagt om Georg Kylmann, att han var utbytbar. Det som gällde i hans relation med Charlotte kunde också appliceras på andra, med samma "gärningsmannaprofil" för att tala polisspråk.

Jag såg på Jonas där han satt, håglöst hopsjunken i sin fåtölj.

Enligt Eric hade också Jonas haft en relation med Charlotte. Hon hade tydligen haft många bollar i luften, många järn i elden. Blev det för mycket till slut, hade hon bränt sig? Och jag tänkte på vad jag hört i hennes våning. Rösten som hotade. Någon skulle inte leka med elden, kunde bli innebränd. Och en kvinna hade skrattat. Hånfullt. Charlotte och hennes mördare?

– Jag tror vad jag vill, sa jag. Hur kan en människa som är så överkänslig och har en livsfarlig allergi mot getingar sitta med ett glas söt saft en sommardag på sin balkong? Det stämmer inte.

– Det vet du väl ingenting om, sköt Jonas in. Trots allt både ser och hör man getingar på långt håll.

– Just det. Och det var därför hon fått sömnmedel. Nån hade drogat henne. Det framgick vid obduktionen.

– Om dom hittar sömnmedel, så visar det väl bara att Charlotte har tagit det. Det hade hon i så fall gemensamt med många andra. Vi sover illa och vi blir utbrända. Själv tar jag Mogadon ibland när jag inte kan sova. Och det finns väl kvar i kroppen ett tag. Jag förstår inte varför du insisterar på att Charlotte mördades? Jonas lät indignerad. Kan hon inte få vila i frid?

– Det är en sak du glömmer, Johan. Sten Bergner såg ironiskt på mig. En viktig sak. Motivet. Varför skulle nån vilja mörda Charlotte?

– Ett av dom äldsta motiven i historien. Svartsjuka. Det finns till och med ett uttryck för det på franska. *Crime passionnel.* Förr räknades det som en förmildrande omständighet i en del länder. Passion alltså. Och sen ett modernare motiv, men väl så effektivt.

– Och vad skulle det vara? Bergner lät hånfull nu, blåste ett gråvitt cigarrmoln mot mig.

– Utpressning. Charlotte visste för mycket. I dom kretsar hon rörde sig fanns många drivande minor. Utländska bankkonton, skumma transaktioner. Penningtvätt, mutor. Insideraffärer. Vad vet jag, men den som letar kan säkert hitta många intressanta fakta. Sen pratas det om narkotika. Kokain. Att Charlotte delade med sig av vad hon hade. Mot betalning förstås.

– Nu går du ta mig fan för långt. Jonas reste sig ur fåtöljen. Håll dina djävla spekulationer för dig själv!

Argsint såg han på mig. Det syntes på ögonen att han tagit mer av den förledande, sammetsmjuka konjaken än som varit nyttigt.

– Folk var alltid så djävla avundsjuka på henne bara. Vacker, intelligent, begåvad. Det var inte Charlottes fel att alla karlar sprang efter henne med tungan som en slips på magen. Det gick för bra för henne i livet. Därför får hon inte vara ifred ens när hon är död. Alla ska fram och kasta skit. Och nu är hon utpressare också. Och knarkdealare!

Hade jag skjutit för många skott in i mörkret nu? Hade jag träffat fel mål?

– Jag bara berättar vad jag hört, försökte jag släta över och lugna ner. Det kanske är som du säger, att det bara är rykten. Men jag känner starkt att det finns nånting som inte stämmer med Charlottes död. Varför blir du så upphetsad?

– Därför att jag älskade henne, sa Jonas lågt och gick mot dörren, men stannade plötsligt upp. Monica hade kommit in i biblioteket utan att vi märkt det i den spända atmosfären. Hon måste ha hört vad han sagt. Hon stod tyst, såg på Jonas under några evighetslånga sekunder. Så vände hon tvärt på klacken och rusade ut ur rummet, följd av Jonas.

– Det var det det, sa Sten Bergner lugnt och slog upp mer konjak i sitt bukiga glas. Där blir det mycket att förklara på kammarn.

– Det blir nog det. Och jag är rädd att det var mitt fel.

– Fel och fel, sa han filosofiskt, snurrade konjaken runt i glaset. Jag tycker också att du sitter här och pratar skit, men det var ju ingen som tvingade honom att säga att han älskade henne, eller hur?

– Nej, det är sant.

– Och det finns ju en teoretisk möjlighet att du har rätt. Fast mig övertygade du inte. Det kommer du inte att göra med polis och åklagare heller. Du har faktiskt ingenting mer att komma med än lösa spekulationer. Inga vittnen och inga bevis.

– Bara ett glas. Och jag berättade vad städerskan talat om i den stora våningen på Norr Mälarstrand. Om att "fel" glas kommit tillbaka från polisen tillsammans med Charlottes kläder.

– Det visar ingenting mer än att dom tog fel glas med sig tillbaka av misstag. Det är åtminstone vad varje vettig försvarsadvokat skulle säga, och jag tror inte att det går att motbevisa. Och även om det skulle vara som du säger, att Charlotte mördades, så har du fortfarande ingen misstänkt, eller hur?

– Det är sant. Jag har dig förstås, försökte jag skämta. Sen Georg Kylmann och Jonas. Harry Blonsky får jag skriva av. Han är i vilket fall död, så han kan inte bekänna.

Men mitt försök att lätta upp situationen hade inte fallit i god jord. Det såg jag på hans ansiktsuttryck.

– Mig kan du i vilket fall räkna bort ur kretsen av getingmördare, sa han kallt. Jag tyckte mycket om Charlotte och du vet kanske att vi var tillsammans ett tag. Sen skildes vi åt i all vänskaplighet och har fortsatt att träffas då och då. Att påstå att jag skulle ha nån som helst anledning att döda henne är ju fullkomligt absurt.

– Jag vet, sa jag avvärjande och höll upp båda handflatorna till underkastelse och förlåtelse. Jag anklagar naturligtvis ingen. Jag bara räknade upp dom i hennes närhet som jag råkar känna till. Men hennes bekantskapskrets var ju naturligtvis mycket större än så.

– Det finns ett namn du glömmer, sa han, lugnare nu. Och det är Hans Lindberg. Om jag vore du skulle jag titta närmare på honom. Inte för att han är en mördare, men han kommer nog ganska nära din fantombild.

– Hurdå?

– Nånting får du göra själv. Nej, nu har vi pratat alldeles för mycket smörja om det här. Sagt alldeles för mycket också. Särskilt du. Sten Bergner log ett svagt leende och reste sig ur soffan. *Let's join the ladies*, som dom säger i England. Där sitter ju herrarna kvar vid middagsbordet med portvin och cheddarn och pratar av sig innan dom går ut till sina fruar.

– En sak bara.

Han stannade upp, såg frågande på mig.

– Hur väl kände du Harry Blonsky?

– Inte närmare, hurså? Jag köpte en och annan grej av honom. Det är allt. Men nu är det bäst att jag går, annars anklagar du väl mig för att ha dödat honom också.

Han skrattade, ett litet ansträngt skratt, och gick mot dörren.

– Säger dig namnet Shadia nånting? Flickan som arbetade hos Harry?

Sten Bergner vände sig om, såg på mig med mörka ögon. Så gick han, utan att svara.

– Skulle du kunna förklara för mig vad det här handlar om?

Archibald hade kommit tillbaka genom dörren som ledde till ett inre kabinett, stannat upp i dörren och tydligen lyssnat på vårt samtal. Hur länge han stått där visste jag inte. Hans intelligenta ögon såg vaksamt på mig.

– Jag förstår att du undrar. Och det gör jag också.

– Jag vet att du är inblandad i alla möjliga skumraskhistorier. Han log, satte sig och slog upp mer konjak. Missförstå mig rätt, du hjälper ju polisen ibland, har jag förstått på Francine. Men allt det här med mord, getingar, utpressning och annat, där hänge jag inte med. Och vad tog det åt Leonards svärson? Var han kär i den där Charlotte?

– Tydligen. Jag kände henne inte närmare, men hon var allergisk mot getingar och dog av ett stick hon fick i halsen. Det finns dom som säger att det var mord.

Fast där ljög jag. Den enda som sagt det var jag.

– Inga ord efter mig, sa Archibald. Men Leonard är inte särskilt nöjd med den där karln. Svärsonen alltså. Svajig, ingen karaktär. Springer efter alla kjolar han ser. Gör egendomliga affärer. Och han säger alltid att det är en djävla tur att Monica och den där göken har äktenskapsförord. Annars hade hon hamnat på fattighuset. Ja, det heter det väl inte nu för tiden, men du förstår vad jag menar.

Jag nickade, jag förstod.

Kapitel XXXIX

– Vad hände igår kväll, egentligen? frågade Francine nästa morgon när vi satt i bilen på väg till Stockholm.

Jag hade sovit längre än jag brukade. Sörmlandsluften tog på trötta stadsbor, och Francine hade suttit och pratat med sina föräldrar, när jag kom ner till frukost. Jag hade inte haft tillfälle att berätta vad som hänt i biblioteket.

– Monica gick för att hämta Jonas, sa hon. Så kom hon tillbaka nästan meddetsamma, alldeles blek. Sa att hon fått ont i huvudet och gick upp på sitt rum. Sen kom Jonas som en slokörad hund och sa god natt innan han dröp av. Sa att han måste titta till Monica. Och dom åkte tidigt, utan att äta frukost.

– Det har sina randiga skäl och rutiga orsaker, och jag körde om en stor långtradare med lika långt släp. Det är alltid litet obehagligt på smala vägar. Rätt som det är kunde den stora kolossen kränga till, men den körde bara i femtio och det var mer än jag klarade av.

Så berättade jag vad som hänt kvällen innan, om dramatiken i biblioteket. Francine lyssnade utan att avbryta mig.

– Då förstår jag varför Jonas såg så avsågad ut. Men då kan du stryka åtminstone honom på din lista. Om nu Charlotte mördades, kan det knappast vara Jonas som låg bakom.

– Inte? Det kanske var han som hotade henne den där kvällen? Dom hade ju nån sorts relation. Hon berättade för mig att Jonas var en gammal pojkvän, om man nu kan använda det begreppet i hans ålder.

– Sa hon verkligen det?

– Nej, men när jag kommenterade hennes portkod, Karl XII:s

dödsår alltså, så sa hon att en av hennes pojkvänner hade 1632 i sin. Året Gustav II Adolf dog. Och det hade Jonas på Mariatorget. Jag var ju där flera gånger. Sen antydde ju Eric Gustafson nånting åt det hållet också.

– Eric är en gammal skvallerbytta, sa Francine.

– Det kan hända, men han vet mycket om det mesta. Och om dom flesta. Det kan alltså finnas svartsjuka med i bilden. Charlotte har lämnat honom och det klarar han inte. Dessutom har han trassliga affärer. Så utpressning kan också vara en anledning. Hur han hade det med knark vet jag inte, men han verkade ryckig och nervös ibland. Hade konstiga pupiller. Stirriga.

– Du menar väl inte att Jonas knarkar? Det skulle väl märkas i så fall.

– Inte tunga droger. Men i hans kretsar är ju kokain en innegrej, som man tar nån gång för att sätta lite sprätt på tillvaron. Och enligt Monica och andra så sysslade ju Charlotte med det. Delade med sig mot kontant erkänsla.

– Det tror jag inte ett ögonblick på. Att Charlotte skulle vara nån sorts langare.

– Du kände väl inte henne? Och det är inte fråga om langning på Plattan. Om det nu skedde så var formerna säkert mer civiliserade. Och jag berättade om spåren jag sett på gästtoalettens glasskiva.

– Du ska inte tro allt du hör. Och Monica har jag aldrig gillat. Våra föräldrar är ju goda vänner, så jag har träffat henne några gånger. Hon är alldeles för pushig. Den där typen som tränger sig före i köer, slänger papper på gatorna och inte trycker ner hissen. Dubbelparkerar.

– Det var en lång katalog på hemskheter, sa jag.

– Du förstår väl vad jag menar? Den där sorten som tar för sig och inte bryr sig om andra. Hon kanske bara var svartsjuk, eftersom dom tydligen hade nån sorts relation, hennes man och den där blonda saken.

– Du menar att Monica skulle ha mördat Charlotte? Hon kanske inte hade tryckt ner hissen, eller dubbelparkerat?

Jag log där jag satt bakom ratten. Det här blev mer och mer komplicerat, men jag fick skylla mig själv.

– Inte alls, jag bara kastar in en boll till i ditt jonglerande. Och förresten tror jag den stackarn dog genom en olycka. Det har stått mycket i tidningarna nu om getingstick och allergier.

– Det är möjligt. Man får ta det mesta här i världen med en nypa salt, *cum grano salis*, men även om Charlottes död var en olycka, så har vi mera konkreta dödsfall serverade.

– Har du flera mord på gång? Varför är du så nöjeslysten?

– Det är ingenting att skratta åt. Jag berättade ju för dig om Dirty Harry, han som mördades i Warszawa. Där var inga getingar framme. Du lovade att titta på det. Och jag känner på mig att det finns ett samband.

– Okej, jag lovar. Men nu har jag inte lust att prata om dina problem längre. Dirty Harry och getingar är lite för mycket så här dags på dan. Om du inte misstycker så försöker jag sova ett tag. Jag flyger ju med drottningen till S:t Petersburg ikväll.

Francine gav mig en lätt kyss på kinden, drog sätet så långt bak det gick, blundade och lämnade mig ensam med vägen och mina tankar.

En fin treklöver i min mordbukett hade jag. Fast inte den sortens blommor man lade under huvudkudden på midsommarnatten för att drömma om sin tillkommande. Tvärtom. Här blev det mardrömmar.

Jag log åt mina morbida tankegångar, men Jonas Eriksson, Georg Kylmann och Sten Bergner hade alla haft både motiv och tillfälle att döda Charlotte.

Det fanns också en minsta gemensam nämnare som de delade, Harry Blonsky. De var hans kunder och han hade haft affärer ihop med Charlotte.

Fast jag hade glömt ett tillskott till min midsommarbukett. Hans Lindberg. Lika skrupelfri i affärer han, och liksom de andra samlade han antikviteter och hade känt Harry och Charlotte. Hade hon någon hållhake på honom som gjorde henne farlig? Jag kanske borde känna honom litet försiktigt på pulsen.

Men jag insåg mina begränsningar. Det måste ju finnas många fler i Charlottes bekantskapskrets än den handfull jag mött. Och hade hon nu handlat med kokain, var det kanske motiv nog? En affär som gått snett, en leverantör som inte fått pengar. Där öppnade sig många möjligheter.

Då var Harry Blonskys död mer påtaglig. Han hade verkligen mördats och i hans fall komplicerades ekvationen av att Shadia fanns med i bilden.

När jag kom tillbaka till affären kunde jag inte släppa tanken på Hans Lindberg, mitt sista ess i rockärmen om han nu inte var en joker? Han stod inte överst på min lista, men det fanns saker jag ville fråga om. Jag kunde naturligtvis inte ringa och ställa honom mot väggen. "Har du mördat Charlotte? Och hur är det egentligen med Harry Blonsky? Låg du bakom det mordet också?"

Nej, här var det finare metoder som gällde och jag måste närma mig honom på ett sätt som inte väckte misstankar. Det gällde att inte väcka lättsövda björnar. Kroken måste agnas väl. Frågan var bara vilket bete jag skulle använda.

Då kom jag på det. Längst in i skåpet på mitt kontor stod ett stort, långt tvåhandssvärd från Tyskland. Det var 1600-tal och såg skräckinjagande ut med sin vågtandade klinga. Det hade väl bidragit till att det förblivit osålt, och säkert hade mycket blod flutit för det blanka stålet.

Jag hade ropat in det på en auktion för femton tusen kronor, och det hade alltid retat mig att pengarna stod där och tickade ränta istället för att vara ute i affären och arbeta. Inte för att jag inte haft spekulanter och jag hade också tagit med åbäket till auktionshusen, men priserna och beräknat utrop hade varit alldeles för låga. Jag hade föredragit att vänta på att publiksmaken skulle hinna ikapp mitt mordredskap.

Jag satte mig ner i min fåtölj och bläddrade fram Lindbergs nummer i katalogen. Turligt nog var han hemma.

– Hej, det är Johan. Johan Homan.

Först hade han låtit trevande, inte riktigt kommit ihåg. Så ljusnade det.

– Tjänare. Läget?

– Synd att inte klaga, sa jag, föll medvetet in i hans jargong. Jag tror jag har en grej till dig. Nästan åtminstone.

312

– Bara nästan? Han skrattade.

– Du letade ju riddarrustningar. Det har jag inga tyvärr, men nånting annat som kanske kan intressera.

– Som till exempel?

– Som till exempel ett tyskt tvåhandssvärd från 1600-talet. Jättefin kondition. Det har säkert tagit livet av många i trettioåriga kriget. Och jag kan inte garantera att det blir spökfritt hemma hos dig.

– Tvåhandssvärd, sa du? Det låter intressant. Är du hemma i eftermiddag?

– I affären, menar du? Jo, det är jag. Vi stänger sex.

– Okej. Då kommer jag.

Inget ont som inte har något gott med sig, tänkte jag och lade på. Om jag inte fångar en mördare så kanske jag blir av med åbäket i skåpet. Och det är ju alltid något.

Några timmar senare kom Hans Lindberg, just innan jag skulle stänga. Jag hade lagt fram det långa, skräckinjagande svärdet på den gustavianska soffan. Det brutala mordvapnet kontrasterade mot den blekblårandiga klädseln och den gustavianska elegansen.

Han blev eld och lågor, tog upp det stålblänkande vapnet. Höll det framför sig och inspekterade det centimeter för centimeter.

– Jag tar det, sa han, utan att fråga vad det kostade. Fantastiskt. Jag har en liten samling stickvapen, men ingenting i den här klassen från 1600-talet. Det är sällan dom kommer ut på marknaden.

– Det var roligt att du tyckte om det. Jag får väl försöka paketera det så att inte polisen tar dig, när du går hem. Du vet ju att knivförbud gäller.

– Du tror inte att du kan skicka hem det till mig? Jag måste rusa nu. Det är ett sammanträde i en samlarförening där jag är ordförande. Ja, dom samlar inte vapen, han log, men frimärken. Så ingen skulle uppskatta om jag kom dragande med den här klumpen. Dom skulle kanske tro att jag ville decimera styrelsen. Vi har haft en del problem där, så ett och annat huvud skulle må bra av att avkortas.

– Det låter drastiskt. Men det kan jag väl fixa. Har du nån adress?

Hans Lindberg gav mig sitt kort.

– Ring innan du kommer så att jag säkert är hemma. Hej så länge.

Han gick och jag kom på att han inte hade betalat. Men det var ju ingen brådska. Han hade inte fått med sig sitt tvåhandssvärd. Inte heller hade jag fått tid att prata med honom, som jag hade planerat, och försiktigt glida in på mina "problem". Ja, mina och mina. Det var ju Calle Asplunds bord om jag skulle vara noga. Haken var bara att han inte insåg att det fanns några problem. För honom var det getingar och polska rånare som gällde.

Jag ställde tillbaka svärdet i skåpet igen, plockade i ordning, tog Cléo på axeln, satte på larmet och låste dörren.

Det luktade tobak i trappuppgången när jag kom hem till Köpmantorget. En tung, sötaktig doft. Gitane eller Gauloise?

Cléo fnös, det stack väl i den fina nosen. Min cigarrök brukar hon aldrig reagera på. Det kanske berodde på att jag röker så sällan.

När jag steg ur hissen högst upp kändes röklukten ännu intensivare. Jag stängde hissdörren bakom mig och tog fram dörrnycklarna när jag såg två gestalter i dunklet. Mörka, hotfulla. Trappljuset hade hunnit slockna under hissfärden.

Kapitel XL

Det var tyst i den mörka hallen. Till vänster om mig blinkade ljusknappens röda öga, Cléo jamade nervöst. Det är inte ofta jag önskat att hon vore en hund, men en schäfer är att föredra framför en siames i trängda lägen.

– Homan? kom en låg röst.

– Ja.

Hjärtat bultade när adrenalinet sköt genom kroppen i en ursprunglig, genetisk reaktion som innebar flykt eller kamp. Men i den trånga trapphallen fanns ingen flyktväg och fysiskt våld mot de två mörka skuggfigurerna var utsiktslöst. Rånare, som var ute efter dagskassan?

– Jag har inga pengar. Dom finns i bankboxen.

– Karima berättade om dig.

– Karima?

– Våran moster. Hon är kompis med en som jobbar hos dig. Ellen.

Då mindes jag, då kom jag ihåg. Ellens väninna, hon som berättat om Shadia och som var rädd att Shadias bröder skulle hämnas på hennes mördare.

– Vi tog reda på var du bor. Och nu vill vi snacka med dig.

– Det går bra, sa jag med torr mun.

– Inte ute i trappan. Öppna.

Jag drog fram mina nycklar, satte i den undre och den övre, vred om och vi gick in i hallen. Brev och tidningar prasslade på mattan under brevinkastet för våra fötter, våningen låg i halvdunkel för nerdragna rullgardiner mot sommarsolen. Onödigt nu, när den försvunnit bakom hustaken mitt emot, tänkte jag mekaniskt och sökte trygghet i det invanda.

Som om de varit där tidigare klev de in i mitt vardagsrum, satte sig ner i var sin fåtölj och såg på mig med mörka ögon.

Jag blev stående mitt emellan dem. Cléo som känt den förtätade spänningen i luften hade slunkit in under sängens trygghet i mitt sovrum. De var slående lika fotot som jag sett av deras syster.

– Vi kommer för Shadia, sa den ene, den äldste som var något kortare men mer muskulös. Kroppsbyggare? En tunn halskedja i guld blänkte fram i den svarta tröjans V-ringning.

– För vår syster, sa den andre, i vit skjorta och svarta jeans. Ellen sa till Karima att du var kompis med den där svennen som lurade henne. Han på tidningsklippet som du fick, sa han aggressivt.

– Kompis är väl för mycket sagt, drog jag på det. Men jag känner honom.

– Shadia tog nånting hos honom. En silvergrej.

– Jag vet.

– Hur kan du veta det? Misstänksamt såg den äldre brodern på mig.

– För att Jonas sa det. Killen alltså. Jonas Eriksson.

– Hon tog hem den där silverprylen och visade för oss. Men inte för mamma och pappa. Shadia sa att han hade lovat att gifta sig, men lurat henne. Han kom ut ibland med sin djävla cabbe och hämtade henne. Shadia förstod inte vad hon gjorde. Sadri och hon var ju ihop och skulle gifta sig. Det var redan fixat. Så blir hon blåst. Nu skulle hon hämnas för hon visste att han skulle få fan för det. För det var nån sorts, vad säger man, familjeklenod? Nåt som visade familjens heder och tradition. Respekt.

– Det var det. Jag nickade bekräftande. Oerhört dyrbar.

– Och hon ringde hans fru och berättade att hon hade den och hur hon fått tag på den.

– Det gjorde hon?

Jag såg på dem. Undra på att Jonas hade deppat. Monica hade fått veta hur det gått till.

– Men den har kommit tillbaka, sa jag. Jag har själv sett den. Var det Shadia som lämnade den?

– Hon var ju för fan död, fnös han och drog i guldkedjan. Nej, det fick den där killen hon jobbade hos klara.

– Harry Blonsky?

– Jag tror han hette det, sa den andre. Han hade antikaffär och Shadia jobbade där ett tag. Det var den där Eriksson som fixade jobbet åt henne. Men hon ville ha betalt. Inte så mycket för pengarna som för att hämnas, få det att svida i den där blekfete fan. En halv miljon.

– Fick hon några pengar?

– Nej, snubben i antikaffären skulle fixa det, men så dog Shadia. Mördades. Och vi tror att det var han, Blonsky, som gjorde det och behöll pengarna.

Var det så det hade gått till? Hade Jonas och Shadias förhållande utvecklats till en utpressningshistoria, och hade Dirty Harry snuvat henne på både pokalen och pengarna och sen dödat henne?

– Och vi tänkte att du kunde hjälpa oss. Du känner ju dom där typerna.

– Blonsky är död, sa jag.

– Död? Misstroget såg de på varandra.

– Hurdå död?

– Mördad. Rånmördad i Warszawa.

De satt tysta, som om de inte riktigt fattat vad jag sagt.

– Då förstår jag, sa den kortare sen.

– Förstår vad?

– Svennen har inga pengar men vill ha tillbaka pokalen. Han lovar betala den där Blonsky när han fixat kulorna, så hyr han en torped och löser alla problem.

Kunde det vara så, tänkte jag. Men det lät logiskt. Shadia var livsfarlig för Jonas, för hans äktenskap, för hans karriär och sociala liv i Stockholms halvvärld. Och jag kunde inte tänka mig att han ville utsätta sig för en *showdown* inför Monica och hennes föräldrar, särskilt inte inför Leonard Stålsvärd. Alla hans fördomar mot Jonas skulle bekräftas och överträffas med råge.

Därför måste Shadia bort. Det måste Harry också, han som visste för mycket enligt den blonda Wagnervalkyrian i hans affär. Två flugor i en smäll som avvärjde hot om dramatiska avslöjanden och räddade en halv miljon. En torped i Polen kunde

317

inte kosta mycket, och inom den organiserade brottsligheten i Stockholm fanns det säkert diskreta specialister på det mesta.

– Därför ska vi ha tag på den djäveln. Och du ska hjälpa oss, sa den yngre.

– Hurdå?

– Se till att vi får träffa honom. Privat.

– För att mörda honom? Jag försökte skämta, men det gick inte hem.

– Innan vi gör nånting, så måste vi veta hur alltihop gick till. Var det Blonsky som mördade Shadia för att komma över pokalen och behålla pengarna hon begärde? Eller var det svennen som dödade henne för att slippa pröjsa, och för att hon inte skulle ställa till ett helvete för honom?

– Du sa ju att hon redan berättat för hans fru? Det var för sent att tysta henne.

– Frun kniper käft för att inte hela Stockholm ska veta. I deras värld får inte finnas skandaler. Och han jobbade med pengar, sa Shadia. Mäklare. Inte bra för firman om han hade ihop det med en ung tjej.

– Och nu vill ni träffa honom?

– Precis. Vi förstår att han inte vill, att han är rädd, men hälsa honom att om han inte ställer upp så tar vi honom ändå. Och då blir det inte lika trevligt som hemma hos dig. Då tar vi med några kompisar och drar in honom i en bil och kör ut i skogen nånstans. Där kan vi snacka i lugn och ro. Utan att bli störda. Han log ett obehagligt leende.

– Exakt, sa den andre. Men vi tänkte att om du är med, så kan han prata lättare. Behöver inte känna sig rädd så att vi kan diskutera på ett civiliserat sätt.

Två potentiella misshandlare som diskuterar med en potentiell dubbelmördare? Det kunde man kalla civiliserat. Jag log.

– Vafan skrattar du åt? Den långe lät hotfull.

– Åt ingenting, sa jag snabbt. Bara nånting jag kom att tänka på. Men vad ska jag säga till honom?

– Säg bara att vi vill snacka, att vi vet vad som har hänt. Men vi kan tänka oss att glömma. Fast det kostar.

– Du föreslår alltså att jag ska medverka i en utpressningshistoria för att skydda en tänkbar mördare?

– Så kan man också uttrycka det. Men pengarna ska vi ge föräldrarna. Dom vill åka hem, trivs inte här, får inga riktiga jobb. Så vi ser det inte som utpressning, mera som skadestånd. För farsan har tagit det hårt. Folk snackar bakom ryggen på honom. Han har ingen respekt. Kan inte ens hålla ordning på sin egen dotter. Och dom svenska tjejerna satte upp henne mot familjen. Dom vet inte vad dom snackar om.

– Då blir svaret nej. Definitivt och absolut, oavsett vart pengarna ska gå. Men om ni är ute efter att sätta fast den som mördade er syster, så kan jag ställa upp.

– Hurdå?

– Ni berättar allt ni vet för mig om Shadia, Jonas Eriksson och Harry Blonsky. Allting. För då kan jag nästan garantera att jag kan hitta Shadias mördare. Kanske också Blonskys. Och Charlottes, tänkte jag, men det sa jag inte. Det hade pojkarna ingen anledning att lägga sig i eller veta något om.

– Så vi ska inte träffa honom?

– Ni får göra vad ni vill för min del, men ni riskerar att han stänger alla dörrar och låser ordentligt. Ringer ni så lägger han bara på. Och det här med kidnappning kan ni glömma. Det kostar alldeles för många år på kåken för att det ska vara värt risken. Misshandel också. Sen har ni inte mycket mer att komma med än vad Shadia har sagt. Och det kan ni aldrig bevisa, eftersom hon är död.

De såg på mig. Så började de lågmält tala med varandra på sitt eget språk. Jag tänkte på Jonas och hans pokal. Och den hade ändå bara varit toppen på isberget. En stulen silverbägare var något man till nöds kunde leva med, där lindrade försäkringspengarna sorgen, men en flicka som mördats var någonting helt annat. Särskilt som det mycket väl kunde vara Jonas som var hennes mördare. Hade jag vetat det här när han bjöd mig på lunch på Pontus hade jag tackat nej. Definitivt!

Pojkarna slutade prata sinsemellan och såg allvarligt på mig.

– Okej, sa den korte. Vi ska säga det vi vet om du lovar hjälpa till. Har du en öl?

– Inte bara en. Jag har flera. Jag har en känsla av att det kommer att behövas.

Och det gjorde det, kvällen blev sen och det de berättade gjorde mig först mållös. Men det var ammunition jag inte kunde använda, förrän vissa andra frågor benats ut.

Kapitel XLI

"Det är dom små, små detaljerna som gör det." Var det inte någonting av Povel Ramel, tänkte jag där jag satt på min stol på Lilla Kvalitén i Auktionsverkets stora lokaler.

Jag hade just ropat in en hög atenienn fanerad med jakaranda, en hyllmöbel i tre etage från mitten av 1800-talet för prydnadsföremål av olika slag. Egentligen inte särskilt vacker, men jag hade en köpare, en lidelsefull samlare av möbler och andra objekt med kunglig proveniens. Och detaljen som "gjorde det" var en etikett med bokstaven D under en krona. Den visade att ateniennen en gång ägts av Napoleons fästmö, Désirée Clary. Hon var sidenhandlardottern som skulle gifta sig med Napoleons marskalk, Jean Baptiste Bernadotte, och bli drottning av Sverige, ett land som hon aldrig kom på riktigt god fot med, särskilt inte klimatet. Men som proveniens kunde det inte bli mycket bättre. Möbeln hade alltså ägts av en kvinna som varit förlovad med en kejsare och gift med en kung. Det var bara påven som fattades, men man kunde inte få allt för de femton tusen jag fick punga ut med.

Drottningens möbel blev inte det enda resultatet av förmiddagen på Auktionsverket. En sengustaviansk chiffonjé fick också följa med, ett mahognyfanerat Stockholmsarbete med linjeornamentik i lönn. Inte någon märkvärdig möbel, men jag köpte den till mitt sovrum. Tre stora lådor och fällde man ner klaffen blev den en utmärkt skrivplats med rader av smålådor ovanför. Mina garderober hade hunnit bli för trånga och papper, brev, urklipp, räkningar och annat flöt omkring lite varstans i våningen. Nu skulle det bli ordning och reda och dessutom skulle jag få någonting vackert att titta på när jag vaknade på morgonen.

Det var mer än jag kunde säga när det gällde Shadia, Charlotte och Harry Blonsky. Där fanns varken ordning eller reda, tänkte jag där jag satt och följde pingpongduellerna mellan hugade spekulanter. Fast mycket hade kommit fram när jag suttit och talat med pojkarna från Rinkeby kvällen innan. Först fick jag nästan en chock när de berättade. Om det nu var sant började en lösning ta form och kontur, jag började skönja ett mönster. Men än fattades viktiga bitar för helheten. Shadia var inte det enda offret. Jag hoppades att Hans Lindberg skulle kunna bidra. Några timmar senare skulle jag träffa honom för att leverera tvåhandssvärdet han köpt. Och jag visste vilka frågor jag skulle ställa.

Efter lunch på tomatomelett med ägg från höns i "trivselburar" (visste de om sin lycka?) tog jag bilen upp till Rörstrandsgatan, till adressen Hans Lindberg lämnat. Jag kände inte för att åka tunnelbana med det långa svärdet. Det kunde bli missförstånd, även om jag skulle inge respekt. Inga skinheads skulle våga hoppa på mig.

Hans Lindberg bjöd på kaffe i höga muggar och vi satte oss i soffan i det stora vardagsrummet. Rummet gjorde ett egendomligt intryck, verkade nästan visning inför en bättre auktion. Där fanns allt från karolinska silverbägare till en samling hjullåspistoler. I en monter låg kruthorn och krutflaskor från 1500-talet och framåt. Flintlåsgevär hängde på väggen, holländska bataljscener i mörka färger i blanka guldramar blandades med modern konst. Golvets parkett täcktes nästan helt av antika mattor. Ett gustavianskt skrivbord med tidstypisk hurts stod framme vid fönstren mot gatan, och stolarna längs väggarna varierade i stil mellan barock, rokoko och gustavianskt. En stor barockkrona i bergkristall hängde mitt i taket. I ett monterskåp blänkte stora silverpjäser. Augsburg eller Nürnberg? Mitt emot stod ett vackert allmogeskåp i rokoko med blommor mot en ljusblå fond och med dekorativt röda listverk.

Hans Lindberg såg min blick.

– Fint skåp, konstaterade han belåtet. Det är ett stårsskåp från Jämtland, daterat 1788.

– Stårsskåp? Vad är det?

– Stårs är jämtländska för flicka och såna här skåp var vanliga som hemgift när dom gifte sig. Där skulle dom förvara sina finaste grejer och ofta fick dörrarna stå öppna när det kom främmande för att det skulle framgå vad huset förmådde.

– Så du är road av allmoge?

– Det kan man säga. Men bara det bästa. Han log. Mycket har jag på landet. Det tar för stor plats här. Jag gillar moderna grejer också, men dom har jag inte här. Art déco, dom nya svenskarna. Bohlin och andra. Billgren. Fast dom går ju inte in i den här miljön.

– Hur går det med ditt hotellprojekt då? Finns det nåt intresse för din *time-sharing*?

– Om! Folk står i kö. Du har kanske ångrat dig? Jag har marknadens bästa villkor för mina polare.

Polare och polare, tänkte jag och såg på honom. Det bleka ansiktet, det blanksvarta håret. Mr Brylcreme. Nej, han tillhörde definitivt inte mina "polare".

– Det enda som fattas här är din riddarrustning, sa jag och såg mig om.

Hans Lindberg log.

– Skaffar du en sån så är priset inte nåt problem. Och får du tag på flera svärd av den här sorten är jag också intresserad. Det är verkligen magnifikt.

Han drog med fingertopparna över den blanka klingan. Svärdet var längre än bordet och det passade in i den originella miljön.

– Var har du björnskinnsmössan du köpte av mig?

– Den har jag ute på landet. Det finns mer utrymme där. Här har jag bara dom bättre prylarna.

– Antikviteterna, menar du? Prylar låter så blygsamt.

– Det beror på att jag är djävligt blygsam. Han log, strök sig över håret som om det kommit i olag, eller var det en ovana? För det låg tätt kammat mot huvudet med benan som ett vitt streck. Harmonin bröts bara i nacken där det tillåtits växa fritt och hängde trendigt över kragen. Ett försök att hålla åldrandet på avstånd?

– På tal om antikviteter, du kände ju Harry Blonsky?

Hans Lindberg nickade.

– Om jag gjorde! Vi hade mycket affärer ihop. Det var ju för djävligt det där med rånmordet. Men jag sa alltid till honom att han skulle hålla sig borta från dom där skumma typerna. Man visste aldrig hur det skulle sluta.

– Vilka skumma typer?

Han såg på mig, tog en cigarett ur paketet på glasbordet där vi satt. Tände den, blåste ut ett vitt moln.

– Mot slutet fick jag ett intryck av att han inte var så noga med sina leverantörer. Att han köpte prylar som han inte hade riktig koll på.

– Stöldgods?

– Inga ord efter mig, men det var en känsla jag fick ibland. Och jag tror han använde sig av den där snygga tjejen han hade. Shadia. Den stackarn dog ju också.

– Hurdå använde?

– Jag kände henne ganska väl, vi åt lunch tillsammans ibland. Middag också. Han log ett menande leende. Och jag tror att hon fick betalt för att vara nån sorts syndabock.

– Nu fattar jag ingenting.

– Jag tror att affärsidén var att om polisen kom på honom med nånting skumt, så skulle han säga att Shadia hade köpt prylen i god tro, när Harry inte var där. En ung, oerfaren tjej som blir blåst, medan den snälle och hederlige Harry skulle gå fri. Ingen snut skulle naturligtvis tro honom, men åklagarna skulle inte ta upp det.

– Men Shadia var väl inte skum? Du talade ju om skumma typer.

– Nej, hon var reko. Men det där var bara isbergets topp, det som kom direkt till affären alltså. Dom stora affärerna gjorde han vid sidan av. Genom bulvaner. Och där fanns det gott om köpare som inte var så noga, som också köpte "i god tro" om det var nånting dom ville ha. Jag känner flera av dom.

– Gör du? Det låter intressant.

– Inga ord efter mig och jag vill inte kasta skit på nån, men jag vet att Jojje och Harry hade mycket business ihop. Sten Bergner också. För att inte tala om Charlotte. Fast där gällde det ju andra sorters grejer. Det obehagliga leendet kom tillbaka.

– Vad var det för grejer?

– Tyst min mun så får du socker. Vitt socker. Nej, som sagt, det man inte lägger sig i behöver man inte ta sig ur. Men Charlotte levde sitt eget liv, körde olika *race*. Och där fanns det många intressenter.

– Som till exempel?

– Fan, vad du var nyfiken idag. Han skrattade. Men det var ju en officiell hemlighet att hon bytte killar ibland. Det gör vi väl alla, ja, tjejer alltså. Jag läste om den där professorn på Handels som sa att han samlade fruntimmer som andra samlar frimärken. Fast det är ju ingen bra parallell.

– Hurså?

– Frimärken blir värdefullare ju äldre dom blir, men det är tvärtom med tjejer, eller hur? Han blinkade menande mot mig.

Vilken kvinnosyn, tänkte jag. Det måste jag berätta för Francine. Då låser hon in honom.

– Och du själv? Gjorde du stora affärer med Harry?

– Det kan man väl inte säga. Silver var han fena på, hade ju mycket kontakter ute i Europa. Sen allmoge. Han hade några gubbar i Härjedalen och Jämtland som dammsög marknaden. Så då och då kom det godbitar. Jag har en del prylar här och resten på landet. Sen säljer jag ett och annat också. Det blir för trångt annars. Normännen betalar djävligt bra för rätt grejer. Där jobbar jag ihop med Jojje. Med annat också. Han har ju business över hela världen.

Jag såg på honom. Att söka exporttillstånd var säkert ingenting han besvärade sig med. Affärer gjorde han med Dirty Harry, Shadia hade han tydligen känt väl, liksom Charlotte. Förmögen var han och samarbetade med Georg Kylmann.

Hade Charlotte vetat någonting om honom också som hon kunnat använda? Var det han som hotat Charlotte den där kvällen hon kom över till mig, och visste han hur man fångade getingar i saftglas?

– Jag tror att Charlotte mördades, sa jag, tog tjuren vid hornen. Kastade en stor sten in i hans porslinsbutik.

Hans Lindberg stelnade till, satte ner den vita muggen med en smäll på glasbordet.

– Mördades? Hon blev ju för fan getingstucken. Det berätta-de Jojje. Djävligt tragiskt. Hon var jätteallergisk. Satt där ute på balkongen och drack saft och märkte inte att en geting kröp ner i glaset. Han verkade nervös, forcerad.

– Jag tror inte det, sa jag lugnt. Jag tror att nån drogade henne med sömnmedel och sen tvingade i henne saften med getingar i.

– Vem skulle det vara i så fall?

– Det är miljonfrågan. Har du nån gissning?

– För det första är det du som sitter och gissar. Om det varit mord skulle polisen vara inkopplad. Och för det andra tänker jag verkligen inte sitta här och anklaga folk för mord.

– Det förstår jag och det gör inte jag heller. Men det måste vara nån som kände henne så väl att hon hade öppnat och släppt in honom i våningen. Och att han hade kunnat få i henne sömnmedel. Bjöd hon på kaffe eller en drink?

Hans Lindberg satt tyst, såg fundersamt på mig. Så skakade han på huvudet.

– Charlotte levde ihop med Jojje, sa han sen. Och det hade väl sina sidor, men såvitt jag förstår så var det lugna gatan. Fast … Han tystnade.

– Det angår inte mig och jag pekar inte ut nån mördare, sär-skilt inte som det inte finns nåt mord, men jag vet att Sten Bergner aldrig kom över att hon lämnade honom. Han tog det djävligt hårt. Fast när jag talade med honom häromdan, om Charlotte alltså, så verkade han nästan lättad.

– Du menar …?

– Jag menar ingenting, bet han av, som om han ångrat sig, sagt för mycket. Jag säger bara att talar vi mord så finns det flera kandidater. Har du tänkt på Jonas?

– Skulle jag det?

– Det borde du nog. Fråga honom. Passa på och fråga om Shadia också. Dom stod varandra nära, om man säger så. Det sa Harry åtminstone. Och han borde ju veta.

– Jag kanske skulle göra det. Det var ingen dum idé.

Då ringde det i min innerficka. Skuldmedvetet såg jag på Hans och tog upp min mobil.

– Sorry. Jag glömde alldeles bort att stänga av den.

– Svara du. Det kan vara nånting viktigt. Nån kanske vill köpa nåt i ditt skyltfönster. Han log och sträckte sig efter en ny cigarett.

Men det var inte någon som ville fråga om den gustavianska byrån i stora fönstret eller tennkannorna i det andra. Det var någon helt annan.

– Hallå. Är Homan?

– Ja, svarade jag dröjande. Jag kände inte igen rösten.

– Vi sågs hos Charlotte. Jag städar. Mirja.

Då kom jag ihåg. Kvinnan i städrocken, hon med de skrämda ögonen.

– Hur står det till? Allt väl? sa jag neutralt och undrade varför hon ringde.

– Jag fick ditt kort med nummer och du sa att kunde ringa.

– Visst.

– Jag vill bara berätta en sak. Om saftglas.

– Saftglas?

– Jag sa ju att polisen kom med fel glas. En annan sort än den som finns i köket.

– Det kommer jag ihåg. Hurså?

– Den är stulen. Glas borta ur skåp.

– Du är alldeles säker?

– Säker. Jag ställde det bland dom andra på hyllan, det är större och tjockare i glaset. Blått. Och nu alldeles borta.

– Jag förstår. Tack för att du ringde. Och kommer du på nånting mer så hör av dig.

– Inte för att jag vill lägga mig i, sa Hans Lindberg när jag stängt av mobilen. Men det lät lite komplicerat.

– Det gällde ett försvunnet saftglas.

Förvånat såg han på mig.

– Saftglas?

– Precis. Ett mordredskap.

Kapitel XLII

När jag kom tillbaka till affären väntade någon utanför den stängda dörren med "Kommer strax"-skylten. Nu hade jag tur, och jag ökade steglängden. Om jag kommit lite senare hade jag kanske missat en möjlig kund. Det är en av avigsidorna med mitt engagemang i frågor som jag med varm hand borde överlåta på Calle Asplund och hans kolleger.

Men det var inte en potentiell kund som stod där ute på Köpmangatan. Det var Björn Gren, kriminalinspektören som inte existerade enligt Calle. Han som heller inte fanns i telefonkatalogen.

– Trevligt att träffa osynlige mannen, sa jag ironiskt när jag låste upp och vi gick in i affären.

– Vadå osynlig?

– Jag berättade för Calle Asplund att vi hade träffats och han sa att det inte fanns nån kriminalinspektör med ditt namn. Och du står inte i telefonkatalogen. Kan du förklara det vore jag tacksam.

– Okej, jag ber om ursäkt.

Han log, men jag besvarade inte hans leende. Vad var det för en figur egentligen? Först ljuger han om sitt utredningsuppdrag, sen skickar han ner mig i skumma källare med dolda mikrofoner, ner till en mordmisstänkt kroppsbyggare som såg ut som om hans universitet varit celler i ryska fängelser. Vem vet vad som kunde ha hänt? Dessutom var det alldeles säkert olagligt.

– Jag är skyldig dig en förklaring.

– Det är det minsta man kan säga, sa jag bistert. Sätt igång.

– Jag är alltså före detta kriminalinspektör. Och jag har en konsultfirma som hjälper försäkringsbolag och privatpersoner att få tillbaka stöldgods.

– Varför sa du inte det första gången vi sågs?

– Jag berättade faktiskt att jag utredde export av stulna antikviteter, så där ljög jag inte. Och jag var rädd att du inte skulle ställa upp. Därför försökte jag skapa förtroende, talade om Calle Asplund.

Vi håller alltså på med en stor stöldhärva av kyrksilver, skulpturer och allmogegrejer. Du kanske har läst om det? Att man plundrar kyrkor i landsorten. Naivt nog har ju kyrkorna fått stå mer eller mindre öppna och det är ju en vacker tanke. Men man har inte tänkt på att alla gamla föremål som finns där är lätta att plocka med sig. Alla museer är heller inte försäkrade när det gäller den här sortens skurkar.

– Jag har förstått det.

– Och jag hade ju hört talas om dig när jag var kvar vid polisen, visste att du ställde upp när det behövdes. Du är ju också en känd och respekterad antikhandlare. Och kunde du höra dig för bland dina kolleger skulle det vara till stor hjälp, men jag ville inte komplicera det i onödan.

– Du menar att jag skulle försäga mig?

– Inte alls, sa han snabbt. Jag ber om ursäkt och jag förstår om du vill hoppa av.

– Vadå hoppa av? Jag har väl aldrig hoppat på?

– Inte medvetet i vilket fall. Han log. Men jag vore tacksam om du stannar ombord ett tag till. För jag är nästan framme nu.

– Framme?

– Vi har kunnat identifiera huvudmannen i den här härvan. Du känner honom. Harry Blonsky.

– Jag kunde nästan gissa det. Men du vet väl att han är död? Rånmördad.

– Jag vet, men det var inte något rån. Det var ett beställningsjobb. För det finns en person till som skulle ha torskat ordentligt, om vi satt dit Blonsky.

– Vem är det?

– Jag kan inte säga nånting än. Det är några bitar som fattas. Men det är en tidsfråga. Problemet är att den vi misstänker aldrig var i direktkontakt med dom stulna prylarna. Vi har inte några konkreta, bindande bevis. Hittills alltså. Den biten fick Blonsky ta hand om, vardagen. Men hans kompanjon sålde till samlare i Sverige och Europa. Rörde sig i bättre kretsar än Harry och det gjorde att många inte misstänkte nånting. Där kunde man verkligen tala om god tro. Det hade inte varit lika lätt med Blonsky.

Det kunde man förstå, tänkte jag. Jag skulle aldrig köpa en begagnad bil av honom, för att inte tala om exklusiva antikviteter, utan att räkna fingrarna efter affären.

– Och du har varit till stor hjälp, för det där skåpet på Högbergsgatan har vi definitivt kunnat härleda nu till ett inbrott i ett museum i Hälsingland. Vi talade ju om det.

– Kan ni inte slå till då? Gå ner i källaren och hämta upp den där Oleg eller vad han nu hette och lägga rabarber på hans stöldgods?

– Då skulle vi inte komma åt huvudmannen. Vi tror att lagret är Harry Blonskys. Han har ett annat på Brännkyrkagatan, under sin affär, ett officiellt lager, men det här undangömda bedömer vi vara till för häleriverksamheten. Och vi skuggade ryssen, ja, vitryssen om man ska vara noga, för att se vart det kunde leda.

– Nå?

– Till Polen. Han reste dit samma dag som Blonsky rånmördades.

– Måste du inte ta upp det här med polisen?

– Självklart, men jag vill ha mer bevisning först. Annars riskerar jag att det ramlar under bordet. Om det inte finns nåt som håller mot dom, så tar åklagaren inte upp det och det enda som händer är att dom här gökarna varnas och lägger locket på. Dessutom är det inte olagligt att resa till Polen.

– Det är klart, om man nu inte åker dit för att mörda Blonsky. Och hur kommer jag med i bilden nu?

– Jag skulle vara tacksam om du kunde få fram något om en person som vi tror kan vara inblandad, Hans Lindberg. Halvskum affärsman med flera konkurser bakom sig. Köper och säljer det mesta bara förtjänsten är tillräckligt stor.

– Lustigt att du säger det, för jag kommer just från honom.

Hans våning ser ut som ett lager hos en bättre antikhandlare.

– Du ser. Jag är nästan säker på att vi kan hitta både det ena och det andra där.

– Om du tror att jag ska bryta mig in om natten i rånarluva och handskar så har du totalt fel.

– Inte alls, sa Björn Gren avvärjande. Men jag tror vi kan binda honom till en medeltida skulptur som stals från en kyrka i Sigtunatrakten för ett tag sen.

– Jag ska gå tillbaka och köpa den, menar du?

– Du kunde åtminstone fråga. Jag har ett foto här så du vet hur den ser ut.

Han tog fram ett vitt kuvert ur innerfickan och gav mig ett fotografi. Ett skulpturalt ansikte, som skuret i sandsten. Tomma ögon såg på mig. Draget kring munnen var strängt. Ett helgon eller en kung?

– För om det är som vi anar, så kan vi sätta dit honom på det. Då kan vi börja nysta med det som utgångspunkt och då tror jag att alla bitar faller på plats.

– Inte bara det.

– Vad menar du?

– Du sa det själv, sa jag. Din felande länk skulle torska om ni tog Harry Blonsky. Så det låg i hans intresse att Dirty Harry försvann, ju fortare desto bättre. Och det är möjligt att jag bidrog till hans död.

– Du hade väl ingenting med det att göra?

– Dom kanske blev misstänksamma när jag kom ner i källaren och började ställa frågor om honom, kanske insåg att nånting var på gång och att Harry måste försvinna.

– Det tror jag inte. Det fanns säkert andra skäl. I dom där kretsarna händer mycket och stora pengar är i rullning. Och det sas att Blonsky höll på med knark. Och antikviteter tvättar svarta pengar vita, också det som kommer från droghandeln.

– Jag ska se vad jag kan göra. Men jag lovar ingenting. Och jag tänker inte sätta på mig den där agentgrejen igen.

– Du slipper. Björn Gren log.

– Här får du mitt kort. Jag är inte så anonym som du tror.

Jag såg på kortet. "Björn Gren, försäkringskonsult, f.d. kriminalinspektör." Plus adress och telefonnummer. Sin gamla polistitel viftade han väl med för att göra ett seriöst intryck.

– "Försäkringskonsult." Jag har läst om en ny nisch för skurkar. Dom stjäl fina saker och erbjuder försäkringsbolagen att köpa tillbaka dom. Och det tjänar alla på om priset är rätt. Är du inblandad i sånt? Får du procent?

– Lycka till med Lindberg, sa han utan att låtsas om min fråga. Och ta inga risker. Det är det inte värt. Hör av dig. Hej. Så gick han.

Hej själv, tänkte jag. "Lycka till", hade han sagt. Hur pass seriös var Björn Gren egentligen? Och skulle jag fortsätta spela med? Han hade faktiskt lurat mig, fått mig att tro att han var polis på tjänsteuppdrag. Skulle jag verkligen liera mig med honom? Men jag hade ingenting lovat och att fråga Hans Lindberg om han hade någon medeltida skulptur var ju riskfritt.

Men det var inte Hans Lindberg jag tänkte koncentrera mig på. Det fanns ett annat namn som var intressantare. Ett namn med anknytning både till Harry Blonsky och Charlotte Bergman.

Nej, jag tänkte på Georg Kylmann. Jag hade sett honom på Högbergsgatan på väg till lagret i källaren där Oleg Sytenko väntade. Kylmann kände Harry mycket väl, gjorde affärer med honom. Fick jag tro Monica så tvekade han inte när han kunde göra ett klipp och han var inte så noga med metoderna. Och Jojje visste att Blonsky skulle resa till Warszawa, han hade ju själv tänkt åka med men fått förhinder. Varför? Han köpte och sålde dessutom exklusiva antikviteter, var specialist på barocksilver och allmogemöbler.

Fast det var inte enbart Kylmanns tänkbara inblandning i Dirty Harrys häleriaktiviteter som intresserade mig. Han hade levt med Charlotte Bergman, städerskan hade hört deras gräl, att Charlotte hotat lämna honom. Hon kände säkert till hans vidlyftiga affärer. Tillräckligt mycket insikt för att också vara ett hot? Och hade han någon anknytning till Shadia? Jag tänkte på vad hennes bröder berättat.

Kapitel XLIII

Cléo hade fått en ny leksak av Ellen. Ja, fått är kanske en överdrift, hon hade tagit den själv ur Ellens syskrin. Ett rött nystan som hon dribblade framför sig över golvet. Med den uppburrade svansen i vädret som en diskborste och ögonen spända i koncentration for hon fram likt ett jehu, dribblade pucken som en ishockeyspelare. Hon brukade göra det med en pingpongboll, men det röda nystanet hade nyhetens behag. Så hakade tråden loss, nystanet for in under skåpet och lämnade ett långt, rött spår efter sig.

Som Ariadnes tråd, tänkte jag där jag satt i fåtöljen med fötterna på skrivbordet. Den tråd som räddade Theseus ut ur labyrinten på Kreta när han dräpt monstret Minotauros, som väntat inne i mörkret, till hälften tjur, till hälften människa.

Jag hade också en röd tråd, ett tydligt spår som ledde till Georg Kylmann. Alldeles för mycket talade mot honom för att jag inte skulle följa Theseus exempel. En grotta fanns också nere under huset på Högbergsgatan. Där väntade inte Minotauros men Oleg Sytenko. Fast han var inte något mytologiskt väsen utan nog så verklig och närvarande. Hade han varit det också när Harry Blonsky sköts i Warszawa?

Jag skulle kanske höra mig för litet försiktigt. För jag kunde ju inte gå på Georg Kylmann och fråga om han var en dubbelmördare. Men jag hade faktiskt en krok utlagd, som jag kunde utnyttja utan att väcka misstankar, nämligen ett ärende ner till källaren som kunde vara en öppning. Allmogeskåpet som jag låtsats vara intresserad av. Det som var stulet enligt Björn Gren. Nu riskerade det att diskret skeppas ut till någon amerikansk samlare. Det kunde vara trådänden som ledde in till gåtans lösning.

Jag såg på klockan. Halv fyra. Det var säkert öppet nere i källaren. Hade jag tur fanns Sytenko kvar. Jag måste ta chansen, så jag ringde på en taxi. Bara han inte har hunnit försvinna, tänkte jag i bilen när vi trängde oss fram på Skeppsbron. Misstänkte han att polisen kunde koppla honom till mordet på Blonsky? Hade han märkt att Grens folk skuggat honom? Att diskret försvinna tillbaka till andra sidan Östersjön skulle inte vara något större problem för honom. Där väntade säkert nya arbetsuppgifter. Men jag hade oroat mig i onödan, Sytenko öppnade den tunga dörren när jag knackade på.

Rummet där inne låg i halvmörker. Han såg frågande på mig, kände sen igen mig.

– Jag har kommit för skåpet.

– Javisst ja, det var du som var nere häromdan.

Den tydliga slaviska brytningen var nästan mer märkbar nu, än när jag kom förra gången.

– Precis.

– Slå dig ner och känn dig som hemma. Han log ett snett leende. Jag har just kokat upp vatten. Kan jag bjuda på en kopp pulverkaffe?

– Ja tack.

Inte för att jag ville ha. Beskt pulverkaffe tillhör inte mina favoriter, men den svenska kafferitualen skapar ett visst mått av intimitet som var positivt för vårt samtal, gjorde det mer otvunget.

– Du kanske redan har sålt det?

– Ja och nej. Det står kvar där inne i valvet.

Han satte fram två vita plastmuggar med ett brunt pulver i botten, slog upp ångande hett vatten från en kastrull på en liten kokplatta i hörnet. Tog fram en plastbunke med papparkakshjärtan.

– Får vi ett bättre pris, så kan vi alltid diskutera. Annars går det iväg om ett par dar. Du bjöd ju sexhundrafemtio, eller hur?

Jag nickade och blev livrädd för att han skulle slå till, att han talat med sin chef och att jag skulle bli sittande med ett allmogeskåp för över en halv miljon på halsen.

– Det gjorde jag, men du ringde ju aldrig.

– Vi har fått ett bättre bud. Han höjde. Är du handlare eller samlare?

– Både och. Jag sa ju det sist, har du glömt det? Har en affär på Köpmangatan. Det är mest traditionella grejer, gustavianskt och annat, men hittar jag nån panggrej i allmoge så är jag intresserad. Jag gjorde förresten en hel del affärer med Harry Blonsky, du kände ju honom?

Han nickade, tog en klunk av det heta kaffet. Såg på mig med kalla, vaksamma ögon över den vita muggens kant. Återigen tänkte jag på att hans ansikte påminde om en skärbräda, ett nätverk av tunna streck.

– Det var ju hemskt det som hände, fortsatte jag. Du vet ju att han blev rånmördad? I Warszawa.

Oleg Sytenko nickade igen, tog inte blicken från mig.

– Blonsky gjorde tydligen affärer där nere. Han kom ju från Polen och det lär finnas en hel del på marknaden nu efter kommunismens fall. Och folk har ont om pengar, så bra grejer kommer fram.

– Det känner jag inte till, sa han kort. Jag köper ingenting därifrån. Har aldrig varit i Polen.

Bingo, tänkte jag. Enligt Björn Gren hade han ju åkt dit samma dag som Harry Blonsky. Hade de rest tillsammans?

– Häromdan träffade jag en annan samlare, och jag bytte ämne, zoomade in mig på Georg Kylmann. Han är inne på barocksilver och road också av allmoge. Men bara toppgrejer. Du känner säkert till honom.

– Vem skulle det vara?

– Kylmann, Georg Kylmann.

Sytenko skakade på huvudet.

– Har aldrig hört talas om honom. Men det springer så mycket folk här, så det är ju möjligt att han kommit in nån gång.

Inte bara möjligt, tänkte jag. Hans andra lögn på mindre än två minuter. Bara för några dagar sen hade jag ju själv sett Kylmann komma till Högbergsgatan. Och med tanke på allmogesamlingen i våningen på Norr Mälarstrand, så rörde Jojje sig i en prisklass som borde få Oleg Sytenko att stå med mössan i handen och bocka när han kom. Varför ljög han, vem ville han skydda?

– Jag har några andra kunder som också är intresserade av allmoge. Sten Bergner och Hans Lindberg. Ja, inte bara allmoge. Högklassiga antikviteter över huvud taget. Medeltida skulpturer, till exempel. Brukar dom komma hit?

Oleg Sytenko satt tyst, såg oavvänt på mig.

– Jag vet inte vad du är ute efter, sa han sen. Men du är djävligt frågvis. Det gillar vi inte i den här branschen. Kom hit och titta, köp och stick. Men ge fan i att fråga för mycket. Det är aldrig bra att vara för nyfiken.

Då rasslade nycklar i ståldörren som långsamt öppnades. Monica igen? Jag såg mig om. Men det var inte hon. Georg Kylmann stod där, stor och tung.

– Tjänare Johan, sa han med ett ansträngt leende, försökte dölja sin förvåning. Jag råkade bara titta förbi. Oleg och jag gör ju lite affärer ibland, eller hur Oleg?

Sytenko svarade inte, satt kvar på sin stol.

– Den här killen är djävligt frågvis, sa han och vände sig mot Georg. Frågar om dig och flera andra. Och om Blonsky.

– Jaså? Kylmann såg på mig och nu var leendet borta. Kan du inte fråga mig direkt istället. Då får du rakare svar.

– Jag undrade bara vad det var för sorts affärer du gjorde med Harry Blonsky?

– Vad har du med det att göra?

– Ingenting, men Blonsky blev ju faktiskt mördad och jag tror inte på det där med rånmord. Han mördades av nån som hade mycket starka skäl.

– Och vad skulle det vara?

– Han visste för mycket. Om Charlotte. Och om Shadia.

– Jag vet inte vad det skulle kunna vara. Båda är döda. Charlotte dog av sin allergi och Shadia begick självmord, sa Georg. Det berättade Harry. En överdos. Vet du att det begås ett självmord var fyrtionde sekund i världen?

– Nej, men ska vi tala statistik så har jag läst att Sverige har den näst högsta mordfrekvensen i Europa efter Finland.

– Nu tycker jag inte du ska sitta här längre och prata skit. Nu tycker jag du kan dra.

Oleg Sytenko hade rest sig, såg hotfullt på mig från andra sidan bordet. Plötsligt slog det mig att ingen visste att jag hade gått hit. Vem kunde spåra mig till en källare på Högbergsgatan?

– På tal om det, om att snacka skit alltså, så sa du nyss att du aldrig hade varit i Polen. Nu råkar jag veta att du reste dit samma dag som Blonsky mördades. Och du sa att du inte kände Georg. Hade aldrig hört talas om honom. Kan du förklara det?

– Jag tror inte att Oleg behöver förklara nånting för dig, sa Georg Kylmann långsamt. Jag vet inte vad du är ute efter, men jag vet att du inte är polis. Du har inga befogenheter att sitta här och förhöra oss. Det är lika bra du sticker innan Oleg blir förbannad. Och då är han inte särskilt trevlig. Kylmann log ett tunt leende.

– Jag ska gå, var inte orolig. Det är bara en sak jag ville fråga dig om. Det gäller ett saftglas.

Frågande såg han på mig.

– Saftglas?

– Visste du att ett saftglas har försvunnit ur skåpet på Norr Mälarstrand?

– Jag har ingen aning om vad Charlotte hade i sina skåp. Och om det kan intressera dig så har jag inte druckit saft sen jag gick i kortbyxor. Nu är det annat som gäller. Han skrattade, men det kom inte naturligt.

Och Charlotte dog samma dag som Oleg och jag var i Uppsala för att kolla en auktionsvisning. Eller hur, Oleg? Det kan du intyga.

Han såg uppfordrande på Sytenko, som surmulet nickade till bekräftelse.

Det var inte någon övertygande uppvisning, tänkte jag. Och varför skulle Kylmann dra till med Uppsala? Ville han visa att han hade alibi? Men om Charlotte dött av ett getingstick, behövdes väl inga alibin? Hade han gått ett steg för långt?

– En sak till bara, sa jag.

Alea iacta est. Nu hade jag kastat min tärning, nu var det lika bra att göra som Julius Caesar och fortsätta över Rubicon och se vad som skulle hända på andra sidan floden. För jag kanske inte fick någon mer chans att fråga ut Georg Kylmann. Efter det här skulle han hålla sig undan från mig. Oleg Sytenko ock-

337

så. För Georg hade rätt. Jag var trots allt inte polis. Jag kunde inte hålla förhör, och de hade ingen som helst skyldighet att svara på mina frågor.

– Och det gäller Charlotte, fortsatte jag. Nån sa att hon också visste för mycket. Inte bara Harry.

– Om vadå? Det hade kommit frost i Georg Kylmanns röst.

– Om både det ena och det andra. Om stora affärer, för stora kanske. Och jag hörde också att hon höll på med knark.

– Att hon var narkoman?

– Nej, men att hon köpte. Och sålde.

– Vafan menar du? Skulle Charlotte vara nån sorts knarklangare?

– Jag bara säger vad jag har hört. Och sen att det där getingsticket inte var en olyckshändelse.

– Nu tror jag det räcker. Nu får du lägga av.

Oleg hade gått runt bordet och stod framför mig, så nära att jag kände lukten av tobak och svett. En däven, unken doft stod runt honom. Han såg mig stint in i ögonen, öppnade kavajen. En pistolkolv blänkte fram i ett armhölster.

– Ska jag ta hand om honom?

– Du är inte i Petersburg nu. Georg skrattade tvunget. Jag tror att Johan menar väl, fast han är en djävla idiot. Jag förstår inte var du får allt det där ifrån? Och nu tycker jag du ska gå och inte komma tillbaka. För jag vet inte hur länge jag kan hålla i Oleg, innan han gör nånting dumt. Och du, ett gott råd.

– Ja?

– Sluta upp med det här. Spring inte omkring och snacka skit om vad du hör från andra. Om du tror att jag har nånting med Charlottes död att göra, eller Blonskys, så har du totalt fel. Och det har inte Oleg heller. Stick nu och jag hoppas jag slipper se dig mera.

Då hade jag inte gått förgäves, tänkte jag när jag stod ute på gatan igen. Att Oleg Sytenko inte hade rent mjöl i påsen var uppenbart. Han hade förnekat både att han varit i Polen när Blonsky mördades och att han kände Kylmann. Och Georg hade varit märkbart både aggressiv och defensiv, när jag talade om Charlotte.

Cléo hade inspirerat mig att följa Ariadnes tråd och jag hade kommit långt in i labyrinten. Frågan var bara om jag kommit ända fram? Om det fanns intressantare objekt längre in? Om Minotauros själv väntade där inne i mörkret.

Kapitel XLIV

Levande ljus i höga golvstakar lyste upp dunklet framme vid kistan. Likt rakryggade soldater paraderade de längs sidorna. På ställningar fanns stora kransar uppsatta, andra stod lutade mot den mörkbruna kistan och bredvid fanns blomsteruppsatser. Stilla orgelmusik kom från den stora orgeln där fasaden ritats av Carl Hårleman, den franska rokokons store introduktör i Sverige.

Men Jakobs kyrka var äldre än så, från 1600-talet, ersatte en medeltida kyrka som Gustav Vasa rev. Hans mer kyrksamme son Johan III beordrade uppförandet av den nya där jag satt i en av de hårda, brunmurriga träbänkarna. Min nyvunna kunskap hade jag fått från ett litet informationsblad som någon glömt kvar i raden av psalmböcker i bänkryggen framför.

I fonden bakom kistan höjde sig den stora altaruppsatsen, krönt av en Kristusgestalt med utbredda, välsignande armar. Andra skulpturer skymtade också där uppe i dunklet. Apostlarna? Men Judas Iskariot fanns väl i så fall inte med. Den bespottade och föraktade, som ett oblitt öde utsett att bli förrädare. En tragisk roll som var en förutsättning för påskens drama. Utan honom ingen korsfästelse och ingen uppståndelse, om det nu kunde vara någon tröst för honom i hans eviga skärseld.

Och snett fram till vänster skimrade en förgylld predikstol i empire. På väggarna skymtade gamla vapensköldar från längesen utslocknade ätter. De avlidna vilade under korets stenhällar i väntan på den yttersta dagen.

Mäktiga sandstenskolonner bar upp det höga stjärnvalvstaket. Från predikstolens räcke såg ett litet förgyllt puttohuvud vänligt på mig och jag omslöts av den dova kyrklukten av sten, damm och ålder, idag förstärkt av sötaktiga, parfymerade dunster från alla blommorna framme vid kistan. Blundade jag var jag försatt till min barndom och Viby kyrka, där min pappa prosten predikade om söndagarna. Visserligen var den mycket mindre, men doften och stämningen var densamma. I andra kyrkor också jag besökt senare i livet.

Högt över mitt huvud kom den dova klangen från klockorna i Jakob. De hade ringt ut över Kungsträdgården både hos Strindberg och Hjalmar Söderberg, men idag ljöd de för Harry Blonsky. Det var han som vilade i kistan framme i koret, det var för hans skull jag kommit. Men förespeglingarna hade varit falska. Jag var inte där som en sörjande vän, jag kom för de sörjande vännernas skull. Det fanns alldeles för många obesvarade frågor kring Blonskys död för att jag skulle kunna dra mig tillbaka med gott samvete. Och alla frågetecken fanns kvar kring två andra dramatiska dödsfall, Shadias och Charlottes.

Jag såg mig om i kyrkan och förvånades över blomsterprakten vid kistan och över att så många kommit. På något sätt hade jag fått uppfattningen att Harry Blonsky var en enstöring, som levde sitt liv bland antikviteter och konst och fyllde sin tid med auktioner och affärer, kunde inte riktigt se honom som medelpunkten i en stor vänkrets. Men det var ju inte så ovanligt förstås. Att hugga i sten är en av mina bättre grenar liksom att dra för snabba slutsatser. Jag log för mig själv där jag satt, men kom på att det kanske inte passade sig att le i kyrkan. Åtminstone inte på begravningar.

De flesta i bänkraderna kände jag inte igen, men en och annan kollega satt där. Jag nickade till dem, de log svagt tillbaka. Andra kände jag desto bättre. Några rader framför mig fanns Hans Lindberg. Jag identifierade honom på det blanksvarta håret som krusade sig över den vita skjortkragen. Sten Bergners silvriga hår var också en klar indikator. Han satt bredvid Georg Kylmann. Några bänkar längre fram skymtade jag Monica och Jonas. Och jag tänkte på vad jag sett i broschyren jag hittat. De var inte ensamma om sin Augsburgspokal. Kyrkans dopfat, dopkanna och vinkanna kom också från samma 1600-tal och samma stad. Här var de gåvor från Magnus Gabriel De la Gardie, den store samlaren som Harry berättat om.

Harry ja, stackars Harry. Säga vad man ville om honom, men ett bättre slut på sitt liv hade han kunnat få än att rånmördas i Warszawa. Om det nu inte var som hans sambo sagt, att han mördats för att han visste för mycket. Om vad?

Jag såg på henne där hon satt längst fram, på den plats där änkor och familjen brukade sitta. Den blonda hårmanen täcktes delvis av en svart, bredbrättad hatt, men det gick inte att ta miste på henne. Vad kallade man en sörjande sambo förresten? Också änka, eller fanns det en annan term? Inte för att det spelade någon roll. Hon grät tyst i en vit näsduk, den enda som grät, vad jag kunde se. Kanske var hon den enda i kyrkan som med uppriktig sorg i hjärtat följde Harry Blonsky, Dirty Harry, till den sista vilan. Och den person i kretsen runt Harry som definitivt inte kunde misstänkas för mordet i Warszawa.

Gällde det för Charlottes död också? Katharina den stora, som Harry kallat henne, var den enda jag träffat som haft ett uttalat motiv, som åtminstone teoretiskt skulle kunna misstänkas, om jag nu jagade en mördare bakom getingsticket. Och jag mindes hur ett drag av lättnad gått över det plussiga ansiktet, när jag berättade att Charlotte var död. Det var djävligt goda nyheter, hade hon sagt. Att den beniga skatan hade lurat skjortan av Harry, att han avfärdat hennes varningar för Charlotte som svartsjuka. Hade Harry också haft ett förhållande med Charlotte, låg det bakom hennes död?

Men jag slog bort tankarna på Katharina som en potentiell mördare. Svartsjuka var en sak, mord en annan. Och jag hade svårt att föreställa mig att Charlotte skulle sitta med Katharina uppe i den eleganta våningen och ge henne tillfälle att smussla ner sömnmedel i hennes glas. De var ett för omaka par för en sådan situation. Om hon inte kom på Harrys uppdrag förstås? Jag tänkte på ryktena om Charlottes knarkhantering. Kunde Katharina ha kommit med en leverans, eller för att hämta pengar? Jag kanske inte skulle skriva av henne helt från min lista.

– Ursäkta. En kvinna i mörk regnkappa hade kommit fram

till min bänk. Jag reste mig och släppte fram henne.

– Tack, mumlade hon, och satte sig på den tomma platsen bredvid mig. Ursäkta, men det var enda plats här framme.

Då kände jag igen henne. Mirja, Charlottes städhjälp.

– Vi har setts tidigare.

Undrande såg hon på mig, så log hon ett snabbt leende.

– Homan? Ja?

– Jag visste inte att du kände Harry Blonsky, sa jag lågt för att inte störa stämningen under valven.

– Vi kom båda från Polen. Harry var alltid så snäll mot mig. Hjälpte mig få jobbet hos Charlotte.

– Verkligen?

– Jo, det gjorde han. Och han pratade alltid med mig när vi sågs. Fick julklapp och annat också.

– Ni träffades hos Charlotte?

Hon nickade.

– Han kom ibland när jag var där. Och ibland jag fick gå ärenden för honom. Hämtade portfölj i hans affär åt Charlotte.

– Jag förstår. Dom var tydligen goda vänner, han och Charlotte?

– Mycket, mest i början. Men sen han arg på henne ibland. Jättearg. Dom bråkade väldig.

– När då?

– Inte längesen. Jag ville inte lyssna, men han skrek åt henne att hon lurat. Att hon skulle få fan, sen gick han, smälla dörren. Å, förlåt, sa hon ängsligt. Jag inte menade.

– Menade vadå?

– Att svära i kyrkan. Förlåt. Men jag sa bara vad han sa.

Då började någon sjunga framme i koret. Jag tittade i det vikta programbladet. ”Var inte rädd” av Ylva Eggehorn. Så brusade orgeln högt där uppe bakom oss, psalmen följde.

”I Guds tystnad får jag vara ordlös, stilla, utan krav.” Jag sjöng med, fast tonläget låg litet för högt för min röst. Melodin kände jag inte igen. Psalmen hade kanske tillkommit i den nya psalmboken, den som ersatt den gamla jag sjungit ur om söndagarna i Viby kyrka.

När sången och orgelmusiken klingat av kom skriftetalet av en högrest vithårig kyrkoherde framme vid kistan, men min uppmärksamhet var splittrad. Jag lyssnade till de vänliga orden om Harry Blonsky och hans gärning, men jag tänkte också på vad Mirja just sagt. Harry och Charlotte verkade ha haft en närmare relation än den yrkesmässiga mellan en inredare och en antikhandlare. Vad hade funnits i portföljen Mirja hämtat? Och han hade förmedlat Mirjas jobb hos Charlotte. För att ha en lojal kontaktperson hos henne? Sen grälet. Hon hade lurat Harry. På vadå?

Högt där uppe ringde klockorna när vi lämnade kyrkan efter akten. Ute på gatan stod Georg Kylmann och pratade med Monica och Jonas.

– Följer du med Johan? Jag har bjudit några vänner till Harry på en liten mottagning efter kyrkan. Han log, verkade inte tyngd av stundens allvar. Vi ska gå till Fersenska palatset. Det ligger alldeles bakom Handelsbanken här vid Kungsträdgården, bredvid Grand.

– Är det öppet för allmänheten?

– Nej, men för mig. Skämt åsido har jag en del försänkningar och dom har gjort ett undantag. Och det är intressanta lokaler. Axel von Fersen bodde där, det vet du väl?

Jag nickade, jag visste. Men jag hade aldrig varit inne i det stora huset. Det skulle bli intressant, men ännu intressantare var att jag skulle få träffa några av spindlarna i mitt nät. Och jag visste att sammankomster efter begravningar ofta var ganska avslappnade tillställningar. Spänningen hade släppt, många var lättade efter de allvarliga ceremonierna kring den döde.

– Gärna, sa jag.

– Vi ska bara vänta på några andra.

Georg Kylmanns inbjudan hade förvånat mig. Sist vi sågs bland Sytenkos antikviteter hade han ju hoppats att han skulle slippa se mig mer. Att jag inte skulle springa omkring och prata skit som han uttryckte det. Kanske hade han ångrat sig och ville stryka ett streck över? Insett att han gått för långt? Mig kvittade det lika.

Så samlades en liten grupp mörkklädda människor ute på Västra Trädgårdsgatan. Sten Bergner hade anslutit, liksom Hans Lindberg och Katharina den stora, förgråten, verkade vara den enda som verkligen sörjde. Ett par kolleger, som jag kände flyktigt, kom också och några äldre par jag inte mött tidigare.

Till min förvåning fanns Oleg Sytenko där. Var det inte litet magstarkt? Han hade ju följt efter Harry till Warszawa, men förnekat att han alls rest dit. Kunde han verkligen tillhöra de närmast sörjande, eller hade han kommit för att kolla läget? I sin illasittande svarta kostym och med det brutala, ärriga ansiktet föll han helt ur ramen. Han hade hotat mig nere i källaren på Högbergsgatan, men nu ignorerade han mig. Det kanske var lugnast så.

Mirja tillstötte med en man i svart kostym. På bruten engelska presenterade han sig som Harrys bror. Stor och kraftig liksom Harry, ett tungt köttigt ansikte med markerade drag. Mörkt hår. Mörka ögon. Man såg att det var en bror, men han var säkert tio år äldre än Harry.

Han hade kommit från Warszawa nu på morgonen, berättade han när vi gick bredvid varandra förbi Operakällaren, sneddade efter de andra genom Kungsträdgården. Serveringen under de höga almarna var full av sommarklädda människor i bjärt kontrast till vår dystert mörka procession. Några barn sparkade fotboll på gruset runt Karl XII, bistert pekande mot Ryssland. En liten flicka med rött hårband grät bittert över glassen som hon tappat på marken.

Jag såg upp mot kungen och tänkte på hans karolin, Malcolm Sinclair som mördats av ryska agenter. Det var ju honom Harry rest för att möta i Polen, ett ödesdigert möte som skulle leda till hans egen död. Låg ryska agenter bakom det dådet också? Agenter som lejts av en uppdragsgivare utan ansikte.

– Jag får verkligen beklaga sorgen, sa jag till brodern, medan vi väntade på grönt ljus vid övergången mitt emot Handelsbankens tunga huskomplex.

– Tack. Han nickade, såg allvarsamt på mig. Harry var en god människa innerst inne, men han hade kommit i fel sällskap. Blivit indragen i farliga saker. Jag försökte varna honom, men han lyssnade aldrig. Och så gick det som det gick.

– Att han rånmördades?

Han log ett ironiskt leende, skakade på huvudet.

– Det var inget rån. Ett kallblodigt mord för att få honom ur vägen.

– Var det polska intressen som låg bakom?

– Nej. Mördaren finns i Sverige, i Stockholm. Jag är övertygad om det. Han pratade ibland om att han kände sig hotad. Den som köpte mordet, den som betalade, finns här. Jag har berättat det för polisen, men dom bryr sig inte. Det är enklare att kalla det rånmord, så slipper dom en massa arbete.

Då slog ljuset om från rött till grönt och vi korsade gatan. På andra sidan väntade Georg och de övriga.

– Jag berättade just om Fersenska palatset, sa han när vi gick upp mot Blasieholmstorg med de vackra bronshästarna som kopierats från Markusplatsen i Venedig.

– Som jag sa så bodde ju Axel von Fersen där och hans syster Sophie Piper. Alla vet ju att han var drottning Marie Antoinettes älskare och försökte smuggla ut henne och franske kungen efter revolutionen men misslyckades. Själv blev han lynchad av en mobb vid Riddarhuset. Dom trodde att han var inblandad i den danske prinsen Karl Augusts död, tronföljaren alltså. Men han hade faktiskt dött av slag, självdött.

– Låg inte Karl XIII bakom? frågade Monica. Han var rädd för att dom gamla gustavianerna, kretsen kring Gustav III, skulle försöka ta makten igen. von Fersen ville ju att Gustav IV Adolfs son skulle ärva tronen.

– Säker kan man väl inte vara, men det har funnits såna spekulationer.

Vi hade nu kommit fram till den pampiga entrén, gått genom de höga gjutjärnsgrindarna och kommit in på en kringbyggd gård. Georg stannade upp och pekade på den nygotiska fasaden i fonden.

– Från början var det här amiralitetshus på 1600-talet. Sen gavs det i förläning till Hans Wachtmeister som byggde till och på. Hans sondotter gifte sig med en von Fersen och familjen fortsatte tillbyggnaden med hjälp av Rehn och Hårleman.

Men den siste Fersenättlingen spelade bort sin förmögenhet, liksom huset, som till slut hamnade hos en rik norsk trävaruhandlare. På 1800-talet byggde han på en våning, liksom dom båda tornen mot Strömmen. Men han var noga med att den gamla gustavianska inredningen skulle finnas kvar. Och till sist hamnade palatset hos Handelsbanken.

– Du har verkligen läst på, konstaterade Jonas uppskattande.

– Jag har alltid varit intresserad av Stockholms historia, sa Georg, inte minst arkitekturen. Och det finns faktiskt mycket kvar som kommunalpolitikerna inte lyckats riva.

Vi gick över gården, förbi bysten av von Fersen i entrén, in i den pampiga trapphallen från sent 1800-tal, uppför branta trappor med gjutjärnsräcken, passerade korridorer och kom till slut fram till representationsvåningen, den som restaurerats och bevarats från Axel von Fersens dagar.

I entréhallen fanns ett intressant kopparstick föreställande Marie Antoinette med sina barn. Gustavianska, förgyllda stolar paraderade längs väggen och ovanför dem hängde kopparstick med utsikt över slottet Makalös och andra vyer som kunde ses från Fersenska terrassen.

– Tala om historiens vingslag, sa Sten Bergner när vi passerade medaljongrummet där både Axel och hans syster Sophie såg på oss från Sergels vita medaljonger. I blå tornrummet hade man en magnifik utsikt över Strömmen och slottet, men där var möbleringen modern och gick i blått.

I Gröna salongen, där mottagningen skulle äga rum, var vi tillbaka i det gustavianska. Grön sidendamast klädde väggarna, guldlister och gustavianska möbler. Där hängde också porträtt av syskonparet Fersen. Tre stora fönster med höga speglar emellan fanns på ena långväggen.

Sherry och apelsinjuice väntade för den som ville, liksom kaffe. På ett bord stod små kanapéer framdukade. Två gustavianska soffgrupper stod längs väggen. En stor ljuskrona med prismor i kristall hängde från taket. Orientaliska mattor på parkettgolvet. Baljfåtöljer i grönt stod längs fönsterväggen.

Jag såg på fåtöljernas fötter. Getfötter, typiskt för Efraim Ståhl, en av epokens stora möbelsnickare. Men byrån vid ena kortväggen måste vara Stenström med de karaktäristiska blomrankorna i intarsian. Mitt emot fanns en öppen spis med en hög spegel ovanför. Den norske träpatronen och Handelsbanken hade lyckats mycket väl i sin strävan att återskapa den fersenska miljön.

I början var stämningen dämpad, men lättade efter en stund. Man satt i sofforna med kaffekoppar, och jag var orolig för att någon skulle spilla på det eleganta möbeltyget. Och man stod på den stora mattan under ljuskronan med sherryglas i händerna. Stämningen var nu nästan uppsluppen. I den mån sorgearbete förekommit, något jag betvivlade, verkade det vara överståndet, med undantag kanske för brodern och Katharina den stora. Dirty Harry inbjöd inte till den sortens känslor.

Då klingade Georg en silversked mot sitt glas, harklade sig. Konversationen avstannade.

– Kära vänner, började han med falsk fryntlighet som jag uppfattade det. Men jag kanske var överdrivet kritisk?

– Jag ska inte bli långrandig men vill gärna säga några enkla ord. Ja, som sagt, vi har samlats här idag kring Harry Blonskys bår. För många var han en älskad närstående, för andra var han en god, kär vän och kollega. Själv hade jag förmånen att känna Harry sen många år tillbaka och vi skulle ju ha rest till Polen tillsammans. Men jag fick förhinder i sista ögonblicket och det känns svårt, för om jag följt med kanske det här fruktansvärda rånmordet aldrig hänt. Och vi ska ...

– Djävla hycklare.

Plötsligt hade Katharina gått fram till honom. Hötte med knuten näve.

– Stå inte här och prata skit! Det var du som mördade honom.

Så kastade hon innehållet i sitt sherryglas rakt i ansiktet på Georg Kylmann.

Kapitel XLV

Det blev dödstyst i den stora salongen. Långsamt och omständligt vecklade Georg Kylmann ut sin stora näsduk ur bröstfickan, torkade sig i ansiktet. Vek sen ihop den igen.

– Var inte det där lite onödigt? sa han sen och såg på Katharina. Jag förstår om du är chockad efter Harrys död, men att dra in mig är väl att ta i. Om det kan intressera dig så fanns jag i Stockholm när Harry rånades. Det har jag faktiskt många vittnen på.

– Jag har aldrig sagt att du gjorde det personligen. Katharina lät lugnare nu, men hon andades snabbt, nästan flämtande. Mascaran hade runnit ut i svarta ränder under de gråtsvullna ögonen.

– Du hyrde nån, skaffade en torped. Och det kostar inte många tusen dollar att få det gjort där borta.

– Det gjorde jag? Nu verkade Georg nästan road, såg överlägset på henne. Då kanske du kan tala om varför. Vad hade jag för anledning att vilja se Harry död?

– Det kan jag säga dig. Katharina tog ännu ett steg närmare honom, rösten var låg, hotfull.

– Han skulle avslöja dig. Du har byggt upp en stor smugglingsorganisation. Du har ett lager på Söder, på Högbergsgatan, och där gömmer du både stulna prylar och sånt som inte får exporteras.

– Det gör jag? Hur vet du det? Och vad har du för bevis?

– Och den där ryssen sköter din business. Du har mage att släpa hit honom idag också. Han står borta vid dörren. Och det är väl praktiskt för om jag var han så skulle jag sticka djävligt snabbt.

– Hur skulle det vara om du lugnade ner dig.

– Lugna ner mig? Nu var vreden tillbaka i Katharinas röst, hon nästan skrek. Du skulle må då va? Nej, Harry visste om vad du höll på med och han skulle sätta dit dig. Polisanmäla dig. Men göra det anonymt i första svängen för att inte råka ut för din torped. Fast det gjorde han ju till slut. Rösten bröts, hon snyftade, strök sig över ögonen med handens baksida.

Monica gick snabbt fram till Katharina, tog henne varsamt om skuldrorna.

– Ska du inte sätta dig i soffan här borta, sa hon mjukt. Du måste ta det lite lugnt nu. Du är upprörd efter begravningen.

– Jag vill inte ta det lugnt, fräste Katharina och stötte bort henne. Jag vill att den där djäveln åker in för mord.

Med uttryckslöst ansikte såg Georg Kylmann på henne. Borta vid dörren tog Oleg Sytenko ett steg framåt, men stannade för en avvärjande gest från Georg.

– Du har alldeles rätt, sa han sen. Harry hade också rätt. Jag är delägare i en verksamhet som går ut på att köpa in attraktiva föremål, mest antikviteter, för att sen sälja till samlare och museer. Se till att dom bevaras och hamnar rätt. Jag tycker det är rättvisare att tala om en kulturgärning.

– Kulturgärning? Katharina nästan spottade fram orden. Att tömma Sverige på allmogemöbler och andra antikviteter kallar du kulturinsats?

– Jag vet att du stod Harry mycket nära och jag vet att han var avundsjuk på mig. Jag hade helt andra kontakter med många samlare, inte minst utomlands. Jag var en konkurrent och jag måste bort. Och han var tydligen inte främmande för falska angivelser. Men det skulle han inte haft nånting för. Det kan Oleg intyga. Han sköter verksamheten, köper och säljer. Trots allt har jag lite annat att göra än att handla med antikviteter. För mig är det mera en hobby. Jag gick bara in när det gällde lite större affärer. När jag hade speciella klienter som ville ha speciella saker.

– Som silverpokalen den där tjejen kom dragande med? Som Harry berättade för dig om, och som du hade gett dig fan på att komma över. Katharina log nu, ett hånfullt leende.

– Vad menar du?

– Harry berättade det för mig. Och han visste hur hon hade
dött, sa han. Han visste alldeles för mycket om det. Så det var
därför han måste bort. Du slog två flugor i en smäll.

I hennes röst låg triumf, skadeglädje och hämndlystnad.

– Nu förstår jag ingenting, sa Georg torrt i ett försök att ver-
ka oberörd. Men han lyckades inte. Blek såg han på henne,
handen med sherryglaset darrade.

– Jag ordnade med den här begravningen, sa han med till-
kämpat lugn. Jag ville se till att Harry fick ett värdigt slut. Det
hade du aldrig klarat. Vi hade väl våra duster ibland, när vi var
efter samma föremål. Men tacken jag får är att bli anklagad för
mord, stöld och häleri. Jag tycker faktiskt inte att jag har nån
anledning att torka i mig all den här skiten. Harry rånmörda-
des och flickan var knarkare, tog en överdos. Det berättade
Harry. Du får höra av min advokat, om du inte lägger av. Kom
Oleg, så går vi.

Georg Kylmann gick fram till den gustavianska byrån, satte
ner glaset på skivan med en smäll och gick demonstrativt sin
väg med högburet huvud, utan att se på någon av oss. Oleg
Sytenko såg hotfullt ut över rummet och följde efter sin chef.

I tystnaden som följde trängde gatubullret in från gatan utan-
för. En ambulans brakade fram där nere med påslagna sirener,
en bil tutade ilsket. Över Strömmens blanka vatten svävade en
helikopter med slottet i fonden. Så började alla tala på en gång,
som om man vridit på en kran.

Jag gick fram till bordet med glasen, slog upp mer av den
torra amontilladon, det kunde jag behöva, fast whisky hade
platsat bättre i all turbulens.

Menade verkligen Katharina vad hon sa? Eller hade Harrys
traumatiska död och begravningen blivit för mycket för
henne? Var det någon form av nervöst sammanbrott jag just
sett?

Kunde verkligen den socialt väletablerade och ekonomiskt
framgångsrike Georg Kylmann vara en hälare, för att inte tala
om dubbelmördare? Men det verkade inte som om Katharina
hade mycket konkret att komma med. En sak var att tala om
hyrda torpeder i Polen och komma med svepande anklagelser

om unga flickors död, att bevisa det var någonting helt annat. Men även om det rörde sig om förvirrade tankefoster i en exalterad hjärna, fanns det ett element i hennes anklagelser som inte enbart kunde vara upphetsade fantasier. Och det var silverpokalen hon talat om. Pokalen flickan kommit dragande med, som hon uttryckte det, kunde det vara någonting annat än Augsburgspokalen och var flickan Shadia?

Jonas Eriksson kom fram till bordet i samma ärende som jag. Han fyllde sitt glas, så snabbt att sherryn skvätte ut över duken, tömde det i ett drag och slog upp ett nytt.

– Jag undrar om hon är riktigt klok, sa han lågt och nickade mot den långa soffan där Katharina satt med Monica och en kvinna jag inte visste namnet på. Hustrun till en av Harrys kolleger, gissade jag.

– Hon verkade chockad, sa jag. Begravning, psalmer och blommor blev väl för mycket för henne. Det är kanske först nu hon inser att Harry är borta.

– Fast det var ju vansinnigt det hon påstod. Skulle Jojje Kylmann vara dubbelmördare? Det är ju totalt koko.

– Var det din silverpokal hon talade om?

Jonas ryckte till.

– Absolut inte. Jag fick tillbaka den av Harry, betalade en halv mille. Jag berättade ju det.

– Men du sa inte var du fick pengarna från?

– Blankning, sa han lakoniskt och tömde sitt glas. Jag hade lånat en massa Ericsson på hög kurs. Sen lämnade jag tillbaka dom och hade sån djävla tur att kursen låg i botten.

– Du är nog ganska ensam om att kalla det raset för tur.

Jonas log ett blekt leende.

– Det kan du ha rätt i, men det hjälpte mig att få tillbaka den där bucklan. Så att påstå att Jojje mördade henne och Harry för att komma över trofén är totalt fel. Den är tillbaka i bankfacket nu efter bröllopet.

– Då måste det vara nån annan som mördade dom. Har du nån gissning?

Jonas skakade på huvudet.

– Ingen aning, sa han tonlöst. Och jag vill inte veta det heller. Hela den här historien står mig upp i halsen.

– Jag förstår det. Men om vi letar motiv, så sa Shadias bröder nånting intressant.

Misstänksamt såg han på mig.

– Som vadå?

– Att Shadia var gravid. Att du var pappan. Och att hon aldrig skulle göra abort.

Kapitel XLVI

– Du är ta mig fan inte klok. Skräckslagen såg han på mig. Dom ljuger. Hon använde piller.

– Tydligen inte. Hon hade berättat det för sina bröder. Jag har träffat dom. Och deras inställning var glasklar. Du måste gifta dig med henne.

Då kom Monica fram till oss.

– Jag måste hämta lite mera sherry till Katharina. Hon är alldeles färdig, stackarn. Men jag sa till henne att ta det lugnt, inte inbilla sig saker och jaga upp sig. Att hon skulle gå hem och ta en valium.

Är det ditt recept på problem i livet, tänkte jag. Valium? Tränga undan, sopa under mattan. Hålla fasaden fläckfri. Men fick hon reda på vad som egentligen hänt mellan Jonas och Shadia behövdes det nog mer än så. En sak var en tillfällig affär. Där var hon väl luttrad. Ett utomäktenskapligt barn var någonting helt annat. Och förgreningen till Harry och hans död kanske skulle leda till nya avslöjanden.

– Du ser alldeles färdig ut, sa hon och såg på Jonas. Nog för att det är begravning, men så sorgligt var det väl inte? Du kände ju knappt Blonsky.

Nej, men Shadia, tänkte jag. Och Charlotte. Visligen höll jag tyst. Tillräckligt mycket dramatik för en dag hade redan fyllt Axel von Fersens salong.

Jonas följde efter Monica, gick bort mot empiresoffan. Han verkade ha bråttom, tänkte jag och såg efter honom. Ville han inte prata med mig längre? Och jag förstod honom. Det jag sagt hade stört honom. Det märktes tydligt och undra på det.

Bitarna verkade falla på plats. Jonas hade en affär med Shadia. Han hade lovat runt och hållit tunt, eller också hade hon varit romantisk och inbillat sig saker. Hursomhelst hade Jonas svikit henne och hon stal pokalen som hämnd. Men han skulle få tillbaka den för en halv miljon. Skadestånd, kallade bröderna det. Hade Harry förmedlat den affären? I så fall var båda ett hot mot Jonas och hans framtid. Skulle det komma ut låg han risigt till. Minst sagt. Men var det tillräckligt motiv för mord? Enligt Shadias bröder hade hon ju redan talat om för Monica vad som hänt, och hon hade tydligen tagit det lugnt, åtminstone utåt. Och pengarna hade Jonas skaffat genom sitt oväntade aktieklipp. Gustav II Adolfs pokal fanns på plats och allt var frid och fröjd. Nej, letade jag mördare fick jag kanske vidga kretsen.

Jag såg mig om i den stora salongen. Borta vid öppna spisen stod Sten Bergner och pratade med Hans Lindberg. Vitt och svart. Stens silvervita hår kontrasterade mot Hans auberginesvarta. Vitt och svart, ljus och ondska. Fanns en mördare i 1700-talssalongen, eller for jag alldeles vilse?

Borta vid den höga dörren hade Georg Kylmann och Oleg Sytenko stannat upp och stod nu och pratade med några av mina kolleger. Förmodligen avfärdade han Katharinas anklagelser nyss. Slog bort beskyllningarna som ett groteskt påhopp från en hysterisk kvinna som fått ett nervöst sammanbrott. I så fall hade han kanske rätt. För varför skulle en väletablerad affärsman, som rörde sig i stora industriella sammanhang, mörda en obskyr antikhandlare?

Då var Oleg Sytenko en troligare kandidat. Han och Harry var i samma bransch. Stöldgods och häleri. Olaga utförsel av antikviteter. Var Harrys död en konsekvens av deras konkurrens? Eller hade Harry lurat Oleg på konfekten vid någon försäljning och skulle nu få betala? Riskerade Oleg att Harry skulle ge polisen ett anonymt tips som skulle få bort honom från marknaden? Och han hade rest till Warszawa samma dag Harry Blonsky mördades.

Men när det gällde Sytenko ledde inga spår till vare sig Shadia eller Charlotte. Fast de tre dödsfallen behövde ju inte ha någon inbördes koppling. Eller fanns det någon minsta gemensam nämnare förutom svartsjuka och utpressning?

Jag tänkte på paketet Charlotte skulle hämta i Harrys affär när jag var där, och på kokainspåren jag sett på hennes gästtoalett. Om Harry känt sig hotad av Charlotte, om hon hotat med utpressning och han dödat henne, var då hans egen död en hämndakt från någon som älskade henne?

Sten Bergner kom fram till mig med sitt tomma glas i handen, slog upp åt sig av den mörkbruna amontilladon.

– Verkligen pinsamt det här, sa han. Man kan förstå om Katharina är omskakad, men att anklaga Jojje för mord är ju absurt.

– Man kan tycka det. Och det finns ju ett namn som kanske är mer aktuellt.

– Nu förstår jag inte. Han såg frågande på mig.

– Charlotte.

– Men det är ju ännu knäppare. Skulle Jojje ha mördat Charlotte? Han älskade henne.

– Det var han tydligen inte ensam om.

– Vad menar du med det? Vaksamt såg de blå ögonen på mig.

– Du sa ju själv att ni hade stått nära varandra.

Sten nickade.

– Det kan man säga. Mycket nära. Men det höll inte och ja, vi gick åt var sitt håll för att tala pigtidningsprosa. Han log, men det var ett glädjelöst leende.

Då kom jag plötsligt att tänka på någonting Mirja sagt. Jag såg på honom. Det var naturligtvis så det hade gått till.

– Är det nånting särskilt? Du stirrar ju på mig. Sten Bergner verkade obehagligt berörd.

– Det kan man säga. Det kan man verkligen säga. Kommer du ihåg att jag berättade för dig om ett glas?

– Ett glas? Han skakade på huvudet, förvånad. Nej. Det gör jag inte.

– Mirja, Charlottes städhjälp, berättade att när polisen kom med Charlottes kläder så lämnade de också tillbaka det saftglas hon druckit ur på balkongen, det med getingen.

Sten såg på mig, men sa ingenting.

– Det egendomliga var inte bara att Charlotte aldrig drack saft, det var fel glas också.

– Nu förstår jag inte.

– När Charlotte flyttade in i våningen på Norr Mälarstrand hade hon köpt en helt ny glasservis. Vinglas av olika storlekar, andra glas också. De nya glasen var de enda som fanns i skåpen, enligt Mirja. Men dricksglaset som kom tillbaka från polisen var av en helt annan sort och färg. Passade inte in bland dom andra.

– Och? Frågande såg han på mig.

– Jag berättade det för dig på Björkesta.

– Det är möjligt. Det kommer jag faktiskt inte ihåg. Jag har ju en del annat att tänka på än saftglas. Han log ironiskt.

– Jag förstår det. Men det är faktiskt ganska viktigt.

– Hurså?

– Därför att glaset stals ur Charlottes köksskåp sen jag berättat det för dig.

– Stals? Menar du att nån gjort inbrott bara för att stjäla ett saftglas? Det fattar jag inte. Hade du sagt hennes guldbudda hade jag förstått. Vem skulle ha glädje av ett glas? Han log ansträngt.

– Hennes mördare. Den officiella dödsorsaken är ett getingstick och hennes överkänslighet, hennes svåra allergi. Men börjar polisen titta på det här glaset, så förändras bilden.

– Hurdå?

– Mördaren känner till hennes allergi. Han tar ett glas ur sitt skåp, slår i saft och ställer det i ett öppet fönster. Det dröjer inte länge förrän han har ett par getingar i det. Sen sätter han en plastpåse över öppningen och tar med sig glaset till Charlotte.

– Och säger god dag, god dag, jag är här för att mörda dig, avbröt han ironiskt. Du som är så allergisk mot getingar kanske vill göra mig en tjänst och svälja den här goda saften med alla getingarna?

– Nej, det säger han inte, men han går in i våningen och hon bjuder på en drink eftersom dom känner varandra mycket väl. I ett obevakat ögonblick lägger mördaren nånting i hennes glas som gör att hon dåsar till. Då tar han fram sitt glas, tvingar upp hennes mun och resten tar getingarna hand om. Sticker henne i svalget, som snabbt svullnar igen.

– Du har läst för många dåliga deckare.

– Jag läser inte deckare. Jag förstår aldrig vem som är mördaren. Dom är för invecklade för mig.

– Inte lika invecklade som det du påstår nu. Mörda med getingar! Det är ju löjligt.

– Fråga Charlotte.

– Men vad skulle jag ha med det att göra? Jag går inte omkring med saftglas fulla med getingar i fickorna.

– Du var den ende som visste att glaset var bortbytt utom Mirja. Och nu har det stulits. Det enda som stals. Det kan bara vara mördaren som ville få bort ett tänkbart bevismaterial.

Sten Bergner stod tyst, såg på mig. Så fyllde han sitt glas på nytt.

– Och motivet? Om jag nu älskat henne en gång för längesen, skulle det göra mig till en mördare?

– Var det verkligen för så längesen? Och var det inte hon som lämnade dig för nån annan? Du kände dig ratad och besviken, du ville hämnas hennes svek. Sen har du stora affärer på gång, internationellt. Säkert tillgångar både här och där. Det fanns både det ena och det andra som Charlotte kände till. Försökte hon använda det mot dig?

– Svartsjuka, hämnd och utpressning. En fin treklöver. Men du glömmer en sak.

– Vadå?

– Bevisningen. Hur ska du kunna bevisa att det var jag som mördade Charlotte? Jag är rädd för att ett försvunnet saftglas inte räcker.

– Förmodligen inte, men det räcker för att polisen ska börja gräva. Underskatta dom inte. När dom vill har dom stora resurser. Och stort tålamod.

– Det tror jag säkert, även om det inte alltid verkar så. Men jag ska bespara dig besväret. Jag är skyldig.

Kapitel XLVII

Sten log när han såg min förvåning.

– I tankarna alltså, och det är ju inget brott. Jag funderade faktiskt allvarligt på att döda henne. Hade planerat hur det skulle gå till. Fast någon annan kom före.

– Menar du verkligen att du tänkte mörda Charlotte? Och varför berättar du det för mig?

– För att du ska sluta misstänka mig. Jag förstod på dig att du tror att det var jag som dödade henne. Och i mörka stunder lekte jag faktiskt med tanken, var deprimerad när hon lämnade mig. Men det var ju bara dumheter. Jag älskade henne alldeles för mycket. Mördar gör man bara i deckare.

– Jag förstår, sa jag, fast det gjorde jag inte. Om han nu tänkt i sådana banor, varför berättade han det? Visste han om mina kontakter med polisen, att jag var tillsammans med Francine? Tyckte han det var bättre att stämma i bäcken än i ån, ville inte ha mig flåsande i nacken? Eller var han slug och beräknande, försökte villa bort spåren?

– Jag älskade henne, fortsatte Sten. Men hon var inte den jag trodde. För henne var jag nån sorts äventyr om du vill, en happening. Ett bevis på att hon var vacker, älskad. På hennes kvinnlighet. Han log, men leendet försvann lika snabbt som det kommit. För innerst inne var hon osäker på sig själv, behövde bekräftas, hela tiden visa att hon dög. Jag tror det låg bakom alla hennes relationer. Behovet av bekräftelse.

Sten såg ut genom fönstret, var långt från mig i sina tankar.

– Hon berättade om sin pappa, fortsatte han efter en stund. Att han aldrig "sett" henne, att hon alltid tyckte att hon aldrig räckte till. Jag försökte hjälpa henne, talade om för henne hur fantastisk hon var, hur hon hade lyckats i sin business. Hennes framgångar, att jag älskade henne som hon var. Ville få henne att lösa upp sina emotionella knutar, men det gick inte. Inte för mig i alla fall.

Han tystnade igen. Så såg han allvarligt på mig med trötta ögon.

– Jag hade byggt upp så mycket kring henne, eller snarare mina känslor för henne. Tyckte att livet på nåt sätt kom tillbaka. Det var en fantastisk upplevelse. Kanske nån sorts åldersnoja? Att hon kom när jag var vid en punkt i livet då jag insåg att det började gå nerför, att det kanske inte skulle dröja så länge till innan mörkret kom. Och jag var ensam, mycket, mycket ensam. Hade slutat hoppas.

– Det är väl att ta i. Du har långt kvar.

– Statistiskt, men vad vet man? Om en halvtimme kanske du får en pulsåderbristning eller en stroke. Hjärtat har gjort sitt. Och att få en ung kvinnas kärlek, att känna att man betydde nånting för en annan människa … Att bli älskad. Han tystnade.

Så kom hon in i mitt liv och om du tillåter en gammal kliché så kom våren igen i min höst. Sen försvann hon. Och det var djävligt tungt. Jag hade ju hoppats så mycket. Och trott. Sen lämnad ensam. Mörkret kom tillbaka.

Sten hade talat om klichéer, tänkte jag. Och han hade rätt. En äldre man träffar en ung kvinna. Hon ger honom vitalitet och livslusten tillbaka, han skjuter undan det som väntar och blir djupt förälskad. I henne eller i sina egna känslor? Och så lämnar hon honom, sviker, och han står där igen. Ensam. Röd passion går över i bitter svärta. Mord hade begåtts för mindre.

– Nån annan hann före, sa du? Vet du vem det är?

Han nickade.

– Jag tror jag vet, men jag har inga bevis, bara en allmän känsla.

– Nå?

Sten Bergner skakade på huvudet.

– Om du tror att jag vill stå här och peka ut en mördare så har du fel. Det är polisens sak. Men Charlotte var inte bara falsk, hon var farlig.

– Hurdå?

– Hon visste för mycket och hon använde det.

– Utpressning?

Han nickade.

– Mot dig också?

– Kanske.

Han är oförsiktig, tänkte jag. Radar upp motiven framför mig. Sten Bergner log, som om han förstått vad jag tänkte.

– Det här samtalet har inte existerat, sa han. Allt du har hört är missförstånd, du har feltolkat vad jag har sagt. Men jag ville bara att du skulle veta hur det ligger till och att jag inte har nånting med Charlottes död att göra.

– Men andra hade det?

– Precis. Och jag tycker du ska titta på Attila-affären.

– Attila? Menar du hunnerna?

Sten Bergner skrattade, för första gången den där dystra begravningsdagen.

– Nej, inte den Attila. Det här är en liten stad i Texas som är säte för ett stort affärskonglomerat. Dom köpte nyligen upp ett svenskt företag, världsledande i sin klass. Sen upptäckte dom många skelett i olika garderober och försökte annullera köpet. Men då var det för sent.

– Nu förstår jag inte riktigt. Vad hade det med Charlotte att göra?

– Mer än du tror. För skåpen där dom där skeletten fanns hade låsts till. Så noga att ingen kunde komma in och titta.

– Du får ursäkta om jag tänker långsamt, men Attila och skelett? Jag fattar inte kopplingen.

– Det gör du nog om du tänker efter. Det fanns en mellanhand i den där affären, en som hade nyckeln till skåpen och som plockade hem stora pengar på sin insiderkunskap. Hade han berättat vad han visste, hade affären inte blivit av.

– Om jag gissar rätt talar du om nån sorts företagsfusion?

– Just det.

Jag såg bort mot dörren. Georg Kylmann stod fortfarande kvar. Pratade ivrigt med någon jag inte kände. Upphetsningen över Katharinas attack hade tydligen lagt sig.

Sten hade sett min blick, nickade bekräftande.

– Om det kommit fram vem som låg bakom, så hade det slutat med en stor smäll. Charlotte visste om det. Andra hade kanske misstankar, men hon hade dokument. Tagit kopior. Och dom var rena dynamiten.

– Hur vet du det?

– Hon berättade det, för hon var rädd. Och hon ville att jag skulle veta, om det hände henne nånting.

– Vad ska du göra nu då? Gå till polisen?

Han skakade på huvudet.

– Nej. Då skulle jag bli stämd för ärekränkning. Jag har inga som helst bevis mer än vad Charlotte berättat. Så jag nöjer mig med att tala om det för dig. För jag känner ju till ditt kontaktnät. Eric Gustafson har berättat om Julia Roberts. Han log.

Eric, Eric, tänkte jag. ”Vem är det” delade tydligen med sig av sitt vetande till andra än mig. Jag fick vara försiktig med honom i fortsättningen. Fast jag förstod ändå inte varför Sten sa allt det här till mig, vi kände ju knappast varandra, hade bara setts några gånger. Var det verkligen sant att han ville berätta för mig vad han inte kunde ta upp med polisen?

– Men det är en sak du har glömt, sa jag.

– Vad skulle det vara?

– Det där med glaset. Det som försvann ur skåpet hos Charlotte. Du är den ende jag berättade det för innan det försvann.

– Mirja talade också om det när jag kom upp och hämtade några böcker som Charlotte fått låna av mig. Ja, dom var mycket personliga. Jag hade skrivit hälsningar till henne när hon fick dom. Kärleksfulla hälsningar, minst sagt, om du förstår vad jag menar. Och jag ville inte att dom skulle hamna hos nån annan.

– Du menar att Charlottes städhjälp berättade det för dig?

– Exakt. Hon är mycket pratsam. Och hon berättade det säkert för andra också. Nej, nu får du ursäkta mig.

Det var det det, tänkte jag och såg efter honom. Jag som hade räknat ut det så fint. Det udda saftglaset, ett tänkbart bevis, hade försvunnit ur skåpet sen jag nämnt det för Sten Bergner. Den ende som visste om det. Trodde jag. Men det var alltså fel. Frågan var bara vem mer Mirja berättat det för? Georg Kylmann? Attila Kylmann. Jag log för mig själv. Hade han varit lika hänsynslös som hunnerhövdingen i sina affärsrelationer?

Hon stod längst borta i hörnet, framme vid ett fönster som vette ut mot Strömmen och slottet. Ensam och övergiven, en udda fågel som ingen pratade med. Som en liten förskrämd sparv, och jag kom att tänka på Édith Piaf. Samma oroliga ögon.

Mirja lyste upp när jag kom fram till henne.

– Här står du alldeles ensam och allena.

Hon log tacksamt.

– Jag känner nästan ingen här, sa hon blygt. Förresten ursäkta men vad är det du säga. Allena?

– Allena? Det betyder alltså ensam. Mol allena kan du också säga. Det är ett gammalt talesätt. *Allein* på tyska.

– Jag förstår. "Mol allena." Festligt uttryck. "Mol allena." Det jag ska komma ihåg. Och hon fnissade, satte handen för munnen som om hon sagt något opassande.

– Du kommer ihåg att du berättade om det där saftglaset för mig? Det där som försvann.

– Ja. Hurså? Har du hittat det?

– Berättade du det för nån annan också?

Mirja tänkte efter. Så såg hon bort mot Sten Bergner som stod under den stora kristallkronan.

– För han. Charlottes föredetting. Det var så hon kallade honom. Föredetting. Ett annat konstig ord.

– Ingen annan?

Hon rynkade pannan i koncentration.

– Jag vet inte. Jo, faktiskt. En väninnan till Charlotte. Hon kom för att hämta ett paket, nånting hon skulle ha köpt av Charlotte. Jag letade, men hittade ingen någonting.

– Så hon var ensam i våningen när du letade?

– Ja. Jag var i Charlottes rum. Byrån och skåpet. Och hon sitter där borta i soffan.

Jag såg bort mot den långa soffan. Katharina satt där, verkade lugnare nu. Det blonda håret stod som en sky runt hennes förgråtna ansikte. På bordet framför låg den stora, svarta hatten. Och jag tänkte på Katharinas svartsjuka. Hennes hat, hennes anklagelser mot Charlotte. Hon visste att glaset fanns i köket. Hon hade haft tid att ta det med sig medan Mirja letade. Fast paketet kanske var ännu farligare, om det kom i fel händer.

– Jag förstår. Tack ska du ha.

– För vad? Förvånat såg hon på mig.

– Det ska jag berätta sen.

Så gick jag fram på den stora mattan, ställde mig under kristallkronan.

Kapitel XLVIII

När jag gick ner i tunnelbanan i Gamla stan för att åka till Odenplan – jag skulle till en äldre dam som ville ha en värdering inför sitt testamente – såg jag löpsedeln till Dagens Affärer vid pressbyråkiosken. "Skalbolagshärva", med stora braskande bokstäver. Hade Amanda Cardoso slagit till?

Jag köpte tidningen. På första sidan fanns en oskarp bild av Hans Lindberg och längre in i tidningen kom en lång artikel.

Från den kakelklädda gången mot gatan hördes ett skrälligt dragspel, runt mig brådskade människor mot biljettkuren. Ovanför dundrade tågsätten, fick väggarna att vibrera. Men jag märkte ingenting, stod djupt försjunken i tidningen.

"Finansskandal. Skalbolagshärva. Insiderbrott." Artikeln briserade i hotfulla underrubriker. Hans Lindberg hade anhållits, misstänkt för grov ekonomisk brottslighet. Förskingring fanns också med i bilden. Så följde en utförlig och detaljerad redogörelse för hans aktiviteter. Och fler avslöjanden skulle komma om andra som figurerade i sammanhanget. Bonusar, optioner och andra förmåner skulle också granskas, liksom spekulationer med klientmedel och förmånliga lägenhetskontrakt.

Amanda hade gjort sin hemläxa grundligt, hennes bomb hade detonerat och jag förstod vad hon menat när hon talat om att sätta gelé i knäna och morgonkaffet i halsen på en del finansgubbar.

Då hade Monica Eriksson haft rätt när hon antydde att Hans Lindberg inte hade alldeles rent mjöl i påsen. De gällde ju andra också förstås. Skulle Sten Bergner figurera i kommande artiklar? Och hur var det med Jonas och hans "klipp" på marknaden? För att inte tala om Georg Kylmann. Attila.

Det kanske inte var alldeles taget ur luften det Monica antytt om Charlotte och utpressning? Hade hon haft tummen i ögat på Hans Lindberg? Hade hon tryckt till för hårt? Det hade jag i alla fall gjort, när jag stått under kristallkronorna i Fersenska palatset och pekat ut en mördare.

– Tala om kalabaliken i Bender!

Monica log där hon satt mitt emot mig i den futuristiska fåtöljen. Den verkade mera anpassad till att betraktas än till att sitta i och kom antingen från Milano eller New York. Bordet mellan oss hade en tjock glasskiva med underrede i rostfritt stål. Opraktiskt men vackert. Jag tänkte på mitt eget soffbord i glas uppe i våningen, en av mina få moderna möbler. Nackdelen var bara att man nästan varje dag måste gå över skivan med fönsterputs. Minsta fläck syntes tydligt.

Hennes butik gjorde verkligen skäl för namnet, *Modern Design*, med en atmosfär så långt från min antikhandel på Köpmangatan man kunde komma. Men förmodligen var det morgondagens antikviteter jag såg.

Vitt och svart, glas och stål. Blänkande krom, matt trä. Philippe Starck, Jonas Bohlin, Gunilla Allard och Mats Theselius. Ulrica Hydman-Vallien. Andra formgivare också, som jag inte kunde identifiera. Mitt i den nästan sterila miljön av avantgardistisk design prunkade ett stort allmogeskåp i rött med ymnighetshorn av blommor på dörrarna. Som en fanfar av livslust dominerade rokokoskåpets sensuella former det stora rummet med kyskt vita väggar. Och jag mindes vad hon sagt. Att hon gärna blandade in en och annan högklassig allmogemöbel som kontrast i allt det moderna. En naivistisk färgklick, ett utropstecken i sofistikerade inredningar.

Bakom en halvöppen skåpdörr skymtade jag fler allmogeföremål i mindre format. Något som på håll såg ut som en kåsa. Bredvid låg ett skulpterat huvud, tungt och massivt. Vagt kände jag igen det. Måste vara min favorit Bror Hjorth, en naivistisk konstnär med folkligt primitiva uttryck jag alltid tyckt om men aldrig haft råd att köpa.

Jag hade ett ärende till Västmannagatan, och när jag kom upp ur underjorden vid Odenplan hade jag råkat se skylten *Modern Design,* och jag kom ihåg vad Monica Eriksson berättat. Att hon hade en affär som inriktade sig på modern formgivning och att den låg vid Odenplan. Och att jag var välkommen att titta in.

Varför inte, hade jag tänkt när jag såg Monica röra sig där inne på andra sidan det stora skyltfönstret. Varför inte? Och jag kände ett behov av att prata av mig efter all turbulens dagen innan.

– Du talade om kalabaliken i Bender, sa jag. Menar du den här? Och jag gav henne tidningen med Hans Lindberg på första sidan. Det är väl snarare Bartolomeinatten, eller början på Stockholms nya blodbad.

Hon såg förvånat på mig, öppnade tidningen och läste med en koncentrerad rynka mellan ögonbrynen.

– Jag visste det, sa hon lågt. Fast inga detaljer förstås, men att han höll på med allt möjligt skumt. Hoppas han åker dit bara. När det gäller den här sortens brott finns det många kryphål.

– Jag träffade henne hemma hos dig. Amanda, journalisten alltså.

– Jag kommer ihåg det. Hon var ganska kaxig.

– Det kan man säga. Men duktig. Jag undrar bara vilka andra fula fiskar hon har i sitt nät?

– Köp nästa nummer. Monica log. Nej, det jag menade med kalabalik var ju begravningen, efteråt, i Fersenska palatset. Jag satt ju bredvid Katharina när du sa att du visste vem mördaren var. Först blev det dödstyst. Och jag såg hur hon blev alldeles blek. Men när du sa att Harry Blonsky var en dubbelmördare flög hon upp ur soffan och gav sig på dig.

– Ja, det var inte särskilt lustigt. Och jag kunde inte slå tillbaka, man ger sig ju inte på en kvinna.

– Det finns väl gränser också för en gentleman. Hon kunde ju ha klöst ögonen ur dig om inte Hans Lindberg hade greppat henne bakifrån.

– Jag kanske var oförsiktig och hade väl egentligen inte så mycket på fötterna mer än min intuition. Men när jag såg henne sitta där förstod jag hur det hade gått till. Harry Blonsky och Charlotte hade en relation.

– Ett förhållande? Det hade jag ingen aning om.

– Nej, inte en sån. Jag log. Charlotte var nog alldeles för kräsen för det. Jag menar en ekonomisk relation. Hon hade kommit i kontakt med honom som inredare och köpte en del saker för sin business. Det ena hade väl givit det andra och han hade fixat kokain och annat från Polen som hon portionerade ut till vänner och bekanta.

– Jag anade det hela tiden. Jag sa det ju till dig. Monica nickade bekräftande.

– Hon var naturligtvis ingen langare, stod inte på Plattan och krängde knark, men det här användes som nån sorts partydrog i hennes kretsar. Förmodligen funkade det bra tills Charlotte fick problem med betalningen. Harry blir sur, kräver pengar, dom grälar, han hotar henne och då sätter hon in en liten stöt.

– Hurdå?

– Utpressning var ju en av hennes grejer. Harry upplever henne som ett hot och mördar henne på ett ganska raffinerat sätt. Mirja, Charlottes städerska, berättade för mig efter begravningen att hon nämnt saftglaset för Katharina, att det var "fel" glas. Harry insåg att det kunde bli farligt och skickade Katharina att ta det. Den sista leveransen från Harry hämtade hon också, kokain som Charlotte inte hunnit distribuera. Om polisen hittade det hade det kunnat spåras till honom. En drivande mina.

– Jag förstår. Men jag fattade inte riktigt varför Blonsky mördade Shadia också. Var det inte så hon hette, den där tjejen som jobbat hos honom? Hon som fick en heroinspruta i höften.

– Det rörde sig om hans häleriverksamhet. Hon hade stulit en värdefull silvergrej som hon skulle ha en halv miljon för. Och det räckte som motiv för Harry.

Jag förstod Monicas fråga, för det var med avsikt jag inte gått in på bakgrunden till mordet på Shadia uppe i Axel von Fersens salong. Det hade varit att ta till för grovt artilleri, och det behövdes ju inte heller. Den informationen sparade jag för Calle Asplund. Men bitarna hade fallit på plats.

– Fast den verkliga bomben kom ju när du också anklagade Jojje Kylmann för mordet på Blonsky. Jag trodde den där otäcke ryssen skulle dra kniv. Han såg sån ut. För att inte tala om Jojje. Skulle stroke eller infarkt komma först, tänkte jag när jag såg honom stå där, blodröd i ansiktet. Han skalv i hela kroppen.

– Adrenalinchock, förmodligen. Kroppen signalerade stick eller slåss. Och han kunde ju varken göra det ena eller det andra. Bara försöka låtsas som om jag var helt fel ute.

– Kalabaliken i Bender, sa Monica en gång till och vi skrattade båda. Egentligen är det ingenting att skratta åt, fortsatte hon. Dubbelmord. Och så blir Harry själv mördad.

– Problemet är att vi inte har några konkreta bevis. Jag var övertygad om att Kylmann såg till att Harry försvann. Han älskade Charlotte och förstod vad som låg bakom hennes död. Och Harry hade en hållhake på honom. Han måste ha känt till Kylmanns skumraskaffärer med antikviteter och allmoge. Jag såg själv hans lager på Högbergsgatan. Det rörde sig ju också om rent stöldgods och för en person i Kylmanns ställning skulle det bli en katastrof om det kom ut. Då var det kört med alla feta konsultuppdrag och bolagsfusioner.

– Det är möjligt. Men det ska ju komma flera artiklar, så vi får väl se var det hamnar. Och hur det slutar med din övning får vi väl också se. Det var ju rena motorsågsmassakern.

– Jag tog väl ut svängarna, höll jag med. Som Karl XII i Bender. Och det var kanske inte så begåvat. Men jag anföll på direkten, försökte kasta dom ur sadeln.

– Trodde du att Jojje skulle bekänna rakt upp och ner?

– Nej, men han har blivit rädd och uppmjukad tills Calle Asplund grillar honom och Oleg. För jag tror att Kylmann skickade Sytenko till Polen för att se till att Harry mördades. Han reste ju dit samma dag som Harry, fast han förnekar det.

Men innerst inne var jag orolig för Calles kommentarer om jag berättade allt som hänt efter Harry Blonskys begravning. Egentligen hade jag inte tänkt säga någonting, inte göra Blonsky till en dubbelmördare eller peka ut Georg Kylmann som den som låg bakom hans död. Det hade varit mer av stundens ingivelse, en plötslig impuls.

Hade jag varnat Kylmann nu? Sopade han igen spår och förberedde sig, skaffade alibi där det behövdes? Och kanske var Oleg Sytenko redan försvunnen i det ryska människomyllret. Dessutom hade jag inga konkreta bevis, bara antaganden, logiska visserligen och underbyggda. Om de skulle hålla inför en åklagare var väl mera tveksamt.

Jag måste försöka få fram mera fakta, smida medan smeden var varm, järnet hette det visst, men jag måste agera, och snabbt. Annars skulle Calle tända sin pipa, blåsa det vargula rökmolnet rakt i ansiktet på mig. För att inte tala om Francines reaktion. Den enda i min närhet som skulle hålla sig lugn och inte peka finger var Cléo. Inte peka tass alltså. Men hon kunde också blixtra till. Som nu i morse. Hon hade trasslat in sig i sin senaste favoritleksak, nystanet hon knyckt ur Ellens sykorg. När jag skulle försöka få loss henne fräste hon åt mig, lade öronen bakåt och visade tänderna. Försvarade sitt byte. Den vackra, sofistikerade siamesdamen hade plötsligt blivit ett vilddjur, som hotade den som gjorde intrång. Och plötsligt förstod jag hur fel jag haft, hur jag totalt missbedömt situationen.

Kapitel XLIX

– Jonas Eriksson var ju perfekt som mördare, sa jag där vi gick Narvavägen ner mot Djurgårdsbron. Han hade motiv, tid och tillfälle. Shadia skulle hämnas och hon var dessutom gravid. Han måste betala henne en halv miljon, som han inte hade, för att få tillbaka pokalen, annars blev det skandal. Och Shadias bröder sa att dom skulle "se till" att han gifte sig med henne. Värsta skandalen alltså för att tala nysvenska. Så där satt Jonas med skägget i brevlådan.

– Skägget? Francine log. Jag tänkte på nånting helt annat.

– För den rene är allting rent. Det sa redan Martin Luther. Men för att vara allvarlig nu så måste Shadia bort, om Jonas inte skulle se hela sin tillvaro bombad. Så han ber henne komma till våningen för att prata ut och ger henne en drink med sömnmedel i. När hon sen somnat, får hon en överdos heroin i ena skinkan. Den högra berättade Calle Asplund. Droger var ju ingenting Jonas var främmande för, och han visste var han skulle få tag på det.

– Varför berättar du det? Jag menar så detaljerat. Spelar det nån roll var hon blev injicerad?

– Det var ju tänkt som självmord eller en olyckshändelse. En överdos. Men det visar att hon inte tog livet av sig. För Blonsky berättade ju att Shadia var vänsterhänt. Då är det svårt att injicera där. Om du anstränger dig kan det naturligtvis gå med höger hand också, men det vore ju både ologiskt och opraktiskt. Så kör han ut till Tantolunden, får in henne i buskaget och sticker.

– Och ingen såg nånting?

– Tydligen inte. Sent på kvällen i dom trakterna är det väl ingen som reagerar om dom ser en kille och en tjej som vacklar in i buskarna. Dom kunde trott att hon var full och att han stödde henne.

– Okej, om det nu var som du säger, mördade han Harry Blonsky också?

– Det var Harry som Shadia gick till med silverbucklan. Det var han som sen skulle förmedla pengarna från Jonas, när han gav honom tillbaka pokalen. Men han blev blåst på pengarna som Jonas behöll. Blonsky måste också insett vad som hänt Shadia, så han blev dubbelt farlig och måste bort.

– Menar du att Jonas skulle ha rest till Polen för att mörda Blonsky?

– Nej, det var alldeles för riskabelt, men sånt går att ordna.

– Ringer man bara upp nån och säger till honom att skjuta herr Blonsky i Warszawa? Eller fixar man det på Plattan? Det kan inte vara så enkelt.

– Bara viljan och pengarna finns kan man ordna det mesta.

– Skulle inte Blonsky förresten ha lika stor anledning att mörda flickan?

– Hurså?

– Om hon försvann satt han med pokalen och kunde behålla pengarna själv.

– Det kan du ha rätt i, men dom kunde han ha behållit i alla fall. Shadia kunde ju knappast gå till polisen och säga att Harry lurat henne på en silverpokal hon stulit.

– Då har du bara ett frågetecken kvar. Charlotte.

– Där finns Jonas också med i bilden. Hon hade dumpat honom. Svikit Jonas för Georg Kylmann.

– Varför tror du det?

– Eric Gustafson berättade om Jonas och Charlottes relation. Och hon antydde det faktiskt själv.

– Hurdå?

– Hon berättade om sin gamle pojkväns portkod, 1632, Gustav II Adolfs dödsår. Det visade sig vara Jonas portkod i huset vid Mariatorget.

– En portkod? Det bevisar väl ingenting?

– Nej, men det är ett indicium liksom tidningsklippet jag

372

fick av Ellen, där Jonas står med armarna runt Charlotte. Och jag är säker på att om vi tittar lite närmare så kommer vi att få fram betydligt mer konkret information. Nu spelar det i vilket fall ingen roll.

– Vad menar du? Förvånad såg Francine på mig.

– För det var inte så det gick till. Jag trodde det först. Men Hans Lindberg komplicerade bilden. Av Amandas artikel framgick det ju mycket klart att om det gällt utpressning så hade Charlotte haft ett fett byte där. Och han platsade i hennes affärsidé. Förmögen lite äldre kille med fru på behagligt avstånd som inte brydde sig om vad han höll på med. Jag tror han var skild, förresten.

– Nu fattar jag ingenting. Du har ju just berättat i detalj hur Jonas mördade Shadia och att han låg bakom mordet på Blonsky. Kanske Charlotte också.

– Jag trodde det och jag sa ju att han var perfekt som mördaren, men det var Cléo som kom på hur det låg till.

– Du kan väl inte mena att Cléo bidrog? På allvar alltså.

Francine skrattade där vi gick över Djurgårdsbron. Snett fram till höger reste sig Nordiska museets mäktiga fasad. Det var en solig söndagsmorgon, trafiken var gles, nere vid marinan gled vita grosshandlarvillor med höga kommandobryggor långsamt ut mot öppnare vatten. Gentlemän som sett bättre dagar, åtminstone vad åldern beträffar, såg väderbitet mot oss under eleganta seglarmössors skärmar. Som befälhavare på hangarfartyg kände de sig säkert. Penisförlängare, tänkte jag avundsjukt. Det närmaste jag kommit armadan under oss var roddbåten hemma på Vibysjön.

Det var Francines idé det här med att gå runt Djurgårdsbrunnsviken. När vädret var hyggligt brukade vi promenera längs stränderna på söndagsmorgnarna. Det var nyttigt för soffpotatisar som jag att röra på sig, hade hon sagt. Att sitta i affären hela dagarna och sen hänga framför TV:n på kvällarna var döden för fysiken. Och jag höll med henne, i princip. Det var faktiskt skönt att få röra på sig ibland, sträcka ut. Och när vi kommit fram till Djurgårdsbrunns värdshus brukade vi dricka te och äta mazariner. Det gjorde naturligtvis att kalorinettot förvandlades till överskott, men det smakade bra. Och frisk luft var nyttigt.

– Det är klart att hon inte gjorde, sa jag och steg åt sidan för att inte mejas ner av två joggare. Med pannband och genomblöta T-shirts kom de flåsande bakom mig i osund hetsjakt.

– Men Cléo fick mig på rätt spår, tankespår alltså. Hon hade trasslat in sig i sin nya leksak, ett garnnystan hon knyckt från Ellen. Hon blev alldeles vild när jag försökte ta det från henne. Och när jag tänkte på hur hon hade försvarat sitt byte, sitt revir, så insåg jag att Monica var i samma situation.

– Jonas var hennes garnnystan menar du?

– Precis, och Jonas hade väl inte gillat den liknelsen. Men jag tänkte på vad jag hört och sett av Monica. Elegant, sval, reserverad. Kall. Präglad av sin barndom och uppväxt. Problem fanns inte, svårigheter talades det inte om. Obehagligheter sköts under mattan och tegs diskret ihjäl. Fasaden, det yttre, var det som gällde, det som man måste slå vakt om. Och Jonas hade berättat om henne.

– Vad sa han?

– Han jämförde henne med Shadia. Menade att Monica var så oerhört konventionell, föreläste för honom om rätt och fel. Yta och fasad var viktigt, vad andra människor tyckte och tänkte. Och att hennes föräldrar aldrig gillat honom, inte tyckte att han dög. På mig verkade det som om han hade stora komplex helt enkelt.

– Varför hade han gift sig med henne i så fall?

– I början var han väl kär. Och sen kanske den sociala biten kom in. Jag tror han har en ganska enkel bakgrund, så det där med slott i Skåne och fin familj och hela det köret bidrog kanske. Det låg väl bakom hans affärer också. Att han tog ut svängarna i vidaste laget för att bevisa att han var duktig. Att han dög. Det gick ju bra så länge börsen steg. Och det var väl en dimension av alla hans "utflykter" också. För Shadia var ju inte den enda. Jag undrar om han inte är nån sorts sexmissbrukare.

– Shadia var annorlunda, menar du? Än Monica alltså?

– Precis. Sensuell, ung, kravlös. Beundrade honom, och kontrasten mot hennes vardag spelade säkert in. Men Monica skulle aldrig gå med på skilsmässa. Hon var vansinnigt svartsjuk, sa Jonas. Ägde honom, skulle inte klara det sociala nederlaget. Lägg till ett utomäktenskapligt barn, så förstår du ännu bättre.

– Därför mördade hon Shadia? Men skulle Jonas affär med Shadia verkligen kunnat få henne till mord? Du sa ju att hon var så oerhört strikt och konventionell. Och vad hände med Blonsky?

– Georg Kylmann kom hem till mig på kvällen när jag varit i Monicas affär. Ville prata, sa han, förklara en del. Först var han naturligtvis förbannad för vad jag sagt i von Fersens salong.

– Det förstår jag. Francine väjde för en långhalsad kanadagås som väsande kom emot henne från grässlänten ner mot vattnet.

– Han måste förklara hur det låg till, sa han. Jag hade missförstått alltihop och han ville inte att jag skulle gå till polisen med falska informationer. För den där lokalen på Högbergsgatan Katharina berättade om var inte hans. Visserligen kom han ofta dit och hade nära kontakter med Oleg Sytenko, men det var uteslutande för att shoppa möbler, som han sa.

– Det har jag aldrig hört förr. Att nån shoppar möbler.

– Det sa han i alla fall. För han visste att Sytenko specialiserade sig på högklassiga grejer. Han fattade naturligtvis att en och annan sak var lite tvivelaktig när det gällde härkomst och förflutet, men det såg han genom fingrarna med. Det var inte hans sak och som affärsman måste han utgå från att säljaren, Oleg alltså, var hederlig.

– När en augur möter en augur ler dom båda. Det sa dom i det gamla Rom.

– Du menar dom där prästerna som spådde framtiden i offerdjurens inälvor?

– Precis. Oleg och Georg var säkert lika goda kålsupare.

– Hursomhelst så menade Kylmann att det var Monica som låg bakom affärsidén. Att hon var hjärnan bakom operationen, finansierade inköpen och tog hand om godbitarna. Sen sålde hon dem till privatkunder. Och jag tänkte på nånting som Björn Gren sagt, den där killen du vet som jobbade med stöldgods åt försäkringsbolagen. Det fanns en person till som skulle torska ordentligt om han satte dit Blonsky, nån som aldrig var i direktkontakt med dom stulna prylarna, det skötte Harry, och som rörde sig i bättre kretsar än Harry, sålde till samlare i Europa och Sverige. Det kunde också peka mot Monica, eftersom hon väl var den sista man kunde misstänka för häleri och smuggling. Visserligen var *modern design* hennes grej, men hon maskerade verksamheten med att också ta in allmogeobjekt som "accenter" i sin moderna miljö.

– Att hon handlar med antikviteter behöver ju inte betyda att hon är kriminell. Du sysslar ju också med det.

– Ja, men inte med stöldgods. Egentligen hade det börjat med Harry Blonsky. Han hade fått henne att gå in som nån sorts kompanjon, enligt Kylmann, gått in med pengar alltså. Och Harry var ju mycket aktiv på dom stora auktionerna, ropade in högklassiga grejer till höga priser, var välfinansierad. Men så småningom hade hon manövrerat ut honom. Han ville hämnas, ange henne anonymt och då skulle både häleri och skattebrott surfa upp på ytan.

– Så du menar alltså att det var Monica som mördade både Shadia och Blonsky? Inte Jonas?

– Just det. Och jag förstod det inte förrän i sista minuten.

– Vad menar du?

– När jag satt med Monica i hennes affär sa hon nånting som fick polletterna att ramla ner. Hon kände sig väl avslappnad och trygg, eftersom jag ju hade anklagat Georg Kylmann och Harry Blonsky för morden.

– Vad sa hon då?

Francine lät otålig, drog sig närmare mig när en stor grand danois strök förbi. En liten dam hängde som en jolle i kopplet bakom den där den målmedvetet lufsade fram.

– Vi pratade om Shadia, om att Harry mördat henne. Och då sa Monica nånting om sprutan hon fått i baken.

– Men det var ju sant, eller hur?

– Just det. Haken är bara att ingen vet om det mer än polisen och jag. Normalt injicerar man i armen eller nån annanstans, där det är lätt att komma åt.

– Hon kunde ju ha gissat?

– Det är möjligt, men knappast troligt. I och för sig gör det henne inte till en mördare, men det fick mig att börja tänka om.

Fast pricken över i:et var Bror Hjorth.

Francine stannade upp.

– Naivisten, menar du? Skulptören och målaren?

– Precis. Fast det var inte han, men kunde ha varit.

– Stolle! Francine skrattade. Hjorth är ju död sen många år. Du har blivit helknäpp.

– Inte alls. Björn Gren visade mig ett foto av en medeltida skulptur, ett huvud, som stulits i en kyrka utanför Sigtuna och som kunde leda till huvudmannen i hela härvan. Och av en slump såg jag det i ett skåp hos Monica. Hon hade glömt att stänga dörren och visste ju inte heller att jag skulle komma. Först trodde jag det var Bror Hjorth, men sen kom jag på vad det var. Då förstod jag hennes anknytning till Sytenko och källaren på Högbergsgatan. Och jag tänkte på när jag träffade henne där. Insåg att jag borde fattat redan då.

– Hurdå, menar du?

– Hon kom bara in i rummet när vi satt där, måste alltså haft en nyckel till dörren i källargången. Dessutom koden till den inre dörren. Det kunde knappast en tillfällig besökare ha. Inte en stamkund heller. För det var mycket komplicerat när Sytenko släppte in mig.

– Du menar alltså att den där fisförnäma överklasstjejen mördade Shadia med en överdos och sen släpade ut henne i Tantolunden? Dessutom skulle hon se till att Harry Blonsky sköts i Warszawa?

– Inte personligen. Hon fick hjälp.

– Av vem då?

– Oleg Sytenko. Han arbetade för henne på Högbergsgatan. Sytenko är tungt kriminellt belastad, mordmisstänkt, suttit inne i flera omgångar. Han hade kontakter med kriminella nätverk, inte minst i det gamla östblocket. Så Monica lurar upp Shadia i våningen, eller kanske ner till lagret på Högbergsgatan. Säger förmodligen att hon har pengarna om Shadia tar med sig pokalen. Hon drogas med sömnmedel i en drink, injiceras med en överdos och Sytenko får sköta transporten ut till Tantolunden. Och han åkte till Warszawa samma dag Blonsky rånmördades. Nåt han förnekar.

– Det låter ju inte alldeles ologiskt, sa Francine fundersamt när vi närmade oss den lilla bron över Djurgårdsbrunnskanalen. En röd kanot gled förbi nere på vattnet. Rytmiskt gick paddeln upp och ner i det mörka vattnet. Som pärlor tillrade vattendropparna längs årbladen. En ung flicka på en stor, rödbrun fux skrittade över bron. Hovarna mot beläggningen ekade ihåligt under valvet.

– Jag tror nog Calle Asplund kan pussla ihop det. Ta Georg Kylmanns vittnesmål och Shadias bröder. Den stulna medeltidsskulpturen. Sen får Sytenko svårt att förklara sin Polenresa. Och Jonas kommer säkert att läcka som ett såll för att klara sitt eget skinn. Nånting får väl Calle göra för sin lön.

– Har du talat med honom? För om han inte har nånting konkret på dom så rasar hela ditt korthus. Gissningar, spekulationer och getingar, inga bevis.

– Bara på telefon.

Francine skrattade.

– Jag förstår det. Du vågade väl inte sitta ansikte mot ansikte med Calle.

– Just det. Jag fick världens utskällning först för att jag lagt mig i, men sen lugnade han sig och bjöd på lunch.

Då ringde det i min jeansficka.

– Sorry. Jag trodde jag hade stängt av den.

Calles röst kom knastrande mot mitt öra.

– Vi talade just om dig, Francine och jag.

– Det gjorde ni rätt i, för jag har lite godis åt dig.

– Det var lika kärt som oväntat.

– Du berättade om den där ryssen eller vitryssen. Oleg Sytenko. Och att du trodde han var inblandad. Och Monica Eriksson.

– Ja. Har det hänt nåt?

– Det kan man säga. När vi gjorde brottsplatsundersökning i Tantolunden så hittade dom en cigarettfimp. Vi kollade mot Sytenko nyss. Han står i vårt DNA-register, i personregistret alltså. Där finns över fem tusen namn. Kriminaltekniska laboratoriet matchade fimpen mot registret och där satt den. Vi ska pressa honom på Blonsky också. Du sa ju att Sytenko rest till Polen samma dag han mördades.

– Underbart. Har du sugit in honom?

– Ja, han sitter hos oss och svettas. Och han skyller ifrån sig
på Monica Eriksson. Säger att han bara transporterade krop-
pen. Vi ska tala med henne nu, så får vi se vad som händer. Tack
för hjälpen. Jag hör av mig. Hej.

– Tacka Cléo också. Vi vill båda ha medalj. Och glöm inte
Kylmann.

Calle grymtade någonting ohörbart och så bröts förbindel-
sen.

– När man talar om trollen, sa jag och stoppade tillbaka tele-
fonen i fickan.

– Vem var det?

– Calle Asplund. Dom har tagit in Sytenko. Han fanns i de-
ras DNA-register. Och dom ska förhöra Monica sen.

– Grattis, du hade rätt. Det trodde jag knappast.

– Varför inte?

– Det verkade så luftigt, så spekulativt till och med för dig.
Francine log. Och det Georg Kylmann berättade kunde ju va-
rit ett försök att lägga skulden på Monica. Du menar alltså att
Monica dödat två människor? Dubbelmord.

– Kom ihåg att hon inte gjorde det personligen. Hon distan-
serade sig från själva den fysiska akten. Det hela sköttes av Sy-
tenko. Precis som hennes business på Högbergsgatan. Diskret,
diskret.

– Men stackars Charlotte då? Hon med getingsticket?

– Olyckshändelse, säger Calle. Jag tror fortfarande att det
var Harry och att det hade att göra med deras knarkaffärer.
Men det är svårt att bevisa och döda getingar kan inte åtalas.
Inte skjutna antikhandlare heller.

– Vem var det som hotade henne den där kvällen?

– Om det nu var Charlotte jag hörde genom dörren? Det
kunde ha varit Blonsky och Monica också.

Så fortsatte vi över bron, gick den knastrande grusgången upp
till det lilla värdshuset. Men den här gången drack vi inte te,
tog istället var sin iskall Pommac i kraftiga, mörkblå glas.

– Faktiskt godare än champagne, sa jag. Det blir jag bara sur
i magen av. Så bet jag njutningsfyllt av ett hörn på min mazarin,
överdragen av vitgrå glasyr.

– En sak fattar jag bara inte. Francine såg på mig. Varför hittade Jonas Eriksson på hela den här historien med flickan från Centralen som stal hans pokal? Och varför drog han in dig?

– Jag tror att han helt enkelt var desperat. Shadia hotade med att berätta allt för Monica, hennes bröder fanns i bakgrunden, hos svärföräldrarna låg han redan risigt till, och han vågade inte gå till polisen som läcker som ett såll när det gäller smaskig kvällstidningsinformation. Och jag tror det var mer en impuls när han kom förbi min affär, kom ihåg vår Uppsalatid. Ett desperat halmstrå i en kaotisk situation. Och han kunde ju inte gärna berätta alltihop för mig, måste servera en historia för att förklara varför han inte gick till polis och försäkringsbolag. Sen tror jag att han kanske tänkte på att skaffa en reservutgång.

– Hurdå?

– Som läget var så förutsåg han att allt möjligt kunde hända. Och det gjorde det ju. Förbannelsen Monica talat om slog in och med råge. Då var det kanske bra att ha talat med nån "utomstående" i ett tidigt skede, lägga ut ett spår för framtida bruk om det skulle behövas.

– Nu hänger jag inte riktigt med.

– Jag förstår det, men den här killen med schäfern på Centralen, som Jonas uppfann, kanske kunde vara nåt att plocka fram om saker och ting gick snett. Det kanske inte var nån slump att Sytenko också var biffig och hade hästsvans. Att Shadia bara var en tillfällig grej, en *one-night stand*, som sen fabricerat en massa lögner, kunde också vara praktiskt att ha i bakfickan. Han känner till mina kontakter med polisen och lägger ut ett falskt spår via mig.

– Det låter långsökt, sa Francine.

– Kanske, men Jonas räknade alldeles rätt i så fall. För jag berättade ju för Calle om killen med schäfern och om Shadia. Och det skulle göra hans story trovärdigare om han blev förhörd, eftersom det hade varit i polisens säck, innan det kom ur hans egen påse, om du förstår vad jag menar. Och trots allt hade jag kunnat få fatt på pokalen via mina kontakter. Jag var ju på rätt spår hos Harry.

– Det ligger kanske nånting i det. Hur kommer det att gå för Monica, tror du?

– Jag vet inte. Hon är hård som flinta och har råd med skickliga advokater. Hon kanske klarar sig och Sytenko åker dit. Två mord och en geting för att sammanfatta.

– Vet du vad jag tänker på då?

– Ingen aning.

Francine log.

– Två bugg och en Coca-Cola. Kommer du ihåg det?

– Den var dålig, sa jag. Jättedålig. Dessutom var det fyra bugg.

– Jag håller med och tar tillbaka. Mord är ingenting man skojar om.

– Precis.

– Men Harrys geting klarar sig.

Då kom jag plötsligt att tänka på glasen på bordet framför oss, de mörkblå i kraftigt glas. Ett glas i blått hade Mirja sagt om det som försvunnit från Charlottes våning. Glaset som var "fel", som inte kommit ur Charlottes skåp. En *smoking gun* om polisen börjat gräva.

Jag hade sett ett likadant. När Monica bjöd på sin Dry Martini, den på Plymouth Gin. Jag hade tänkt på det eftersom det var lite okonventionellt. Dry Martini brukar ju serveras i höga, långskaftade art déco-glas. Och samma sömnmedel hade kunnat spåras hos Shadia och Charlotte.

När jag tänkte efter så var det hela tiden Monica som antydde att Charlotte sysslade med kokain, att hon var en "vandringspokal" som utnyttjade det hon fick veta för utpressning. Hela tiden försåtligt negativ. Och Charlotte hade haft en nära relation med Jonas, för att uttrycka sig diplomatiskt. Hur mycket visste hon om hans affärer? Tillräckligt för att vara lönsamt? Och kände hon till genom Kylmann vad som pågick bakom fasaden på *Modern Design*?

Jag tänkte på vad Charlottes städhjälp sagt efter begravningen. Att en av Charlottes väninnor kommit till våningen för att hämta ett paket. Jag hade utgått från att det var Katharina, för det passade som hand i handske. Hon hade kommit för att hämta en leverans från Harry, livsfarlig om den hittades. Fast jag högg i fel sten. Det var Monica som Mirja menat, när jag frågade henne efteråt. För hon hade smitit från begravningen, inte vågat stanna i all turbulens som följde efter mitt "avslöjande". Fast det var inte till mycket hjälp. Monica hade sagt till henne att hon bara ville hämta en vas hon köpt av Charlotte alldeles innan hon dog men inte fått med sig. Hade hon istället kommit för att hämta glaset som var "fel"?

Men jag slog bort tanken. Det fick finnas gränser för min konstruktiva fantasi. Mörkblå glas måste stå tretton på dussinet i svenska köksskåp och sömnmedlet tillhörde de vanligaste. Eller?

Recept

Sikmousse

200 g rensad varmrökt sik
50 g kall kokt potatis
50 g rumsvarmt smör
4 dl vispgrädde
2 cl citronsaft
salt
vitpeppar

1. Mixa siken och potatisen i en matberedare.
2. Blanda i smöret och citronsaften och fortsätt mixa. Späd med 1 dl ovispad grädde.
3. Vispa 3 dl grädde något tjockare än filmjölk.
4. Flytta över smeten till en bunke och vänd försiktigt ner den vispade grädden.
5. Smaka av med salt och peppar.
6. Servera med tunnbröd.